Mirco Buchwitz

Nachtleben

aufbau

Mirco Buchwitz

Nachtleben

Roman

aufbau

FSC
www.fsc.org
MIX
Papier aus verantwortungsvollen Quellen
FSC® C083411

ISBN 978-3-351-03362-0

Aufbau ist eine Marke der Aufbau Verlag GmbH & Co. KG

1. Auflage 2011

Einbandgestaltung hißmann, heilmann, hamburg
Satz Greiner & Reichel, Köln
Druck und Binden CPI – Clausen & Bosse, Leck
Printed in Germany

www.aufbau-verlag.de

Für
Hartmut, Rudi und Irmchen

April 1980

Auf einem Regal über unserem Küchentisch standen zwei Gläser. Eines für meine kleine Schwester Ingrid, das andere für mich. Auf meinem war ein Bild vom Krümelmonster und auf Ingrids Kermit, der Frosch, dem beim Abwaschen ein Auge abhandengekommen war. Immer wenn Mutter der Meinung war, dass wir Mist gebaut hatten, legte sie zwei, drei oder mehr schwarze Murmeln in das jeweilige Glas, und wenn es schließlich voll war, war es an der Zeit für eine Tracht Prügel. An manchen Tagen füllte sich mein Glas, weil ich zu spät vom Spielen heimkam, an anderen konnte ich anstellen, was ich wollte, ohne dass Mutter eine Murmel hineinwarf. Die Gläser sagten eher wenig über unser Verhalten aus, sondern waren mehr ein Barometer für Mutters Launen.

Sobald keine Murmel mehr hineinpasste, rief Mutter uns in die Küche, stellte das Glas auf den Tisch und legte mit erwartungsvollem Gesichtsausdruck, als sei es ein Experiment, eine letzte Murmel auf den Stapel. Wenn diese dann sofort herunterkullerte, sah Mutter uns merkwürdig mitfühlend an, als wolle sie sagen: »Tut mir leid, aber ihr seht es ja: Das Glas ist voll. Was soll ich machen?«

Backpfeifen waren an der Tagesordnung. So sorgte Mutter für Ruhe, wenn ihr Situationen zu hektisch wurden. Mir war das egal, aber Ingrid weinte viel. Die Ohrfeigen, die sie verpasst bekam, brannten oft schlimmer auf meiner Haut oder darunter als die, die ich selbst kassierte.

Wir lebten in einer Bruchbude. Die Tür zu unserer Wohnung musste man erst mit einem Ruck zu sich heranziehen, bevor man sie öffnen konnte; ließ man die Klinke dann aber los, fiel sie von selbst auf. Einen Flur gab es nicht, sondern man stand sofort in der Küche, deren Dielenboden bei jedem Schritt knarrte wie die Planken eines alten Kahns. Zwischen den verzogenen Brettern hatten sich Staub und Schmutz angesammelt, und als einmal Besuch vom Jugendamt bevorstand, hatte Mutter Ingrid und mir Zahnbürsten in die Hand gedrückt, mit denen wir den Dreck aus den Ritzen kratzen sollten. Vom Rahmen des Fensters platzte die Farbe ab, und die Vorhänge waren eher Stofffetzen, mit ausgefranstem Saum. Mutter sprach regelmäßig davon, die roh verputzten und in einem hellen Grün angepinselten Wände neu zu streichen, kümmerte sich aber letzten Endes doch nie darum. Eine Stelle, an der der Putz abgebröselt und das nackte Mauerwerk zum Vorschein gekommen war, hatte sie mit einem Casablanca-Filmplakat überklebt, das sie beim Rauchen oft ansah. Mit übereinandergeschlagenen Beinen saß sie dann da, hatte den Ellenbogen aufs Knie gestützt, die Zigarette in der einen, den Aschenbecher in der anderen Hand, und starrte in die Ferne, irgendwo hinter das Plakat. In solchen Momenten hielt sie die Kippe weniger schluffig als sonst, mehr wie eine Dame. Bevor sie die Zigarette ausdrückte, schien es manchmal, als zwinkere sie dem Kerl auf dem Plakat wie zum Abschied zu. Einmal habe ich sie ihre Lippen bewegen sehen, als würde sie mit ihm reden, doch er schaute unverändert an ihr vorbei. Seinen Blick bekam man nie ganz zu fassen. Das eine oder andere Mal habe ich mir den Hals bei dem Versuch verrenkt, den richtigen Winkel zu finden, um seinen Blick einzufangen.

Ein Perlenvorhang trennte die Küche vom fensterlosen Wohnzimmer, in dem es immer ein wenig muffig roch, weil es gleichzeitig Mutters Schlafzimmer war. An der Längsseite stand ein Klappsofa, bei dem, genau wie an den dazugehörenden Sesseln, hier und da der Schaumstoff herausguckte. Der geflieste Tisch war ständig mit Glasabdrücken und Tabakbröseln übersät, und den Wohnzimmerschrank, auf dessen Ablagen planlos verteilt Vasen, Porzellanfigürchen und andere Staubfänger standen, hatte Mutter zum Kleiderschrank umfunktioniert. An den ansonsten leeren Wänden hingen zwei Fotos von Ingrid und mir. Mein Bild habe ich immer zu ignorieren versucht.

An dem Tag, als der Fotograf bei uns in der Schule war, wollte ich nicht fotografiert werden, aber schließlich schob mich die Lehrerin meinem Gemaule zum Trotz vor die Kamera. Als der Fotograf dann nicht von mir verlangte, zu lächeln, sondern wollte, dass ich meinen Namen sagte, nölte ich »Rick«, war ihm dabei aber zu schnell und sollte es wiederholen. Meine Lehrerin bestand darauf, dass ich nicht »Rick«, sondern »Richard« sagte, also schnappte ich nach Luft und sagte patzig »Riiichaaahaaard«. Der Fotograf knipste während des zweiten A, sodass ich mit aufgerissenem Mund auf dem Foto zu sehen war. Wenn Mutter mich ärgern wollte, nannte sie es »das Zahnarztfoto«.

Es hing neben der Tür zu unserem Kinderzimmer, das mit zwei Betten, einem Kleiderschrank und einem Schreibtisch genauso übersichtlich eingerichtet war wie der Rest der Wohnung. Der Teppich war voller Krümel, und vor Ingrids Bett befand sich ein Kotzfleck, der aussah wie Snoopy im Profil. An den Wänden klebten Tierposter und Wachsmalbilder, und über mein Bett hatte ich eine Collage aus Cowboybildern gehängt, die ich aus Fernsehzeitungen und Comics zusammengeschnipselt hatte.

Von unserem Fenster aus blickte man auf eine vielbefahrene Kreuzung mit Geschäften und Bahnhaltestelle, wobei ein Teil der Scheibe ganzjährig mit Weihnachtssternen aus Transparentpapier und ähnlichem Kram zugekleistert war. Ingrid und ich saßen oft auf dem Fensterbrett, drückten die Stirn gegen die Scheibe, schauten uns die Menschen auf der Straße an und fragten uns gegenseitig: »Wer bist du?«

Dann pickten wir uns Leute heraus, die auf die Bahn warteten oder an der Imbissbude ihre Pommes futterten, und dachten uns Geschichten zu ihnen aus. Wir überlegten uns, wie sie hießen, was sie in ihren Tüten hatten, woher sie kamen oder wohin sie fahren würden. Wenn sie sich miteinander unterhielten, verstellten wir unsere Stimmen, vertonten die Leute, ließen sie miteinander tratschen oder fluchen. So hat Ingrid wohl ihre ersten Schimpfwörter gelernt, und es hat mir Spaß gemacht, sie zum Lachen zu bringen und mir immer neue Albernheiten auszudenken.

Eines Abends spielten Ingrid und ich in einer Höhle, die wir uns aus einer Decke und dem Schreibtisch gebaut hatten. Draußen dämmerte es, und wir hatten das Licht im Zimmer nicht angeschaltet. In der Dunkelheit der Höhle funzelten wir mit einer Taschenlampe herum, die ich dem Hausmeister meiner Schule aus der Werkzeugkiste geklaut hatte. Ich drückte mir die Lampe gegen das Kinn und schnitt Grimassen. Ingrid kicherte.

Irgendwann klingelte es an der Tür, und wenig später hörten wir Franz' Stimme aus dem Wohnzimmer. In unseren Augen war Franz ein Riese. Wie man Wasser verdrängt, wenn man in eine Wanne steigt, schien Franz Raum zu verdrängen, wenn er in ein Zimmer kam, und alle Gegenstände um ihn herum schrumpften. Franz war immer laut. Ingrid duckte sich schon, wenn er nur in ihre Nähe kam, bevor er überhaupt den Mund aufgemacht hatte. Er war laut, wenn er redete, wenn er lachte, wenn er sich mit Mutter stritt, und wenn sie miteinander vögelten. In solchen Momenten kuschelten Ingrid und ich uns in ihrem Bett aneinander, zogen uns die Decke über den Kopf, und ich erzählte ihr Geschichten, um sie abzulenken. Es war, als schlüpften wir dabei wie Alice im Wunderland durch ein Erdloch in eine Welt, die für niemanden außer uns zugänglich war.

»Hab dir was mitgebracht.«

Ohne anzuklopfen, war Franz in unser Zimmer gekommen und hockte nun vor der Höhle. Ich streckte meinen Kopf heraus. Franz hielt mir einen flauschigen Hundewelpen entgegen, und Mutter lehnte lächelnd im Türrahmen und zwinkerte mir zu.

»Hat noch keinen Namen«, sagte Franz und setzte den Welpen ab, der auf wackeligen Beinen auf mich zutapste. »Nachträglich zum Geburtstag. So was wollteste doch, oder?« Bevor Franz sich erhob, streichelte er dem Hund über den Rücken, doch es war mehr ein Zupacken und Durchschütteln. Als er an Mutter vorbei aus dem Raum verschwand, sagte er, an sie gerichtet: »Zufrieden?« Sie machte einen Schritt in unser Zimmer, aber Franz griff sie am Arm. »Jetzt nicht mit den Lütten spielen. Lass mal den Sekt aufmachen.« Damit zog er unsere Zimmertür von außen zu.

Schon zu meinem Geburtstag im Jahr zuvor hatte ich mir einen Hund gewünscht und seitdem immer wieder erfolglos herumgebettelt. Mutter hatte sich auf keine Diskussion eingelassen. Anfangs hatte sie mir noch erklärt, wie viel Arbeit ein Hund mache, aber irgendwann zischte sie nur noch genervt, dass ich meine Klappe halten solle, und schließlich reagierte sie einfach nicht mehr auf mein Quengeln. Im Laufe der Zeit hatte sie mich längst davon überzeugt, dass es lästig war, jeden Tag mehrmals mit einem Hund Gassi gehen zu müssen, aber ich bettelte aus Gewohnheit weiter.

Als der Hund nun vor mir hockte und an meinen Füßen schnüffelte, gaffte ich ihn ratlos an. Erst als Ingrid unter dem Schreibtisch hervorgekrochen kam, sich vor den Hund auf den Boden legte und kichernd ihre Nase gegen seine Schnauze drückte, musste ich lächeln. Ich griff ihn vorsichtig unter dem Bauch und hob ihn in die Höhle. Wir nannten ihn »Fred«, nach einem Hund aus einem Film, den ich einige Wochen zuvor im Fernsehen gesehen hatte.

Wir spielten mit Fred, und es wurde später und später, ohne dass Mutter uns ins Bett schickte. Schließlich kuschelte Ingrid sich gähnend an mich, schob ihre Hand unter meine und klopfte gegen meine Handfläche: Ich sollte ihre Finger massieren. Irgendwie beruhigte sie das immer.

»Holst du ein Halsband für Fred?«, fragte sie. »Aus der Schatzkiste?«

Unsere Schatzkiste war eine Zigarrenkiste, in der wir Schlüsselanhänger und Plastikschmuck, Gummispinnen und Flummis versteckten. Lauter Zeug, das ich mir unter den Nagel gerissen hatte, als ich mit ein paar größeren Jungs einen Kaugummi-Automaten geknackt hatte. Nachdem die anderen die Totenköpfe und Spielzeugtaschenmesser unter sich aufgeteilt hatten, hatte ich das restliche Zeug für Ingrid mitgenommen. Damit Mutter die Sachen nicht zu sehen bekam, versteckten wir die Schatzkiste auf unserem Etagenklo, hinter einer lockeren Kachel der Badewanne.

»Bitte«, sagte Ingrid. Um zum Klo zu kommen, musste ich durchs Wohnzimmer, wo Mutter mit Franz am Trinken war. Obwohl ich befürchtete, dass die beiden genervt sein würden, setzte ich mich in Bewegung, als Ingrid mich anblinzelte und an ihrer Unterlippe knabberte.

Ich öffnete die Tür zum Wohnzimmer und lugte vorsichtig hinein. Mutter lächelte, und ihre Augen glänzten wie feuchte Steinchen. »Na, Süßer? Spielt ihr noch?«, fragte sie und zog angestrengt die Nase hoch.

»Nenn den doch nicht Süßer«, maulte Franz. »Was soll denn aus dem für einer werden?«

Mutter zwinkerte mir zu und sagte: »Ach, klar ist der süß.«

Zigarettenqualm stand in der Luft, und auf dem Tisch lagen mehrere Geldbündel.

»Was hast du vor?«, wollte Mutter wissen.

»Auf Toilette gehen.«

Sie warf Franz einen fragenden Blick zu. »Wollen wir es ihm sagen?«

»Mach doch.«

»Süßer, wir ziehen vielleicht bald um. In eine richtig schöne große Wohnung.«

»Quatsch«, sagte Franz. »In ein Haus. Wenn schon, denn schon.«

»Dann hast du dein eigenes Zimmer. Wir bauen ein Haus!«

Ich musste daran denken, wie lange sie schon davon sprach, die Küche zu streichen.

»Da bist du platt, was?«, fragte Franz, aber ich verschwand wortlos ins Treppenhaus.

Einen Moment lang blieb ich auf dem Toilettendeckel sitzen und hörte dem tropfenden Wasserhahn zu, an dem sich im Laufe der Zeit ein kleiner Kalkstalaktit gebildet hatte. Im Hinterhof wurde klappernd ein Fahrrad abgestellt, und durch das geöffnete Milchglasfenster war das Rascheln des Efeus im Wind zu hören, der kühl hereinwehte. An der unbeschirmten Glühbirne klebte ein Langbein. Dann hockte ich mich auf den Boden, löste mit einem leisen Knirschen die Kachel von der Verkleidung der Wanne und langte in den Hohlraum nach der Schatzkiste. Ich fischte ein Armband aus rosa Plastikperlen heraus und steckte es in meine Hosentasche.

Im Treppenhaus lief ich Frau Marquard über den Weg, die mit ihrem Mann im Erdgeschoss unter uns lebte. Frau Marquard hatte einen Schlüssel zu unserer Wohnung, um nach dem Rechten schauen zu können, wenn Mutter nachts arbeitete oder unterwegs war. Dass sie sich in Mutters Angelegenheiten eingemischt hätte, habe ich nicht mitbekommen, aber wenn sie bei uns war, war alles an ihr ein einziges besorgtes Kopfschütteln.

»Alles gut bei euch, Richard? Hat deine Mutter Besuch?«, wollte sie wissen, lauschte, und prompt war Franz' Lachen zu hören. »Grüß sie mal. Und sag ihr, dass sie heute nicht wieder so lange machen sollen, ja?«

Ich nickte.

Als ich zurück in der Wohnung war, sah ich durch den

Perlenvorhang, wie Mutter mit verschränkten Armen auf dem Sofa saß. Franz hatte seinen Arm um sie gelegt und zog sie zu sich heran, aber sie wandte sich ab. Licht fiel aus dem Wohnzimmer in die unbeleuchtete Küche, und ich trippelte über den Schatten des Vorhangs, als könne ich ihn dabei versehentlich zum Klimpern bringen.

»Das kann nicht schiefgehen«, hörte ich Franz murmeln.

»Das Geld reicht doch erst mal«, sagte Mutter.

»Der Typ, den ich kennengelernt habe, ist eine richtig große Nummer, wenn ich mit dem …« Franz hatte mich hinter dem Vorhang bemerkt und unterbrach sich. »Der Kleine«, sagte er.

»Ab ins Bett jetzt, Richard. Hier«, damit warf mir Mutter eine Decke zu. »Darauf kann der Hund schlafen. Und ich habe keine Lust, dass der mir die Wohnung vollpinkelt. Du wolltest den haben.«

Ich nickte.

Nachdem ich Fred noch das Armband um den Hals gelegt hatte, baute ich mit der Decke ein Nest für ihn zwischen unseren Betten, sagte Ingrid gute Nacht und löschte das Licht.

Irgendwann schreckte ich aus dem Schlaf hoch. Als ich die Augen öffnete, brannte das Licht in unserem Zimmer, und aus dem Fernseher plärrten Stimmen. Im Türrahmen lehnte Franz mit einer Flasche Bier in der Hand, beschimpfte Mutter und brüllte, es gebe keine neue Wohnung und schon gar kein Haus. Aus dem Wohnzimmer keifte Mutter. Franz bölkte zurück, worauf ein voller Aschenbecher neben ihm gegen die Wand donnerte. Für eine Schrecksekunde erstarrte Franz in der Aschewolke, schmiss schließlich seine Bierflasche auf den Boden und kam schnaufend in unser Zimmer gestampft. Mutter schrie, und Ingrid machte sich klein in der Ecke ihres Bettes. Ich setzte mich auf. Mit wutverzerrtem Gesicht blieb Franz vor Freds Nest stehen und sah mich an. Dann trat er fünf, sechs Mal mit dem Hacken seiner klobigen Schuhe auf den Hund ein. Das Knacken und Splittern der Knochen machte mir eine Gänsehaut.

Ingrid kreischte. Für einen Augenblick schien es, als sei kein Mensch mehr in ihrem Gesicht. Mutter stürzte ins Zimmer, und innerhalb von Sekundenbruchteilen wechselte ihre Mimik. Erst der Schreck in ihren Augen, als sie in den Raum kam, die Erleichterung, als sie sah, dass Franz uns nicht angefasst hatte, und schließlich das Entsetzen, als er beiseitetrat und ihr Blick auf den Hund fiel. Fred lag mit verdrehten Gliedmaßen und eingetretenem Schädel da, die Augen waren herausgequollen.

Ingrids Schreien wurde zu einem atemlosen Weinen, als Mutter weiter Franz ankeifte. Im Wohnzimmer rumorte der Fernseher. Ich saß in meinem Bett und sah Franz an. Der brüllte, wir sollten alle Ruhe geben, schrie Mutter an, schrie Ingrid an, die nicht aufhören konnte zu heulen, warf einen Blick auf das tote Tier, wischte sich durchs Gesicht und zog die Nase hoch. Schließlich bemerkte er mich, wie ich regungslos in meinem Bett saß und ihn anstarrte.

»Was?!«, blaffte er mich an. Im nächsten Moment raste seine stinkende Hand auf mich zu, traf mich an der Schläfe, und ich donnerte mit dem Kopf gegen die Wand.

Als ich wieder ganz bei mir war, dröhnte mein Schädel, und Franz war verschwunden. Mutter hatte die Decke um den Hund geschlagen, so dass man den Kadaver nicht sehen konnte, und Ingrid lag zitternd in ihren Armen.

»Schon okay«, flüsterte Mutter, »ist schon okay, Kleine.«

Nachdem wir uns beruhigt hatten, schickte sie mich im Schlafanzug runter in den Hof, um den Hund in die Mülltonne zu werfen. Ein paar Tage später bemerkte Mutter, dass ich auch die Decke weggeworfen hatte, und ich bekam sechs Murmeln in mein Glas.

Mai 2000

»Nimm mal«, sagte ich und reichte Flavio die Verteilersteckdose raus. Ich stieg auf den Spülkasten meiner Toilette, zwängte mich durch das kleine Fenster und kletterte zu ihm auf den abgeflachten Teil des Dachs. Es waren nur wenige Quadratmeter, aber an guten Tagen fühlte es sich an wie das Sonnendeck eines Luxusliners. Der Ausblick auf hoher See änderte sich genauso wenig wie hier, und man hatte Horizont, so weit das Auge reichte.

Es war ein Vormittag im Mai, aber die Sonne brannte vom Himmel, als sei bereits Hochsommer. Ich schloss einen Ventilator und einen Tischgrill, den Flavio mitgebracht hatte, an.

»Steak oder Wurst?«, fragte Flavio.

»Steak.«

Obwohl ich noch einen Kater vom vorherigen Abend hatte, war ich nicht in der Lage gewesen, Flavio wegzuschicken, als er mich wachgeklingelt hatte. Während er sich am Grill zu schaffen machte, fläzte ich mich auf eine Bastmatte, öffnete ein Bier und blickte über die Dächer.

In der Ferne drehten sich zwei leuchtend gelbe Kräne, und die Satellitenschüsseln an den Häuserwänden waren reife Pickel auf dem Gesicht des Viertels. Der Lärm der Straße drang zu uns herauf, hupende Autos, ratternde Presslufthämmer und das übliche Rumgebölke auf dem Kiez. Um uns herum, auf den Ziegeln und Antennen, gurrte ein Taubenschwarm wie eine unruhige Schulklasse, und ab und an knarrte eine Krähe, die sich dazugemogelt hatte, wie ein schimpfender Pauker dazwischen.

Auf der gegenüberliegenden Straßenseite blieb mein Blick

an einer Frau Mitte zwanzig hängen, die in einem giftgrünen T-Shirt, das ihr bis über die Oberschenkel hing, auf einem Balkon stand und an einem Kaffee nippte. Ich strich mir mit den Fingerspitzen über den Nacken und sah sie an. Als sie mich bemerkte, prostete sie mir mit ihrer Tasse zu. Im Gegenzug hob ich mein Bier, woraufhin Flavio, der mit freiem Oberkörper am Grill hockte wie ein Orang-Utan, auf sie aufmerksam wurde, grinsend seine Oberarme anspannte und sich den Bizeps küsste. Weil es auf den Sommer zuging, hatten wir in den letzten Monaten regelmäßig trainiert. Die Frau nickte anerkennend zurück, hob dann aber eine Hand und zeigte mit Daumen und Zeigefinger die Maße eines Streichholzes.

»Originalgröße!«, rief sie zu uns herüber.

Wir lachten, und sie verschwand tänzelnd in ihrer Wohnung.

»Die Alte is' jetzt aber mal ganz weit oben auf der Liste«, sagte Flavio und drehte die brutzelnden Nackensteaks um. Sein Handy klingelte.

»Janina«, sagte er, aber ich sah ihn nur fragend an. »Die kleine Schwarzhaarige mit den Locken, die neulich in letzter Sekunde doch nur kuscheln wollte.«

»Die die ganze Nacht von der Uni gelabert hat?«

Flavio nickte.

»Und wieso hat die deine Handynummer?«, wollte ich wissen, weil es goldene Regel war, nach einem One-Night-Stand auf keinen Fall die richtige Telefonnummer rauszurücken, schon gar nicht nach einem missglückten.

»Die hat so lieb gefragt.«

Ich schmunzelte.

Flavio ging ans Handy. »Moin.«

Ich hörte nicht weiter zu, sondern betrachtete die Tätowierung auf meinem rechten Handgelenk, die einzige, die ich bereute. Ein Herzchen, in dem in verschnörkelter Schrift Flavios Name stand. Vor einigen Monaten waren wir besoffen in ein Studio gestolpert und hatten uns unsere Namen stechen lassen. Am folgenden Morgen war es nicht mal mehr halb so witzig gewesen.

Flavio stieß mich mit dem Fuß an. »Manhattan-Bar?«, fragte er, aber ich wusste nicht, worum es ging. »Warte mal«, sagte er zu Janina, hielt das Handy beiseite und sagte leiser: »Kommst du heute Abend mit in die Manhattan-Bar, einen Cocktail trinken? Die will sich noch mal mit mir treffen und eine Freundin mitbringen. Das ist *die* Chance!«

Ich rieb mir die Schläfe und schüttelte den Kopf. Aber Flavio riss die Augen auf und rührte mit der Grillzange in der Luft herum.

»Ich bin noch total durch von gestern«, sagte ich, »außerdem bin ich pleite.«

»Los«, protestierte er gepresst. »Doppel-Date mit Charme-Offensive.«

Als ich nicht reagierte, verzog er das Gesicht und wackelte mit dem Oberkörper hin und her. »Mir zuliebe«, sagte er. »Ich lad dich ein, Alter.«

»Du zahlst?«

»Komplett.«

»Sieht die Freundin halbwegs gut aus?«

»Nee, das ist so 'ne Bucklige«, antwortete er und rollte mit den Augen.

Ich lächelte.

»Janina? Ja, klappt. Neun Uhr in der Manhattan-Bar.«

Nachdem Flavio sich von ihr verabschiedet hatte, kniete er sich neben den Grill und murmelte: »Jetzt gibt's Fleisch.«

Ich reichte ihm die Teller.

»Lass uns nachher noch was zu kiffen besorgen, Rick, ja?«

Keine zwei Stunden später standen wir mit vollgeschlagenen Bäuchen vor einer Schule und musterten von der gegenüberliegenden Straßenseite aus die Schüler, die herausströmten. Einige verschwanden in Richtung Bus- oder Bahnhaltestelle, andere sammelten sich in kleinen Gruppen vor dem Eingang.

»Ich bin so froh, dass ich keine siebzehn mehr bin, sondern auf die dreißig zugehe. Guck dir mal an, was die mit ihren Haaren machen. Und die Hosen erst«, sagte Flavio, während er sich eine Bomberjacke überzog.

»Die ist doch viel zu warm«, sagte ich.

»Sieht aber cooler aus.«

Damit setzte er sich eine verspiegelte Sonnenbrille auf. Anschließend kontrollierte er, ob das Funkgerät in seiner Jackentasche ausgeschaltet war, das er, genau wie ein Headset, bei einer Security-Firma hatte mitgehen lassen, für die wir eine Weile Türsteherjobs gemacht hatten. Ich warf einen Blick über die Straße und fragte: »Welchen nehmen wir denn jetzt?«

»Gibt's schon einen mit Dreadlocks?«

»Nee.«

»Hat der eine da nicht ein Bob-Marley-T-Shirt an?«

»Das ist Che Guevara«, sagte ich.

»Bedeutet doch beides *Kiffen*, oder nicht? Irgendwas Zeckenmäßiges halt.«

Ich sagte nichts.

»Oh, hier!« Flavio deutete auf den Eingang, aus dem ein Kerl mit verfilzten Haaren geschlurft kam, der den Temperaturen zum Trotz einen Parka mit Cannabisblatt-Aufnäher trug. Auf seinen Schultern hatte er einen vollgekritzelten Militärrucksack.

»Das ist schon fast zu einfach«, sagte ich.

»Herr Kollege«, Flavio rückte sich die Sonnenbrille zurecht, »Zielperson erfasst.«

Mit zügigen Schritten überquerten wir die Straße und gingen auf den Kerl zu. Flavio schob sich das Headset ins Ohr und steckte das lose Kabelende in die Jacke. Als der Junge uns bemerkte, sah er sich hektisch um.

»Kriminalpolizei, kommen Sie bitte mal mit, junger Mann«, sagte ich freundlich, aber bestimmt, und schob ihn in eine Ecke zwischen Bushaltestelle und Altkleidercontainer. Flavio und ich schnupperten. Der Bengel dünstete den Grasgeruch regelrecht aus. Sein Blick wanderte unruhig zwischen uns hin und her.

»Hauptkommissar Bauernfeind«, sagte ich. »Wir haben Grund zu der Annahme, dass Sie Drogen mit sich führen. Öffnen Sie bitte den Rucksack.«

Die anderen Leute, die wir auf diese Weise abgezogen hatten, waren auch kleinlaut gewesen, aber derartig gezittert wie dieser Kerl hatte keiner von ihnen. Anstatt nach unseren Dienstmarken zu fragen, stotterte er: »Ich schreibe gleich eine Klassenarbeit.«

Obwohl Flavio mit seinen lockigen Haaren, dem Dreitagebart und der Brille aussah, als sei er einem Siebzigerjahre-Gangsterfilm entstiegen, und ich meine abgewetzten Cowboystiefel trug, schien der Kerl nicht zu bezweifeln, dass wir Bullen waren.

»Unser Einsatz ist mit der Schulleitung abgesprochen. Wenn Sie kooperativ sind, wird es keine Verzögerungen in Ihrem Tagesablauf geben. Ihren Ausweis bitte«, sagte ich, worauf er schwer atmend seinen Ausweis aus dem Portemonnaie fingerte. Flavio drückte sich mit Zeige- und Mittelfinger das Headset ans Ohr und holte das Funkgerät aus der Jacke.

»Zentrale?«, sagte er, »Zielperson trägt einen schmutzigen Parka mit verdächtigen Aufnähern und schulterlange Dreadlocks. Wiederhole: Dreadlocks.«

Dann zupfte er dem Jungen den Ausweis aus der Hand, als sei es die alles entscheidende Karte bei einem Quartett-Spiel, und tat anschließend so, als gebe er die Personalien durch, ohne ihn eines weiteren Blickes zu würdigen.

»Die Drogen, bitte«, sagte ich.

»Ich habe keine Drogen«, antwortete der Bengel und schielte hilfesuchend in Richtung Haltestelle zu seinen Freunden, die das Geschehen nur auf einige Meter Entfernung zu beobachten wagten. Flavio schüttelte demonstrativ gelangweilt den Kopf und sah beiseite.

»Dann lassen Sie mich bitte kurz in den Rucksack schauen«,

forderte ich den Jungen auf. Aber er reagierte nicht, sondern starrte nur auf seine ausgelatschten Sneakers und knibbelte am Saum seines Parkas herum wie am Ohr eines Lieblingsteddys.

»Bitte«, wiederholte ich.

Schließlich nahm Flavio die Sonnenbrille ab, stemmte eine Hand in die Hüfte und deutete mit dem Zeigefinger der anderen, die Brille zwischen Daumen und Mittelfinger baumelnd, aus kurzer Distanz auf den Kerl.

»Jetzt pass mal auf«, sagte er und trat einen Schritt auf ihn zu. »Ich werde nicht dafür bezahlt, meine Zeit mit Verlierern wie dir zu verschwenden.«

Der Junge blinzelte, als habe er Schlaf in den Augen. Flavio sah an ihm herunter. »Wir haben aus sicherer Quelle erfahren, dass du Drogen bei dir hast. Du solltest jetzt nicht den Fehler machen, dich mit uns anzulegen. Weißt du, was wir alles mit dir anstellen könnten? Wem würde man wohl glauben? Dem kleinen dreckigen Kiffer oder zwei hochdekorierten Beamten?«

Ich hatte keine Ahnung, aus welchem Film das Gerede stammte, doch als Flavio *hochdekoriert* sagte, war ich sicher, dass der Bengel das Ganze durchschauen und einfach abhauen würde. Stattdessen flennte er los und nahm umständlich den Rucksack von seinen Schultern. Eine süßlich-harzige Wolke schlug uns entgegen, als er ihn öffnete.

»Sie dürfen bitte meinen Eltern nichts davon sagen«, brabbelte er. »Ich mache das nur, um schneller das Geld für den Führerschein zusammenzubekommen. Das ist das erste Mal. Ich mache das auch nie wieder.«

Nachdem er sich hingekniet hatte, zauberte er erst zwei Einkaufstüten voller Gras aus dem Rucksack und, als wäre das nicht genug, noch vier Tütchen mit Pillen. Als der Bengel uns einige Sekunden lang nicht beachtete, ballte Flavio eine Hand zur Faust, starrte mich an und riss stumm den Mund auf, als gebe er Kriegsgeheul von sich.

»Das ist konfisziert«, sagte ich, nahm dem Jungen das Zeug aus der Hand und packte alles wieder zusammen. Flavio drückte sich das Headset gegens Ohr und sabbelte ins Funkgerät: »Der Adler ist gelandet.«

Ich spürte, dass es an der Zeit war abzuhauen, bevor er es wie üblich überreizen würde, setzte mir den Rucksack des Bengels auf und wollte nur noch möglichst schnell weg.

»Mein Kollege und ich werden jetzt das Beweismaterial sicherstellen und dich nach der Schule hier abholen«, sagte Flavio in väterlichem Tonfall. »Schreib deine Arbeit. Mach was aus deinem Leben. Und denk dran«, er setzte sich die Sonnenbrille wieder auf, »du kannst wegrennen, aber du kannst dich nicht verstecken.«

Der Bengel guckte dumm aus der Wäsche. Bevor wir uns davonmachten, klopfte ich ihm aufmunternd auf die Schulter.

Im Rucksack befanden sich Gras und Pillen im Verkaufswert von weit über zweitausend Mark. Weil Flavio und ich das Zeug nicht selbst verscherbeln wollten, rief ich Pascal an, bei dem ich für gewöhnlich einkaufte, in der Hoffnung, er würde uns einen anständigen Preis machen. Am Telefon deutete ich nur vage an, worum es ging, und wenig später standen wir vor seiner Wohnungstür im frisch geschrubbten Treppenhaus.

Ich klopfte.

Flavio trug noch immer seine Bomberjacke.

»Willst du die nicht mal ausziehen?«

»Solche Geschäfte macht man nicht in T-Shirt und kurzen Hosen, Rick«, sagte Flavio. Gerade wollte ich die Augen verdrehen, da hörte ich Pascals Stimme durch die Tür.

»Ja?«, fragte er tonlos.

»Wir sind's.«

»Wer?«

Die Haustür hatte offen gestanden, und wir waren reingekommen, ohne zu klingeln, sodass ich mir nichts bei der Frage dachte.

»Rick. Und Flavio ist dabei.«

Stille. Dann: »Das ist heute doch nicht so gut.«

Flavio kratzte sich knirschend über seine Bartstoppeln am Hals, und ich ging dichter an die Tür. »Pascal, lass uns mal kurz rein, und guck dir an, was wir mitgebracht haben, ja?«

»Ich rufe dich morgen an.«

»Mach mal bitte kurz die Tür auf. Flavio muss auch nicht mit reinkommen, wenn du keinen Bock auf ihn hast«, sagte ich drängender und nahm den Rucksack von den Schultern. Schließlich öffnete sich die Tür einen Spalt, und Pascal linste über die vorgehängte Kette aus der Wohnung.

»Jungs, ihr solltet echt abhauen«, sagte er.

»Dauert nicht lange.«

»Was denn?«, fragte er genervt und zog die Augenbrauen zusammen.

»Wir haben ein Eins-A-Geschäft für dich, da kannste richtig Geld mit machen«, flüsterte Flavio. In dem Moment wurde die Tür zugeknallt, es polterte, und nach einem Klickern der Kette wurde sie wieder aufgerissen.

Ein breitschultriger Glatzkopf mit fliehender Stirn und tiefliegenden Augen stand vor uns. Perplex, wie ich war, konnte er mir den Rucksack aus den Händen nehmen, ohne dass ich reagierte. Sofort wollte Flavio auf den Kerl losgehen, aber ich packte ihn am Arm und hielt ihn zurück. Im Augenwinkel hatte ich noch zwei ähnliche Gestalten bemerkt, die in einem der Zimmer hockten.

»Warte mal«, sagte ich.

»Was denn?!«

Pascal stand im Flur hinter dem Kerl und machte eine hilflose Handbewegung.

»Das habt ihr euch echt selbst eingebrockt, Jungs«, sagte er.

Der Glatzkopf deutete in das Zimmer zu den beiden Männern, die in zwei Sesseln hingen und ausdruckslos zu uns herübersahen. Nach kurzem Zögern traten wir in die Wohnung, nickten ihnen zu und setzten uns ihnen gegenüber auf ein Sofa, in das wir tief einsanken und jegliche Souveränität mit uns.

Nachdem er unseren Rucksack auf dem Wohnzimmertisch abgestellt hatte, postierte sich der Glatzkopf mit verschränkten Armen im Türrahmen, als würde sich ein Tetris-Stein in eine passende Lücke schieben.

Pascals Wohnung war wie geleckt. Auf dem Teppich war kein Fussel zu entdecken, und selbst die Gläser der gerahmten Filmplakate waren streifenfrei gewienert. Mehrere Fernbedienungen lagen auf dem Tisch in Reih und Glied nebeneinander. Das Einzige, was den Gesamteindruck störte, war ein randvoller Aschenbecher, um den herum sich ein Kreis Asche wie ein Asteroidengürtel zog.

Die Kerle sahen uns an. Sie waren um die vierzig. Unter ihren Anzügen trugen sie bunt gemusterte Hemden wie aus der Altkleidersammlung. Bei einem der beiden uns gegenüber ragte eine Tätowierung am Hals bläulich verschwommen aus dem Kragen, und der andere trug einen Brillie im Ohr. Leute, die nichts zu verlieren hatten und genau das auch ausstrahlten. Mit Typen wie ihnen gab es am Wochenende regelmäßig Reibereien in den Clubs, wenn sie frühmorgens den Frauen zu aufdringlich wurden, weswegen Flavio und ich sie dann möglichst stressfrei hinausbefördern mussten.

Wir starrten uns an. In der Ecke des Zimmers plätscherte Wasser in einem Aquarium, und auf dem Fernseher blinkte die Grafik eines Autorennspiels.

»Pffff«, machte Flavio und knackte mit dem Nacken. Der Tätowierte verzog sein Gesicht zu einer Fratze und riss den Mund auf. Es dauerte einen Augenblick, bis ich begriff, dass er tonlos gähnte. Er hatte Zähne wie Kieselsteine in seinem Maul. Einige Sekunden erstarrte er in dieser Haltung, bis er schnaufend ausatmete und in die gleiche mimiklose Pose zurückfiel, die er vorher innegehabt hatte. Schließlich fragte der mit dem Brillie mit osteuropäischem Akzent: »Was soll das für ein Eins-A-Geschäft sein?«

Erst zögerte ich. »Eine private Angelegenheit.«

Pascal verzog wie vor Schmerzen das Gesicht, während der Tätowierte ein Lächeln andeutete. »Wir werden es nicht weitersagen. Besprecht es.« Er wedelte mit den Händen zwischen mir und Pascal herum, der mitten im Raum stehen geblieben war.

»Na, was wollt ihr denn?«, fragte Pascal. Nachdem ich auf den Rucksack gedeutet hatte, öffnete er ihn und inspizierte den Inhalt. Die Kerle schauten ihm nur kurz dabei zu, bevor ihm der Tätowierte die Tüten aus der Hand nahm, sie zurückstopfte und einige Worte in seiner Muttersprache mit seinem Partner wechselte.

»Wir nehmen das als Anzahlung«, sagte der mit dem Brillie schließlich zu Pascal, ohne Flavio und mich zu beachten.

»Moment mal«, protestierte Flavio.

»Wir klären das gleich, Jungs«, sagte Pascal und bedeutete Flavio, ruhig zu bleiben, aber der erhob sich.

»Nee, wir klären das jetzt. Pass mal auf: Wir bezahlen nicht deine Schulden. Und ihr«, Flavio sah den beiden Kerlen fest in die Augen, »ihr müsst nicht glauben, dass wir das einfach so mit uns machen lassen.«

»Flavio, das ist gerade total überflüssig«, sagte ich. Die Männer sahen ihn interessiert an, blieben aber sitzen.

»Ey, du kannst denen doch nicht einfach unser Zeug überlassen«, fluchte Flavio, und der Glatzkopf trat einen Schritt in den Raum.

»Ganz ruhig, Leute«, sagte Pascal, und es war nicht zu übersehen, wie aufgeregt er war.

»Ey, ich lasse mich doch nicht von diesen Polacken-Fratzen abzocken«, ätzte Flavio weiter.

»Das ist genau das, was ich neulich meinte, Flavio«, murmelte ich, »nicht immer gleich durchdrehen.«

»Was wollen die Idioten denn schon machen?«

Der Glatzkopf beantwortete die Frage, indem er in sein Jackett griff, als würde er eine Waffe aus dem Holster nehmen.

»Na, jetzt bin ich ja mal gespannt«, stachelte Flavio ihn weiter an.

Als ich mich erhob, um gegebenenfalls dazwischengehen zu können, kam ich nur langsam aus dem Sofa hoch, und als ich schließlich stand, waren auch der Tätowierte und der mit dem Brillie auf den Beinen. Wir sahen uns abwartend an.

»Vor den hässlichen Idioten habe ich doch keine Angst«, bollerte Flavio.

»Halt doch einfach mal die Fresse«, zischte ich, aber da war Flavio schon dabei, sich die Jacke auszuziehen. Während der Glatzkopf auf den Fußballen wippte, pumpten die beiden anderen ihre Oberkörper auf. Gerade wollte ich zu einem Versuch ansetzen, die Sache in Ruhe zu klären, da warf Flavio seine Jacke wie einen Fehdehandschuh auf den Boden.

Funkgerät und Headset rutschten aus der Innentasche.

Die drei Kerle sahen sich fragend an, dann brabbelte der Tätowierte etwas vor sich hin, und seine Kollegen bekamen große Augen.

»Polizei?«, fragte schließlich der mit dem Brillie, auf das Funkgerät deutend.

»Nein! Nein, nein!«, rief Pascal und wollte die Situation entschärfen, aber Flavio sagte betont locker: »In Ordnung, Pascal. Danke für Ihre Mitarbeit, wir haben alles, was wir brauchen. Die Kollegen werden jetzt jede Minute bei uns sein.«

»Ahhh«, machte Pascal, als habe er sich verbrannt, und rief: »Nein! Nein! Nein! Keine Polizei!«

Mit skeptischem Blick sah uns der Tätowierte an, während der mit dem Brillie auf Pascal zustürmte und ihn am Nacken packte wie einen ungezogenen Köter.

»Hast du uns an die Bullen verraten, um aus der Sache rauszukommen?«, brüllte er mit anschwellender Halsschlagader in Pascals Ohr, aber der duckte sich weg und brachte außer *Nein* nichts heraus. Der Tätowierte stapfte zum Fenster und lugte durch die Gardinen hinaus, während der Glatzkopf wieder seinen Platz im Türrahmen einnahm. Die Hand noch immer im Jackett, sah er aus wie eine Testosteron-Variante von Napoleon. Für einen Moment glaubte ich tatsächlich, dass die Kerle auf den Schwindel hereinfallen und einfach abhauen würden, aber anstatt abzuwarten und das Ganze laufen zu lassen, schnappte sich Flavio das Funkgerät vom Boden und sagte: »Zentrale? Der Adler ist gelandet. Wir brauchen dringend Back-Up.«

Sofort hielt der Kerl mit dem Brillie inne, ließ von Pascal ab, und auch der Tätowierte am Fenster wandte sich wieder uns zu.

Ich stöhnte.

»Back-Up?«, kicherte der Tätowierte. Flavio schielte zu mir herüber und begriff schlagartig, dass er zu weit gegangen war. Lässig nahm ihm der Tätowierte das Funkgerät aus der Hand. »Ausgeschaltet«, sagte er.

Nach einem Moment der Stille sagte Flavio: »In Ordnung. Warum machen wir nicht ein Geschäft: Ihr nehmt den Rucksack, und wir hauen einfach ab.«

»Den Rucksack nehmen wir mit. Kein Problem«, sagte der mit dem Brillie, während er sich sein Jackett auszog. Mir war klar, dass wir jetzt ordentlich Prügel beziehen würden.

Weitestgehend widerstandslos ließen wir das Ganze über uns ergehen und kamen mit Platzwunden und ein paar blauen Flecken davon. Wahrscheinlich wollten sie uns nicht bestrafen, sondern nur eine Lehre erteilen, ansonsten hätten sie uns übler zugerichtet. Pascal ließen sie gleich ganz in Ruhe. Irgendwie hatte die Sache wohl sogar ihren Humor getroffen, denn als wir schließlich keuchend auf dem Teppich lagen und die drei im Begriff waren, zu verschwinden, sagte der Glatzkopf, der zuvor keinen Ton von sich gegeben hatte, mit breitestem Akzent zu Flavio: »Errfoolgreich'n Dienst nooch, Herr Waachtmeist'r.«

Nachdem sie abgehauen waren, rappelten wir uns auf und

schwiegen. An einen Sessel gelehnt, hockte ich auf dem Boden, wischte mir Blut aus dem Mundwinkel und zerrieb es zwischen Daumen und Mittelfinger. Flavio hatte sich auf dem Wohnzimmertisch abgesetzt. Schließlich sahen wir uns an und mussten lachen.

»Tut mir leid«, sagte Flavio tonlos.

»Ich weiß«, antwortete ich. »Schon okay.«

Flavio zog hoch und rotzte Blut auf den Teppich.

»Ey«, sagte Pascal, der, an die Wand gelehnt, neben der Zimmertür hockte.

»Was?«, erwiderte Flavio. »Was?!«

»Nicht auf den Boden spucken.«

Flavio warf mir einen fassungslosen Blick zu. »Spinnst du?«, fuhr er Pascal an. »Du ziehst uns hier in irgendwelche Scheiße mit der Russenmafia rein und …«

»Ach, das war doch nicht die Russenmafia«, unterbrach ihn Pascal. »Und das wäre alles gar nicht nötig gewesen. Du hättest denen einfach euer Zeug geben können, und wir hätten das anschließend unter uns geklärt.«

»Ich gebe denen das doch nicht, ohne mich zu wehren.«

»Na, das hat ja richtig was gebracht«, sagte Pascal.

Sofort sprang Flavio auf, packte ihn am Kragen und zerrte ihn auf die Beine. »Natürlich hat das was gebracht«, sagte er und spuckte einen zweiten blutigen Hunken auf den Teppich. »Wenn die mich das nächste Mal auf der Straße sehen, erinnern sie sich daran, dass ich nicht irgendeine feige Sau bin, sondern mein Maul aufmache, wenn mir was nicht passt. Und sie wissen, dass ich was einstecken kann.« Pascal blieb stumm. »Dich werden die in zwanzig Jahren noch schikanieren.«

Kopfschüttelnd ließ Flavio von ihm ab.

»Und jetzt?«, fragte Pascal schließlich.

»Hast du Geld im Haus?«, wollte Flavio von ihm wissen.

»Nee. Deswegen waren die hier. Die kriegen noch Kohle von mir, und mein Konto ist zur Zeit dicht. Mich haben letzten Monat zwei Typen ganz übel abgezogen.«

Flavio starrte ins Aquarium und klopfte mit den Knöcheln gegen das Glas. »Ich gehe hier nicht ohne Kohle weg«, sagte er.

»Wieso glaubst du eigentlich, dass ich dir Geld geben müsste?«, fragte Pascal. Obwohl es keine plausible Antwort auf die Frage gab, verstand ich Flavio, der sofort wieder auf Pascal losgehen wollte.

»Halt den mal zurück, Rick!«, rief der ängstlich, aber ich zuckte mit den Schultern.

»Pascal, du bist der Typ, über den ich meine Drogen besorge, nicht mein Freund.«

Wir nahmen Pascals Fernseher und seinen DVD-Player, eine Spielkonsole, einige Spiele und die Mikrowelle mit. Das war zwar kein Bargeld, aber es entschädigte für die Kohle, die uns durch die Lappen gegangen war. Pascal sah nur dabei zu, wie wir das Zeug herausschleppten, er hielt uns sogar noch die Tür auf.

Gegen neun Uhr abends saßen wir mit Janina und ihrer Freundin in der Manhattan-Bar. Im Laufe des Tages waren unsere Gesichter angeschwollen, und Flavio behauptete, wir hätten eine türkische Familie vor Nazi-Skinheads beschützen wollen. Die Frauen glaubten ihm kein Wort. Es war ein kurzer Abend, und sie haben sich anschließend nie wieder gemeldet.

Weil wir zu übel aussahen, um neue Frauen klarzumachen, holten Flavio und ich uns Mikrowellenfraß und Bier von der Tankstelle und zockten die Nacht hindurch Autorennspiele.

August 1980

Es war noch vor sechs Uhr am Morgen, aber die warme Luft kräuselte sich schon in unsichtbaren Strudeln über dem Boden. Ich schlurfte hinter Christian Baader, den alle nur mit seinem Nachnamen ansprachen, seinem Schatten Jens und drei anderen Heimbewohnern zum Supermarkt. Baader war aus meiner Wohngruppe und einer der Rädelsführer im Kinderheim. Für seine fünfzehn Jahre war er recht groß geraten, hatte kurze, stoppelige Haare und einen Flaum über der Oberlippe, mit dem er uns Jüngere mächtig beeindruckte. Wie immer trug er auch jetzt einen Trainingsanzug mit grünroten Streifen an der Naht und Hochwasser-Hose, sodass man die Tennissocken sehen konnte, die in seinen Klettverschluss-Turnschuhen verschwanden. Am linken Handgelenk klebte ihm ein verpektes Schweißband wie ein Geschwür, am rechten trug er eine Digitaluhr, die zu jeder vollen Stunde zwei beißende Fiepser von sich gab. Eines von Baaders Spielchen bestand darin, andere Kinder herauszufordern, die eingebaute Stoppuhr schneller zu starten und zu stoppen, als er es konnte. Gelang es jemandem, was selten der Fall war, erntete man ein anerkennendes Nicken, schaffte man es nicht, bekam man drei Schläge auf den Oberarm verpasst. Wenn man dabei zuckte, gleich noch drei und ein hämisches Lachen hinterher.

Baaders Bande bestand aus fünfzehn Jungs, die ihn im gleichen Maße bewunderten, wie sie Schiss vor ihm hatten. Dazugehören wollte man nicht, weil man mit ihm befreundet sein wollte, sondern weil man ansonsten Prügel und Schikane riskierte. Er schickte seine Leute in Supermärkte oder andere Läden, wo sie Zigaretten, Süßigkeiten oder was auch immer klauten, um die Sachen anschließend in der Schule oder im Heim zu verscheuern. Die Hälfte der Kohle sackte Baader ein, den Rest teilte er unter den anderen auf.

»Pass auf«, sagte Jens, der für gewöhnlich das Reden für Baader übernahm, seitdem der mit dem Stimmbruch zu kämpfen hatte, als wir am Supermarkt angekommen waren. »Du versteckst dich hinter den Altglascontainern da drüben und wartest. Kurz vor sechs kommt der Laster mit Lebensmitteln und dem ganzen Zeug. Das dauert vielleicht zehn Minuten, bis der Kram abgeladen ist, und bis der Chef vom Supermarkt kommt, dauert's auch immer noch eine Weile. Bis dahin steht das alles einfach unbewacht rum. Zeit hast du genug. Das Problem sind die Leute mit den Hunden.« Damit deutete er auf einen Schotterweg, der am Supermarkt vorbei in einen Park führte. »Wir brauchen heute Himbeerjoghurt«, fuhr er fort. »Das sind normalerweise wenigstens vier Paletten aus Pappe mit jeweils sechzehn Bechern drauf. Die Paletten schnappst du dir und bringst sie zu uns. Wir verstecken uns drüben im Gebüsch. Aber nimm nicht alle vier auf einmal. Die sind zwar nicht schwer, aber die sind nicht sehr stabil.« Jens machte eine Pause und sah mich an, als habe er mir eine Rechenaufgabe erklärt. »Verstanden?«, wollte er wissen, aber ich rückte mir nur den schwarzen Cowboyhut zurecht, den ich trug.

Seit einigen Wochen setzte ich ihn nur zum Schlafen oder wenn die Lehrer darauf bestanden ab. Er war wie eine Mischung aus Sturzhelm und Tarnkappe, unter der ich beim Aufsetzen verschwand, um anschließend ein Stück selbstsicherer wieder aufzutauchen. Gleichzeitig war er eine Art Anker. Jeder der Jungen im Heim besaß einen Gegenstand, der ihn an die Zeit davor erinnerte und den er hütete wie seinen Augapfel. Beim einen war es ein Kuscheltier, beim anderen etwas Belangloses wie ein Schlüsselanhänger, und wieder andere hatten Fotos. Meine Erinnerungsstütze war der Cowboyhut.

»Der hat die Hose jetzt schon voll«, lachte Baader. Erst

als er einen Blick in die Runde warf und den anderen zu verstehen gab, dass sie ihren Einsatz verpasst hatten, stimmten sie mit ein. Weil ich nichts zu sagen wusste, sah ich ihn nur abfällig an. Sofort verzog sich sein Grinsen zu einer ärgerlichen Fratze, und er stieß mir gegen die Schulter, sodass ich einen Schritt zurückstolperte.

»Entschuldige dich«, sagte er. Baader war zwei Köpfe größer als ich, aber sein Schubsen beeindruckte mich nicht. Ich war es gewohnt, den Hintern mit einem Kochlöffel versohlt zu bekommen oder Franz' Schläge einzustecken.

»Ich habe gesagt, du sollst dich entschuldigen«, wiederholte Baader im Befehlston.

Ich hob das Kinn. »Wofür denn?«, fragte ich.

»Dafür, dass du dumm und hässlich bist.«

Baader machte einen Schritt auf mich zu. So dicht gegenübergestanden hatte ich ihm noch nie. Unter der Krempe meines Hutes hervorlugend, gaffte ich an ihm hoch und bemerkte kleine rötliche Pickel um seine Nasenlöcher herum. In seinen Barthärchen hingen Krümel.

»Sag: Entschuldige, dass ich dumm und hässlich bin«, drohte er lauter und schubste mich ein zweites Mal. Dieses Mal schwankte ich nicht, sondern schaute ihm fest in die Augen, aber gerade als Baader mich packen wollte, rief Jens: »Der Laster!«, und als der LKW um die Ecke bog und vor den Supermarkt fuhr, huschten die anderen wie Wiesel in die Hagebuttensträucher.

Hinter dem Altglascontainer zwischen Scherben hockend, spähte ich in Richtung des Supermarktes, vor dem zwei Männer in grauen Latzhosen Paletten und Kartons aus dem Laderaum schafften. Es roch nach Fruchtsaft, Bier und Hundepisse, und die ersten Wespen des Tages summten um mich herum.

Ich musste an Baader denken. Wenn Franz mich geschlagen hatte, hatte ich mich nie gewehrt, weil ich mir dadurch nur noch mehr Prügel eingefangen hätte. Auch Mutters Backpfeifen hatte ich ohne Widerspruch geschluckt. Baader schien aber ein Gegner zu sein, dem gegenüber ich nicht von vornherein chancenlos war. Vielleicht konnte ich nicht gewinnen, aber zumindest ein paar anständige Schläge konnte ich ihm verpassen.

Irgendwann hörte ich ein Wispern aus dem Gebüsch. »Ksss«, zischte Jens.

Weil ich noch immer in Gedanken war, dauerte es einen Moment, bis ich begriff, dass er mich darauf aufmerksam machen wollte, dass der Laster verschwunden war.

Ich sah mich um. Eine Krähe stakste über den Parkplatz wie ein Kerl von der Wach-und-Schließ kurz vor Ende der Nachtschicht. Spaziergänger waren weit und breit nicht zu sehen. Ich atmete durch und lief mit klappernden Sandalen zu den Lebensmitteln, schnappte mir eine Palette und hastete zum Gebüsch. Erst über den Asphalt des Parkplatzes, dann zog die Feuchtigkeit des Grases in meine Socken, und schließlich knirschte der Schotterweg unter meinen Sohlen. Hinter den Zweigen und Blättern waren die anderen kaum zu erkennen, als sich mir unter dem Knacken des Geästs zwei Arme entgegenstreckten. Der Joghurt verschwand im Gebüsch. Ich holte die zweite Palette, verschwendete keinen Gedanken an den Filialleiter des Supermarktes oder Passanten, sondern konnte nicht aufhören mir vorzustellen, wie es wäre, mich mit Baader zu prügeln. Zwar war er größer als ich, aber er war es auch gewohnt, dass man Angst vor ihm hatte und den Schwanz einzog, sobald es ernst wurde. Ich lieferte keuchend die zweite Palette ab, dann die dritte, und schließlich holte ich die letzte. Wenn ich mich auf eine Rangelei mit Baader einließ, würden wir irgendwann am Boden liegen, und er würde durch seine pure Masse gewinnen, wenn er sich zum Muskelreiten auf meine Arme setzte. Gegebenenfalls müsste ich ihm also gleich zum Einstieg eine reinsemmeln und zusehen, dass er nicht die Oberhand gewann.

»Hey, Bengel!«

Ich blieb abrupt stehen.

Auf dem Weg wenige Meter neben mir stand ein bleicher, alter Mann in Lodenmantel und Hut wie ein umgedrehtes Ausrufezeichen. Über seine Wangenknochen zog sich rissige Haut, und seine Lippen unterschieden sich nicht vom Rest seines fahlen Gesichts. Mit der einen Hand klammerte er sich an einen Spazierstock, an der anderen hielt er angeleint einen Jagdhund. Erst sah er mich an, betrachtete dann die Palette und schaute anschließend zum Supermarkt. Er wusste sofort, wie er mich einzuordnen hatte. Das Heim und wir Bewohner waren, das hatte ich schon mitbekommen, in dem kleinen Ort bekannt, sodass bei einem Fall von Ruhestörung oder Sachbeschädigung zuerst bei der Heimleitung nachgefragt wurde.

Der Alte hustete. Mein Blut pulsierte in den Fingerspitzen, bis unter die Nägel, und die Luft zitterte vor meinen Augen.

»Stell die Palette zurück, oder ich rufe die Polizei«, sagte der Mann. Unter dem Knirschen des Schotters kam er auf mich zu. Dabei setzte er den Stock ruckartig vor sich auf, als müsse er sich auf jeden einzelnen Schritt konzentrieren. Neben seinem kräftigen Hund wirkte er noch gebrechlicher, als er ohnehin war.

»Vom Erziehungsheim, was?«, fragte er. Ich nahm den Geruch von kaltem Zigarrenqualm wahr, der ihn umwehte. »Ihr Bengel seid alle Gauner und Verbrecher. Ihr habt neulich auch Frau Krumbholz ausgeraubt.« Der Hund sah mit hängenden Lidern zu ihm auf und leckte sich die Lefzen. »Ich merk mir dein Gesicht, und heute Nachmittag komme ich im Heim vorbei. Dann bekommst du dein Fett weg. Euch Jungs muss man die Disziplin mit dem Rohrstock einprügeln.« Sein Gerede verlor sich in einem Hustenanfall. Während er sich auskeuchte, schielte ich zum Gebüsch und stellte mir vor, wie die anderen mich beobachteten, um anschließend herumzuerzählen, dass ich wegen eines Opas Schiss bekommen hatte. Mit einem Mal hatte ich Baaders großkotziges Lachen im Ohr. Der Alte röchelte noch immer. Er war schwach. Ich dachte an Baader. Dann hörte ich mich reden.

»Wenn Sie mich verraten, töte ich Ihren Hund.«

Augenblicklich erstarrte der Alte, und nach einem Moment der Irritation fragte er: »Was hast du gesagt, Junge?«

»Wenn Sie zum Heim kommen, töte ich Ihren Hund. Ich habe ein Messer, und ich habe schon viele Tiere getötet.«

Er kniff seine Augen zusammen, griff die Leine ein wenig fester und musterte mich.

»Verbrecher«, murmelte er.

Als ich bemerkte, dass er mir tatsächlich zutraute, seine Töle abzustechen, konnte ich nicht aufhören. Außerdem wollte ich, dass die Jungs im Gebüsch mir die Geschichte abnahmen, und dafür musste der Alte sie schlucken.

»Ich locke den Hund an, wenn Sie ihn irgendwann von der Leine lassen, streichle ihn ein bisschen und steche ihm dann die Klinge in den Hals.«

Der Mann räusperte sich. Mit der Spitze seines Stocks deutete er auf mich wie mit einem Degen, bevor er sich abwandte und in die Richtung davonschlurfte, aus der er gekommen war.

Einen Moment wartete ich ab, und als ich den anderen schließlich die Palette brachte, flüsterte Jens: »Gut, aber die Mutprobe ist noch nicht vorbei. Wenn der Chef vom Supermarkt kommt, musst du den Stern von seinem Benz klauen.«

»Das war nicht abgemacht«, sagte ich.

»Du holst den Stern, oder wir erzählen, dass du Joghurt geklaut hast«, drang es aus dem Gebüsch.

»Los, da kommt er«, hörte ich Baader. Ein metallic-grüner Mercedes rollte auf den Parkplatz, und ich huschte wieder hinter die Container.

Der Filialleiter mit Schmerbauch, Anzug und Krawatte stieg aus seinem Wagen, verriegelte ihn und überflog im Vorbeigehen die Waren, bemerkte aber das Fehlen des Joghurts nicht, sondern verschwand durch den Seiteneingang im Laden. Ohne zu wissen, wie ich den Stern vom Auto bekommen sollte, sprintete ich los. Vor dem Kühlergrill blieb ich stehen. Mit einer Hand stützte ich mich auf der warmen Motorhaube ab und zerrte mit der anderen am Stern, drehte ihn in seinem Kugellager, doch es tat sich nichts. Ich stemmte einen Fuß auf die Stoßstange und ruckelte weiter am Stern herum. Die Innenbeleuchtung des Supermarktes ging flackernd an. Vor die Wahl gestellt, beim Klauen erwischt oder von den anderen fürs Weglaufen ausgelacht zu werden, entschied ich mich fürs Erwischtwerden. So sehr ich auch an dem Stern zergelte, er wollte sich nicht lösen. Einen Moment lang starrte ich ihn an und hörte den Motor beim Abkühlen knistern und knacken. Aus Ratlosigkeit schnipste ich schließlich mit dem Zeigefinger gegen den Stern, wie man Radiergummireste vom Tisch schnipst. Wahrscheinlich hatte ich den Stern vorher derart weichgekurbelt, dass er ausgerechnet dabei nach hinten wegknickte und klickernd zu Boden fiel. Mit einer Mischung aus Schreck und Freude gaffte ich ihn einige Sekunden an, hob ihn dann auf, lief zu den anderen und kroch zu ihnen zwischen die Hagebutten.

Es waren vier oder fünf Sträucher, die so verwuchert waren, dass sie von außen wirkten wie ein einziger riesiger Busch, aber wenn man sich hineinzwängte, bildeten sie eine Höhle. Die anderen Jungs trafen sich regelmäßig dort. Kippenstummel und Streichhölzer, Flaschen und anderer Kram lagen herum. Baader nahm mir den Stern aus der Hand und betrachtete ihn. Jens und die anderen sahen mich wortlos an, wichen meinen Blicken aber aus.

»Brauche ich doch nicht«, sagte Baader und warf den Stern weg. »Und das da«, er deutete auf eine der Paletten, »ist Erdbeerjoghurt und kein Himbeerjoghurt. Der kann nicht mal Himbeeren von Erdbeeren unterscheiden, der Versager.«

Dann lachte er übertrieben laut, aber die anderen blieben stumm und reagierten nicht, nicht einmal Jens.

Wir hockten im Kreis, und ich roch den Erdboden, spürte die Kühle durch die Sohlen der Sandalen in meine Füße einziehen, hörte Möwen und entfernte Autos. Ohne dass ich wusste, was genau es war, bemerkte ich, dass sich in dem Moment etwas veränderte. Es fühlte sich gut an.

»Los, nehmt die Paletten. Wir hauen ab«, sagte Baader schließlich. Nachdem er mich umgeschubst hatte, verschwand er, und die anderen folgten ihm mit dem Joghurt. Bis zum Abend bekam ich sie nicht mehr zu sehen.

Das Heim war ein zweistöckiges Gebäude aus roten Backsteinen, eine ehemalige Wäscherei am Rande des Dorfes, in dem sich sechs Wohnungen befanden, auf die sich die Wohngruppen aufteilten. Damit die Kinder der einzelnen Gruppen untereinander in Kontakt kamen, wurde gemeinsam Abendbrot gegessen.

Der Geruch von frisch geschnittenem Brot hing in der Luft, und das fruchtige Aroma des Hagebuttentees dampfte aus den Blechkannen. Wir saßen an den Tischen und warteten darauf, anfangen zu dürfen. Es herrschte die übliche Unruhe aus Gebrabbel, klapperndem Geschirr und Besteck, als Werner, der Heimleiter, in den Raum kam.

»Schnauze!«, brüllte er. Augenblicklich verstummten wir. Ich hatte noch nie einen der Erzieher laut werden hören. Besonders Werner hatte ich bislang als den väterlichen Typ kennengelernt, der auch den letzten Dreck auszudiskutieren bemüht war.

Drei andere Mitarbeiter, unter ihnen Merle, die einzige Frau unter den Erziehern, stellten sich neben Werner.

»Heute sind zwei Sachen passiert, die wir so nicht durchgehen lassen können. Es gibt so lange kein Abendbrot, bis wir das Ganze geklärt haben«, sagte Werner. »Herr Feuerbach hat angerufen und uns erzählt, was beim Supermarkt passiert ist.«

Baader schielte vom Nachbartisch zu mir herüber und deutete ein Grinsen an; auch Jens und die anderen konnten sich ein Schmunzeln nicht verkneifen. Gerade in dem Moment fummelte ich an meinem Brotmesser herum, und als ich ihre Blicke bemerkte, umfasste ich es fester und hielt es aufrecht in der geballten Faust. Sie sahen beiseite, und ich rückte mir den Hut zurecht.

»Ich weiß nicht, wessen hirnrissige Idee das gewesen ist, aber ihr solltet wissen, dass ihr mit solchen Sachen dem ganzen Heim schadet«, sagte Werner. »Herr Feuerbach ist der Pächter des Supermarktes. Heute Morgen soll jemand einige Paletten Joghurt und den Stern von seinem Mercedes geklaut haben.« Baader warf mir einen giftigen Blick zu. »Und als ob das nicht reicht, fehlen heute hundert Mark in der Kasse im Büro.« Werner sah in die Runde und machte eine Pause, in der er hörbar ein- und ausatmete. »Ihr alle kennt inzwischen Merle«, sagte er dann, und sie trat einen Schritt vor.

Merle war wenige Tage, bevor ich ins Heim gekommen bin, eingestellt worden und hatte nicht nur damit zu kämpfen, dass sie die einzige Frau, sondern außerdem erst zwanzig Jahre alt war. Mit Ausnahme der kleinen Jungs nahm sie kaum jemand ernst, und so geriet sie ständig in Streitereien und Machtkämpfe, mit Bewohnern wie mit Kollegen.

»Merle hat mit Herrn Feuerbach gesprochen und wird die Sache klären«, sagte Werner.

»Das mit dem Mercedes-Stern besprechen wir später in Ruhe«, übernahm Merle, »aber die hundert Mark werden jetzt sofort zurückgegeben. Am einfachsten wäre es, wenn die Verantwortlichen sich melden. Wenn nicht, werden wir die Zimmer durchsuchen, und wenn das nichts bringt, werden alle bestraft.«

Allmählich wurden die ersten Kinder unruhig. Da sich niemand meldete, gingen die Erzieher nach und nach mit den einzelnen Gruppen in ihre Wohnbereiche, um die Zimmer zu filzen. Aber auch nach knapp einer Stunde hatten sie außer Taschenmessern, Pornoheften und Zigaretten nichts gefunden. Schließlich war meine Gruppe an der Reihe. Baader und Jens teilten sich das Zimmer, das meinem gegenüberlag. Werner kramte mit gerümpfter Nase in meinem Turnbeutel, als würde er in Schweinsinnereien herumwühlen, als ich Merles Stimme von gegenüber hörte.

»Wie kommt das in dein Kopfkissen, Christian?«

Über den Flur sahen Werner und ich in Baaders Zimmer, und da stand Merle, hielt in der einen Hand einen Hundertmarkschein, in der anderen den Mercedes-Stern. Ihre Blicke bohrten sich in Baaders moppeliges Gesicht, aber der schnappte nach Luft und bekam kein Wort zustande, sondern klappte nur seinen Mund auf und zu.

»Oh, Mensch, Christian«, sagte Werner halb wütend, halb resignierend, »das kann doch nicht wahr sein.«

Damit drückte er mir den Turnbeutel in die Hand und trottete aus meinem Zimmer. Baader bekam das Maul nicht zu, aber auch immer noch kein Wort heraus, gaffte Merle an, als habe sie ein Kaninchen aus seinem Kopfkissen gezaubert, und sah dann zu mir herüber. Als ich mich unbeobachtet fühlte, äffte ich sein hämisches Grinsen vom Abendbrottisch nach. Wütend verzog Baader das Gesicht, stürmte an Merle und Werner vorbei auf mich zu. Als er nur noch wenige Schritte von mir entfernt war, trat ich ein Stück zurück, warf dann mein ganzes Gewicht in meine Schulter, meinen Arm und versetzte ihm einen harten Schlag mit der Faust ins Gesicht. Meine Knöchel krachten gegen sein Kinn. Es fühlte sich an, als habe ich mich an einer Tischkante gestoßen, aber statt einen Schmerzenslaut von mir zu geben, musste ich lächeln, als ich Baaders erschrockene Fresse sah. Ins Taumeln geratend, glotzte er mich an, und ich fackelte nicht lange, sondern setzte sofort mit gleicher Wucht einen weiteren Schlag nach. Baader stolperte und knallte mit dem Kopf gegen meinen Schrank, rutschte in die Hocke, und noch währenddessen verpasste ich ihm den nächsten Hieb. Seine Nase blutete. Im nächsten Moment lag er auf dem Boden, riss sich die Hände vor das Gesicht, und ich trat ihm mehrmals in den Magen, bis er sich krümmte, und konnte nicht aufhören nachzusetzen.

Auf wen ich in dem Moment einschlug, ob auf Baader oder nicht doch auf Franz, meine Mutter oder mich selbst, wusste ich nicht, doch mit jedem Schlag, den ich loswurde, schien eine Waagschale in mir ins Gleichgewicht zu pendeln.

Werner kannte die üblichen Raufereien zwischen Jungs, aber die Brutalität meiner Schläge schien ihn derartig aus dem Konzept zu bringen, dass es einen Moment dauerte, bis er reagierte. Bevor er mich schließlich wegriss, trat ich noch einmal mit aller Härte auf Baader ein.

Merle stand mit offenem Mund im Flur.

»Was soll das, Richard?«, fragte Werner und packte mich am Handgelenk. »Was hast du mit der Sache zu tun?« Ich sagte nichts.

»Christian«, wandte er sich an Baader, der sich mit angewinkelten Beinen an den Schrank gelehnt hatte. »Was hat Richard damit zu tun?«, aber auch Baader antwortete nicht. Jede Silbe einzeln betonend, wiederholte Werner: »Was hat Richard damit zu tun?« Baader sah mich an, und ich warf ihm einen drohenden Blick zu, wie ich ihn im Fernsehen in einem Schwarzweiß-Western gesehen hatte. Nachdem Baader sich bis zu diesem Moment noch gesträubt hatte, klein beizugeben, sanken seine Schultern mit einem Mal ein, als entweiche die Luft aus einer aufblasbaren Gummiente. Seine Hände rutschten von den Schenkeln und klatschten kraftlos auf den Boden. Seine ganze Haltung war eine einzige Kapitulation.

»Richard hat nichts damit zu tun«, sagte er dann kaum hörbar. »Das war ich alleine.«

Werner sah ihn ungläubig an und kratzte sich am Kinn.

»Und warum prügelt ihr euch? Ist Richard dir auf die Schliche gekommen oder was?«, fragte Werner. Baader nickte. »Richard wollte nichts mit dem Mist zu tun haben«, hakte Werner nach, »und du hast versucht, ihn da mit reinzuziehen?«

Langsam und widerwillig nickte Baader ein weiteres Mal, und ich konnte spüren, wie sein innerer Schweinehund knurrte und sich sträubte. »Und jetzt wolltest du ihn verkloppen, weil er so schlau war, sich aus der Sache rauszuhalten, und wir dich erwischt haben«, quetschte Werner ihn weiter aus.

Vielleicht, weil er befürchtete, ich würde ihn auch noch wegen des Joghurtklauens anschwärzen, oder weil er Schiss vor noch mehr Prügel hatte, nickte Baader abermals.

»Wobei hat Richard dich erwischt?«, kam Werner auf den Punkt.

»Hunderter«, sagte Baader und starrte schräg an mir vorbei.

Werner schüttelte den Kopf, und ich bemerkte die anderen Kinder, die in der Zimmertür lehnten und mich anstarrten, als hätte ich Baader soeben den Thron unter seinem Hintern weggetreten.

»Hier gibt's nichts zu sehen«, fuhr Werner sie an. Damit wedelte er sie beiseite wie Schaulustige an einer Unfallstelle. »Ihr könnt jetzt Abendbrot essen gehen.«

Unter dem Quietschen der Sprungfedern setzte er sich auf mein Bett und winkte Merle zu uns herein. »Mach mal die Tür zu.« Sie lehnte sich von innen gegen die Tür.

»Warum hast du nichts gesagt, Richard?« Ich zuckte mit den Schultern. »Wolltest niemanden verpetzen. Verstehe schon«, nuschelte er in seine Hände, die er wie ein Tipi vor seinem Mund aufgeschlagen hatte, die Fingerspitzen auf dem Nasenrücken, die Daumen unters Kinn gedrückt. »Ihr seid so blöd«, sagte er schließlich. »Das gibt Strafarbeiten. Für euch beide. In der Küche, im Garten und im Stall. Und bei dir«, er sah Baader an, »bei dir gibt's die nächsten Monate nur halbes Taschengeld. Wenn wir in deinem Zimmer noch mehr Geldscheine oder so was finden, werden die sofort einkassiert, und es gibt richtig Ärger.«

Baader öffnete den Mund, aber Werner ließ ihn nicht zu

Wort kommen. »Mensch, du kannst froh sein, wenn der blöde Feuerbach nicht noch Strafanzeige erstattet und du eine Jugendstrafe bekommst.« Werner wandte sich an Merle. »Ich kümmere mich um die Sache.«

Sofort warf Merle mir einen erschrockenen Blick zu, fast ängstlich, und starrte dann auf den Boden. »Nee«, korrigierte sich Werner. »Das ist blöd. Mach du das mal, Merle. Du hast sowieso als Erste mit ihm gesprochen. Organisier du das mal. Ruf den gleich morgen an und sag, wir bezahlen natürlich die Reparaturkosten für seine Bonzenschleuder, wenn er darauf besteht. Dafür reicht unser Budget hoffentlich noch.«

Werner packte mich am Handgelenk und zog mich zu sich heran. »So gehen wir hier nicht miteinander um, Richard. Keine Prügeleien im Haus. Reden. Miteinander sprechen, Mensch! Das musst du lernen«, sagte er, aber ich reagierte nicht und wich seinem Blick aus. »Verstanden?«

»Ja.«

»Und ihr haltet die Klappe«, sagte er, an Baader und mich gerichtet. »Kein Wort zu den anderen Jungs hier im Haus, wie wir das genau mit dem Feuerbach regeln und wie eure Strafen aussehen. Wie immer, Christian. Das geht sonst niemanden was an. Niemanden. Verstanden?«

Stille.

»Ob ihr das verstanden habt?«

Wir nickten.

»Ich spreche gleich morgen mit Herrn Feuerbach und sehe zu, dass das nicht vor Gericht geht«, sagte Merle. »Der klang gar nicht so wütend. Passiert schon nichts.«

Von dem Tag an hatte ich meinen Ruf weg. Ich konnte es jedes Mal in den Augen neuer Jungs sehen, sobald ihnen jemand von der Schlägerei erzählt hatte. Waren sie mir erst noch unvoreingenommen begegnet, wirkte es anschließend, als würden sie die Köpfe einziehen, wenn ich in ihre Nähe kam. Baader hat wohl nie erfahren, wie der Stern und der Schein in sein Kopfkissen gekommen sind, aber ich hatte ihn und die anderen damit offenbar derartig beeindruckt, dass sie mich in Ruhe ließen. Man ging mir aus dem Weg. Das war schon okay so.

Januar 1996

»Unten im Boxkeller ist ein Neuer«, sagte der alte Schmidt, als ich die Kneipe betrat. »Gehört der zu dir und Flavio?«

Ich schüttelte den Kopf.

»Ein Schwarzer. Pete. Spricht wohl kein Deutsch.«

»Keine Ahnung«, sagte ich und ließ die Tür hinter mir zufallen.

»Kommt Flavio noch? Bleibt ihr später noch auf ein Bier?«, fragte Schmidt, während er den Tresen abwischte.

»Ja. Ja, ich denke schon.«

Flavio und ich kamen mehrmals die Woche bei Schmidt vorbei, weil wir für den Türsteherjob aufgepumpt sein wollten und bei ihm umsonst trainieren konnten. Irgendwann in den Siebzigern hatte er den Boxkeller eingerichtet. Inzwischen hatten die Gewichte und Geräte Rost angesetzt, die Sandsäcke waren geflickt, und in der vertäfelten Decke hing der Schweiß von all den Verlierern, den sie im Laufe der Zeit in sich aufgesogen hatte. Im Ring schubsten sich gelegentlich Altluden herum, die sich gegenseitig die Gute Alte Zeit aus dem Leib prügelten; ernsthafte Sportler ließen sich nicht blicken. Flavio und ich stiegen so gut wie nie in den Ring. Meistens nur dann, wenn wir uns wegen irgendetwas auf die Nerven gingen und Reden zu anstrengend war.

Am frühen Nachmittag schloss Schmidt die Kneipe auf, und weil bis zum Abend für gewöhnlich nichts los war, sah er uns beim Gewichtedrücken zu und erzählte Geschichten von früher.

Zum Beispiel, dass er selbst nur mit dem Boxen angefangen hatte, um den großmäuligen Engländern ungestraft aufs Maul hauen und ihnen im Rahmen kleinerer Preiskämpfe auch noch Kohle aus der Tasche ziehen zu können. Außerdem gab es die Geschichten von seiner Frau, die vor etlichen Jahren an Krebs gestorben war, und von seinem Sohn Michael, der zum Studieren fortgezogen und Rechtsanwalt geworden war und sich seit über zehn Jahren nicht gemeldet hatte.

Wir hörten ihm gerne zu, obwohl sich nach einer Weile alles wiederholte. Weil er keine Antworten erwartete, ließen wir ihn einfach reden, nickten gelegentlich und lachten an den richtigen Stellen.

Wenn Schmidt seinen Gästen abends nicht nur beim Trinken zuschauen konnte, sondern mitbecherte, wurde er manchmal melancholisch. Vor sich hinschnaufend, lehnte er dann am Rand der Theke und starrte ins Nichts. Aus dem Augenwinkel betrachtet, sah er aus wie eine Galionsfigur, an seine Theke montiert. Ihn in solchen Momenten anzusprechen war sinnlos, er reagierte auf nichts, aber da die Kundschaft fast ausschließlich aus Stammgästen bestand, war das schon in Ordnung. Man klopfte ihm auf die Schulter, zapfte sich einfach selbst ein Bier und drückte ihm anschließend einen Korn in die Hand.

»Sprichst du Englisch?«, fragte Schmidt, als ich an ihm vorbei zur Kellertreppe ging.

»Nicht so richtig«, antwortete ich, aber trotzdem rief Schmidt mir hinterher: »Sei mal nett zu dem. Der war ganz freundlich.«

Als ich den Raum betrat, prügelte Pete ächzend auf einen blauen Sandsack ein, dass es knallte. Er war einen halben Kopf größer als ich, mit einem athletischen Körper, und seine Haut glänzte wie mit Klarlack überzogen. Schließlich bemerkte er mich, umklammerte den Sandsack und sah mich abwartend an. Mein Blick fand kaum Halt in seinem Gesicht, so eben war es. Erst als er schüchtern lächelte, blieb mein Gaffen an einem seiner Eckzähne hängen, der ein wenig schief stand.

»Hi«, sagte er. Ich nickte knapp. »You often here?«

»Hmhm«, brummte ich zustimmend.

»Wanna try who can push more weight?«, fragte er, unverändert lächelnd.

»Okay«, antwortete ich.

Pete wartete auf die Entscheidung über seinen Asylantrag und durfte weder arbeiten noch das Stadtgebiet verlassen. Bald war er ständig im Keller, und der alte Schmidt, der erstaunlich gut Englisch sprach, hatte einen Neuen, dem er seine Geschichten erzählen konnte. Nach wenigen Wochen war Pete schon fester Bestandteil der Kneipe. Er half, den Laden auf Vordermann zu bringen, schleppte Kisten, mistete die Lagerräume aus, und schließlich stand er auch gelegentlich hinter der Theke. Er lernte Skatspielen und Knobeln. Immer häufiger blieb die Jukebox ausgeschaltet, stattdessen düdelte afrikanische Musik aus der Anlage. Oft tänzelte Schmidt, mit den Hüften wackelnd, durch den Laden und schwang dabei die Schürze wie eine Flamencotänzerin ihren Rock.

Schmidt richtete Pete einen der fensterlosen Abstellräume her, sodass er ein Zimmer hatte, in das er sich zurückziehen konnte. Zuvor hatten Bierkästen in dem Raum gelagert, deren Geruch noch immer in der Luft hing. Obwohl die Einrichtung nur aus einem klapprigen Bett, einem Spiegel und einem Nachttischchen vom Sperrmüll bestand, präsentierte Pete mir sein Zimmer, als sei es ein Loft im angesagtesten Teil der Stadt.

»My kingdom.«

Damit ließ er sich aufs Bett fallen und zog dann, mit beiden Händen daran ruckelnd, die Schublade des Nachttischchens auf, als würde er eine Schwingtür zur Dachterrasse mit Pool öffnen. Die Schublade war leer. Pete lächelte, und ich starrte auf seinen Eckzahn. Schließlich deutete er auf eines der Fotos, die am Rahmen des Spiegels klebten. Darauf zu sehen war ein Schwarzer, ähnlich schmal wie Pete selbst, der auf einer rotsandigen Schotterstraße posierte, die in karger Landschaft am Horizont verschwand.

»My younger brother«, sagte Pete. »Got lost on the way here from Nigeria. We all got lost.«

Sein Blick sank in das Foto. Für einen Moment verschwand das Lächeln, das ich für gewöhnlich in seinem Gesicht entdeckte. Ich hätte ihm gerne von meiner Zeit im Kinderheim erzählt, vom Stall, in den ich mich oft zurückgezogen hatte, aber ich bekam die Worte nicht zusammen. Trotz all der Fragen, die ich ihm stellen wollte, brachte ich keinen Ton heraus. Nach einer Weile sah Pete mich an, als müsse nicht ich ihn, sondern er mich aufmuntern.

»I'll find him«, sagte er. »One day I'll find him.«

Mein Blick driftete ins Leere, irgendwo hinter den Spiegel.

Wir kamen gut miteinander aus, obwohl wir uns kaum verständigen konnten. Vielleicht auch gerade deswegen. Wir klärten vieles mit Händen und Füßen, aber meistens schwiegen wir und gingen joggen. Flavio war irgendwann genervt, konnte sich aber auch nicht aufraffen mitzulaufen. Zwar hatten wir regelmäßig Gewichte miteinander gedrückt, aber gelaufen war ich immer alleine. Als ich schließlich mehrmals die Woche mit Pete joggte, wurde Flavio zickig. Wenn wir zu dritt im Keller pumpten, würdigte er Pete kaum eines Blickes, und wenn der ihn auf Englisch ansprach, zuckte Flavio nur mit den Schultern und wandte sich ab.

Als ich den alten Schmidt einmal fragte, weshalb Pete aus Nigeria abgehauen war, schüttelte er nur schnaufend den Kopf. In der Umkleidekabine hatte ich Petes vernarbten Rücken zu sehen bekommen, und so dachte ich mir meinen Teil und fragte nicht weiter nach.

In der Nacht zum 1. Mai baute Schmidt jedes Jahr einen Biergarten samt Grill im Hinterhof auf, spannte Lampionketten von Wand zu Wand und verband den Tanz in den Mai mit seiner Geburtstagsfeier. Irgendwann hatte es sich eingebürgert, am 30. April zu feiern, obwohl Schmidt mitten im Winter Geburtstag hatte. So krochen an diesem Tag sämtliche alten Haudegen aus ihren Löchern, um mit ihm anzustoßen.

In jenem Jahr war Schmidt besonders gut drauf, hatte ein riesiges Buffet mit Salaten und Schnittchen aufgefahren und Unmengen Grillfleisch besorgt; dazu standen knapp zwanzig verschiedene Soßen zur Auswahl, und in Petes Zimmer stapelte sich Weißbrot.

Um Schmidt und Pete bei den Vorbereitungen zu helfen, waren Flavio und ich schon früher vor Ort, präparierten den Grill und schleppten Getränkekisten. Aus Euro-Paletten, die wir in der vorherigen Nacht bei einem Supermarkt abgestaubt hatten, und einigen Latten nagelten wir eine Bühne zusammen, auf der Mitbewohner aus Petes Heim auftreten sollten. Flavio hämmerte die Bretter krumm und schief über die Paletten, und jeder zweite Nagel knickte ihm auf der Hälfte um.

»Achte mal auf die Winkel«, sagte ich irgendwann, aber Flavio schüttelte den Kopf.

»Das Teil steht hier keine Woche, dann schmeißen wir's wieder weg.«

»Das muss aber stabil sein, wenn die da nachher zu siebt oder zu acht drauf rumtanzen. Guck mal, diese Verstrebung hier ist total wackelig.« Damit stellte ich meinen Fuß auf die Stelle und wippte darauf herum.

Flavio sah mich schmunzelnd an. »Ist das gerade Ehrgeiz, Rick? Das ist ja mal ganz was Neues. Und morgen renovierste den Petersdom, ne? Würde meine Oma sich auch drüber freuen.«

Ich sagte nichts, sondern schlug einen Nagel ein.

Es wurde ein warmer Abend. Der Geruch der Holzkohle vermischte sich mit der lauen Frühlingsluft, und der Hof füllte sich mit Gästen. Eine Weile folgte ein Begrüßungsgejohle aufs andere. Auf der Bühne sangen und trommelten Petes Leute, und er selbst kümmerte sich um den Grill. Im Laufe der Monate hatte er ein wenig Deutsch gelernt, hatte aber am meisten Spaß daran, unsinniges Zeug wie *Knackige Wurste* oder *Fleisch muss sein* zu rufen. Dabei trug er eine von Schmidts versifften Schürzen mit dem Aufdruck *Wenn's klemmt, frag Papa!*

Kurz vor Mitternacht tauchte Nina auf, mit der Flavio seit knapp zwei Wochen etwas am Laufen hatte. Anders als üblich hatte er sie nicht in sturzbetrunkenem Zustand am Wochenende aufgerissen, sondern kennengelernt, als er seinen Vater in einer von dessen Pizzerien besucht hatte, in der sie kellnerte.

In den vorangegangenen Stunden hatten Flavio und ich immer mal wieder ein Bier am Hals gehabt und auch bei dem einen oder anderen Schnaps nicht nein gesagt. Als Flavio Nina zur Begrüßung umarmen wollte, ging sie sofort auf Abstand.

Pete und ich standen am Grill und sahen dabei zu, wie die beiden sich auf eine Bank setzten. Flavio lehnte sich, pausenlos auf Nina einredend, immer weiter zu ihr hinüber, während sie Stück für Stück abrückte und er stumpf hinterherrutschte. Es wirkte wie in einem Slapstick-Stummfilm, in dem der aufdringliche Liebhaber Frollein Fass-mich-nicht-an auf die Pelle rückt, die pikiert dreinschaut und nicht weiß, was sie noch alles tun muss, damit er endlich Ruhe gibt. Als das Ende der Bank erreicht war, lehnte Nina sich zur Seite und schaute hinunter in den Kies, als würde sie in eine Schlucht starren. Flavio sabbelte weiter vor sich hin und lachte gelegentlich laut auf. Nina sah sich um.

Obwohl ich mich am vorherigen Wochenende nur kurz mit ihr unterhalten hatte, lächelte sie, als sie mich bemerkte, und kam zu mir herüber, ohne Flavio weiter zu beachten. Der verstummte, lehnte sich, die Arme über der Rückenlehne, breitbeinig auf der Bank zurück und schaute ihr hinterher. Zur Begrüßung drückte sie mir ein Küsschen auf die Wange, und als ich zum Smalltalk ansetzen wollte, hatte sie Pete schon das nächste verpasst.

»Thanks for that, sweetheart«, sagte er. Ein Lächeln zog sich über ihr Gesicht, und sie plapperte ihn auf Englisch voll. Pete schielte zu mir herüber, als bräuchte er meinen Segen, aber ich zuckte nur mit den Schultern. Aus der Entfernung sah ich Flavio mit den Fingern knacken. Einen nach dem anderen.

Obwohl ich kaum verstand, worüber Pete und Nina sich unterhielten, spürte ich doch, wie sie ihn um den Finger wickelte und dass er sofort darauf ansprang. Schließlich ließ ich die beiden alleine, setzte mich zu Flavio auf die Bank und drückte ihm ein Bier in die eine und einen Pappteller mit Steak und Sauce in die andere Hand. Den Teller auf den Oberschenkeln balancierend, schnitt er das Fleisch an.

»Wenn die mit dem Nigger nach Hause geht, hat der Typ echt 'n Problem«, sagte er kauend.

»Du bist besoffen.«

»Hat ja damit nix zu tun. Das ist meine Alte.«

»Du kennst die erst seit zwei Wochen«, sagte ich. «Außerdem scheint sie gerade keinen Bock auf dich zu haben.«

Flavio sah mich verständnislos an. Von der Bühne aus forderten die Sänger das Publikum zum Mitsingen und -klatschen auf.

»Lass ihn doch«, sagte ich und wühlte mit dem Absatz meiner Stiefel im Kies. »Pete hat bestimmt seit Ewigkeiten keine Frau mehr außerhalb des beschissenen Wohnheims kennengelernt.«

»Pffff! Ist das mein Problem?«, fragte Flavio und schob sich einen weiteren Bissen Fleisch in den Mund.

»Du willst die doch sowieso nur flachlegen. Da können wir auch nachher noch in irgendeine Disco gehen; oder du gehst wieder zu dieser einen aus dem Fenster. Die kleine dicke Rothaarige, die du so geil fandest?«

»Wenn der Bimbo dafür blecht, können wir das gerne machen.«

»Iss mal einfach dein Steak, ja?«, sagte ich mit einer beschwichtigenden Handbewegung.

Flavio schmiss den Teller samt Fleisch und Besteck in die

Hecke hinter der Bank. »Ey, Rick«, sagte er. »Mir geht das echt auf den Sack, dass du immer alles okay findest, wie es eben ist, und dass du dein Maul immer nur aufkriegst, wenn du was gesoffen oder Speed gezogen hast. Sonst immer verständnisvoll und leise; und dann auf einmal Sprüche klopfen, locker sein und große Fresse haben. Das nervt total. Ich bin hier mit der Alten verabredet; und jetzt knutscht die gleich mit Kunta-Kinte. Mir doch egal, ob ich breit bin.«

»Es wird gerade peinlich, Flavio.«

Einige Gäste hatten trotz des Singens und Klatschens bemerkt, dass Flavio laut geworden war, und schauten zu uns herüber, doch weder Pete noch der alte Schmidt hatten etwas mitbekommen.

»Nee, ist nicht peinlich«, bollerte Flavio. »Knutsch doch am besten gleich selbst mit deinem Niggerfreund.«

Damit stand er auf und drängelte sich durch die Menge zum Ausgang. Der Hinterhof glich inzwischen einem Volksfest, es war ein einziges Gewusel aus tanzenden und trinkenden Menschen. In Fenstern und auf einigen Balkonen der umliegenden Häuser lehnten Menschen und hörten der Musik zu. Nina und Pete standen am Grill und wedelten mit den Armen. Vielleicht zwei Meter hinter ihnen blieb Flavio stehen und musterte sie, ohne von den beiden bemerkt zu werden. Um gegebenenfalls dazwischengehen zu können, erhob ich mich. Schmidt lehnte mit dem Unterarm an der Zapfanlage und sah zu Nina hinüber, als betrachte er seine zukünftige Schwiegertochter. Dann bemerkte er Flavio, der mit hängenden Armen, aber geballten Fäusten abseits der anderen Gäste stand, löste sich von der Theke und wischte sich die Hände an der Schürze ab. Er schaute sich um. Dabei entdeckte er mich und warf mir einen fragenden Blick zu, aber ich zuckte mit den Schultern. Die Hände in die Hüfte stemmend, wackelte Schmidt von einem Bein aufs andere. Auf einem Balkon im zweiten Stock hatten sich einige Leute mit Töpfen und Kochlöffeln versammelt und trommelten blechern den Rhythmus mit, der von der Bühne dröhnte. Der Chorgesang wurde lauter, und das Publikum grölte mehr, als es sang. Flavio torkelte einen Schritt nach vorne. Schmidt und ich waren drauf und dran loszusprinten, da hielt Flavio inne, geriet ins Wanken, lehnte seinen Oberkörper weit zurück und spuckte dann im Vorschnellen in Petes Richtung.

Besoffen, wie er war, verfehlte die Rotze ihr Ziel, und weder Pete noch Nina bekamen es mit. Schmidt schüttelte den Kopf, und Flavio wischte sich mit dem Ärmel über den Mund, bevor er vom Hof verschwand.

Am nächsten Tag wusste er von nichts mehr.

»Echt?«, stammelte er ins Telefon, als ich ihn am frühen Abend anrief. »Scheiße. Das ist«, schnaufte er, »das ist echt mal scheiße, Alter.«

In der folgenden Zeit ließ er sich nicht mehr beim alten Schmidt blicken, obwohl er wusste, dass wir Pete nichts von der Sache erzählt hatten. Wenn Pete fragte, wo Flavio war, stammelte ich etwas von einer Rückenverletzung und humpelte einmal blöd im Kreis, um zu demonstrieren, wie schlecht es ihm ging.

Erst als feststand, dass Petes Asylantrag abgelehnt worden war, und wir uns mit ein paar Leuten zum Abschiedssaufen bei Schmidt in der Kneipe trafen, kam Flavio wieder mit. Zur Begrüßung warf Schmidt ihm einen strafenden Blick zu wie einem Köter, der die Wohnung verwüstet hat. Was ein Kopftätscheln für den Hund gewesen wäre, war für Flavio der Korn, den Schmidt ihm einschenkte.

Es war ein leises Trinkgelage. Die Jukebox war ausgeschaltet, und man konnte das Nippen am Bier, das Knistern des Schaums und das Surren der Zapfanlage hören. Was Pete in Nigeria erwartete, wusste ich nicht, aber seine Schönheit und seine Zuversicht waren von einem auf den anderen Tag verschwunden. Er hing an der Theke mit einem Gesicht ohne Zukunft, wie die anderen heruntergekommenen Säufer. Niemand sprach. Irgendwann nach einer Runde Korn erhob sich Pete und sagte: »Vielen Dank, Jurgen.« Es war das erste Mal, dass ich es erlebte, dass jemand den alten Schmidt mit dem Vornamen ansprach. »Entschuldig' mich kurs«, sagte Pete. »Noch mal boxen. Endspurt.«

Ihm stiegen die Tränen in die Augen, als er Richtung Keller verschwand.

Eine Dreiviertelstunde später, in der wir Schmidt unter anderem ausgeredet hatten, Pete bei sich zu verstecken, wunderten wir uns, was der unten so lange trieb. Weil niemand Lust hatte, ihn beim Heulen zu überraschen, überwand ich mich, öffnete ein Bier für ihn und stapfte die Treppen in den Keller runter. Vielleicht für ein Schulterklopfen von Heimkind zu Heimkind oder irgendwie auch von Flüchtling zu Flüchtling.

Ich stieß die Tür auf und erstarrte.

Pete hatte sich mit einem der Springseile am Haken des blauen Sandsacks aufgeknüpft. Sein Körper hing in der Schlinge wie ein ausrangierter Mantel, und im ersten Moment konnte ich den Zug des Stricks auch in meinem Rückgrat spüren.

Weil ich nicht wollte, dass der alte Schmidt Pete so sah, rief ich Flavio unter einem Vorwand in den Keller, damit er mir dabei half, ihn abzunehmen. Mit offenstehendem Mund gaffte er Pete an, bevor er sein Entsetzen schluckte und die Tür hinter sich zuzog.

»Schöne Scheiße«, murmelte er dann. »Was 'n jetzt?«

»Lass ihn mal runternehmen.«

Flavio kratzte sich am Arm und legte die Stirn in Falten. Nach einem Moment der Unsicherheit fasste er Pete bei der Hüfte und hob ihn an. Ich balancierte daneben auf einem der Ringhocker und versuchte, das Springseil vom Haken zu friemeln, aber sobald Flavio Pete nach oben drückte, kippte dessen Kopf samt Oberkörper zu irgendeiner Seite weg, und der Zug am Strick veränderte sich nur unmerklich. Etwas in mir sträubte sich dagegen, Petes toten Körper zu berühren, um das Seil direkt an seinem Hals zu lösen. Schließlich hörten wir Musik runterdröhnen, gefolgt von den Schritten und dem Johlen der anderen, die die gedrückte Stimmung nun mit aller Macht anzugehen versuchten. Wir wurden hektisch. Der Schweiß stand uns sowieso schon auf der Stirn. Zum einen wollte ich nicht, dass Schmidt uns dabei sah, wie wir an Pete herumfuhrwerkten, genauso wenig wollte ich tatenlos neben der baumelnden Leiche stehen. Deshalb überwand ich mich. Ich fasste Petes Kopf bei den Haaren, lockerte den Strick am Hals und zog ihn übers Kinn, vergaß dann aber, seinen Oberkörper zu stützen, so dass er ruckartig nach vorne wegklappte. Ich gab einen erschrockenen Laut von mir, worauf Flavio Petes Hüfte losließ und der, Stirn voran, auf den Boden schlug.

Wir erfroren mit hochgezogenen Schultern und schmerzverzerrten Gesichtern. In dem Moment sprang die Tür auf, und der alte Schmidt tänzelte mit einem Papphütchen auf dem Kopf in den Raum, die anderen kamen als besoffene Polonaise hinterher.

Schmidt fiel alles aus dem Gesicht, als er Pete auf dem Boden liegen sah. Die anderen schoben ihn ein paar Schritte in den Raum, bevor sie ebenfalls stehen blieben. Durch den Treppenaufgang orgelte die Musik in den Keller. Schmidt sank auf einer der Hantelbanken zusammen und gab Geräusche von sich, als habe man ihn mit eiskaltem Wasser übergossen.

In der Umkleide fanden wir einen Zettel, auf dem Pete darum bat, im Trainingsanzug, den er von Schmidt bekommen hatte, beerdigt zu werden.

Am nächsten Tag, einem der letzten Spätsommertage, wachte ich auf und wusste nichts mit mir anzufangen. Schließlich ging ich joggen. Es war die Strecke, die ich mit Pete oft gelaufen war, aber dann zog es mich in eine andere Richtung. Nach und nach wurde die Gegend ländlicher, und als ich mich irgendwann umsah, war die Stadt verschwunden. Ich lief weiter. Vorbei an Kuhweiden, Feldern und Bauernhöfen, bis meine

Lunge brannte, die Waden krampften und mein T-Shirt nass vom Schweiß war. Als ich glaubte, am Ende meiner Kräfte zu sein, zog ich das Tempo an. Tatsächlich konnte ich noch neue Energien freisetzen, und die Kilometer, die ich durchhielt, spürte ich ein unglaubliches Glücksgefühl. Dass ich kein Ziel vor Augen hatte, spielte keine Rolle. Das Laufen an sich genügte. Aber nach einer Weile wurde der Widerstand in meinem Körper stärker, als würde sich das Blut in meinen Adern in flüssiges Blei verwandeln. Ich wurde langsamer, sosehr ich auch dagegen ankämpfte.

Schließlich warf ich mich in die warmen Gräser am Straßenrand unter einen Apfelbaum und kam zu Atem. Obwohl es ein beliebiger Punkt auf dem Weg war, wusste ich, dass es das Ende war. Weiter ging es nicht. Und es war beruhigend zu spüren, dass es einen solchen Punkt gab.

Als ich wieder in meiner Wohnung angekommen war, machte ich mir ein Bier auf und rief Flavio an.

»Na?«, fragte ich.

»Was's los?«, fragte er kauend zurück.

»Nur so.«

»Wie?«

»Alles okay bei dir?«

Stille. Dann hörte ich Flavio schmatzend etwas abbeißen.

»Was?«, fragte er ungläubig.

»Wollte nur mal hören, ob bei dir alles okay ist.«

Wieder Stille. Kein Kauen.

»Flavio?«

»Bist du schwul, Alter?«

Ich musste grinsen.

April 1999

Musik wummerte aus dem Club, und darüber flackerte eine Mischung aus Gelächter, klirrenden Gläsern oder Flaschen, Satzfetzen und vorbeirauschenden Autos. Eine Parfumwolke folgte auf die andere, und ich musste daran denken, wie Flavio bei einer Vorbesprechung mit der Security-Agentur gesagt hatte, dass wir nicht nur Ohrenstöpsel für Konzerte, sondern auch Nasenklemmen für Teenager-Discos bekommen sollten.

Mit verschränkten Armen lehnte ich im Eingangsbereich zum Club, und die Gäste streckten mir ihre gestempelten Handgelenke entgegen, während sie an mir vorbei in den Laden strömten. Wenn sie mich nicht anlächelten, guckten sie abwartend, nickten mir knapp zu oder, wenn sie sich für abgebrüht hielten, ignorierten mich beim Arm-Rausstrecken einfach. Alles, was ich sah, war eine einzige vielköpfige Raupe, die sich unersättlich durchs Wochenende fraß, ohne den Willen, sich zu verpuppen, um ihrem Raupendasein zu entkommen, sondern immer nur dem Hunger nach mehr folgend. Am Ende einer Schicht reihte ich mich für gewöhnlich ein.

»Hallo!«

Jemand zupfte an meinem Ärmel. Als ich mich umdrehte, stand eine junge Frau neben mir, der das Top am Körper klebte wie eine zweite Haut.

»Hast du meine Freundin gesehen? Die Julia?«, fragte sie. Wahrscheinlich hatten wir irgendwann ein paar Sätze miteinander gewechselt, und jetzt glaubte sie, wir wären Bekannte, in der Hoffnung, demnächst umsonst reinzukommen. »Die ist so groß wie ich, hat lange blonde Haare, Pferdeschwanz, trägt so ’n dünnes Top.« Sie machte eine Pause, überlegte, tippte sich mit Zeigefinger gegen die Oberlippe und tat so, als würde sie sich dabei nicht niedlich finden. »Bauchfrei, enge Jeans mit Glitzergürtel. Hat heute so ’n bisschen Lippgloss drauf, wenig Lidschatten.«

Die Beschreibung passte auf ein Drittel der anwesenden Frauen, sie selbst eingeschlossen, und so sagte ich, was ich in solchen Situationen immer sagte, um sie loszuwerden: »Hast du schon auf der Toilette nachgesehen?«

»Super Idee! Bist du heute bis zum Ende hier?«

Ich nickte.

»Dann bis dann.«

Damit verschwand sie in der Menge. Ein Kollege und ich warfen uns feixende Blicke zu.

Ich betrachtete die vorbeiflanierenden Menschen, als ich glaubte, ein bekanntes Gesicht entdeckt zu haben.

»Merle?«, rief ich.

Als sich der anvisierte Kopf in meine Richtung drehte, geriet ich in eine Schockstarre. Merle erkannte mich nicht, sondern sah sich weiter suchend um, als könne sie nicht glauben, dass ich, der grinsende Glatzkopf, ihren Namen gerufen hatte. Diesen Moment hätte ich nutzen können, um abzutauchen, wissend, dass Merle noch lebte, ohne mich lästigen Und-was-hast-du-die-ganze-Zeit-so-gemacht-Gesprächen auszusetzen. Aber irgendetwas hielt mich oben.

»Richard«, hörte ich mich rufen, »Rick.« Merle warf sich in eine überraschte Pose, wie Pantomimen es machen, hielt sich die Hand vor den Mund und kam auf mich zu. Einige Schritte entfernt blieb sie stehen.

»Wie siehst du denn aus?«, fragte sie schließlich.

»Na, wie denn?«, lachte ich.

»Gut. Ganz gut«, sagte sie und blickte schmunzelnd an mir herunter. »Cowboystiefel finde ich ein bisschen grenzwertig.«

Leute drängelten sich an uns vorbei und schubsten Merle dichter an mich heran.

»Wie geht's dir?«, fragte sie.

»Schon okay.«

Merle strich sich die lockigen Haare aus dem Gesicht. Ich bemerkte die kleinen Falten an ihren Augen, die sie noch wie früher mit schwarzem Eyeliner dick unterstrich, als müsse sie eine Grenzlinie ziehen.

»Du hast dich verändert«, sagte sie.

»Geht so. Älter geworden halt.«

Während ich meinen Blick umherwandern ließ, rieb Merle sich den Nacken. Nach einigen Sekunden des Schweigens pickte ich mir wahllos einen vorbeiwackelnden Gast aus der Menge und tastete ihn ab, um zu demonstrieren, dass ich bei der Arbeit war.

»Was denn?«, fragte der.

»Okay«, sagte ich und schob ihn in den Laden wie in einen Gefangenentransporter.

»Du hast mich doch vorhin schon durchsucht.«

»Keine Diskussionen hier«, sagte mein Kollege, und der Kerl machte: »Tss«, worauf wir ihm strenge Blicke zuwarfen. Er verschwand.

»Wie lange arbeitest du heute?«, fragte Merle.

»Nur bis drei.«

Jemand boxte Merle im Vorbeigehen in die Rippen, worauf sie das Gesicht verzog und einen weiteren Schritt auf mich zu machte, sodass sich unsere Schuhspitzen fast berührten. Wir sahen uns wortlos an. Merle trug noch das gleiche Parfum wie früher, das beim Einatmen süßlich in der Nase kitzelte und mich beim Ausatmen benebelt zurückließ.

»Wollen wir dann was trinken gehen? Vielleicht irgendwo, wo es ein bisschen ruhiger ist?«, fragte sie.

»Holst du mich ab?«

»Ja«, sagte sie und kratzte mit dem Fingernagel über den Lederriemen ihrer Handtasche. »Rick«, sagte sie schließlich, stockte aber, und die Ahnung eines Satzes hing in der Luft. Ich erwartete eine Erklärung oder Entschuldigung, aber sie beendete den Satz nicht.

»Bis später«, sagte sie schließlich, drehte sich um und ging.

Etwa ein Jahr bevor ich das Heim verlassen und meine Lehre in der Stadt angefangen hatte, war Merle wegen einer Affäre mit Phillip, einem minderjährigen Bewohner, gefeuert worden. Alles war innerhalb weniger Tage geschehen. Das Gerücht war aufgekommen, sie war beurlaubt worden, und eine Woche später hatte Werner bekanntgegeben, dass sie nicht zurückkommen würde. Merle war verschwunden, ohne sich von mir zu verabschieden oder sich noch einmal zu melden, obwohl sie nach der Sache mit Baader zu meiner engsten Bezugsperson geworden war. Seitdem hatten wir uns nicht wiedergesehen und nichts voneinander gehört.

»Wo wollen wir hin?«, fragte Merle, als wir uns kurz nach drei gegenüberstanden.

»Mir egal.«

»Wohnst du weit weg von hier?«

»Gleich um die Ecke«, antwortete ich. »Keine zehn Minuten zu Fuß.«

»Dann lass uns doch einen Wein von der Tankstelle holen und zu dir gehen. Ich war gerade mit einer Freundin unterwegs und habe für heute genug von Kneipen und Lärm und Menschen, ja?«

Obwohl es erst April war, fühlte es sich an, als spazierten wir durch eine laue Sommernacht. Trotz all der Fragen, die ich im Kopf hatte, blieb ich stumm, und auch Merle schien nicht den Anfang machen zu wollen. Nach einer Weile klackerten unsere Schritte im gleichen Takt auf der Straße. Wir sahen uns an. Merle zwinkerte mir zu und hüpfte anschließend taktgenau mit dem Hacken in die Stille zwischen den Schritten. Zwei Schritte später machte ich es ihr nach. Für einige Meter setzten wir unseren eigenen Rhythmus auf das

Kopfsteinpflaster, und es war ein angenehmes Schweigen, das nicht mit Gefasel gefüllt werden musste.

An einer Tankstelle kaufte ich eine Flasche Rotwein, Merle gleich noch eine zweite und wenig später waren wir in meiner Ein-Zimmer-Wohnung angekommen. Seit Monaten hatte ich es aufgeschoben, eine Lampe anzubauen, sodass das Zimmer nur von einer schwachen Funzel neben dem Bett, eigentlich einer Schreibtischlampe, beleuchtet wurde. Während ich in einer Schublade nach dem Korkenzieher kramte, besah sich Merle im schummrigen Licht eine der Wände, an die ich Fotos, Postkarten, Zeitungsausschnitte und allerlei anderen Kram gehängt hatte.

»So zugekleisterte Wände haben sonst nur psychotische Serienkiller in Hollywood-Filmen«, sagte sie. »Musst du den Menschen auf den Bildern nur noch mit einem Brotmesser die Augen abkratzen oder schwärzen.«

Weil mir nichts Besseres einfiel, erstarrte ich mit dem Korkenzieher in der geballten Faust, fixierte Merle mit aufgerissenen Augen und zitternden Lippen, als würde ich ihr im nächsten Moment die Haut vom Rücken ziehen, um mir einen Minirock daraus zu schneidern. Merle kicherte wie früher, wenn ich sie mit irgendwelchen Albernheiten zum Lachen gebracht hatte. Vor einem gerahmten Schwarzweißfoto blieb sie stehen.

»Wer ist das?«

»Meine Oma«, hörte ich mich sagen, und Merle ging ein wenig dichter an das Bild heran.

»Du kennst deine Großeltern?«, fragte sie. »Wie hast du die denn gefunden?«

»Lange Geschichte.«

»Und was ist mit deiner Mutter?«

»Tot«, sagte ich. Merle nahm das Foto von der Wand und betrachtete es. Ich entkorkte den Wein.

»Das tut mir leid.«

»Schon vor Jahren.«

Merle hielt das Bild schräg gegens Licht. »Ist das eine Autogrammkarte?«

»Ja. Meine Oma war früher Schauspielerin. Die Karte fand ich so toll, dass sie sie mir geschenkt hat.«

»Wie alt ist deine Oma denn?«

»Alt«, sagte ich. »Hat unter den Nazis in Babelsberg Heimatfilme gedreht und später in Berlin in ein paar Brecht-Stücken mitgespielt.« Ich holte zwei Gläser aus dem Schrank und setzte mich an den Küchentisch.

Merle lachte. »Du kennst Brecht?«

»Der Mensch ist erst wirklich tot, wenn niemand mehr an ihn denkt«, zitierte ich mit erhobenem Zeigefinger und schenkte uns Wein ein. Noch immer das Foto in der Hand, setzte sich Merle zu mir an den Tisch, schlug die Beine übereinander, drehte ihren Fuß in alle Richtungen und knetete ihren Knöchel.

»Brecht«, wiederholte sie. »Sag mal, was ist denn mit dir im Lauf der Zeit passiert? Du liest?«

»Habe die richtigen Frauen kennengelernt.«

Wir hoben unsere Gläser.

»Auf was?«, fragte Merle.

»Auf ein langes Leben, kleine Jungs und Mercedes-Sterne.«

Merle warf mir im Spaß einen strengen Blick zu. Wir stießen an und schwiegen. Das Surren des Kühlschranks wurde lauter. Nachdem wir die anfängliche Stille unterbrochen hatten, fühlte es sich merkwürdig an, wieder in sie zurückzukippen. In der Hoffnung, dass von draußen Geräusche in die Wohnung dringen würden, öffnete ich das Fenster, aber es war erstaunlich ruhig; außer einem vereinzelten Hupen oder dem Rauschen einer Straßenbahn in der Ferne war nichts zu hören. Merle schwenkte ihren Wein, als sei es Cognac.

»Wollen wir aufs Sofa?«, fragte sie, aber ich sah mich demonstrativ in der Wohnung um, weil ich sie darauf aufmerksam machen wollte, dass es kein Sofa gab.

»Was?«, fragte sie.

»Das ist eine Ein-Zimmer-Wohnung.«

»Und?«

»Ich habe kein Sofa. Musste ich beim letzten Umzug schweren Herzens entsorgen.«

Sie deutete in eine Ecke des Raumes. »Und was ist das da?«

Bevor ich antwortete, nahm ich einen Schluck Wein. »Mein Bett.«

»Und?«

»Na ja, das ist halt ein Bett und kein Sofa.«

»Und? Können wir doch die Decke drüberlegen.«

In dem Moment bemerkte ich eine seltsame Hitze in mir aufsteigen, wie ich sie das letzte Mal vor der Führerschein- oder der Gesellenprüfung gespürt hatte. Seit Jahren hatte ich nicht mehr an Phillip gedacht, aber mit einem Mal war es, als würde er bei uns am Tisch sitzen und mir schelmisch zuzwinkern.

»Das ist doch bequemer als die Stühle hier«, sagte Merle und war schon auf dem Weg zum Bett.

»Okay«, antwortete ich und erhob mich zögerlich. Weder wusste ich, was ich befürchtete, noch, was ich erwartete oder wollte.

»Machst du Musik an?«

Ich hockte mich vor meine Plattensammlung, wusste aber nicht, welches die passende Musik für diesen Moment war. Das Zeug, das ich üblicherweise im Hintergrund laufen ließ, wenn ich Frauen mit zu mir in die Wohnung brachte, schien mir auf einmal zu schmierig.

»Was Elektronisches?«, schlug Merle vor.

»Vorzügliche Wahl«, antwortete ich mit Betonung auf dem Ü. Während ich durch die Platten und CDs blätterte, fiel mir erst auf, wie dusselig ich meine Antwort fand, überlegte dann, ob ich vorher jemals das Wort *vorzüglich* gesagt hatte, und bemerkte im nächsten Moment, dass ich noch nie eine Frau mit zu mir genommen hatte, ohne die Absicht, sie flachzulegen.

Merle deutete auf einige Stapel Bücher in der Zimmerecke. »Hast du die alle gelesen?«

»Ja. Habe aber auch gerade welche auf dem Flohmarkt eingetauscht«, antwortete ich und legte eine CD ein.

»Hast du früher im Heim auch schon gelesen?«

»Nee, früher nicht.«

»Früher bist du immer gelaufen. Da bist du ständig gelaufen, genau. Machst du das noch?«

»Und Muckibude«, sagte ich, erhob mich und setzte mich zu ihr aufs Bett. Softe Beats drangen aus den Boxen.

»Ich habe noch ein neueres Foto von meinen Großeltern.« Mit beiden Händen ruckelte ich an der Schublade meines Nachttischchens und kramte darin.

»Und was ist mit deiner Schwester?«, fragte Merle. »Das war doch früher immer das Thema. Sollt ihr euch sehen, sollt ihr euch nicht sehen. Und haben ihre Pflegeeltern da nicht immer irgendwie zwischengefunkt?«

Unter den Bassfrequenzen der Musik hörte ich das leise Grundsurren der Boxen. Die Nachttischschublade roch nach Bier.

»Ja«, sagte ich und wusste dann nicht weiter. »Irgendwie so war das.«

»Und was macht die jetzt? Habt ihr Kontakt?«

»Die studiert Jura. In München.«

Merle wartete kurz ab, dann hakte sie nach. »Und?«

»Die hat irgendwie keine Lust, Kontakt mit mir zu haben. Das ist ihr alles …«, ich stockte, »ist ihr alles zu viel.«

Dann holte ich ein dunkelbraunes Ledersetui, auf das in geschwungener Schrift das Wort *Privat* geprägt war, aus dem Nachttisch.

»Schick«, sagte Merle.

»Hat mir auch meine Oma geschenkt.« Ich zog ein Foto heraus und gab es Merle. »Das sind meine Großeltern. Ist von einer Weihnachtsfeier vor ein paar Jahren.«

Ein Lächeln zog sich über Merles Gesicht, als sie das Bild

betrachtete, auf dem zwei alte, sich umarmende Menschen mit schneeweißen Haaren zu sehen waren, die in die Kamera lachten.

»Der sieht aus wie so ein alter Seebär«, sagte Merle.

Ich nickte. Schließlich fragte ich: »Was hast du die letzten fünfzehn Jahre gemacht?«

Merle legte das Foto beiseite.

»Gejobbt.«

»Als Erzieherin?«

»Nee«, antwortete sie, den Stiel ihres Weinglases reibend. »Das hieße gearbeitet und nicht gejobbt.«

»Hast du noch Sozialpädagogik studiert? Hattest du doch damals vor, oder?«, wollte ich wissen, aber sie schüttelte den Kopf.

»Nachdem die mich aus dem Heim geworfen hatten, wollte ich erst mal was anderes machen und irgendwie bin ich dann beim Kellnern in Cafés und solchem Kram hängengeblieben. Drei Jahre war ich in Berlin.« Ich sah sie interessiert an, aber sie schüttelte wieder den Kopf.

»Auch nur 'ne Stadt«, murmelte sie, nahm einen Schluck, streifte sich die Schuhe von den Füßen und streckte ihre Zehen.

»Und jetzt?«, fragte ich.

»Jetzt jobbe ich in einem Café beim Hafen. Und selbst?«

»Security halt.«

»Immer in dem Laden?«

»Nee. Ich war zu Anfang ein paar Jahre mit einem Kumpel fest in einem Laden, aber irgendwann wurde uns das zu blöd. Da mussten wir ständig an der Theke aushelfen, aufräumen und durchfegen und so.«

»Obwohl du eigentlich für die Sicherheit zuständig warst?«

»Na ja«, druckste ich herum, »wir waren da halt schwarz und haben nebenher Kohle vom Amt kassiert. Da konnten wir nicht motzen. Jetzt sind wir seit einer Weile bei einer Security-Agentur angestellt, die uns mal hier, mal da einsetzt.«

»Und das ist besser?«

»Über die können wir trainieren und machen ein bisschen Kampfsport. Das ist schon okay, aber die lassen mich und meinen Kumpel kaum noch zusammen arbeiten. Außerdem schicken die uns immer in genau die Läden, auf die wir keinen Bock haben. Keine Ahnung, was das soll. Die sind uns irgendwie auch zu seriös. Macht nicht so richtig Spaß.«

»Verdient man dabei ganz gut?«

»Geht«, antwortete ich. In dem Moment trafen sich unsere Blicke in einem merkwürdig vertrauten Winkel. Mit einem Mal erinnerte ich mich an längst vergessene Gespräche, in denen ich Merle Dinge anvertraut hatte, die sonst niemand von mir wusste. Von aufgebrochenen Kaugummi-Automaten, zerkratzten Autos oder der rothaarigen Jenny aus meiner Parallelklasse, in die ich verschossen war. Nie hatte Merle irgendjemandem davon erzählt. Auch wenn diese Geheimnisse im Laufe der Zeit bedeutungslos geworden waren, waren sie noch längst nicht verjährt, und es waren noch immer unsere Geheimnisse.

»Manchmal verkaufe ich noch so Zeug«, sagte ich schließlich.

»Was für Zeug?«

Ich zog hoch und rieb mir die Nase.

»Kokain?«

»Speed. Nicht oft. Nur an Kollegen. Ich kaufe das von einem Typen, der ist gerade Arzt im Praktikum. Der streckt das so gut wie gar nicht und verkauft es so billig, dass es echt was bringt, wenn ich es dann selbst noch ein bisschen strecke und weiterverticke.«

Merle stützte sich auf dem Ellenbogen ab und lehnte sich zu mir herüber, sodass sich unsere Arme berührten. Es kribbelte. Dann kniff sie ein Auge zu, als würde sie mich durch einen Türspion betrachten, und flüsterte: »Irgendwie habe ich so einen Hang zu Gaunernaturen.«

Ich rückte ein Stück von ihr ab.

»Hast du Kinder?«, fragte sie dann.

»Kinder?!«, reagierte ich erschrocken, als ginge es um eine ansteckende Krankheit, und fuhr in einem erleichterten Ton fort: »Nee. Nicht mal eine Beziehung. Bin auch nicht mehr auf der Suche.«

»Nicht *mehr*?«, wiederholte sie, aber ich winkte ab.

»Egal.«

Merle drückte ihren Rücken durch. Ihre Füße wippten im Rhythmus der Musik, und durch ihr T-Shirt zeichneten sich ihre Brüste ab. Ich gaffte ihren Körper an. Sie leerte ihr Glas mit einem Zug und hielt es mir hin.

»Sicher?«, fragte ich.

»Ja«, sagte sie und ließ es wie eine Gegenfrage klingen. Schnaufend kippte ich ihr Wein nach.

»Rick, es tut mir leid, dass ich mich in den ganzen Jahren nicht bei dir gemeldet habe«, beendete sie dann ihren vor einigen Stunden begonnenen Satz, »aber ich konnte das irgendwie nicht. Ich wollte mich wirklich bei dir melden, aber mit den Leuten aus dem Heim wollte ich nichts mehr zu tun haben und irgendwann war so viel Zeit vergangen, dass ich mich nicht mehr getraut habe.«

Sie rieb sich mit der Hand durchs Gesicht, als würde sie das bisher Geschehene fortwischen, und starrte in ihren Wein. Obwohl ich keine andere Erklärung erwartet hatte, fühlte es sich gut an, es von ihr zu hören.

»Schon okay«, sagte ich.

»Ich habe oft an dich gedacht. Das war schon was Besonderes zwischen uns.«

Wir saßen still nebeneinander auf meinem Bett, und ich überlegte, seit wie vielen One-Night-Stands ich mir schon vornahm, wenigstens das Laken zu wechseln. Die Therme über der Spüle fauchte. Merle streichelte meinen Handrücken. Sofort war es, als habe jemand meine Lunge verkorkt. Weder bekam ich Luft herein noch hinaus, und mein Arm verkrampfte. Einige Sekunden kämpfte ich dagegen an, bevor ich die Anspannung nicht mehr halten konnte und mein Oberkörper zitterte. Ich richtete mich auf und erhob mich vom Bett.

»Wollen wir den anderen Wein mal probieren?«

Merle schüttelte langsam den Kopf. »Soll ich gehen?«, fragte sie, aber ich wusste nichts zu sagen, sondern starrte meine zugepflasterte Wand an.

»Rick, ist alles in Ordnung? Ich find's einfach nur schön, bei dir zu sein. Ich habe nicht mehr viel, das mich an früher erinnert, und du tust mir gerade gut.«

Mit hochgezogenen Schultern stand ich da und strich mir mit der Hand über den Trizeps.

»Darf ich noch ein bisschen hierbleiben? Bei mir ist vieles den Bach runtergegangen. Eigentlich ist nichts so geworden, wie ich das mal geplant hatte, und ich bin gerade dabei, mir zu überlegen, was ich überhaupt will.«

Schließlich erhob sie sich, kam auf mich zu und blieb dicht vor mir stehen, sodass ich ihren Atem an meinem Hals spüren konnte. Ihr Parfum kroch mir in die Nase. Ich starrte auf den Teppich. Seit Wochen hatte ich nicht mehr gesaugt.

»Darf ich dich in den Arm nehmen?«, fragte Merle. »Nur in den Arm nehmen? Nur so.«

Nach einem kurzen Zögern blinzelte ich zustimmend, während ich an ihr vorbei auf den Stapel Bücher starrte. Ich hatte keine Ahnung, was man nach dem Umarmen machte, wenn man nicht knutschte und vögelte. Als Merle sich an mich drückte und ihren Kopf an meine Brust lehnte, behielt ich die Arme verschränkt und hoffte, dass sie es wusste.

Februar 1990

Flavio stopfte die Pappschachtel seiner Pizza hinter die Küchentür zum restlichen Altpapier und zu den leeren Flaschen und warf Messer und Gabel in die Spüle, in der sich der Abwasch der letzten Tage stapelte. Während ich einen Joint baute, öffnete Flavio eine Chipstüte und setzte sich mir gegenüber an den Tisch.

»Was hast du nach dem Zivildienst vor?«, fragte er mit vollem Mund, aus dem Krümel stoben wie Funken.

Ich zuckte mit den Schultern und bröselte etwas Gras in den Tabak. »Vielleicht reisen oder so«, sagte ich, aber weder wusste ich, wohin, noch von welchem Geld. Letzten Endes war es nicht mehr als ein hohler Satz, den ich irgendwann jemanden hatte sagen hören und den ich von mir gab, um die Frage beantwortet zu haben.

»Hast du schon Pläne für danach?«, wollte ich wissen. Dabei verteilte ich die Grasbrösel gleichmäßig über den Tabak und zupfte daran herum.

»Mein Vater hat zwei kleine Restaurants. Vielleicht steige ich da mit ein, aber meine beiden Brüder teilen das gerade unter sich auf.«

Ich schob die Mischung auf dem Blättchen zurecht.

»Ein Cousin von mir ist Türsteher. Im White Palms«, sagte Flavio. »Mit dem trainiere ich ab und zu.« Er warf einen Blick auf seine Oberarme. »Das ist ein ganz geiler Job. Der kennt tausend Leute und kommt in die ganzen Läden. Geile Frauen und so. Bist du am Wochenende viel unterwegs?«

»Manchmal«, sagte ich.

»Und wo gehst du so hin?«

»Kneipen oder Discos.«

Flavio hörte zu kauen auf und zog die Augenbrauen zusammen. »Ja, schon klar«, sagte er kauend. »Welche, meine ich?«

»Unterschiedlich.«

Konzentriert starrte ich auf den Joint, als könne ich gerade nicht ausführlicher antworten. Tatsächlich war es so, dass ich nie wegging, weil ich schlichtweg niemanden kannte, mit dem ich hätte weggehen können. Drei Jahre zuvor hatte ich das Heim verlassen und war meiner Lehre wegen in die Stadt gezogen. Die einzigen Leute, die ich in der ganzen Zeit kennengelernt hatte, waren die beiden Gesellen aus meinem Betrieb, die aber zehn Jahre älter waren als ich. Claus, einer der beiden, kam in der Regel schon bekifft zur Arbeit und legte in jeder freien Minute nach. Ein paar Monate später rauchte ich mit, und irgendwann kaufte ich Gras von ihm. Meine Wochenenden verbrachte ich stoned vor der Glotze und war froh, wenn am Montag die Maloche weiterging, damit ich etwas zu tun hatte. Einige Male war ich in Discos gewesen, hatte aber nur mit einem Bier in der Hand am Rand der Tanzfläche oder in einer Ecke gestanden und das Maul nicht aufbekommen. Jeder Satz, der mir in den Sinn gekommen war, wie witzig oder clever er auch gewesen sein mochte, schien eigentlich zu sagen: *Hallo, ich kenne hier niemanden und suche Anschluss.* Die Blöße hatte ich mir nicht geben wollen, so war ich wieder nach Hause gelatscht.

»Hm«, machte Flavio. »Ich zeig dir am Wochenende mal ein paar Läden. Machen wir eine Tour.«

Ich nickte.

»Was machen deine Eltern?«, wollte er wissen. Ich zuckte mit den Schultern und bemerkte das Ticken der Küchenuhr, die auf Sommerzeit lief, obwohl bereits Februar war. Kurz überlegte ich, welche der Geschichten, die ich über meine Familie im Repertoire hatte, ich zum Besten geben sollte. Nachdem ich jahrelang in der Schule oder während der Ausbildung immer nur zusammenfabuliertes Zeug erzählt hatte, gingen mir die ausgedachten Geschichten inzwischen leichter über die Lippen als die Wahrheit oder was ich für die Wahrheit hielt. Als ich nicht sofort antwortete, hakte Flavio nach: »Ist's dir peinlich oder was?«

Seine direkte, oft unüberlegte Art gab mir ein ungewohntes Gefühl von Sicherheit. Wenn ihm etwas nicht in den Kram passte oder er genervt war, sagte er es geradeheraus. Obwohl wir uns erst zwei Wochen kannten, hatte ich das Gefühl, dass ich bei ihm immer genau wusste, woran ich war, denn bei ihm gab es keinen doppelten Boden. Außerdem brachte er mich mit seiner großen Fresse immer wieder zum Lachen.

Einige Tage zuvor, als Flavio mich im Altenheim einarbeitete, holten wir Frau Stubenrauch aus ihrem Zimmer, um sie zum Mittagessen zu bringen, und hatten sie gerade in ihrem Rollstuhl in den Fahrstuhl geschoben, als sich ein süßlicher Gestank breitmachte. Im nächsten Moment hörte ich ein Tröpfeln. Als ich begriffen hatte, dass sie sich einmachte, drückte ich mich angewidert in die Ecke des Fahrstuhls. Frau Stubenrauch gaffte auf die roten LED-Zahlen der vorbeiklingelnden Stockwerke. Die Hände in die Hüften gestemmt, baute Flavio sich vor ihr auf.

»Roswitha«, nölte er, alle Vokale ihres Namens albern überdehnend. Dabei schüttelte er den Kopf, während er die Fußspitze auftippte, als würde er auf einen verspäteten Bus warten. Flavio sprach alle Bewohner mit ihren Vornamen an, und niemand störte sich daran. Einige waren wohl schon zu weggetreten, um es zu bemerken, aber die meisten hatten Spaß daran, wenn er mit seiner südländischen Ciao-Ragazzi-Masche wie ein Pappagallo um sie herumschwänzelte. Wahrscheinlich erinnerte es sie an die gute alte Zeit, Campingurlaub am Gardasee mit den Kindern und dem ersten Kleinwagen.

»Roswitha«, wiederholte Flavio, und Frau Stubenrauch sah zu ihm auf. Beinah singend und mit hin- und herwackelndem Kopf fragte sie: »Hmmm?«

»Eingeschissen, ne?«, fragte Flavio. Weil sie so gut wie taub war, brüllte er es mehr, als dass er es sagte. Frau Stubenrauch überhörte ihn trotzdem. Mit einem Lächeln auf den Lippen legte sie den Kopf schief und sah ihn an wie einen Enkel, der auf seltenen Besuch vorbeigekommen war.

»Schön warm, was?«, hakte er nach, und ich musste kichern. »Muss die Tina wieder ran, hm? Schwester Tina?«

Tina leistete ihr Freiwilliges Soziales Jahr im Heim. Gleich am ersten Tag hatte ich mich in sie verguckt, traute mich aber nicht, mit ihr zu reden, nicht einmal, sie anzusehen. Im Gegensatz zu mir ließ Flavio keine Gelegenheit aus, sich an sie ranzuschmeißen. Als er ihr einige Tage zuvor mit seinen Annäherungsversuchen zu aufdringlich geworden war, hatte sie ihm im vollen Esssaal eine lautstarke Ansage gemacht, was er ihr noch immer nicht verziehen hatte.

»Die Tina kann das doch immer so gut, oder, Roswitha?«, fragte Flavio.

»Tina«, antwortete Frau Stubenrauch, und Flavio nickte zufrieden.

»Genau«, sagte er, »die kleine Blondine mit dem Arsch in der Hose.«

»Ja, ja«, säuselte Frau Stubenrauch und starrte an die Decke. »Die Tina.«

»Tina«, wiederholte Flavio zur Sicherheit. Die Fahrstuhltür öffnete sich, und wir lieferten Frau Stubenrauch bei Tina ab, die nur genervt die Augen verdrehte.

»Gib mir fünf«, sagte Flavio, als wir nicht mehr in Sichtweite waren. Ich hatte mich noch nie mit jemandem abgeklatscht, und so sah ich ihn nur überrascht an.

»Hand her«, befahl er. Ich streckte meine Hand aus, und Flavio schlug ein, dass es knallte. Als das Kribbeln auf der Handfläche nachließ, begriff ich, dass ich jetzt offenbar einen Kumpel hatte, einen Freund.

»Willste nicht erzählen, was mit deinen Eltern ist, oder was?«

Flavio bohrte seine Hand in die Chipstüte.

»Tot. Mein Eltern sind tot«, hörte ich mich sagen. »Autounfall.«

»Ach du Scheiße.«

»Ist nicht schlimm«, sagte ich und rollte den Joint zwischen meinen Fingern. »Die sind gestorben, als ich vier war. Habe dann bei meinen Großeltern gelebt.«

»Und was machen die?«

»Die sind gestorben, als ich dreizehn war«, sagte ich und spürte die bittere Gummierung des Blättchens auf meiner Zungenspitze. »Danach war ich ein paar Jahre im Heim.«

»Boah, alle unter der Erde, oder was?«, fragte Flavio, die Stirn in Falten.

»Alle unter der Erde«, bestätigte ich und musste mir ein Grinsen verkneifen. Dann verklebte ich den Joint und dröselte den überstehenden Teil des Papiers zusammen, um es einfacher abbrennen zu können.

»Und hast du noch Geschwister?«, wollte Flavio wissen. Der Geruch des verglühenden Blättchens zog mir in die Nase.

»Nee, keine Geschwister«, sagte ich, steckte den Joint an und behielt den Qualm lange in der Lunge.

»Ich habe eine riesige Familie«, sagte Flavio. »Könnte ich mir gar nicht vorstellen, wie das ist, ohne Brüder, Cousins und Cousinen. Bist du ganz alleine?«

Während ich Flavio den Joint reichte, nickte ich stumm und presste den Qualm aus der Lunge, als könne ich so auch die Worte *ganz alleine* loswerden. Es funktionierte nicht. Sie steckten fest. Und sie waren neu. Zwar war ich jahrelang ganz alleine gewesen, aber die Formulierung war mir nie in den Sinn gekommen. Es war, als habe Flavio einen Spiegel, in dem ich mein bisheriges Leben im immer gleichen Winkel betrachtet hatte, um ein paar Grad gekippt, und ich bekam Dinge zu sehen, die ich nie zuvor bemerkt hatte. Mit einem Mal spürte ich, wie sich ein Brennen in meinem Magen ausbreitete, meine Kehle zog sich zusammen, und das Zwerchfell verkrampfte.

»Vermisst du deine Leute?«, fragte er.

»Geht so«, antwortete ich.

Ich starrte auf die Tischplatte mit den Tabakbröseln, den Flecken und der zerrupften Kippenschachtel und musste an unsere alte Wohnung denken. Sofort hatte ich den muffigen Geruch des Wohnzimmers in der Nase und spürte die klebrigen Fliesen des Tisches an meinen Handflächen.

Irgendwann hatte ich damit aufgehört, über Ingrid und Mutter nachzudenken oder mir vorzustellen, wie alles hätte kommen können, wäre dieses und jenes nicht geschehen. Im Laufe der Jahre war ich die immer gleichen Gedankenspiele, die doch nie zu etwas führten und nur noch mehr Fragen aufwarfen, leid geworden. Wenn die Erinnerungen gelegentlich kamen, lästig wie ein Mückenschwarm und ebenso wenig fassbar, versuchte ich für gewöhnlich schnell und mit möglichst wenigen Stichen davonzukommen. Meistens lenkte ich mich mit Kiffen oder Laufen ab.

»Hast du schon mal Gras verkauft?«, fragte ich, um das Thema zu wechseln, aber Flavio reagierte nicht. »Der Sold hier ist total dünn, damit komme ich nie über die Runden.«

Flavio brummte und sah mich grübelnd an, wobei er langsam Qualm aus Nase und Mund quellen ließ. Ich befürchtete, dass er als Nächstes irgendeine mitleidige Soße wegen meiner Familie von sich geben würde. »Wenn wir unseren ersten Sold zusammenschmeißen und in Gras investieren, können wir da bestimmt Kohle mit machen, wenn wir das an die anderen Zivis verticken«, sagte ich. »Ich kenne jemanden, bei dem wir billig einkaufen können. Die kiffen doch alle hier.«

»Können wir ausprobieren«, sagte Flavio. »Müssen wir nur aufpassen, dass Herr Wedekind das nicht mitbekommt.«

Ich nickte.

Einen hässlicheren Menschen als Herrn Wedekind, den Hausmeister der Ziviwohnungen, hatte ich noch nicht gesehen. Er hatte ein pausbäckiges, krebsrotes Gesicht, trug eine Brille mit daumendicken Gläsern auf seiner Knollennase, und seine Resthaare kämmte er sich über eine glänzende Platte. Als wäre das nicht genug, hatte er noch eine Hasenscharte, die es ihm unmöglich machte, t, p, k oder ch anständig auszusprechen. Flavios Namen bekam er halbwegs verständlich zustande. Aber wenn er mich ansprach, und er ließ sich nicht davon abbringen, »Richard« anstelle von »Rick« zu sagen, klang es, als bliebe mein Name weit hinten in seinem Rachen stecken. Im Mittelalter hätte man nicht lange gefackelt, ihm einen Findling um den Hals gebunden und ihn im Dorfteich versenkt.

»Alter, der hat Zweitschlüssel zu jeder Wohnung«, sagte Flavio. »In den sechs Wochen, die ich jetzt hier bin, hatte ich noch keinen Ärger mit ihm, aber der schnüffelt angeblich regelmäßig in den Wohnungen rum, durchsucht die Zimmer und so.«

Ich schenkte mir ein Glas Cola ein. »Müssen wir halt aufpassen«, sagte ich. »Aber wenn wir keinen Stress machen, könnten wir mit dem Gras echt Geld verdienen.«

»Können wir ausprobieren«, sagte Flavio und gab mir den Joint zurück. Als ich gerade daran ziehen wollte, klopfte er mit den Knöcheln auf den Tisch und sagte: »Was anderes noch mal. Ey, du feierst Weihnachten dieses Jahr bei uns. Das geht nicht, dass du hier alleine rumsitzt, Alter.«

Für einen Moment sah ich ihn überrascht an. Innerhalb von Sekunden zog sich meine Kehle wieder zusammen, es brannte erneut in meinem Magen, und das Zwerchfell verkrampfte. Einen Hustenanfall vortäuschend, verschwand ich auf dem Klo.

Als ich zurückkam, hoffte ich, dass Flavio meine geröteten Augen auf das Kiffen schieben würde. Ich war noch im Flur, da hörte ich im Vorbeigehen, wie sich ein Schlüssel knirschend ins Schloss der Wohnungstür schob. Flavio sprang von seinem

Stuhl auf und erstarrte wie die Maus Jerry, wenn Kater Tom mit einer Axt um die Ecke biegt.

»Herr Wedekind«, flüsterte er, steckte hastig das Tütchen Gras ein, das auf dem Küchentisch lag, riss das Fenster auf und warf den Joint raus in die Nacht. Bekifft, wie ich war, musste ich grinsen, als er sich dann ein Tablett schnappte und den Qualm hinausfächelte, der in dichten Schwaden im Raum stand. Genauso gut hätte er versuchen können, ihn hinauszupusten.

Hinter mir öffnete sich die Tür, und Herr Wedekind betrat die Wohnung. Noch bevor er überhaupt etwas gerochen oder gesehen haben konnte, sagte er streng: »Richard!«

Als ich seine entstellte Stimme hörte, musste ich kichern. Uns den Rücken zugewandt, stand Flavio am geöffneten Fenster, hatte sich das Tablett wie eine Tageszeitung unter den Arm geklemmt und atmete tief ein und aus.

»Richard!«, wiederholte Herr Wedekind, doch ich reagierte nicht, sondern stellte mich neben Flavio.

»Herrlich«, sagte der, als würde er aus einem frisch bezogenen Urlaubszimmer schauen. Draußen war es stockfinster, und selbst am Tag gab es nicht mehr zu sehen als einen ungepflasterten Parkplatz mit Altglas- und Kleidercontainern. Mein Oberkörper zitterte vor unterdrücktem Lachen. Kühle Luft wehte herein, und ich versuchte, mich auf den Wind auf meiner Haut zu konzentrieren, um nicht loszuprusten.

»Wonach riecht's hier, Richard?«, fragte Herr Wedekind. Ch-Laute waren nicht seine Welt. Ein paar Tage zuvor hatten Flavio und ich einige bekiffte Stunden damit zugebracht, uns Sätze mit möglichst vielen Chs auszudenken, um sie uns anschließend bei den unpassendsten Gelegenheiten vorzunuscheln. Jetzt schwiegen wir, noch immer mit dem Rücken zu Herrn Wedekind, und kämpften gegen unser Gelächter an, während er in die Küche kam.

»Wonach riecht's hier?«, wiederholte er seine Frage lauter, ohne dass sie dabei deutlicher wurde. Dann hörte ich, dass er den Aschenbecher und den Tabakbeutel auf dem Küchentisch hin- und herschob.

»Aha«, sagte er schließlich. Offenbar hatte er Grasbrösel entdeckt. »Habt ihr noch andere verbotene Sachen in der Wohnung?«

Gerade hatte ich mich beruhigt und atmete ein und aus, als Flavio sich nicht mehr halten konnte.

»Sicherlich noch Strychnin, du Wicht!«, platzte es aus ihm heraus, gefolgt von einem erstickten Quieken, und er krampfte lachend zusammen. Ich presste die Faust gegen meinen Mund und versuchte das Lachen zu unterdrücken, aber es blieb mir als Grunzen in der Nase stecken. Flavio drehte sich, in den höchsten Tonlagen wiehernd, um und rutschte an der Wand in die Hocke, wobei das Tablett über die Heizung zu Boden schepperte.

»Flavio! Richard!«, versuchte Herr Wedekind unsere Namen zu brüllen, mit dem Ergebnis, dass Flavio nur noch lauter gackerte und ich mich auch nicht mehr halten konnte.

»Iiiih – hihihihihi«, machte Flavio in länger werdenden Intervallen, rieb sich die Tränen aus den Augen und deutete dann mit dem Finger auf Herrn Wedekind. »Maulwurf«, brabbelte er kurzatmig, »Maulwurf.« Für einen Moment sah Herr Wedekind in seiner Latzhose tatsächlich aus wie ein behinderter Maulwurf, den man entweder betüddeln oder mit dem Spaten plattschlagen wollte. Atemlos kichernd, pochte Flavio mit der Faust auf den Boden und zog den Rotz in der Nase hoch.

»Das wird ein Nachspiel haben«, nuschelte Herr Wedekind. Flavio schnappte sich das Tablett und kloppte es sich, breit, wie er war, mehrfach vor die Stirn.

»Hundert Jahre Inzucht und kein Land in Sicht. Mann, Mann, Mann!«, hechelte er. Herr Wedekind trommelte mit dem Zeigefinger auf der Tischplatte herum, während seine Pupillen hin- und herzuckten wie Flipperkugeln. »Egal, was Ihre Mutter Ihnen über Ihr Gesicht gesagt hat«, sabbelte Flavio weiter, »die Alte hat gelogen. Das könnense schriftlich von mir haben.«

Herr Wedekind wich unseren Blicken aus und schien von einer Sekunde auf die andere völlig wehrlos, als habe Flavio ihm die Klamotten vom Leib gerissen.

Etwas Seltsames geschah. Im ersten Moment glaubte ich, es läge nur am Gras, aber dann war es, als könne ich am Hausmeister in Herrn Wedekind vorbeilinsen und einen Blick auf etwas anderes, ganz Unerwartetes werfen. Je länger ich ihn anstarrte, desto mehr verschwand der bedrohliche Hausmeister, die Oberfläche wurde durchlässig, und zum Vorschein kam der eingeschüchterte, hässliche Junge in ihm. Mir dämmerte, dass all die Wut und all der schwelende Ärger, mit dem er uns Zivis kleinzuhalten versuchte, vielleicht nicht mehr waren als ein Kampf um eigene Größe. Ich stieß Flavio mit dem Fuß an.

»Hör mal auf«, flüsterte ich, und er versuchte zu antworten, aber mehr als ein Kieksen brachte er nicht heraus. »Hör auf«, wiederholte ich. Herr Wedekind stand wie angewurzelt da und fingerte an seinem riesigen Schlüsselbund herum. Bedeutete es ansonsten Macht und Kontrolle, wenn es wie eine dauernde Warnung an uns Zivis an seinem Gürtel baumelte, schien es auf einmal wie die Eisenkugel am Fuß eines Sträflings an ihm zu hängen. Gerade wollte ich ansetzen und etwas sagen, da drehte er sich um, watschelte davon und zog die Tür hinter sich zu.

Flavio winkte ihm mit beiden Händen hinterher und sah mit verquollenen Augen zu mir hoch. »Baust du noch einen?«, fragte er.

Am nächsten Tag wurden wir zur Verwaltung zitiert und kassierten, wohl weil wir noch neu waren, keine Abmahnung, sondern mussten lediglich eine lahmarschige Standpauke über uns ergehen lassen, wie ich sie seit der Schule nicht zu hören bekommen hatte. Wir mussten zusichern, in Zukunft die Finger von Drogen zu lassen, und uns mit Handschlag bei Herrn Wedekind entschuldigen.

Während meiner Schulzeit hatte ich mich oft genug für vergessene Hausarbeiten oder geschwänzte Stunden entschuldigen müssen, und so wusste ich, welchen Ton ich anschlagen musste, um überzeugend zu sein.

Als wir in seiner Werkstatt auftauchten, warf Herr Wedekind uns einen misstrauischen Blick zu. Es roch nach Sägespänen und Lösungsmittel. Die Werkzeuge und Gerätschaften waren fein säuberlich sortiert und an den Wänden des Raumes aufgereiht wie in jahrelanger Suche gefundene Sammlerstücke. Ich sah Herrn Wedekind nur selten an, während ich mich entschuldigte, sprach bewusst leise und stotterte an den richtigen Stellen. Ich zeigte mich verständnislos wegen meines Verhaltens, behauptete, dass ich zwar gerne mal einen trinke, aber ansonsten keine Drogen anfasse, gab mich kleinlaut, und Flavio plapperte einfach alles nach oder nickte. Nach wenigen Sätzen hörte Herr Wedekind aufmerksam zu.

»Wir wollten das mit dem Marihuana einfach mal ausprobieren. Wir wussten nicht, dass das so stark ist«, sagte ich, und Flavio spannte seine Muskeln an und ergänzte: »Eigentlich sind wir ja Sportler.«

Herr Wedekind schob sich die Brille zurecht.

»Leistungssportler«, behauptete Flavio dann. »Letztes Jahr haben wir beim Iron-Man mitgemacht.«

Irritiert schielte ich zu ihm hinüber.

»Kanntet ihr euch schon vor dem Zivildienst?«, fragte Herr Wedekind überrascht.

»Seit der Grundschule«, hörte ich mich sagen und trat einen Schritt vor, um Flavio abzuwürgen. »In jedem Fall möchte ich mich noch einmal entschuldigen und versprechen, dass so was nicht wieder vorkommen wird.«

»In Zukunft trainieren wir wieder mehr«, legte Flavio nach, »damit wir beim Iron-Man wieder unter die besten zehn kommen.«

»Wir müssen jetzt aber auch schon wieder los«, sagte ich und streckte Herrn Wedekind meine Hand entgegen.

»Freut mich, dass ihr zu mir gekommen seid, Jungs.«

In seinem Blick war keine Spur von Genugtuung oder Triumph. Eher schien es, als sei er auf eine unschuldige Art fröhlich und zufrieden, als habe er durch unsere Entschuldigung neue Freunde oder zumindest Verbündete gefunden. Anstatt uns beiden Vollidioten die Hölle heißzumachen, glaubte er unser Gefasel und klopfte uns, bevor wir gingen, auch noch kumpelhaft auf die Schulter.

Unseren ersten Sold investierten wir fast restlos in Gras.

Von diesem Tag an grüßten wir Herrn Wedekind freundlich, plauderten ab und an mit ihm und wurden zur Vorzeige-WG. Geschirr wurde gespült, wir saugten Staub, wischten regelmäßig das Badezimmer, und gelegentlich putzten wir sogar die Fenster. Damit Herr Wedekind es mitbekam, und um zu verhindern, dass er sich selbst reinließ, luden wir ihn ab und an auf einen Kaffee ein. Die anderen Zivis wussten Bescheid, hielten aber die Klappe, weil sie über uns günstig Gras kaufen konnten. Reich wurden wir damit nicht, aber immerhin war es ein anständiges Zubrot.

Meine Lieblingsbewohner im Altenheim waren Luise und Fietje. Beide waren Anfang achtzig, hatten sich im Heim kennengelernt, und anders als ein großer Teil der Alten, die häufig schon mit ihrem Leben abgeschlossen hatten, waren sie noch gut in Schuss. Jeden Tag begannen sie mit einem ausgiebigen Frühstück und der Tageszeitung. Für Fietje war es Ehrensache, eine Dame nicht warten zu lassen. So war er jeden Morgen ein paar Minuten vor Luise im Speisesaal und hatte dann schon den Lokalteil der Zeitung auf ihren Platz gelegt, während er die Titelseite überflog. Wenn Luise schließlich in den Raum trat, riss er sich manchmal den Arm vor die Augen und rief: »Elmsfeuer? Oder wessen Strahlen raubt mir die Sicht?«

Sich gehen zu lassen und einen Trainingsanzug überzuziehen kam für beide nicht in Frage. Stattdessen schmiss Luise sich in ihre altmodischen Fummel, und Fietje trimmte seinen weißen Backenbart, der ihm wie ein Stück Stoff im Gesicht klebte, und dieselte sich mit würzigem Parfum ein. Einmal überraschte ich die beiden hinter der Gartenlaube beim Knutschen, und sie kicherten wie Teenager.

Als ich Fietje das erste Mal begegnete, stand er in seinem Zimmer vor dem Spiegel und machte sich für einen Ausflug in die Innenstadt zurecht, zu dem ich ihn abholen wollte. Er sah mich prüfend an, als ich im Türrahmen stehen blieb.

»So gekleidet wollen Sie flanieren gehen, junger Mann?«, fragte er und schüttelte halb im Ernst, halb im Spaß den Kopf, während er sich seinen Krawattenknoten festzog. Anschließend begutachtete er sich im Spiegel und knöpfte sein Jackett mit den perlmuttschimmernden Knöpfen zu.

»Jeder Tag ist Landgang«, erklärte er, eine Kapitänsmütze aufsetzend, aber ich verstand nicht. »Na denn!« Er stolzierte an mir vorbei aus dem Zimmer, und ich sah mein Spiegelbild, wie ich mit einer zerschlissenen Jeans, ausgelatschten Stiefeln und einem viel zu weiten T-Shirt dastand. Bevor ich ihm folgte, steckte ich mir das T-Shirt in die Hose.

Eine Stunde später zockelten wir mit etwa zwanzig Bewohnern, einigen Pflegern und drei Zivis durch eine Einkaufsstraße. »Gichtparade« nannte Flavio diese Ausflüge. Irgendwann packte Fietje mich am Arm und zog mich zur Seite. »Du bist doch ein ausgeschlafenes Bürschchen, oder?«, fragte er verschwörerisch, aber ich wusste nichts zu sagen. Erst als er mich ein wenig fester griff, nickte ich.

»Dann geh mal zu dem Aufseher da drüben«, sagte er und deutete auf einen der Pfleger, »und sag, dass du gleich mit uns nachkommst. Luise und ich wollen noch in den Buchladen da hinten, zum Schmökern.« Damit zwinkerte er mir zu und ging zu Luise, die schelmisch grinsend an einem Postkartenständer auf ihn wartete.

Andreas, der Pfleger, zu dem Fietje mich geschickt hatte, winkte schon nach den ersten Sätzen ab, als ich ihm Bescheid sagen wollte. »Sorg einfach dafür, dass Fietje nicht wieder lallt, ja?«, sagte er. Als ich mich mit den beiden entfernte, rief er mir noch hinterher: »Und lass dich nicht vollquatschen!«

Sie schleppten mich in eine Spelunke voller kitschiger Seefahrerdeko, Fischernetzen, Schiffen in Flaschen oder Plastikkrabben, in der Fietje sofort aufblühte.

»Wie immer?«, rief der Wirt herüber.

»Wie immer«, antwortete Fietje und deutete auf mich. »Und der Leichtmatrose bekommt das Gleiche wie ich.«

Wir zwängten uns auf eine Sitzbank, und Fietje steckte sich einen Zigarillo an, während Luise in ihrer Handtasche kramte.

»Karamellbonbon?«, fragte sie. Als ich ihn annehmen wollte, sagte Fietje: »Luise, bitte! Wir trinken Schnaps«, und sie steckte den Bonbon, schnippisch mit dem Kopf wackelnd, zurück in ihre Tasche.

»Kassensturz«, sagte Fietje dann an mich gerichtet. »Wie viel hast du dabei?«

»Einen Heiermann.«

»Damit kommste aber nicht weit.«

»Ach, wir laden ihn ein, Fietje«, sagte Luise. Aus der Nähe betrachtet, war ihr Gesicht ein einziges knittriges Stück Haut, aus dem der rot geschminkte Mund wie eine Boje herausragte.

»Da kommt wieder die Künstlernatur durch«, sagte Fietje, und beide lächelten sich an. »Das bisschen Geld, das man hat, gleich wieder zum Fenster rausschmeißen.«

Der Wirt brachte die Getränke. »Bier und Korn für die Herren und ein Likörchen für die Dame.«

Fietje boxte mir den Ellenbogen in die Rippen. »Das ist doch besser, als mit den ganzen Alten unterwegs zu sein, oder?«, fragte er und erhob sein Glas. »Auf ein langes Leben, die Kunst und die Seefahrt.« Dabei sah er Luise an, als wären sie bei einem Klassenausflug ihrem Lehrer entwischt. Wir tranken. »Weißt du überhaupt, mit wem du hier am Tisch sitzt?«, wollte Fietje anschließend von mir wissen, aber ich schüttelte den Kopf. »Mit Luise Sundermann«, erklärte er, sah mich erwartungsvoll an, aber ich nahm nur einen Schluck Bier und nickte.

»Der ist doch viel zu jung, Fietje«, sagte Luise. »Wann sind Sie geboren?«

»Einundsiebzig«, antwortete ich, und Fietje prustete los. Als er sich wieder gefangen hatte, sagte er: »Tja, junger Mann, dann haben Sie eine der ganz großen Sängerinnen und Schauspielerinnen unseres Jahrhunderts verpasst.«

Luise starrte in ihren Likör und drehte einen Ring an ihrem Finger, als würde sie damit die Zeit zurückdrehen. »Die Sundermann kannte man sogar in Sumatra, als ich neunzehnhundertvierunddreißig mit der Handelsmarine unten war. Unser Smutje hatte zwar keine Zähne im Maul, aber eine Autogrammkarte von ihr im Spind.«

»Wirklich?«

»Na, hören Sie mal, junger Mann.« Fietje war sichtlich sauer, dass ich ihm nicht glaubte. »Dafür hätte ich Sie früher aber schön das Deck schrubben lassen.«

»Schon gut«, sagte Luise und fing an zu erzählen. Davon, wie sie sich jahrelang mit miesen Engagements zufriedengegeben hatte, um spielen zu können, wie sie schließlich entdeckt worden war und in Babelsberg Filme gedreht hatte, bevor sie auf die Bühne zurückgekehrt war, um in einigen Brecht-Stücken zu spielen, wie sie wegen eines Mannes Berlin wieder verlassen hatte und schlussendlich bei uns in der Stadt gelandet war. Dabei strahlten ihre Augen, als flackere hinter ihren Pupillen das Licht der Projektoren, die ihre Filme abspielten. Einige Biere und ein paar Gläser Korn und Likör später beendete sie ihre Geschichte mit dem Satz: »Na ja, und jetzt mal sehen, was die Zukunft bringt.«

»Noch mal dasselbe«, orderte Fietje, und der Einzige, der lallte, als wir zum Heim zurückkamen, war ich. Luise zeigte mir noch ihre vergilbte Autogrammkarte, die gerahmt in ihrem Zimmer stand und auf der ihre Unterschrift in Sütterlin allmählich mit dem Foto verschwamm.

Von da an verbrachte ich meine Arbeitszeit nach Möglichkeit mit Fietje und Luise. Immer wenn sie jemand durch die Gegend kutschieren oder zum Arzt begleiten musste, übernahm ich den Job und konnte nicht genug von Luises Geschichten hören oder denen, die Fietje aus dem Krieg oder von der See erzählte.

In dem Jahr fand eine Weihnachtsfeier im Speisesaal statt. Fietje und ich hatten Luise dazu überredet, einige Lieder vorzubereiten, die sie, begleitet von einem Zivi am Klavier, singen würde.

Als Luise an jenem Abend den Saal betrat und in einem schwarzen Abendkleid zum Klavier schritt, herrschte erwartungsvolle Stille. Im gedimmten Licht flackerten Kerzen in Adventsgestecken. Es roch nach Plätzchen, Tannen, Orangen und Windeln. Aristokratisch in die Runde lächelnd, stellte Luise sich neben den Tannenbaum und begrüßte den Zivi, der aber mit ihrem Handrücken, den sie ihm zum Kuss hinhielt, nichts anzufangen wusste.

»Sollen wir, mein Lieber?«, fragte sie ihn, und er nickte schüchtern. Sie fingen an mit *Es ist ein Ros entsprungen,* und Fietje saß mit geschlossenen Augen neben mir und schaukelte den Kopf hin und her. Obwohl ich keine Ahnung vom Klavierspielen hatte, konnte ich hören, dass der Zivi etliche Töne versemmelte. In dem Moment wünschte ich mir nichts so sehr, wie an seiner Stelle zu sein. Luise sang mit großen Gesten, und ich spürte, dass sie, wenn sie ihre Augen schloss, nicht in einem Altenheim auftrat, sondern in den Sälen ihrer Vergangenheit, vor einem Publikum, das nur ihretwegen gekommen war. Als Nächstes spielten sie *Stille Nacht,* und als sie zum Abschluss *O Tannenbaum* anstimmten und Luise den ganzen Saal aufforderte mitzusingen, fühlte ich mich wie ein kleiner Junge. Seit dem Kindergarten hatte ich kein Weihnachtslied mehr gesungen. Im Heim hatte ich mich gedrückt und, wenn überhaupt, nur die Lippen bewegt, aber in diesem Moment mit allen zusammen zu singen fühlte sich an, wie in eine warme Badewanne zu steigen.

»Danke, meine Lieben«, sagte Luise anschließend überschwänglich, legte dem Zivi ihre Hand auf die Schulter und verneigte sich tief, bevor sie sich genauso stolz, wie sie erschienen war, wieder davonmachte.

Fietje war völlig aus dem Häuschen, klatschte, pfiff, erhob sich und warf Luise Kusshände hinterher. Ohne darüber nachzudenken, stand ich ebenfalls auf und zog gleich noch Herrn Burgdorf mit auf die Beine, der zwar stocktaub war, aber aus irgendeinem Grund auch ein breites Lächeln im Gesicht hatte. Dann dauerte es nicht lange, bis alle, die stehen konnten, auch standen und applaudierten und Luise noch zweimal schwungvoll nach vorne kam, um sich zu verbeugen.

Als ich einige Wochen später an einem Morgen den Speisesaal betrat und Luise alleine und ohne Zeitung am Tisch hockte und mich ansah, wusste ich sofort, was passiert war.

»Er ist einfach nicht aufgestanden«, sagte sie trotzig, als habe Fietje unter einem fadenscheinigen Vorwand abgesagt. »Dabei wollten wir doch heute zum Hafenkonzert.«

Ich setzte mich zu ihr und starrte in ihren Kaffee, bis ich bemerkte, dass ich mich aus Dutzenden schwarzen Bläschen zurück anstarrte.

»Dann gehen wir beide da halt hin und trinken auf ihn«, sagte ich, und sie streichelte meinen Arm, ohne mich dabei anzusehen.

Vier Wochen später klagte sie über Rückenschmerzen. Nach knapp zwei Monaten konnte sie nicht mehr alleine laufen, und wir mussten sie in einen Rollstuhl setzen. Kurz darauf wollte sie keine Ausflüge mehr mit uns unternehmen, und irgendwann saß sie nur noch wie im Halbschlaf am Fenster und summte vor sich hin. Einige Male lehnte ich minutenlang im Türrahmen und hörte ihr dabei zu. Bald wollte sie nichts mehr essen, und ich bestand darauf, dass ich sie fütterte, weil ich wusste, wie ruppig einige der Pflegerinnen es mitunter machten. Irgendwann saß ich Luise mittags gegenüber und versuchte, den Menschen in ihr zu finden, der sie noch wenige Wochen vorher gewesen war. Bei jedem Löffel, den ich ihr in den Mund schob, sah sie mir starr in die Augen und kaute langsam und widerwillig und schluckte erst, wenn ich es ihr sagte. Ihre Haare, mit denen sie sich vorher solche Mühe gegeben hatte, waren zerzaust, und weil sie ihre Kleider nicht mehr alleine anziehen konnte, saß sie im Nachthemd vor mir, über dem sie eine graue Strickjacke trug.

»Wollen wir morgen Fietje besuchen?«, fragte ich. »Zu Fietjes Grab, Luise? Morgen?«, wiederholte ich lauter. Sie blinzelte, und ich beschloss, dass das *Ja* bedeutete.

Am folgenden Morgen wurde ich durch Pochen an unserer Wohnungstür und energisches Klingeln geweckt. Nur in meinen Shorts torkelte ich zur Tür und erwartete, in Herrn Wedekinds Hackfresse zu blicken, doch als ich öffnete, hielt mir jemand eine Polizeimarke vor die Nase. Hinter ihm bemerkte ich einige Polizisten in Einsatzmontur.

»Ich bin Hauptkommissar Bauernfeind. Wir haben Grund zu der Annahme, dass Sie Drogen in der Wohnung verstecken.«

Eine Druckwelle erfasste mich. Die nächsten Sätze verschwanden in einem Fiepen hinter meinen Schläfen, und ich sah nur noch, wie der Mund des Polizisten sich öffnete und wieder schloss. Flavio stand mit verstrubbelten Haaren in seiner Zimmertür und beobachtete, wie die Polizisten mich beiseiteschoben und in unsere Wohnung gestiefelt kamen. Schließlich schlurfte auch Herr Wedekind herein und wich meinen Blicken aus. Die Polizisten fanden das Gras innnerhalb weniger Minuten. Wir gaben sofort alles zu und wurden eine Woche beurlaubt.

Als ich anschließend meinen Dienst wieder antrat, kam Andreas mit gesenktem Kopf auf mich zu. »Hat dir noch keiner gesagt, oder?«, fragte er. »Hilfst du nachher, Luises Zimmer auszuräumen? Ihre Familie kommt auch.«

Im Laufe der Monate waren regelmäßig Bewohner gestorben. Wir hatten die persönlichen Gegenstände aus den Zimmern gebracht, den Familien die Hände geschüttelt und anschließend die Betten neu bezogen. Auf eigenartige Weise aber waren Fietje und Luise unsterblich gewesen. Selbst Fietjes Tod hatte nichts an Luises Unsterblichkeit geändert, ganz egal, wie zerbrechlich sie zum Schluss gewesen war.

Nach dem Mittagessen ging ich rauf zu ihrem Zimmer, wo ihre Angehörigen damit beschäftigt waren, in ihren Habseligkeiten herumzuwühlen.

»Herzliches Beileid«, sagte ich zu dem Mann, der wohl ihr Sohn war. Er sah sich flüchtig zu mir um, bedankte sich knapp und kramte dann weiter in einer der Schubladen.

»Entschuldigen Sie«, setzte ich an, »aber Ihre Mutter wollte mir schon seit einer ganzen Weile ihre alten Filmplakate zeigen, die sie hier noch im Keller hat. Irgendwie sind wir nie dazu gekommen. Darf ich die kurz raussuchen und mir angucken, bevor alles weg ist?«

»Filmplakate?«, fragte der Mann.

»Die aus den Vierzigern. Aus Berlin.«

»War deine Mutter mal in Berlin?«, wollte seine Frau wissen, aber der Mann schüttelte den Kopf.

»Die Filme, die sie in Babelsberg gedreht hat«, sagte ich, und er sah mich an, als hätte ich einen schlechten Scherz gemacht.

»Tut mir leid, ich weiß nicht, wovon Sie reden. Meine Mutter hat keine Filme gedreht.«

»Und was ist mit der Autogrammkarte?«

Der Mann erhob sich, nahm die Karte und betrachtete sie einen Moment lang. Schließlich drückte er sie mir in die Hand und sagte: »Das ist nicht meine Mutter.«

Ich starrte die Frau auf dem Foto an. Schlagartig bemerkte ich, wie wenig Ähnlichkeit sie mit Luise hatte, aber es fühlte sich an, als sei mir eine Augenbinde in einem stockfinsteren Raum abgenommen worden. Obwohl ich sehen konnte, sah ich nichts.

»Wer ist das denn dann?«, fragte ich, doch der Mann wandte sich ab.

»Was weiß ich«, sagte er. »Kann das altdeutsche Gekritzel auch nicht lesen.«

In dem Moment holte seine Frau ein Lederetui mit goldenem Aufdruck aus der Nachttischschublade, in dem sich Briefe und Fotos befanden, von denen Luise mir einige gezeigt hatte.

»Das sind vertrauliche Sachen«, sagte ich, aber die Frau ignorierte mich.

»Ich glaube, Sie gehen jetzt besser«, sagte der Mann und fügte spöttisch hinzu: »Die Autogrammkarte von meiner Mutter können Sie behalten.«

Als die beiden verschwanden, um den Papierkram zu erledigen, schnappte ich mir das Etui und warf die Briefe und Fotos später ins Hafenbecken. Die meisten.

Am selben Tag musste ich noch bei der Verwaltung vorstellig werden, um mich zu den Drogengeschäften zu äußern. Herr Wedekind saß ebenfalls im Raum, wagte nicht, mir in die Augen zu schauen, und war von einer merkwürdig erschöpften Traurigkeit umgeben. Als sie mich fragten, ob ich es bereute, Drogen verkauft zu haben, nickte ich. Ich wäre gerne mit Luise zu Fietjes Grab gegangen.

Die letzten Wochen unseres Zivildienstes durften Flavio und ich noch ableisten, und vor Gericht kamen wir mit ein paar Sozialstunden und einem Bußgeld davon. Bei Herrn Wedekind haben wir uns nicht entschuldigt.

November 1998

Eisiger Wind stach mir in die Nase wie ein jodbeschmiertes Wattestäbchen, als ich auf dem Weg durch den Kiez war, um mir eine Portion Pommes zu holen. Ich bog in eine belebte Straße ein, hörte erst das Gewirr aus Stimmen und Musik, das aus den Clubs und Kneipen drang, roch die Fressbuden, dann die Pisse, und schließlich war da Franz. Den ganzen Jahren zum Trotz erkannte ich ihn sofort, als er vor mir in der Gosse lag, hilfesuchend die Arme ausstreckte und wie eine umgedrehte Schildkröte hin- und herschaukelte.

»Hilf mir mal hoch, Junge«, rief er, offenbar unter starken Schmerzen. Er schien mich nicht zu erkennen. Sein Gesicht war aufgequollen, die ursprünglich kantigen Gesichtszüge waren verschwunden, und alles war wie bei einem alten Kahn in Schieflage geraten.

»Junge«, wiederholte er. Mit der einen Hand hielt er sich die Hüfte, mit der anderen winkte er mich zu sich heran, und nachdem es beim ersten Mal noch eine Aufforderung gewesen war, war es nun eine Bitte. Passanten bemerkten uns und warfen mir verständnislose Blicke zu, machten aber keine Anstalten, ihn selbst auf die Beine zu ziehen.

»Nun hilf dem doch mal!«, rief jemand herüber. Sofort wandten sich uns noch mehr Augenpaare zu.

Franz' Hand war rauh, aber sein Griff unerwartet schwach. Als ich versuchte, ihm aufzuhelfen, sackte er mit schmerzverkniffenem Gesicht in sich zusammen.

»Das Bein«, grummelte er. Ich packte ihn unter den Armen und hievte seinen Hintern auf den Bürgersteig, sodass er sitzen konnte.

»Ich glaub, ich brauch einen Krankenwagen«, sagte er, wischte sich die Hände an seinem Flanellhemd ab und zündete sich eine Zigarette an. »Holst du einen?«, fragte er.

Vom Dönerladen aus rief ich einen Rettungswagen und kaufte zwei Dosen Bier, mit denen ich mich zu Franz auf den kalten Bürgersteig setzte.

»Hüftgelenk?«, fragte ich und drückte ihm das Bier in die Hand. Franz zögerte, wie ich früher gezögert hatte, wenn Werner mir im selben Moment etwas angeboten und eine intime Frage gestellt hatte. Als wäre es ein Tausch, den man erst abwägen musste.

Schließlich sagte Franz: »Wenn's nur das wäre.« Damit öffnete er das Bier, nahm einen Schluck und gaffte an mir vorbei. Ich sah ihn an. Franz bemerkte es, und nach einem tiefen Atemzug sagte er: »Zucker. Der ganze Körper ist kaputt. Nieren, Augen, Zähne.« Er lachte und entblößte eine braungelbe obere Zahnreihe. »Die Füße wollen auch nicht mehr so richtig. Ist aber in Ordnung. Haben mir die Ärzte schon vor dreißig Jahren gesagt. Selbst schuld. Nie drum gekümmert.«

»Viel gefeiert, was?«

»Oh«, er wackelte mit der Hand. »Ich könnte dir Geschichten erzählen.« Dann kniff er ein Auge zu und starrte mit dem anderen in die Öffnung der Bierdose.

»Willste 'ne Zigarette?«, fragte er schließlich und reichte mir die Kippe wie ein Staffelholz weiter.

»Rauchen macht's bestimmt auch nicht besser«, sagte ich und nahm die Zigarette.

Franz winkte ab und schlürfte aus der Dose. »Das is jetzt auch egal«, sagte er.

Wir saßen still nebeneinander. Schließlich traf der Krankenwagen mit Blaulicht, aber ohne Martinshorn ein, und der dreckbespritzte Radkasten kam direkt vor uns zum Stehen. Nachdem der Sanitäter ausgestiegen war, fischte er ein Klemmbrett von der Ablage, überflog es und las meinen Namen vor, den ich beim Anruf angegeben hatte.

Franz' Blick driftete ins Leere. Ich konnte ihm ansehen, wie der Name in seinem Schädel rotierte. Er bewegte die Lippen, um ihn stumm zu wiederholen. Weil ich nicht reagierte, las der Fahrer erneut meinen Namen vor. Zögerlich wandte Franz mir den Kopf zu und gaffte mich an, als sei ich der Klabautermann.

»Richard«, flüsterte er.

Ich hätte ihn herablassend, mitleidig oder voller Verachtung anschauen können, aber ich sah ihn einfach nur an. Weder empfand ich Hass oder Wut noch irgendeine Form von Ärger. Eher fühlte es sich an, als sei ich einem alten Klassenkameraden über den Weg gelaufen, mit dem ich früher die eine oder andere Rauferei gehabt hatte. Mehr als die Schläge, die ich hatte einstecken müssen, spürte ich unsere gemeinsame Vergangenheit.

Franz gab nicht einen Mucks von sich, als die Sanitäter ihn auf die Trage wuppten, um ihn anschließend in den Wagen zu schieben; er verzog nur das Gesicht und klammerte sich an die Bierdose.

»Wie geht's deiner Mutter?«, waren die ersten Worte, die er herausbrachte. »Ist sie noch im Ruhrpott, oder hat sie sich inzwischen ins Ausland abgesetzt?«, wollte er wissen. Ich hatte keine Ahnung, wovon er sprach.

»Fahren Sie mit?«, fragte mich einer der Sanitäter.

Ich schüttelte den Kopf. »In welches Krankenhaus bringen Sie ihn denn?«

»Uni-Klinik.«

In dem Moment glaubte ich, ein schüchternes Lächeln in Franz' Gesicht zu entdecken.

»Grüß sie mal von mir«, rief er, bevor die Tür zugeschlagen wurde und ich nur noch seine Silhouette durch die Milchglasscheibe erkennen konnte. Der Wagen hoppelte davon.

Am nächsten Abend kam Flavio auf ein Bier vorbei. Den ganzen Tag über hatte ich an nichts anderes als Franz denken können. Ich war nicht sicher, ob ich ihn im Krankenhaus besuchen sollte. Flavio konnte ich nicht nach seiner Meinung fragen, weil er noch immer glaubte, meine Eltern wären bei einem Autounfall ums Leben gekommen, und ein Ex-Freund meiner Mutter passte dabei nicht ins Bild. Irgendwann im Laufe unserer Freundschaft hatte ich den Zeitpunkt verpasst, das Ganze richtigzustellen. Weil er nie nachgefragt hatte, hatte ich es abgehakt und nicht mehr damit gerechnet, dass es noch mal eine Rolle spielen würde.

Während wir am Küchentisch saßen, polterte es in unregelmäßigen Abständen dumpf in der Wohnung über uns.

»Die stampft ja immer noch«, sagte Flavio. Ich legte den Kopf in den Nacken, lehnte ihn gegen die Wand und schloss die Augen. Einige Wochen zuvor war eine neue Mieterin über mir eingezogen, die mir mit ihrem Getrampel den letzten Nerv raubte.

»Da waren die Junkies aber pflegeleichter«, sagte Flavio.

Die Neue hatte ein Junkiepaar abgelöst, das sich vorher zwei-, dreimal im Monat durch die Wohnung und das Treppenhaus geprügelt hatte und dem mal von den Bullen, mal von Junkiekollegen die Tür eingetreten worden war. Schlussendlich waren sie aus der Wohnung geklagt worden, und ich war froh gewesen, endlich Ruhe zu haben. Aber während ich von den Junkies nur gelegentlich etwas mitbekommen hatte, hörte ich von der Nachmieterin jeden einzelnen Schritt, als würde sie auf den Hacken durch die Wohnung hüpfen. Als ich sie deswegen im Treppenhaus angesprochen hatte, hatte sie mich mit ihrem Silberblick angestarrt und von ihrem Parkettboden gefaselt, der noch gemacht werden müsse.

»Du kannst mir nicht erzählen, dass die Braut nicht fett ist«, sagte Flavio.

»Die ist gertenschlank«, sagte ich. »Die merkt's einfach nicht.«

»Dann geh doch da mal rauf, das ist ja nicht auszuhalten. Die muss doch laufen lernen. Wie alt ist die?«

»Anfang zwanzig«, sagte ich und überlegte, wie alt Franz inzwischen sein mochte.

»Oder boller einfach zurück.«

»Die hat sowieso schon Schiss vor mir«, sagte ich. »Huscht im Treppenhaus nur noch an mir vorbei. Ich glaube, die bekommt die One-Night-Stands immer mit. So gesehen, gleicht sich das irgendwie aus. Ist schon okay.«

»Schon okay mal wieder, ne?«, wiederholte Flavio und schüttelte den Kopf. Die Neue ächzte über uns hinweg. Ich grübelte. Auf der einen Seite war ich neugierig, was Franz mir über Mutter erzählen konnte, aber auf der anderen war ich nicht sicher, ob ich wirklich alles hören wollte. Gleichzeitig war mir bewusst, dass ich die Begegnung mit ihm nicht einfach vergessen konnte oder dass es ein gehöriger Kraftaufwand sein würde, nicht darüber nachzudenken.

»Wie lange willst du das denn aushalten?«, fragte Flavio.

»Abwarten«, sagte ich. »Erledigt sich vielleicht von selbst.«

»Wie das denn?«

»Zeit vergehen lassen.«

»Das kann doch ewig dauern«, sagte Flavio. «Und du kannst das doch nicht ignorieren, ey.«

Es polterte wieder. Ich musste an Franz' schwere Schuhe denken.

»Hingehen! Hingehen und gucken, was passiert«, sagte Flavio. »Das ist doch besser, als nichts zu tun.« Ich schwieg. »Alles ist besser, als nichts zu tun«, kam Flavio ins Philosophieren und nahm einen Schluck Bier darauf. »Am besten sofort erledigen. Damit quälste dich doch nur rum, wenn du es aufschiebst. Früher oder später hältste es nicht mehr aus und musst dich sowieso drum kümmern. Da kannstes auch gleich machen.«

Am nächsten Tag stand ich im Krankenhauskiosk, ließ meinen Blick über die Zeitschriften, die Blumen und das Regal mit dem Kitsch wandern und überlegte, was ich für Franz kaufen sollte. Patienten in Bademänteln schlichen um mich herum, und vom Flur her klapperten die Latschen der Schwestern auf dem Linoleum. Alles war so sauber, dass sich meine Stiefel um so schmutziger anfühlten. Die Frau an der Kasse lehnte sich über den Tresen wie über die Reling eines Ausflugsdampfers und fragte: »Für wen soll es denn sein?«

»Einen Mann.«

»Jung oder alt?«

Obwohl es seltsam klang, sagte ich: »Alt.«

»Ist er schon länger hier?«

»Zwei Nächte.«

»Und ist er halbwegs fit?«

»Geht so.«

»Verwandtschaft?«

Ich überlegte. »Entfernt.«

»Dann nehmense einfach den bunten Strauß da hinten für fünf Mark und die Zeitschrift hier«, sagte sie lächelnd. Ich war nicht sicher, wie die Antworten auf ihre Fragen mit den Blumen und der Zeitschrift zusammenhingen, aber ich kaufte das Zeug trotzdem.

Franz lag in Zimmer drei-sechsundfünfzig. Auf dem Weg dorthin, vorbei an im Flur abgestellten Essenswagen und Rollstühlen, war ich noch immer unschlüssig, was ich mir von dem Treffen erhoffte. Aus dem Schwesternzimmer drang Gelächter. Aquarelle von Blumen und Landschaften hingen an den Wänden. Die Tür kam in Sicht. Einen Moment überlegte ich, erst noch abzuwarten, um mich zu sortieren und zu entscheiden, was ich zur Begrüßung sagen sollte. Aber noch schnell irgendwelche Phrasen zurechtzudrechseln fand ich genauso unsinnig, wie spontan etwas Blödes zu sagen, also klopfte ich nur kurz und stieß die Tür auf.

Franz saß mit verschränkten Armen im Bett und sah aus dem Fenster.

»Moin«, sagte ich.

»Mensch!«, rief Franz mehr, als er es sagte, aber lange nicht so laut, wie ich ihn in Erinnerung hatte, und verhedderte sich dann in einem: »Das is ja … also das is ja … also ehrlich … das is ja.«

Er lag in einem hellen Vier-Bett-Zimmer mit großen Fenstern und Balkon. Die Laken der anderen Betten waren zerwühlt, aber außer uns war niemand im Raum. Auf den Nachttischen lagen Zeitungen, und bei jedem Bett stand eine grüne Flasche Wasser. Nachdem ich ihm die Zeitschrift und den Blumenstrauß gegeben hatte, holte ich mir einen Stuhl aus der Zimmerecke und setzte mich zu ihm ans Bett. Schnaufend betrachtete Franz die Zeitschrift, als würde er zum ersten Mal eine in der Hand halten, und strich mit den Fingern über das Titelblatt.

Eine gut gelaunte Krankenschwester kam hereinspaziert. »Na? Alles in Ordnung bei Ihnen?«, fragte sie.

»Jo, jo, alles paletti«, antwortete Franz, und die Schwester nahm ihm den Strauß aus der Hand. »Den stelle ich mal ins Wasser, ja?« Wir nickten. Dann sah sie uns an, als würde sie die Such-den-Fehler-Bildchen in einer Fernsehzeitung vergleichen, und sagte: »Sehe ich da eine gewisse Ähnlichkeit?«

Wir schwiegen.

Als sie verschwunden war, bemerkten wir die Stille.

»So, jetzt erzähl mal«, forderte Franz mich auf. »Was ist denn mit deiner Mutter?« Unter dem Knistern meiner Bomberjacke lehnte ich mich auf dem Stuhl zurück und zählte die Fliesen in der Waschecke des Zimmers. Als ich bei der zehnten angelangt war, fragte er: »Habt ihr euch zerstritten? So was macht man nicht, Junge. Nicht mit der eigenen Mutter«, sagte er in einem besorgten Ton, der aber dennoch nicht falsch klang. »Was war denn los?«

Im Schnelldurchlauf ging ich all die Geschichten durch, die ich ihm hätte auftischen können. Aber es war Franz, der mir gegenübersaß. Er wusste es besser. Nach einer längeren Pause antwortete ich: »Habe seit über siebzehn Jahren nichts von ihr gehört. Dachte, sie wäre vielleicht tot.« Franz machte erst große Augen und dann dicke Backen. »Nachdem ich ins Heim gekommen bin, hat sie sich nicht mehr gemeldet. Zwei-, dreimal noch oder so, aber auch nur, weil die Leute vom Amt Druck gemacht haben. So genau weiß ich das alles gar nicht.«

»Tssss«, machte Franz, rutschte im Bett hin und her und wackelte von einer Backe auf die andere. Dann fragt er ungläubig: »Heim?«

»Ich bin ins Heim gekommen, nachdem die Sache mit dem Koks passiert ist.«

»Hier in der Stadt?«

»Nee«, sagte ich. »Hier in der Stadt hatten sie die geschlossenen Heime gerade dichtgemacht. Haben mich in eins auf dem Land ausquartiert. War schon okay.«

»Und die Kleine?«, fragte Franz. »Was ist denn mit der Kleinen?«

»Ingrid?«, fragte ich zurück und zuckte mit den Schultern, worauf Franz mit der Faust auf die Zeitschrift auf seinem Schoß schlug.

»Nee«, zischte er. Sein Blick wanderte aus dem Fenster und blieb in den kargen Ästen und Zweigen eines Baumes hängen.

»Ingrid ist damals in eine Pflegefamilie gekommen«, sagte ich. »Da ist wohl einiges schiefgelaufen. Das sollte alles nur vorübergehend sein, und die ersten Monate hatten wir schon noch Kontakt. Ab und zu. Ich glaube, ihre Pflegeeltern mussten aus beruflichen Gründen in den Süden ziehen oder so, und dann wollte man Ingrid nicht wieder aus der Familie reißen, weil sie sich wohl ganz gut eingelebt hatte. Im Laufe der Zeit hat sich dann alles irgendwie verloren. Keine Ahnung, wer das verbockt hat.«

»Aber ihr wart doch *so* miteinander«, sagte Franz, Zeige- und Mittelfinger kreuzend. »Wann genau war das noch mal?«

»Neunzehnhundertachtzig. Nach der Drogengeschichte haben sie Mutter das Sorgerecht entzogen.«

»Hm. Hast du Zigaretten?«, fragte Franz, als wolle er uns eine Verschnaufpause geben.

»Darf man hier rauchen?«

»Die Schwester ist schon in Ordnung. Mach nur mal das Fenster auf.«

Nachdem ich ihm eine Zigarette gegeben hatte, öffnete ich die Balkontür und blieb im Rahmen stehen. Meinen Kopf lehnte ich an das kühle Metall und spürte den Wind durch die Jeans an meinen Beinen.

»Keine Ahnung, ob deine Mutter inzwischen tot ist«, sagte Franz schließlich. »Ich hab sie vor vier, fünf Jahren noch mal getroffen. Da war sie zu Besuch in der Stadt. Sah ganz schön fertig aus. Hat mir erzählt, sie hätte damals, als ich in den Knast gekommen bin, versucht, mit euch im Ruhrpott noch mal neu anzufangen, und ihr wärt inzwischen aus dem Haus und am Studieren und würdet euch kaum noch bei ihr melden.« Er schnaufte verächtlich. »Dann stimmt das doch, was Paul gesagt hat«, schob er leise hinterher.

Ich steckte mir eine Kippe an. »Ist Mutter eigentlich lange anschaffen gegangen?«

»Immer mal wieder«, sagte Franz. »Wusste nie, was sie wollte. Im Puff hat's ihr nicht gefallen, und die Thekenjobs waren ihr zu schlecht bezahlt. Ich habe immer versucht, sie da unterzubringen, wo sie hinwollte. Eine Weile hat sie dann im Puff Betten bezogen und solche Jobs gemacht. Wäre sie richtig anschaffen gegangen, hätte sie auch anständig Kohle gehabt. Wenn sie nicht anschaffen gegangen ist, hatte ich auch weniger Geld und musste mich um andere Frauen kümmern. Dann wurde deine Mutter wieder eifersüchtig. Zum Schluss war es so, dass ich mehrere Frauen hatte und Strichliste führen musste«, sagte er, unterbrach sich und wiederholte kichernd: »*Strich*liste. Musste halt immer notieren: Wann warste bei welcher? Was haste der gerade erzählt. Aber deine Mutter war schon was Besonderes. Die hätte ich echt«, er starrte an die Decke, »die hätte ich echt fast geheiratet.«

»Wie lange seid ihr ein richtiges Paar gewesen?«

Franz zog die Augenbrauen hoch. »Ein richtiges Paar«, wiederholte er stimmlos. »Das Ganze ging vielleicht fünf Jahre. Mal haben wir uns regelmäßig gesehen, dann wieder wochenlang nicht.«

Er aschte hinters Bett und strich sich die Haare aus dem Gesicht.

»Und was hat dieser Paul gesagt?«, fragte ich.

Franz sah mich zögernd an. »Paul meinte, sie wäre irgendwo im Pott auf dem Straßenstrich. Meinte auch, sie hätte wegen irgendwas Dreck am Stecken.« Einen Moment lang schwieg er, und als ich gerade in Gedanken abschweifte, lachte er laut auf und schüttelte den Kopf.

»Mann, Mann, Mann! Was waren wir für ein Chaotenpaar damals«, sagte er, als erinnerte er sich an eine Klassenfahrt. »Das war echt 'ne verrückte Zeit.« Ich schluckte. »Komplett durchgeknallt waren wir.«

»Wir hatten total Angst vor dir«, sagte ich, ohne ihn anzusehen.

»Was?«, fragte er überrascht. »Klar hast du auch mal 'ne Backpfeife von mir bekommen, aber irgendwer musste das doch machen.« Vom Besucherparkplatz war das Schlagen von Autotüren und Kofferraumklappen zu hören. »Du hast doch immer mein Flaschenpfand oder ab und zu einen Heiermann bekommen und dir bunte Tüten davon gekauft.«

»Trotzdem«, antwortete ich und hätte nicht sagen können, weshalb ich zurücklächelte.

»Die Nacht, als die Bullen das Koks bei euch gefunden haben, war schon schlimm, das weiß ich wohl noch«, sagte er und blies einen großen Ring Qualm in die Luft wie ein Lasso, mit dem er die Erinnerungen zu halten versuchte. »Und dann habt ihr Kinder das alles mitbekommen. Das tat mir schon leid.«

»Warum war das Zeug eigentlich bei uns in der Wohnung?«

»War sicherer als bei mir. Ein kleineres Geschäft vorher

hatte so gut funktioniert, da habe ich alles auf eine Karte gesetzt, um richtig Reibach zu machen. Alle Kohle, die ich hatte, habe ich investiert, das bisschen von deiner Mutter noch mit, und habe dann keinen Abnehmer gefunden. Da habe ich das Zeug erst mal bei euch gebunkert. Hatte halt keine Lust, das tütchenweise selbst zu verticken.«

»Um wie viel Geld ging's da?«, fragte ich …

»Nicht viel«, winkte Franz ab, »aber für unsere Verhältnisse schon einiges. Irgendwie habe ich damals nie Glück gehabt. Deine Mutter hat irgendwann kalte Füße bekommen. Den letzten Abend war sie total stressig, obwohl sie den Tag durch mit euch irgendwie im Zoo oder irgendwo war. Ich dachte, die wäre total entspannt. Aber die hat total die Thermik gemacht. Keine Ahnung, was da wieder los war. Dann haben wir uns in die Wolle bekommen, und irgendwie ist alles aus dem Ruder gelaufen.«

»Ich war froh, als uns die Polizei aus der Wohnung geholt hat«, sagte ich. »Ich fand's auch nicht schlimm, ins Heim zu kommen.«

»Nicht?«

»Ich fand das eigentlich ganz gut«, sagte ich. Nach einer kurzen Pause fuhr ich fort: »Die anderen Kinder im Heim wollten halt unbedingt zurück in ihre Familien oder adoptiert werden oder so.« Alles, was im Laufe der Zeit in mir zur Ruhe gekommen war, schien aufgequirlt wie Dreck und Steinchen in einem Eimer Wasser, und Franz als lebender Beweis dafür, dass es diese Vergangenheit gab, rührte mit seinen Armen in der Brühe. Zum ersten Mal seit Jahren musste ich an Werner denken und wie er immer wieder das Gespräch mit mir gesucht hatte, um mir zu versichern, dass es alles nicht meine Schuld wäre.

Ich kicherte. »Unser Heimleiter«, sagte ich, »hat sich irgendwann richtig Sorgen gemacht, weil ich nicht ständig am Rumheulen war wie die anderen Kinder, sondern das einfach alles so hingenommen habe und auch noch okay fand.«

»Aber was war das denn für 'ne Pfeife«, sagte Franz, »wenn der das mit dir und Ingrid nicht geregelt bekommen hat?«

Ich zuckte mit den Schultern und nahm einen Zug an der Kippe. »Das hat dem schon zugesetzt«, sagte ich. »Zu Anfang habe ich auch noch ab und zu deswegen nachgefragt, aber irgendwann …«, ich schnaufte leise. »Das stand halt immer unausgesprochen im Raum. Irgendwie hatte er auch voll das schlechte Gewissen, glaube ich, aber er konnte es halt auch nicht ändern.«

Franz sah mich an und nickte vor sich hin.

»War schon okay«, sagte ich. »Dadurch hatte ich irgendwie Narrenfreiheit bei ihm. War auch nicht schlecht.« Als Franz weiter schwieg sagte ich: »Außerdem gab's im Heim keine Prügel mehr.«

»Nun mach das mal alles nicht schlimmer, als es war«, sagte Franz, während er die Kippe in der Nachttischschublade ausdrückte … »Deine Mutter war schon 'ne Gute. Die eine Nacht war schlimm. Das war gut für euch Kinder, dass die Nachbarn die Polizei gerufen haben.«

»Die Marquards«, sagte ich.

»Ja. Genau! Wie die alte Schnepfe mich im Treppenhaus immer angegiftet hat.« Er lachte wieder. »Wenn Blicke töten könnten. Aber das waren schon gute Nachbarn. Gut für euch Kinder.«

»Meine nervt gerade«, unterbrach ich das Gespräch, und Franz sah mich irritiert an. »Meine Nachbarin, meine ich. Die nervt.« Damit schnippte ich die Kippe vom Balkon, schloss die Tür hinter mir und setzte mich wieder zu ihm ans Bett. Die Schwester kam mit den Blumen in einer Vase zurück.

»So, hat einen Moment gedauert. Im Zimmer gegenüber hat jemand so viel Blut verloren.« Zügig ging sie an mir vorbei, stellte die Vase auf das Nachttischchen, schnupperte und sah uns streng an, bevor sie mit erhobenem Zeigefinger davonstolzierte. »Ich weiß von nichts«, sagte sie überfreundlich und verschwand.

»Ich stehe ja auf so dicke Hintern«, sagte Franz. »Und wieso nervt deine Nachbarin?«

»Die stampft. Da hört man jeden Schritt. Ich habe schon überlegt, einen Tennisball zu kaufen und damit immer mit voller Wucht an die Stelle der Decke zu donnern, an der sie gerade steht, damit sie es merkt. Hab's aber noch nicht gemacht.«

»Nee, mach das nicht, Junge. Haste schon mit der geredet?«

»Die versteht das nicht. Die merkt nicht, dass sie stampft.«

»Mach was Nettes. Du weißt doch nie, was als Nächstes passiert. Vielleicht wohnt ihr da noch jahrelang zusammen in dem Haus. Keinen Stress machen. Das bringt nichts«, sagte er, und ich versuchte, mich deutlicher an den Franz von früher zu erinnern.

Eine Weile schwiegen wir.

»Kommste morgen wieder?«, fragte Franz schließlich, und ich nickte. »Bringste mal 'nen Whiskey-Flachmann mit, ja?«

Dann hatte er noch eine Idee, um mit der Mieterin über mir in Kontakt zu kommen. Es war Ende November. Zum Nikolaus stellte ich ihr zwei hässliche, Bärentatzen-Puschen mit einem Schokonikolaus und einem Brief vor die Tür. Obwohl es nur wenig besser wurde, merkte ich doch, dass sie sich Mühe gab.

März 1995

Pia konnte auf den Fingern pfeifen. Als ich sie das erste Mal sah, stand ich an einem Dienstagabend aushilfsweise an der Tür eines neuen Clubs, der an den Wochenenden schon anständig lief, unter der Woche aber eher schlecht besucht war. Vom dem Moment an, als sie den Laden betrat, war ich wie elektrisiert. Sie schien statisch aufgeladen wie der Bildschirm eines Fernsehers. Und wie auf einer langweiligen Wohnungsparty, wo die Glotze eingeschaltet wird und man draufstarrt, egal was läuft, musste ich Pia angaffen. Sie war blond und zierlich mit einem Gesicht wie aus Stuck, so zerbrechlich, dass ich sie sofort vor was auch immer beschützen wollte. Erst flachlegen und dann beschützen. Wenn sie ging, wackelte sie ganz merkwürdig mit dem Hintern. Ihre Schultern bewegten sich rhythmisch auf und ab, und diese Bewegung zog sich durch ihren Körper bis in die Arschbacken.

An dem besagten Abend war schnell klar gewesen, dass es nicht voll werden würde, daher lehnte ich an der Theke, von wo aus ich die Tür im Blick hatte. Durch das Pumpen der elektronischen Musik hindurch unterhielt ich mich mit der Bedienung. Nebenbei schielte ich immer wieder zu Pia, die mit ihren Freundinnen in einem der Separees saß, die zur Tanzfläche hin geöffnet waren. In unregelmäßigen Abständen kam eine von ihnen nach vorn, um Bier und Schnäpse zu holen. Schließlich war Pia an der Reihe. Obwohl die Theke leer war, sich über knapp drei Meter durch den Raum zog und die Bedienung am anderen Ende rumwerkelte, stellte Pia sich neben mich, sodass unsere Arme nur wenige Zentimeter voneinander entfernt waren. Es kribbelte auf meiner Haut.

Als die Bedienung kam, stützte Pia sich auf dem Tresen ab und stemmte sich hoch, sodass ihre Beine über dem Boden baumelten. Ich konnte nicht anders, als ihr auf den Hintern zu starren. Auf der rechten Backe prangte ein Herzchen-Aufnäher, wie man ihn auf die Knie von zerlöcherten Kinderhosen näht.

»Machst du uns noch vier Bier und vier Tequila-Gold mit Zimt und Orange?« Die Bedienung nickte und sammelte die Zutaten zusammen. Pia hing unverändert auf dem Tresen, und ich lehnte mich mit der Schulter zu ihr hinüber, ohne sie anzusehen.

»Na, Großer?«, sagte sie. Als ich mich zu ihr umdrehte, rutschte sie von der Theke und sah mich funkelnd an. Sie war drei Köpfe kleiner als ich. Dann stellte sie sich auf die Zehenspitzen, stützte sich mit der einen Hand an meinem Brustkorb ab, hielt mir mit dem Daumen der anderen das Ohr zu und kam mit ihrem Mund dicht an das zugehaltene Ohr, sodass ich ihre Stimme gedämpft hörte.

»Was ist der Unterschied zwischen Ficken und Blasen?«, fragte sie, ließ mich los und wippte vom Hacken auf den Ballen. In Vorfreude auf die Pointe lachte sie mich an. Ihre Zähne waren winzig wie Milchzähne. Als ich nichts sagte, hielt sie mir wieder das Ohr zu und kam noch dichter an mich heran. »Schon mal Ficken an den Füßen gehabt?«

Nachdem ich sie knapp zwei Stunden lang beobachtet hatte, hatte ich etwas anderes erwartet als einen derart armseligen Witz. Schlagartig war das Kribbeln verschwunden, und in der verspiegelten Wand hinter der Theke sah ich das dumme Gesicht, das ich zog.

»Das ist mit Abstand der beknackteste Witz, den ich seit langem gehört habe«, sagte ich und griff nach meinem Getränk. Pia schmunzelte, boxte mir gegen den Brustkorb und sagte: »Test bestanden, Großer.«

Damit nahm sie das Tablett mit den Bieren und Schnäpsen, das die Bedienung soeben hingestellt hatte, und balancierte es arschwackelnd zurück an den Tisch ihrer Freundinnen. Von einer Sekunde auf die andere stand ich wieder unter Strom.

Gelegentlich schauten Leute herein, aber Pia und ihre Freundinnen blieben die einzigen dauerhaften Gäste. Gerd, der Betreiber des Ladens, war den Abend hindurch ab und an aus dem Hinterzimmer gekommen, hatte seinen Blick durch den leeren Laden wandern lassen und war grummelnd wieder verschwunden. Kurz nach zwei kam er zu mir.

»Rick? Hol mal die vier Grazien da hinten an die Theke. Die bekommen noch ein Getränk ausgegeben, und dann machen wir den Laden dicht für heute. Schließ schon mal die Tür ab.«

Betont lässig spazierte ich daraufhin zur Tür, schlurfte weiter zum DJ, um ihm zu sagen, dass er die Musik leiser drehen solle, und baute mich schließlich vor Pia und ihren Freundinnen auf. Noch bevor ich etwas sagen konnte, lehnte Pia sich weit vor, und ich konnte sehen, dass sie schon gut einen im Kahn hatte.

»Hier«, sagte sie und deutete mit dem Finger auf mich. Ihre Freundinnen sahen mich kichernd an. »Er hier hat den Test bestanden.« Ich wollte etwas Cleveres sagen, aber stocknüchtern, wie ich war, brachte ich keinen Ton heraus.

»Was gibt's denn?«, fragte sie.

»Wir wollen dichtmachen, und der Chef lädt euch noch auf ein Getränk eurer Wahl ein.« Schon während ich »eurer Wahl« sagte, ahnte ich, dass es ein Fehler war. Ohne zu überlegen, klopfte Pia mit den Knöcheln auf den Tisch und sagte: »Mal eine schöne Runde Champagner für mich und meine Mädels.«

Kurz darauf standen wir mit Gerd an der Theke, der den großzügigen Gastgeber mimte, mir aber sofort zu verstehen gegeben hatte, dass ich den Champagner aus eigener Tasche blechen würde. Es war mir egal. Gerd bespaßte die gackernden Hühner mit Kiezgeschichten, und Pia stand bei mir.

Champagner trank sie genauso, wie sie Bier trank. Nachdem sie einen Schluck genommen hatte, machte sie dicke Backen und schaukelte die Flüssigkeit wie eine Mundspülung hin und her, bevor sie sie runterschluckte. Es fehlte nur das Gurgeln.

Sie sah sich im Laden um.

»Machst du das hier gern?«, fragte sie.

»Mich mit dir unterhalten?«, fragte ich zurück, aber sie verdrehte die Augen und stöhnte gelangweilt: »Aus welchem Film war die bescheuerte Antwort?«

Ich starrte auf meine Stiefel und versuchte, der abgebrühte Macker zu sein, den mir die Frauen für gewöhnlich abnahmen.

»Irgendeine Fernsehserie«, sagte ich und setzte mein niedliches Lächeln auf.

»Oh, bitte. Sätze aus Filmen, Liedern und Büchern klauen ist die eine Sache, aber Fernsehserien gehen gar nicht. Da bin ich mir echt zu schade für«, sagte sie und schob hinterher: »Und guck nicht so doof.«

Ich musste lachen, genau wie ich über Flavios direkte Ansagen lachte.

»Ich bin dir zu vorlaut, ne?«

»Nee, nee, das halte ich schon aus«, antwortete ich. »Ich unterhalte mich nur selten so mit Frauen.«

»Was heißt denn *so*?«

Einen Schluck Champagner nehmend, grübelte ich und bemerkte, dass ich auf keinen Fall *nüchtern* sagen konnte, aber bevor ich etwas herausbrachte, fragte Pia: »Armdrücken?« Ich reagierte nicht, sondern wiederholte ihre Frage erst noch einmal in Gedanken. »Ich trainiere seit ein paar Monaten im Studio. Mit Gewichten. Fühl mal«, sagte sie und spannte ihre Oberarme an, die tatsächlich fest und muskulös waren. Ich nickte anerkennend.

»Armdrücken?«, wiederholte sie.

»Nee, lass mal.«

»Was bist du denn für 'n Mädchen?«, sagte sie und wandte

sich ab. »Will nicht Armdrücken und trinkt diese piewarme Blubberbrause anstatt ein Bier.«

»Du hast ’ne Macke«, lachte ich, und sie drehte sich tänzelnd zu mir um.

»Was würdest du mich jetzt fragen, wenn dir meine Reaktion egal wäre, Großer?«

Die Punkte der Discokugel huschten über ihr Gesicht und ihren Körper wie zusätzliche Augen, mit denen sie mir bis auf den Grund schauen konnte. Mir war klar, dass ich mit den Sprüchen, die ich für gewöhnlich abspulte, auf keinen Fall bei ihr landen konnte. Ehrlichkeit, ging es mir durch den Kopf, die steht auf Ehrlichkeit.

»Ich würde dich gerne flachlegen«, hörte ich mich sagen, zog die Nase hoch und lehnte mich demonstrativ entspannt an die Theke. »Ich würde dich gerne anständig durchvögeln, morgen neben dir wach werden, den leckersten Kaffee der Welt kochen und gucken, ob du dann immer noch so ’ne große Klappe hast.« Darauf leerte ich mein Glas, stellte es langsam auf den Tresen und spürte meinen Herzschlag, wie er das Blut meinen Hals hinaufpumpte. Pia kniff ihre Augen zu Schlitzen zusammen, knabberte an ihrer Unterlippe und sagte mit drohend erhobenem Zeigefinger: »Aber nicht den Kaffee vergessen.«

Pia ist die einzige Frau, der ich nach der ersten Nacht meine Telefonnummer gegeben habe, und das, obwohl sie nicht einmal danach gefragt hat. Dass sie mich nie mit Fragen löcherte, sondern immer nur genau die richtigen stellte, fast beiläufig, war auch der Grund, weshalb ich anfing, ihr von mir zu erzählen. Weil sie mir nie das Gefühl gab, sie erwarte es.

Pia trank lieber Bier als Wein, und das lieber dreimal als zweimal in der Woche. Dabei schluckte sie Ecstasy-Pillen wie Bonbons. Und sie hatte eine unglaublich große Fresse. Nicht um Aufmerksamkeit zu bekommen, sondern im Gegenteil, um abzuschrecken und auszutesten, wie Männer auf sie reagierten. Außerdem war sie auch noch ein intellektuelles Monster. Obwohl sie erst Anfang zwanzig war, hatte sie schon einen ganzen Haufen Klassiker gelesen und war in der Lage, über Literatur, Philosophie und lauter Dinge, von denen ich nichts verstand, zu diskutieren.

So clever sie auf der einen Seite war, so dusselig wirkte sie auf der anderen. Aus Prinzip trug sie keine Rucksäcke, weil sie es nicht mochte, dass ihr etwas im Rücken saß. Handtaschen waren ihr aber zu mädchenmäßig, sodass sie immer eine Jutetasche, wie man sie im Supermarkt bekommt, bei sich hatte, die sie, am langen Arm baumelnd, mit sich herumschleppte. Bei jedem zweiten Schritt schlug die Tasche gegen ihren Hacken und dröselte sich ein und aus. Darin hatte sie ein abgegrabbeltes Notizbuch, in das sie ständig irgendwelche Sätze kritzelte, ein Lederetui für ihre Stifte, Bücher und Zeitschriften, selbstaufgenommene Kassetten, ein Taschenmesser und ein Paar dicke Socken. Für alle Fälle, sagte sie, als ich fragte, wofür sie die Socken brauche.

Einmal saßen wir bei mir, und sie ließ ihren Blick durch meine Wohnung wandern, während eine Kassette lief, die sie für mich aufgenommen hatte.

»Das ist die unpersönlichste Wohnung, die ich je gesehen habe«, sagte sie, aber ich wusste nicht, was sie meinte. »Hier hängt nichts an den Wänden, es stehen keine Bücher oder Platten rum«, sie machte eine Pause. »Und das sind alles nur wahllos zusammengesuchte Möbel. Hier könnte jeder wohnen.«

Das Zeug in meiner Wohnung war tatsächlich wahllos zusammengesucht, weil ich nie Lust gehabt hatte, Geld für Dinge auszugeben, die ich auch übers Amt, vom Sperrmüll oder über Kollegen bekommen konnte. Ein Tisch war so gut wie der andere, und das einzige Möbelstück, an dem ich hing, war das alte knallrote Sofa mit seinem abgewetzten Bezug, auf dem wir hockten, das mir Flavios Oma einmal zu Weihnachten geschenkt hatte.

»Da drüben hängt ein Foto«, sagte ich, und Pia stand auf, um es sich anzusehen.

»Ist das eine Autogrammkarte?«, wollte sie wissen.

Ich nickte.

»Wer ist die Frau?«

Nach kurzem Zögern sagte ich: »Weiß ich nicht.«

»Und warum hängt das dann da?«

»Das hat jemandem gehört, der mir wichtig war.«

»Verwandtschaft?«

»Irgendwie schon.«

Mit dem Bild in den Händen, setzte sich Pia zu mir aufs Sofa und betrachtete es eine Weile. »Kennst du deine Familie überhaupt nicht?«, fragte sie schließlich, und ich schüttelte den Kopf. »Und interessiert dich das auch gar nicht?«

»Ich wüsste nicht, was ich meiner Mutter sagen sollte, und nur um ihr Vorwürfe zu machen, muss ich sie auch nicht wiedersehen«, murmelte ich und spielte dabei am Saum von Pias Bluse herum.

»Warst du neidisch, weil deine Schwester in einer Pflegefamilie groß geworden ist?«

»Habe ich nicht drüber nachgedacht. War halt so, wie es war. Schon okay.«

Pia streckte sich auf dem Sofa aus und legte ihren Kopf auf meinen Schoß. Ich streichelte ihren Nacken.

»Das macht bestimmt einen Unterschied, ob man im Heim oder in einer Pflegefamilie groß wird«, sagte sie. »Hatte sie wahrscheinlich schon mehr Chancen als du.« Ich wickelte eine Strähne von Pias Haaren um meinen Zeigefinger und sah zu, wie sich das Blut in der Fingerkuppe staute.

»Was macht deine Schwester?«

»Keine Ahnung«, sagte ich tonlos.

»Und deinen Vater kennst du gar nicht, oder?«

»Nee. Ich weiß auch nicht, ob meine Mutter wüsste, wer das war. Ich glaube, das war ein Freier. Keine Ahnung.«

»Nichts über meine Eltern zu wissen würde ich nicht aushalten«, sagte Pia. »Selbst wenn ich feststelle, dass meine Familie nur aus Vollidioten besteht, würde ich das doch gerne wissen wollen.« Sie betrachtete das Foto. »Man muss doch wissen, wo man herkommt. Wie bei Geschichte. Woher willst du denn wissen, wer du bist, wenn du nicht weißt, woher du kommst?«, sagte sie, und ich nahm ihre Hand und massierte ihre Finger.

Als ich Pia das erste Mal weinen sah, wusste ich nicht, wohin mit mir. Sie kam in meine Wohnung gestürmt, knallte die Tür hinter sich zu, schmiss ihre Jutetasche in die Ecke und brach in Tränen aus, ohne mir zu erzählen, was passiert war, und versuchte nicht einmal, sich zu beherrschen. Zusammengerollt lag sie auf meinem Sofa, als würde sie jede Sekunde zwischen den Kissen verschwinden. Ich konnte nicht anders, als ihr beim Weinen zuzuschauen, und es war schön. Vielleicht, weil es ehrlich war und sie sich mir so schutzlos zeigte. Irgendwann hielt ich es nicht mehr aus, einfach nur dazustehen, also setzte ich mich neben sie und stammelte tröstend vor mich hin.

»Kannst du vielleicht einfach mal die Klappe halten und mich heulen lassen?«, schluchzte sie. Im nächsten Moment umarmte sie mich und drückte ihr Gesicht an meinen Brustkorb. Seit meiner Kindheit hatte ich keine fremden Tränen mehr an meinem Körper gespürt. Erst sifften sie warm durchs Hemd an meine Haut und schienen dann eine Art Versiegelung aufzuweichen, von der ich im Laufe der Zeit vergessen hatte, dass sie überhaupt existierte.

Nach einer Weile nahm sie meine Hand und fragte schniefend: »Machst du mir jetzt den leckersten Kaffee der Welt?«

Mir schossen Tränen in die Augen, und ich konnte minutenlang nicht aufhören, Rotz und Wasser zu heulen. Ich hätte nicht sagen können, weshalb ich weinte, ob aus Trauer oder vor Wut oder Glück. Genauso wenig wusste ich, woher die Tränen kamen, aber sie fühlten sich alt und abgestanden an, als würde ich den vollgelaufenen Keller eines baufälligen Hauses auspumpen. Anschließend war tatsächlich irgendetwas irgendwie gut, und der Kaffee schmeckte anders. Wir saßen auf meinem schäbigen Sofa in der Sonne, Pia hatte sich ihre Socken angezogen und kritzelte lächelnd etwas in ihr Büchlein. Wenn sie zu lächeln aufhörte, war es jedes Mal, als würde sich der Schnee in einer Schneekugel setzen. Zum Glück hörte sie selten auf zu lächeln.

Einmal kam sie zu mir, knallte ein Buch auf den Tisch und sagte: »Das musst du unbedingt lesen.«

Das letzte Mal hatte ich in der Schule ein Buch in der Hand gehabt, und mehr als Tageszeitungen oder Stadtmagazine hatte ich seitdem nicht gelesen. Dementsprechend wenig Lust hatte ich, mir das Ding vorzunehmen. Aber Pia gab es mir mit einer Begeisterung, wie Flavio einen vollen Kasten Bier mitgebracht hätte, hätte er zufällig einen an der Straßenecke gefunden. Nachdem ich zu lesen angefangen hatte, nur um Pia zu beeindrucken, konnte ich das Buch schon nach ein paar Kapiteln nicht mehr aus der Hand legen. Anders als beim Fernsehen, wo ich meistens nur am Rumzappen war und der angenehmste Moment das Ausschalten und das anschließende Knistern des Gerätes war, verschwanden Zeit und Außenwelt mit mir in dem Buch. Beim Lesen hatte ich genauso meine Ruhe wie beim Laufen.

Als Pia mich fragte, was ich für Musik hörte, zuckte ich nur mit den Schultern. »Na, was es halt so gibt«, sagte ich, und sie lachte mich aus, bevor sie mir ihre Lieblingsbands vorspielte, von denen ich nicht eine einzige kannte. In der folgenden Zeit schleppte sie mich auf Konzerte, Lesungen oder ins Kino, und wenn wir zusammen im Bett ausnüchterten, sahen wir uns alte Kinderserien im Fernsehen an, die sie in- und auswendig kannte, die ich früher aber nur selten zu sehen bekommen hatte.

Flavio war irgendwann genervt. Einmal kam er, als wir im White Palms arbeiteten, auf mich zu, während ich Pause machte und in der Garderobe zwischen Jacken und Mänteln in einem Buch schmökerte.

»Was liest du denn?«, wollte er wissen.

»Lyrik«, antwortete ich und hätte genauso gut *Gedichte* sagen können, sagte aber *Lyrik*, weil ich wusste, dass er es nicht verstand.

»Worum geht's?«, hakte er nach. Auch wenn er mein bester Kumpel war, wollte ich ihn in dieser Welt nicht dabeihaben.

»Natur und so«, antwortete ich, den Blick noch immer im Buch. Die Nächte an der Tür, das Trainieren, der Männerkram war unsere Welt. Und dann gab es die Welt von Pia und mir.

»Wie?«, erkundigte er sich. »Natur?«

»Na ja, so Bilder aus der Natur«, sagte ich, »die aber auch was anderes bedeuten können.«

Zwar gab es Überschneidungen zwischen diesen Welten, aber ich wollte sie so weit wie möglich getrennt voneinander halten. Diese andere Welt musste er nicht begreifen.

»Gib mal ein Beispiel«, sagte er.

»Na ja, wenn zum Beispiel jemand will, dass bald wieder Frühling wird, kann das heißen, dass er sich seine Jugend zurückwünscht oder so was«, erklärte ich.

Vielleicht hätte ich mich darüber freuen sollen, dass er sich überhaupt dafür interessierte, was mit mir los war, aber es war mir egal.

»Hat die Alte dir gesagt, dass du das lesen sollst, oder findest du das echt geil?«

»Bei Lyrik geht's nicht darum, ob sie geil ist«, sagte ich. »Da geht's darum, ob sie dich berührt.«

»Berührt die Alte dich denn auch ab und zu, oder musst du das jetzt selbst erledigen, wenn du nicht gerade liest?«, fragte Flavio, bevor er breitbeinig davonstolzierte.

Samstags gingen Pia und ich manchmal auf den Flohmarkt, wenn wir die Nacht durchgefeiert hatten und noch nicht müde waren. An einem Vormittag im Oktober lehnten wir übernächtigt an einem Imbissstand, aßen Currywurst mit Pommes, und Pia blätterte in einem Stapel Fotos, die sie gekauft hatte. Sie sammelte alte Schwarzweißbilder, bastelte aus diesen Aufnahmen wildfremder Menschen Fotoalben zusammen und dachte sich Bildunterschriften für sie aus.

»Ist das nicht großartig?«, fragte sie und hielt mir ein Foto hin. Darauf zu sehen war ein dicklicher Junge, nicht älter als zwölf Jahre, in Cowboyverkleidung, der an einen Holzmast wie an einen Marterpfahl gelehnt stand, und ein vielleicht achtjähriges Mädchen, ebenfalls kostümiert, drückte ihm eine Spielzeugpistole auf den Bauch.

»Für solche Bilder lohnt sich das Sammeln«, sagte Pia. Während sie noch immer das Foto begutachtete, spießte sie Wurst und Pommes auf, öffnete den Mund aber nicht weit genug, und alles kleckerte über ihren Pullover auf den Boden.

»Oh, nee.« Sie zog die Augenbrauen zusammen und rieb sich über den Pullover, verschmierte den Ketchup dabei aber nur noch mehr.

»Maaann, ey«, nölte sie, schnappte sich ihr Bier, nahm einen Schluck, und beim schwungvollen Absetzen sprudelte ihr der Schaum erst über Hand und Ärmel und schließlich auf die Hose. »Oh, was ist das denn hier heute?!«, fluchte sie und knallte die überlaufende Flasche zurück auf den Tresen des Imbisswagens.

»Reicht ein Papiertuch, oder wollnse lieber duschen, junge Frau?«, fragte der Typ vom Imbiss. Er war schon dabei, ein Haushaltstuch von der Rolle zu friemeln, da bollerte Pia zurück: »Ey, ich hab für dein fettiges Essen bezahlt, nicht für dein Gelaber.«

Der Kerl erstarrte in der Bewegung und stemmte die Fäuste in die Hüften. »Was?«, fragte er.

»Lass mal gut sein«, sagte ich zu Pia.

»Ey, ich muss mir doch nicht von ’nem Typen gute Ratschläge geben lassen, der sein Leben damit verbringt, Würstchen zu wenden«, zickte sie weiter.

Er warf mir einen Blick zu, als sei Pia meine ungezogene Tochter. »Sorg mal dafür, dass die Kleine ganz schnell Land gewinnt.«

»Du kannst schon direkt mit mir reden, Fettsack«, konterte Pia, und er langte flinker, als ich es ihm zugetraut hätte, über den Tresen und schnappte sich ihre Flasche.

»So, Feierabend«, sagte er. »Abflug, Madame.«

»Ey, du kannst mir nicht mein Bier klauen. Dafür habe ich bezahlt.«

Er griff in seine Geldkassette und holte ein Fünfmarkstück heraus.

»Hier, meine Beste«, sagte er und warf das Geld in ihre Pommes. »Kohle zurück. Und vom Rest lernste irgendwo essen und trinken, ja?«

Pia verschränkte die Arme. An ihrem Kinn klebte, genau wie auf ihrem Pullover, Ketchup, und auch auf ihrer Hose hatten die Pommes kleine rote Spritzer neben dem Bierfleck hinterlassen. Sie sah mich an: »Sag du doch auch mal was!«

Ich liebe dich, dachte ich, zuckte aber mit den Schultern und sagte es nicht.

Wir haben es nie gesagt.

Weil ich Pia zu eifersüchtig war, kam sie irgendwann auf die Idee für ein Experiment, um mich auf die Probe zu stellen. In der wenigen Zeit, die wir miteinander verbrachten – meistens sahen wir uns nur an den Wochenenden –, hielt ich es in der Tat nur schwer aus, wenn sie sich mit anderen Kerlen unterhielt. Das Experiment hatte ich anfangs für eine Schnapsidee gehalten und mich nur in der Hoffnung darauf eingelassen, dass es sich mit dem Zustimmen bereits erledigt hätte. Einige Wochen später zogen wir aber mit dem Vorsatz los, Leute kennenzulernen und uns ihnen gegenüber als Bruder und

Schwester auszugeben. Dabei war es meine Aufgabe, es auszuhalten, wie sie mit anderen Kerlen flirtete, und ich sollte meinerseits versuchen, Frauen aufzureißen.

Nachdem wir zu Hause vorgeglüht hatten, schleppte Pia mich an die Theke einer Cocktailbar mit Pianomusik und gedimmtem Licht. Die Cocktails standen gerade erst vor uns, da hatte Pia bereits einen Anzugträger Mitte dreißig im rosa Hemd am Wickel und machte ihm schöne Augen. Von mir aus hätten wir das Experiment sofort abbrechen und für gescheitert erklären können. Weil ich mir die Blöße aber nicht geben wollte, sah ich mich um und entdeckte eine Brünette, die am anderen Ende der Bar saß und erst auf ihre Uhr, dann zur Tür schaute. Ihr Hintern steckte in einem grauen Kostümchen, als sei sie direkt von einem Job am Bankschalter in die Bar gekommen.

»Richard?«, fragte Pia, und ich sah sie überrascht an, weil sie mich für gewöhnlich Rick nannte. »Richard, das ist Stefan«, sagte sie und lehnte sich zurück, um den Blick auf den Anzugträger freizugeben. »Stefan ist für die Messe in der Stadt«, sagte sie in einem unsinnig beeindruckten Ton. »Stefan, das ist mein Bruder Richard.«

»Wunderhübsche Schwester haben Sie, Richard.«

Im ersten Moment wusste ich nicht, wofür ich ihm mehr die Fresse polieren wollte; für die Art, wie er Pia anbaggerte, oder dafür, dass er mich mit dem Vornamen ansprach und dabei siezte.

»Wie im Supermarkt, nur umgekehrt, was?«, fragte ich und schüttelte seine Hand, aber er verstand nicht. Pia schloss die Augen, als wolle sie den Moment ausblenden, und schob sich eine Cocktailkirsche in den Mund.

»Frau Meyer? Kommste mal her und wischst den Dreck hier weg?«, sagte ich lauter, um eine Supermarktsituation zu simulieren, aber er begriff noch immer nicht.

»Wegen dem Siezen«, versuchte ich zu erklären, aber er sah hilfesuchend zu Pia, die nur den Kopf schüttelte.

»Schwesterchen«, sagte ich dann, auf die vermeintliche Banktusse deutend, »ich begrüße mal kurz die einsame Dame da drüben.«

Ich stand auf, und als die Brünette bemerkte, dass ich auf sie zukam, huschte ihr Blick in die Getränkekarte, obwohl sie noch ein volles Glas vor sich hatte.

»'n Abend«, sagte ich, und sie sah langsam zu mir auf. Normalerweise hätte ich sie, ohne darüber nachzudenken, geduzt, aber ich stockte und sagte: »Ich bin mit meiner Schwester hier, die gerade jemanden kennengelernt hat. Ich dachte, falls Sie alleine hier sind, haben Sie vielleicht Lust, sich zu uns zu setzen und mir Gesellschaft zu leisten.« Im nächsten Moment machte ich mein Welpen-Gesicht. Als sie lächelte, wusste ich, dass ich sie überzeugt hatte, fügte aber trotzdem noch hinzu: »Nur bis Ihre eigentliche Begleitung kommt, natürlich.«

»Ich war lose mit einer Freundin verabredet, aber ich glaube, die lässt mich mal wieder hängen«, antwortete sie. »Ich heiße Jana. Müssen wir uns siezen?« Ich schüttelte den Kopf und bemerkte, dass ein Tisch neben uns frei wurde.

»Pia?«, rief ich, zeigte auf den Tisch, und wenig später saßen wir zu viert zusammen. Während Stefan uns und wir ihn siezten, duzten wir übrigen drei uns untereinander.

»Und wie ist das so auf der Mineralien-Messe?«, fragte Pia, und es klang, als interessiere es sie tatsächlich.

»Ist nicht so langweilig, wie man denkt«, antwortete Stefan. »Da stellen Leute aus, die mit Mineralien, Fossilien und solchen Dingen handeln, und es gibt auch Publikum, das sich einfach mal Halbedelsteine angucken will. Besonders spannend war die Ausstellung der Koprolithen, das fanden die Kinder ganz toll.«

Pia nickte aufmerksam. Obwohl ich neugierig war, wollte ich nicht derjenige sein, der nachhakte, und zum Glück fragte Jana: »Was sind denn Koprolithen?«

»Versteinerter Dinosaurierkot«, erklärte Stefan und nahm einen Schluck von seiner Piña Colada. Ich wusste nicht, ob ich lachen oder weinen sollte. Mit dem Zeigefinger fuhr ich über die schwarzlackierte Tischplatte und zog dabei einen Schmierfilm wie einen Kondensstreifen hinter dem Finger her.

»Richard, wollen wir da nicht auch mal hin, solange die Messe noch läuft?«, fragte Pia. Ich fand den Moment so herrlich unsinnig, dass ich mein breitestes Lächeln aufsetzte und so enthusiastisch antwortete, als hätten wir soeben beschlossen, in die Neue Welt aufzubrechen: »Auf jeden Fall, Schwesterherz.«

Stefan sah mich an, und ich konnte spüren, dass er zwar bemerkte, dass ich ihn auf die Schippe nahm, aber erfolglos versuchte, den Grund dafür zu begreifen.

Jana und ich plauderten über Belanglosigkeiten, und während Pia immer näher an Stefan heranrückte und einen Tequila nach dem anderen bestellte, blieb unser Gespräch oberflächlich und steif. Nach einer Weile legte Stefan seinen Arm um Pia, und ich wusste nicht, wie weit das Experiment noch gehen sollte. Schließlich tuschelten und kicherten die beiden nur noch. Irgendwann warf Pia ihren Kopf in den Nacken, boxte ihm gegen die Schulter und sagte laut lachend, sodass es auch die Nachbartische hören konnten: »Also, wenn es ein Energy Drink wäre, würde ich es mir nicht kaufen, aber eklig finde ich Sperma nicht.«

Jana gaffte Pia an. Auch Stefan musste den Satz erst sacken lassen, bevor er schmunzelte. Mein Blick klebte an einer Lavalampe in der Ecke des Raumes. In meinem Schädel tobte ein Hornissenschwarm. In dem Moment liebte ich Pia genauso sehr, wie ich ihr eine scheuern wollte. Um mich zu beruhigen, versuchte ich im zähen Rhythmus der Wachskugeln der Lavalampe zu atmen, doch es half nicht.

»Ich bin gleich wieder da«, sagte ich und verschwand auf die Toilette.

Auf dem Rückweg kam mir Pia grinsend entgegen. »Du hältst dich ganz toll. Hast du noch Speed mitgenommen oder Pillen?«, fragte sie im Vorbeigehen.

Ich packte sie am Arm und zog sie zu mir heran. »Es reicht. Ich will jetzt raus hier.«

Aber sie schüttelte den Kopf und sah auf die Uhr. »Es ist noch nicht mal eins.«

»Mir egal. Dann lass uns irgendwo anders hin. Ich will nur raus aus dem Laden und weg von dem Schleimer.«

»Der ist witzig«, sagte sie, und ich holte tief Luft.

»Ist das immer noch Teil von dem blöden Experiment?«

»Das Experiment ist total egal. Der ist einfach nett, Rick. Unterhalt dich doch auch mal mit dem.«

Ich ließ sie los, und als ich zurück am Tisch war, lehnte Jana an der Theke und bezahlte. Ein Winken andeutend, lächelte sie mir knapp zu, bevor sie verschwand. Stefan verzog das Gesicht, als würde er sagen: Man kann nicht immer gewinnen.

Ich setzte mich ihm gegenüber und nahm mir, ohne ihn zu fragen, eine Zigarette aus seiner Schachtel. Er reagierte nicht. Nachdem ich mir die Kippe angesteckt hatte, krempelte ich mir die Ärmel hoch, sodass er die Tätowierungen sehen konnte, stützte meinen Ellenbogen auf und lehnte mich über den Tisch zu ihm hinüber.

»Stefan, lass uns das *Sie* mal für einen Augenblick vergessen«, hörte ich mich sagen.

Einige Tage vorher hatte ich mit Flavio einen Mafia-Film auf Video gesehen, den wir regelmäßig guckten, wenn wir nach einer Schicht noch bis in den frühen Nachmittag zusammen rumhingen. Szenenweise konnten wir ihn schon auswendig mitsprechen.

»Du weißt nicht, wer ich bin, oder?«, fragte ich Stefan, und er schüttelte den Kopf. »Das ist schon in Ordnung«, sagte ich nach einer kurzen Pause. »Du bist schließlich nicht aus der Stadt.«

Mit einem Mal wirkte er wesentlich wacher als noch Augenblicke zuvor, rutschte auf seinem Platz hin und her und setzte sich aufrecht hin.

Ich nahm einen weiteren Zug und wischte mir mit dem

Daumen über die Nase. »Meine Schwester ist manchmal ein wenig …«, ich starrte an die Decke, als suchte ich nach den richtigen Worten, »offen. Offen und direkt, wenn du verstehst, was ich meine.« Wieder machte ich eine Pause. »Sie ist jung, und sie ist betrunken, und wenn du nicht die Finger von ihr lässt, muss ich dir jeden einzelnen brechen.«

Stefan sah zur Seite und lachte auf, aber ich starrte ihm unmissverständlich in die Augen.

»Ich kann mir an einem Freitagabend auch was Besseres vorstellen, als meine kleine Schwester zu babysitten. Aber unser Vater hat mich drum gebeten, also mache ich es«, sagte ich. »Du hast dir wirklich die Falsche rausgesucht, Stefan.«

Nachdem er mich erst noch unschlüssig gemustert hatte, entglitt ihm sein Gesichtsausdruck mehr und mehr.

»In Ordnung«, sagte er irritiert. Als ich daraufhin schwieg, wusste er nicht weiter. Ich konnte spüren, dass er mir die Nummer zwar nicht völlig abnahm, aber der kleine Rest Unsicherheit hielt ihn davon ab aufzumucken.

»Darf ich dir noch ein letztes Getränk ausgeben?«, fragte ich schließlich, aber er lehnte dankend ab.

Keine zehn Minuten, nachdem Pia zurückgekommen war, verabschiedete sich Stefan. Bevor er ihr ein Küsschen auf die Wange gab, holte er sich mit einem flüchtigen Blick meinen Segen ab.

Pia sah ihm hinterher. »Spinner«, sagte sie, als er verschwunden war. Nachdem sie noch einen Tequila-Gold und ich einen Whiskey getrunken hatte, gingen wir vögeln.

Obwohl ich mein ganzes Leben alleine verbracht hatte, war es die Zeit mit Pia, in der ich begriff, was es bedeutet, sich einsam zu fühlen. Die Tage ohne sie herumzukriegen war jedes Mal ein Kraftakt. Die Bücher und die Musik, die sie mir gab, waren der Ersatz für unsere Gespräche und ihre Anwesenheit. Wenn sie meine Wohnung verließ, fühlte es sich jedes Mal an, als habe sie den Stöpsel aus einer Wanne gezogen, aus der das Wasser dann kaum merklich, aber stetig ablief und die ich ohne sie nicht auffüllen konnte. Ein Paar dicke Socken hatte sie bei mir deponiert. Gelegentlich zog ich die Dinger zum Einschlafen über, auch wenn sie mir viel zu klein waren und ich sie nur über die Zehen gestülpt bekam. Irgendwie schlief ich mit ihnen besser ein, ruhiger.

Nach etwa einem Jahr meldete Pia sich immer seltener. Wir sahen uns nur noch sporadisch, und unsere Gespräche wurden oberflächlicher. Schließlich fing ich an, ihr hinterherzutelefonieren. Es hatte Frauen gegeben, die mir derartig auf die Pelle gerückt waren; mit jedem Anruf hatten sie mich weniger interessiert, und mit Flavio hatte ich mir das Maul über sie zerrissen. Trotzdem konnte ich nicht aufhören, mich bei Pia zu melden. Mehrfach am Tag hinterließ ich Nachrichten auf ihrem Anrufbeantworter, nervte ihre Mitbewohner und war frustriert, wenn sie sich nicht sofort zurückmeldete. Irgendwann war es nicht mehr nur Pia, der ich hinterhertelefonierte. Alles, was ich von mir preisgegeben hatte, meine ganze Vergangenheit, schien mir abhandengekommen zu sein. All die Dinge, die sie von mir wusste und die ich nicht einmal Flavio erzählt hatte, schienen auf einmal nicht mehr wert zu sein als ihre zusammengeramschten Schwarzweißfotos, über die sie sich kurz freute, um sie anschließend wegzuheften.

Eines Abends stand ich auf einer Party, zu der sie mich erst nach einer längeren Diskussion mitgenommen hatte, in einer WG-Küche und hielt einen BWL-Studenten am Kragen. Einen dieser verhätschelten Kerle mit Mecki-Putz und Doppelkinnansatz, die auch mit Mitte zwanzig noch aussehen, als hätte ihre Mutter sie angezogen. Ich starrte ihm in die Augen und konnte ihm ansehen, dass er in seinem ganzen Leben noch kein Problem gehabt hatte, das nicht durch Papas Geld oder Anwälte zu lösen gewesen wäre. Er hatte sich mit Pia über Uni-Zeug unterhalten, das ich nicht verstanden hatte. Schließlich war ich sauer geworden, weil Pia mich nicht beachtet hatte. Als sie aufs Klo verschwunden war, hatte ich ihn gepackt und hörte mich dann wieder und wieder fragen: »Willst du mich verarschen?«

Dabei wurde ich lauter. Seine Kommilitonen standen wie gelähmt neben uns und starrten mich an. Nichts, was der Kerl hätte antworten können, hätte irgendetwas geändert, aber ich wiederholte völlig ziellos die Frage und wurde wütender, je länger er mich mit seinen Schweinchenaugen anglotzte. Obwohl ich zwei Köpfe größer war als er und ihn dicht an mich heranzerrte, zeigte er sich nicht beeindruckt. Auch als ich ihn gegen den Küchenschrank drückte und ununterbrochen den Satz abspulte, reagierte er nicht. Schließlich sah er an meiner Schulter vorbei zur Küchentür und fragte: »Was findest du eigentlich an dem Affen?«

Sofort rotierten Windmühlenflügel vor meinen Augen. Ich ballte meine Faust, um ihm eine reinzuzimmern oder wenigstens hart neben seinen Kopf gegen die Schranktür zu schlagen, um ihm einen Schreck einzujagen. Aber dann hörte ich Pia.

»Das war nur so.«

Das Echo des Satzes schwebte im Raum. Ich schluckte. Augenblicklich fiel alle Anspannung von mir ab, und ich stand wie nackt in dieser WG-Küche voller Fremder, die mich angafften.

»Reicht jetzt«, sagte Pia in einem Ton, als würde sie einen unfähigen Handwerker aus der Wohnung schmeißen. Ich ließ den Kerl los und huschte an ihr vorbei aus der Küche, ohne sie anzusehen.

Die paar Schritte durch den Flur zwischen all den Leuten hindurch waren die längsten Meter meines Lebens. Als ich die Wohnung verlassen hatte, war ich wieder der kleine Junge hinter dem Altglascontainer.

Vier Stockwerke und siebzig Stufen dauerte es, bis ich beschlossen hatte, dass ich mich so nie wieder fühlen würde.

August 1985

Als ich aus der müffelnden Umkleidekabine in die Sporthalle geschlurft kam, war das Erste, was ich von Herrn Rüdiger, meinem neuen Sportlehrer, mitbekam, seine Stimme. Wie eine Bulldogge mit Rasierklingen in der Kehle.

»Zehn Minuten warm laufen!«, rief er, in die Hände klatschend, und verschwand ohne weitere Worte in seinem Kabuff neben der Mädchenumkleide.

Sportunterricht hatte bis dahin aus Völkerball oder Fußball bestanden, und ich war noch nie zehn Minuten am Stück gelaufen. Aber als ich sah, wie meine Mitschüler sich ohne zu murren in Bewegung setzten, lief ich ebenfalls los. Nach fünf Runden spürte ich einen Krampf in den Waden und ein Stechen in der Seite. Zwei weitere hielt ich durch, doch schließlich warf ich mich mit brennender Lunge auf eine der Weichbodenmatten zum Verschnaufen. Irgendwann hockten wir zu dritt auf der Matte. Manche Mitschüler liefen stur ihre Runden, aber immer mehr von uns setzten sich mit hochrotem Kopf ab. Einige Minuten vergingen, wir alberten herum, und schließlich bemerkte ich Herrn Rüdiger, der mit gerunzelter Stirn vor seinem Kabuff stand. Dann stolzierte er mit durchgedrücktem Rücken in die Hallenmitte und rief: »Sauhaufen! Kommt in Wallung!«

Herr Rüdiger war Mitte vierzig, knapp zwei Meter groß und komplett durchtrainiert. Seine Haut war braungebrannt und die Unterarme mit dichten schwarzen Haaren überwuchert. Genauso dicht waren sein Walrossbärtchen und seine Koteletten, nur auf dem Kopf gingen ihm die Haare allmählich aus, was ihn aber nicht davon abhielt, den angegrauten Rest in dünnen Strähnen bis auf Schulterlänge wachsen zu lassen. Mit seiner Hakennase, den buschigen Augenbrauen und den ruckartigen Bewegungen seines Kopfes hatte er etwas Raubvogelartiges an sich.

»Weiter«, rief er, also rappelten wir uns auf und trotteten los. Nach wenigen Runden war ich wieder am Ende meiner Kräfte, blieb stehen und beugte mich, die Hände auf die Knie gestützt, weit nach vorne.

»Laufen!«, hörte ich Herrn Rüdiger.

»Ich kann nicht mehr«, antwortete ich. Mit großen Schritten kam er auf mich zu.

»Laufen!«, wiederholte er. Weil ich glaubte, er hätte mich im Getrampel meiner Mitschüler nicht verstanden, wiederholte ich meinerseits: »Ich kann nicht mehr.«

Daraufhin packte er mich am Arm und zog mich in die Hallenmitte, während die anderen uns umkreisten und gespannt zuguckten.

»Wer nicht laufen kann, macht für jede nicht gelaufene Minute zwanzig Liegestütze«, sagte Herr Rüdiger, ließ mich los und deutete auf den Boden. Er sah auf seine Uhr.

»Achtzig Liegestütze«, ordnete er in unveränderter Lautstärke an. Meine Lunge brannte. Mit hängenden Schultern stand ich neben ihm.

»Pump!«, rief er.

Meine sportlichen Mitschüler sahen sich feixend an und trabten ihre Runden, während diejenigen, die genauso untrainiert waren wie ich, wenigstens zügig gingen, anstatt stehen zu bleiben.

»Pumpen!«, hörte ich Herrn Rüdiger wieder.

Elf Liegestütze schaffte ich, von denen Herr Rüdiger jeden einzelnen lautstark mitzählte, bevor ich auf den Rücken rollte und Arme und Beine von mir streckte, als sollte ich gevierteilt werden. Gerade als ich dachte, damit hätte ich die Tortur hinter mir, fragte er: »Doch lieber laufen?« Ich blinzelte. »Zieh! An!« Also quälte ich mich hoch und stokelte los.

»Du noch zwei Minuten, die anderen kommen in den Kreis.«

Während meine Mitschüler sich auf dem Hallenboden zusammensetzten, drehte ich alleine meine Runden.

»Mein Name ist Rüdiger«, sagte er, nach wie vor mehr rufend als sprechend. Meine Klassenkameraden hockten im Kreis, er ging in ihrer Mitte auf und ab und blickte auf sie hinunter. »Alle eure Namen lerne ich wahrscheinlich nie, aber ich merke mir die Leistungen, die zu jedem Gesicht gehören. Ich mache Sportunterricht, keinen Spielunterricht. Fußball gehört auf den Bolzplatz und Völkerball in die Grundschule.«

Meine Mitschüler sahen ihn mit ehrfürchtigen Augen an wie eine Kindergartengruppe den Weihnachtsmann.

»Wir machen dieses Jahr Lauftraining und Krafttraining, und zum Halbjahr machen wir das Laufabzeichen.«

Außer meinem Keuchen und den auf dem Boden quietschenden Turnschuhen herrschte Totenstille in der Halle. Laufabzeichen, ging es mir durch den Kopf. Ein Schwimmabzeichen hatte ich einige Wochen zuvor in den Sommerferien gemacht, damit ich auf die Sprungtürme durfte und der Bademeister mich nicht aus dem tiefen Becken schmeißen konnte. Wofür ein Laufabzeichen gut sein sollte, war mir ein Rätsel.

»Eine Stunde laufen. Dafür braucht ihr Ausdauer und Kraft, und dafür trainieren wir«, fuhr er fort. »Und heute fangen wir an.« Er klatschte wieder. »Die Jungen holen die Turnbänke und bauen immer zwei von ihnen parallel zueinander auf, in etwa einem halben Meter Abstand, und die Mädchen holen den Wagen mit den Matten aus dem Geräteraum und verteilen sie in der Halle. Auf!«

Die anderen erhoben sich und ich sah fragend zu Herrn Rüdiger, der mir zunickte und auf die Bänke deutete.

Der Rest der Doppelstunde war eine einzige Quälerei. Wir machten Liegestütze. Erst auf dem Boden, dann auf die Bänke gestützt und schließlich mit dem Oberkörper zwischen zwei Bänken hängend. Die Jungen und die Mädchen. Um die Muskeln zu entspannen, wie Herr Rüdiger sagte, liefen wir zwischendurch immer wieder. In unregelmäßigen Abständen gab er uns Verschnaufpausen auf den Matten. Als jemand über Seitenstechen klagte, fragte Herr Rüdiger, ob es rechts oder links wäre, und erklärte, man dürfe bei Seitenstechen auf keinen Fall stehen bleiben, sondern müsse, wenn es rechts sei, schneller laufen, wenn es links sei, langsamer.

»Stopp!«, rief er irgendwann. Ich zupfte mir das verschwitzte T-Shirt vom Körper und konnte die Erleichterung auch in den Augen meiner sportlichen Mitschüler sehen, aber Herr Rüdiger war noch nicht fertig mit uns.

»Die Mädchen räumen die Matten weg«, sagte er, »die Jungs bauen die Bänke parallel zueinander einmal durch die Halle auf. Zwei Schritte Platz dazwischen lassen.« Wir sahen uns erschöpft an und wuchteten die Bänke in die entsprechende Position. »Jetzt die Beine!«

Die folgende halbe Stunde verbrachten wir damit, über die Bänke zu springen. Erst mit beiden Beinen, dann auf einem Bein, schließlich in der Hocke. Einige meiner Mitschüler quälten sich in den letzten Minuten wie fette Kröten über die Bänke.

Schließlich rief Herr Rüdiger: »Abbauen!«

Als wir fertig waren und uns schon in die Umkleidekabinen retten wollten, hörten wir ihn ein letztes Mal: »Fünf Minuten Auslaufen. Du!«, er deutete auf mich und winkte mich zu sich heran. Ich befürchtete, weitere Strafrunden laufen oder Liegestütze machen zu müssen, aber er hielt mir ein Schlüsselbund hin. »Schließ schon mal den Ausgang bei euren Umkleiden ab und bring mir dann den Schlüssel zurück. Ihr geht hinten aus der Halle, wenn ihr fertig seid. Sag das den anderen, ja?«

Als ich schließlich vor seinem Kabuff stand, hörte ich von drinnen Herrn Rüdiger und eine andere Lehrerin. Ich klopfte so zaghaft, als wollte ich nicht gehört werden, und wartete, bis er mich hereinrief, bevor ich die Tür öffnete. Die beiden saßen rauchend an einem Tischchen. Qualm stand in dichten Schwaden im fensterlosen Raum, und in der Ecke röchelte eine Kaffeemaschine. Herr Rüdiger streckte mir seine Hand entgegen. Ich machte nur einen kleinen Schritt in den Raum, hielt mich am Türrahmen fest und lehnte mich dann weit vor, um den Schlüssel in seiner Handfläche abzulegen.

»Wie heißt du?«, fragte er.

»Richard.«

»Richard«, wiederholte er. »Du musst mehr tun, Richard. Du kannst mehr.«

Ich nickte.

Am nächsten Morgen erwachte ich mit einem mörderischen Muskelkater und konnte jede Faser meines Körpers spüren, als ich in den Waschsaal humpelte. Es fühlte sich an, als sei mein Körper mit heißem Wachs ausgegossen worden, das im Laufe des Tages allmählich erhärtete. Gegen Abend waren die Schmerzen so stark und ich so unbeweglich, dass ich kaum in der Lage war, einen Löffel zum Mund zu führen oder mich runterzubeugen, um die Schnürsenkel zu öffnen. Es waren die ersten Schmerzen, die ich nicht wegen einer Krankheit spürte, eines Lochs im Zahn oder weil ich Dresche bekommen hatte.

Als ich mich wieder anständig bewegen konnte, zog ich mir an einem der folgenden Nachmittage meine Turnschuhe an und lief los. Am nächsten Tag gleich wieder. Weil ich sowieso nie etwas mit meiner Zeit anzufangen gewusst hatte, lief ich schließlich so gut wie täglich, vor allem, weil ich dabei aus dem Heim kam und meine Ruhe vor den anderen Kindern hatte. Als Werner Kurzhanteln anschleppte, die er irgendwo abgestaubt hatte, stemmte ich die auch noch.

Einige Monate später stand ich beim Zähneputzen im Waschraum. Die Zahncreme siffte über meinen Handrücken und tropfte ins Waschbecken, als ich meinen Bizeps im Spiegel bemerkte. Ich trat einen Schritt zurück und betrachtete meinen Körper. Die Zahnbürste noch immer schräg im Mundwinkel, spannte ich meine Muskeln an, die sich an Brust und Armen deutlich abzeichneten. Auch Ansätze von Bauchmuskeln waren zu erkennen. Im nächsten Moment sah ich mir überrascht in die Augen und erschrak.

Ich wusste nicht, wann ich mir das letzte Mal in die Augen gesehen hatte. Zwar hatte ich vor dem Spiegel meine Haare durchgebürstet oder Pickel ausgedrückt, aber dem eigenen Blick war ich dabei ausgewichen, als hätte ich Angst, mich für irgendetwas rechtfertigen zu müssen. Jetzt konnte ich nicht anders, als mich anzustarren. Es dauerte einen Moment, bis ich begriffen hatte, dass ich es war, den ich im Spiegel ansah, und einen weiteren, bis ich das merkwürdige Flirren einordnen konnte, das ich in mir spürte. Aber schließlich verstand ich, dass ich offenbar stolz auf mich war. Ich nickte mir anerkennend zu und wischte mir Zahncreme-Schmadder vom Mund.

Herr Rüdiger erzählte im Sportunterricht immer wieder Geschichten aus seinem Leben. Glaubte man ihm, hatte er schon einige haarsträubende Erlebnisse hinter sich. Angeblich hatte er an der Ralley Paris-Dakar teilgenommen, wobei ihm sein Auto verreckt war, sodass er sich anschließend mit Hilfe von Beduinenstämmen durch die Wüste hatte kämpfen müssen. Außerdem hätte er einige Zeit im australischen Outback zugebracht und anschließend ein paar Jahre lang mit Extremsportlern aus Burkina Faso trainiert. Bei einem Tourenwagenrennen auf dem Nürburgring, behauptete er, wäre er von einem Holländer abgedrängt worden, von der Fahrbahn abgekommen, und nachdem man ihn aus seinem brennenden Wagen gezogen hatte, wäre ihm eine Stahlplatte in den

Schädel geschraubt worden. Bei dem Wort Stahlplatte hatte er sich gegen den Kopf geklopft, und in dem Moment hatte ich tatsächlich geglaubt, ein metallisches Geräusch zu hören. Misstrauisch wurde ich erst, als er uns in der neunten Klasse erzählte, seine Frau hätte so ausgeprägte Bauchmuskeln, dass sie ihre Schwangerschaft erst im achten Monat bemerkte.

An manchen Nachmittagen bot Herr Rüdiger eine Sport AG an. Ich wäre häufiger hingegangen, wären nicht sein übermotivierter Sohn Gabriel und dessen Freund Marcel in der AG gewesen. Während ich einfach nur laufen wollte, führten die beiden sich wie Hochleistungssportler auf, waren in Vereinen organisiert und hatten ständig Ziele, die sie erreichen wollten. Gabriel war seinem Vater wie aus dem Gesicht geschnitten und genauso durchtrainiert, hatte aber ein hohes, dünnes Stimmchen, für das er in der Schule nur deshalb nicht gehänselt wurde, weil alle wussten, was für ein Schleifer sein Vater war.

Eines der wenigen Male, die ich bei der AG war, saß ich mit Gabriel in einer Pause vor der Sporthalle auf der Treppe.

»Kennst du Ninjas?«, fragte er. »Richtige Ninjas?«

»So Typen in Schwarz mit Schwertern und Masken?«, fragte ich zurück, und er nickte.

»Mein Vater hat mir Wurfsterne besorgt«, flüsterte er, als ginge es um eine in den Knast geschmuggelte Feile. Ich nahm einen Schluck aus meiner Wasserflasche und sah ihn abwartend an.

»In den Sommerferien habe ich mit dem letzten Ninjameister Europas trainiert«, wisperte er. »In Paderborn.«

Obwohl ich weder Ahnung von Ninjas hatte noch wusste, wo Paderborn lag, war ich mir sicher, dass er Blödsinn erzählte.

»Zeig mal was«, forderte ich ihn auf. Er sah sich um und zog einen schwarzen sechszackigen, flachen Stern aus Metall mit geschliffenen Kanten aus seiner Sporttasche.

»Pass auf«, sagte er, als er sicher war, dass uns niemand beobachtete. Dann erhob er sich und zielte auf einen etwa zwei Meter entfernten Baum neben einem der Lehrerparkplätze, streckte seine Zungenspitze heraus und warf. Der Stern trudelte am Baum vorbei, knallte stumpf gegen die Scheibe eines Autos und fiel zu Boden. Gabriel sah mich an.

»Das war jetzt der Wind.« Es wehte kein Lüftchen. »Bäume sind auch schwierig«, erklärte er weiter und vollführte einige Karatetritte in die Luft, machte entsprechende Geräusche dazu und verharrte schließlich in einer ungelenken Position in der Hocke.

»Das war der Angriff der Krabbe.«

»Krabbe«, wiederholte ich, weil mir nichts Besseres einfiel, und nahm noch einen Schluck Wasser. In dem Moment kam Marcel aus der Halle. Er war wie üblich am Essen. Marcels Gesicht war überzogen mit übler Akne, und seine kurzen Haare standen in alle Richtungen. Als er Gabriel in seiner Pose bemerkte, sah er sich aufgeregt um, kaute einen Deut schneller, schluckte angestrengt und fragte: »Darf er das sehen?«

Gabriel nickte großmütig, hob den Wurfstern auf und kam lässig zu uns zurück.

»Machst du morgen auch mit?«, wollte Marcel von mir wissen.

»Wobei denn?«

»Tütenlauf.« Ich verstand nicht. »Tütenlauf«, wiederholte er, aber ich zuckte mit den Schultern.

»Mal richtig schwitzen«, sagte Gabriel. »Man zieht sich einen blauen Müllsack über, klebt den ab und läuft. Schwitzen. Da verliert man richtig Wasser.«

»Einen blauen Müllsack?«, fragte ich ungläubig.

»Muss nicht blau sein«, antwortete Marcel und biss in sein Leberwurstbrot. Obwohl er ständig am Essen war, sah er dabei seltsam ungeschickt aus. Ganz egal, was er aß, er riss den Mund so weit wie möglich auf und kniff angestrengt die

Augen zusammen, bevor er sein Brot oder was auch immer reinschob. Dann biss er ruckartig ab und schien anschließend die Zeit des Kauens und Schluckens zu brauchen, um vom Abbeißen zu verschnaufen, bevor er den nächsten Bissen nahm.

»Am Wochenende ist Wettkampf«, sagte Gabriel. »Tütenlauf macht Spaß.«

Zum einen war ich mir nicht sicher, ob es tatsächlich Spaß machte, sich einen Müllsack überzuziehen und ihn vollzuschwitzen, zum anderen interessierten mich Wettkämpfe nicht.

»Komm ruhig mal mit«, sagte Gabriel, aber ich schüttelte den Kopf. »Würde mein Vater sich auch freuen.«

»Nee«, antwortete ich, aber Marcel hakte nach: »Mach das doch mal, wenn Herr Rüdiger dich extra dabeihaben will.«

»Keine Zeit«, sagte ich. »Wir haben so 'ne Familienfeier.«

Anschließend versuchten sie noch einige Male, mich zum Mitmachen zu überreden, genau wie Herr Rüdiger selbst, aber ich blieb hartnäckig. Irgendwann gaben sie es auf.

Kurz vor Ende der zehnten Klasse schließlich rief mich Herr Rüdiger nach dem Unterricht zu sich ins Kabuff.

»Mach mal die Tür zu, Richard«, sagte er und deutete auf einen Hocker. Ich setzte mich, und er hielt mir seine Schachtel Zigaretten hin. Als ich zögerte, lächelte er; es war das erste Mal, dass ich ihn in all der Zeit lächeln sah. Für einen Sekundenbruchteil entdeckte ich eine völlig andere Person in seinem Gesicht. Herr Rüdiger steckte eine Zigarette an und gab sie mir.

»Weißt du schon, was du nach der Schule machst?«, wollte er wissen.

»Habe so ein paar Bewerbungen rausgeschickt«, sagte ich. »Bäcker, Tischler, KFZ-Mechaniker und so was.«

»Bäcker?« Er sah mich skeptisch an. »Wozu hast du denn wirklich Lust?«, wollte er wissen, aber ich zuckte mit den Schultern.

»Willst du weiter zur Schule gehen? Abi machen? Ich glaube, das könntest du.«

»Ja?«

»Warum nicht? Ich kenne deine Geschichte, Richard, und ich mag dich, weil du dich durchbeißt, weil du kämpfst«, sagte er. »Aber ich verstehe nicht, wofür du kämpfst. Ich weiß, dass du viel läufst, aber du machst das alles für dich alleine. Du kommst nicht zur AG, willst nicht an Wettkämpfen teilnehmen.« Er sah mich ratlos an. »Das ist alles so sinnlos. Reicht dir das?«

Ich kratzte mich unter den Achseln. Nach dem Unterricht hatte ich nicht geduscht und roch meinen Schweiß.

»Das ist doch toll, auch mal bei Wettkämpfen mitzumachen und zu gewinnen«, sagte er, »und zu sehen, dass die ganze Arbeit auch was bringt.«

»Was denn?«

Herr Rüdiger wedelte mit den Händen herum und schien meine Frage nicht zu verstehen. »Platzierungen«, sagte er schließlich. »Sich mit anderen messen. Anerkennung von deinem Team.« Die Kaffeemaschine surrte. »Freundschaften.« Erst in dem Moment fiel mir auf, wie leise er sprach und wie sanft seine Stimme klang. »Hast du Freunde?«

»Ich weiß nicht.«

Er legte die Stirn in Falten und sagte: »Das ist keine gute Antwort, Richard.« Dabei tippte er auf seinem roten Notenbüchlein herum. »Du brauchst Freunde. Leute, denen du vertrauen kannst, die ehrlich zu dir sind«, sagte er. Ich beugte mich vor zum Aschenbecher und aschte ab.

Dann hörte ich mich fragen: »Sind Sie wirklich die Ralley Paris-Dakar gefahren?«

Herr Rüdiger schmunzelte. Nach einer kurzen Pause fragte er: »Was machst du, wenn du Seitenstechen hast?«

»Ich laufe schneller oder langsamer. Je nachdem.«

»Aber du bleibst nicht stehen, oder?«, wollte er wissen, und als ich den Kopf schüttelte, sagte er: »Das ist gut.«

Juli 2000

Wenn Franz Geschichten von früher erzählte, waren es für gewöhnlich hohle Anekdoten und Saufgeschichten. Eines Abends rutschte ihm aber bei einer seiner besoffenen Grundsatzreden, in dem Fall über das Ende der Kohlesubventionen und den Niedergang des Ruhrpotts, der Name des Ortes heraus, aus dem Mutter stammte. Er zählte einige Städte auf, und nach der letzten lallte er: »… als deine Mutter abgehauen is', war'n da noch rosige Zeiten, jetzt ist's zappenduster.«

Damit stand er von der Theke auf, schlurfte zu einem Geldspielautomaten, um einen Heiermann nachzuwerfen, und hämmerte auf den Tasten herum.

Obwohl ich schon ein paar Biere und Whiskeys intus hatte, war ich mit einem Mal hellwach. Als Franz mich nicht beachtete, langte ich über die Theke, schnappte mir einen Stift und kritzelte den Ortsnamen auf einen Bierdeckel.

Um herauszufinden, ob meine Großeltern noch dort lebten, ging ich am nächsten Tag zur Hauptpost, suchte mir das entsprechende Telefonbuch heraus und fand darin tatsächlich meinen Nachnamen. Selten, wie er ist, war ich mir sicher, dass es keine zufällige Namensgleichheit sein konnte. Ihn an anderer Stelle als an meiner Klingel oder in meinem Ausweis zu lesen, fühlte sich merkwürdig an. Als wenn man beim Durchstöbern von alten Kartons etwas wiederfindet, von dem man glaubte, es schon vor Jahren weggeschmissen zu haben, ein Kästchen voller Plastikspielzeug oder eine Musik-Kassette.

Anschließend quälte ich mich zwei Wochen lang mit der Entscheidung herum, ob ich fahren sollte oder nicht, auch weil ich nicht wusste, wie ich hinkommen sollte. Mit der

Bahn wollte ich nicht fahren, weil ich beweglich sein wollte, aber ein eigenes Auto besaß ich nicht. Flavios Wagen hätte ich mir leihen können, allerdings nicht, ohne ihm eine krude Geschichte aufzutischen, wofür ich ihn bräuchte. Bald ging es bei meinen Überlegungen nicht mehr darum, ob und weshalb ich fahren sollte, sondern nur noch darum, wie ich am besten hinkam. Als ich beschlossen hatte, mit der Bahn zu fahren, hatte ich gleichzeitig entschieden, *dass* ich fahren würde, ohne die Frage nach dem Grund beantwortet zu haben.

Es war einer der ersten warmen Tage des Jahres, so überraschend heiß, dass ich beim Verlassen des Hauses gleich ein zweites Mal nach Luft schnappen musste, weil ein normaler Atemzug nicht ausreichte. Als ich schließlich im Zug saß, wurde es nicht besser. Die gesamte Fahrt hindurch hockte ich schwer atmend auf meinem Platz, knüllte die Fahrkarte und starrte abwesend aus dem Fenster oder gaffte in die Spiegelungen auf der Scheibe. Mehr als mich selbst, meinen suchenden Blick oder wechselnde Fahrgäste neben mir entdeckte ich allerdings nicht.

Nach knapp vier Stunden Fahrt war ich angekommen. Als ich vor den wie ausgebrannt wirkenden Bahnhof trat, auf dessen Vorplatz ein Markt stattfand, war es wie in einem Western, wenn ein Fremder in der Stadt auftaucht und das geschäftige Treiben schlagartig zum Erliegen kommt.

Der Friseur hört auf, vor seinem Geschäft zu fegen, und stützt sich auf den Besen. Jemand lehnt sich von innen über die Saloontür und rotzt in einen Spucknapf. Der Sheriff, der gerade noch entspannt auf seiner Veranda gesessen hat, erhebt sich, um den Ankömmling kritisch zu beäugen, während hinter ihm sein Schaukelstuhl vor- und zurückwippt. Zwei verwegen aussehende Kerle auf ihren Pferden sehen sich erst vielsagend an, nicken dann dem Fremden zu und tippen sich an den Hut.

Niemand nickte mir zu, und so zog ich mein T-Shirt zurecht und fragte mich nach der Straße durch, in der meine Großeltern lebten.

Auf dem Weg sah ich mich in der Ortschaft um. Die Straßen waren voller Schlaglöcher, die Fenster des Postamtes mit Brettern vernagelt und die ursprünglich bunten Schilder der Geschäfte ausgeblichen. Hier und da waren in alte Läden neue Fensterfassaden eingesetzt worden, strahlend helle Rahmen in verwitterten Häuserfronten. Stahlrohre, mit rotbraunem Rost überzogen, schlängelten sich an den Straßen entlang, kreuzten sie über Traversen und verschwanden in Nebenstraßen oder baufälligen Fabrikgebäuden.

Als ich schließlich vor dem Haus meiner Großeltern stand, konnte ich minutenlang nicht aufhören, es anzustarren. Ich brauchte einige Zeit, um die Erkenntnis in mich einsickern zu lassen, dass es ein stinknormales Haus war. Ein zweistöckiges, weiß verputztes Gebäude mit dunklen Dachziegeln, umzäunt von einem rot-weiß gestrichenen Gartenzaun aus Metall. Zwischen Zaun und Haus war ein Vorgarten mit einem lila blühenden Rhododendron, einer Tanne und einigen Sträuchern gelber Rosen. Seitlich am Haus führten fünf Waschbetonstufen zu einer Tür aus hellem Holz, an der ein Trockengesteck mit silberner Schleife hing. Die der Straße zugewandte Seite des Hauses hatte im Erdgeschoss zwei Fenster, hinter denen die Vorhänge zugezogen waren. Im ersten Stock befanden sich zwei kleinere Fenster ohne Gardinen, die wie hohle Augen in die Welt gafften. Neben dem Haus führte eine Einfahrt aus Steinplatten zu einer Garage.

Ich stand auf der gegenüberliegenden Straßenseite. Weil ich nicht zurückfahren wollte, ohne mir das Haus aus der Nähe angesehen zu haben, überquerte ich die Straße. Die Absätze meiner Stiefel klackerten auf dem Asphalt, und ich versuchte so uninteressiert wie möglich zu wirken. Auf den Steinplatten der Einfahrt räkelte sich eine getigerte Katze, blickte mir einen Moment lang in die Augen, legte dann schnurrend den Kopf in den Nacken und streckte sich. Im Vorbeigehen strich

ich mit den Fingerspitzen über die klumpig aufgetragene Farbe des Zauns.

Ein alter Mann in dreckiger Hose und Unterhemd kam mit einem Spaten in der Hand hinter dem Haus hervor. Als er mich bemerkte, stoppte er in der Bewegung und musterte mich. »Kann ich Ihnen helfen?«, fragte er, wuchtete den Spaten in die Erde und stützte sich auf.

»Wohnen Sie hier?«, war der erste Satz, den ich herausbekam. Als müsse er sich erst vergewissern, drehte er sich kurz zum Haus um, bevor er nickte.

Ich schwieg und betrachtete den Vorgarten. Hinter dem Rhododendron entdeckte ich eine Holzkiste mit Stiefmütterchen. »Stiefmütterchen«, sagte ich.

»Ja. Ach, ich pflanze ab und an mal neue Sachen«, sagte er, »aber ich glaube, nächstes Jahr säe ich hier einfach Rasen. Das macht der Rücken auch alles nicht mehr mit.«

Der Mann war wohl Mitte siebzig, hatte einen leichten Bauchansatz, wirkte aber insgesamt schlank. Seine Haut hing an den Oberarmen faltig herunter und seine Haare waren grau, aber voll. Die Schläfen waren nass vor Schweiß. Sich die Hände an seiner Cordhose abwischend, fragte er: »Sie kommen nicht von hier, oder?«

»Nein. Nein, ich komme nicht von hier«, antwortete ich, »aber meine Mutter hat hier mal im Dorf gelebt, als sie noch ein Kind war.«

»Ihre Mutter? Wie heißen Sie?«

»Michael Schmidt.«

»Schmidt«, wiederholte er und starrte ins Beet.

»Ich weiß nicht viel über meine Mutter«, hörte ich mich sagen. »Wir hatten nur wenig Kontakt. Sie ist vor einer Weile gestorben, ich musste mich um den Nachlass kümmern und habe dabei Fotos und Tagebücher und solche Sachen gefunden. Jetzt schaue ich mir ein paar der Orte an, in denen sie gelebt hat.«

»Das tut mir leid.«

»Krebs.«

Schnaufend sah er an seinem Spaten hinunter und verzog den Mund. Die Vorhänge im unteren Stock bewegten sich.

»Meine Mutter hat nur kurz hier gelebt«, setzte ich wieder an. »Meine Großeltern sind viel umgezogen. Aber ich glaube, sie ist mit Ihrer Tochter in einer Klasse gewesen. Ihr Name stand auf einem Klassenfoto. Ich dachte, sie könnte mir vielleicht etwas über meine Mutter erzählen, falls sie noch hier lebt.«

In dem Moment wurde sein Gesicht zu einer hölzernen Maske. Er wandte sich ab und grub die Erde um.

»Wohnt Ihre Tochter noch hier im Ort?«, fragte ich.

»Meine Tochter«, antwortete er, »wird Ihnen nicht weiterhelfen können.«

»Ich weiß so gut wie nichts über meine Mutter«, sagte ich, wobei ich ununterbrochen mit den Fingern über den Gartenzaun strich. »Ich hatte nie die Chance, sie wirklich kennenzulernen, und jetzt versuche ich, über alte Bekannte oder Schulfreunde herauszufinden, was sie für ein Mensch gewesen ist. Verstehen Sie?«

Was ich mir von meinem Gerede erhoffte, wusste ich nicht, aber aus irgendeinem Grund konnte ich es nicht bleiben lassen. Jeder Satz war wie die vorsätzlich letzte Zigarette, wenn man mal wieder beschlossen hat, mit dem Rauchen aufzuhören. Obwohl man weiß, dass man sie gar nicht erst anstecken sollte, macht man es, raucht sie widerwillig, ohne dass sie schmeckt, und noch während man sie ausdrückt, fragt man sich, weshalb man sie überhaupt angezündet hat.

Schon wenig später zieht es einen doch wieder zum Kiosk.

»Verstehen Sie?«, wiederholte ich meine Frage, als der Mann nicht reagierte.

»Ja, das verstehe ich. Aber da kann ich Ihnen leider nicht weiterhelfen«, erwiderte er, ohne mich anzusehen, lehnte den Spaten an die Wand und widmete sich den Stiefmütterchen.

»Wer ist das, Alois?«

Eine Frau in beiger Schürze und mit einem Geschirrtuch in der Hand war um die Ecke gekommen.

»Er wollte gerade gehen.« Damit nahm er die Holzkiste mit den Pflanzen, stellte sie neben die Stelle, die er umgegraben hatte, und hockte sich hin.

Die Frau sah mich an. Alles an ihr war farblos, ihre ganze Erscheinung war mit einer Patina aus Langsamkeit und Stille überzogen. Sie wischte sich die Hände an der Schürze ab. »Kenne ich Sie?«, fragte sie mich.

»Nein, wir kennen ihn nicht«, antwortete ihr Mann. »Seine Mutter hat irgendwann mal hier im Dorf gelebt und er dachte, sie wäre … wäre mit unserer Tochter zur Schule gegangen. Aber wir kennen seine Familie nicht.«

»So«, sagte die Frau. »Mit unserer Tochter.«

Einen Moment lang sah sie ihrem Mann dabei zu, wie er mit den Händen Löcher für die Blumen grub.

»Wie heißen Sie denn?«, wollte sie von mir wissen.

»Schmidt.«

»Von Trudel? Trudel Schmidt? Die Schmidts von Trudel, Alois?«

»Wir kennen sie nicht«, sagte er deutlicher, und sie sah ihn überrascht an, bevor ihr Blick wieder auf mich fiel und an mir haften zu bleiben schien. Je länger sie mich anschaute, desto mehr sah ich mich durch ihre Augen. Ich wurde unruhig, als ich bemerkte, wie ich an ihrem Gartenzaun stand, mit meinem rasierten Schädel und knallengen T-Shirt, den Tätowierungen und den Stiefeln. Aber sie trat einen Schritt auf mich zu, strich sich eine Strähne aus dem Gesicht und blickte suchend umher. »Sind Sie lange unterwegs gewesen?«

»Knapp vier Stunden. Mit dem Zug.«

»Vier Stunden«, wiederholte sie. »Möchten Sie einen Kaffee?«

»Lina«, sagte der Mann und es war mehr ein Zischen.

»Ich wollte dir sowieso gerade Bescheid sagen, dass der Kaffee fertig ist.«

»Wir kennen den Mann doch gar nicht.«

»Möchten Sie? Vielleicht fällt mir ja noch ein, wer Ihre Mutter ist«, beachtete sie ihn nicht weiter.

»Gerne.«

Wir traten aus der Hitze des Nachmittags in das kühle Haus. Nach einem gefliesten Eingangsbereich, von dem aus eine Treppe in den ersten Stock führte, gelangten wir in einen kleinen quadratischen Flur, von dem die übrigen Zimmer abgingen. An der Wand neben einem Zinnteller hing ein Bildchen mit einem christlichen Spruch, und auf der Garderobe über den Jacken stapelten sich Hüte und Mützen. Die Tür zum Wohnzimmer stand offen. Obwohl durch die geschlossenen Vorhänge nur wenig Licht drang, erkannte ich im Vorbeigehen ein Gemälde mit einer Flusslandschaft über dem Sofa, daneben einen Eichenschrank, auf dessen Bord gerahmte Fotos standen.

»Sonst ist das nicht so dunkel bei uns, aber bei der Hitze«, sagte sie, »da machen wir lieber dicht.«

Der Duft von Kaffee und Kuchen hing in der Luft. Ich folgte ihr in die Küche, und während sie einen Teller für mich aus dem Schrank holte, setzte ich mich an den gedeckten Tisch. Unweigerlich musste ich mir Mutter vorstellen, wie sie als Kind auf genau diesem Stuhl gesessen und sich mit verschränkten Armen geweigert hatte, den Rosenkohl oder was auch immer aufzuessen. Ich sah sie durch die Küche toben, Gläser umstoßen und die Frau, die mir gerade ein Gedeck zusammensuchte, ihr eine Backpfeife verpassen, sah Mutter vorm Kühlschrank hocken und sich einen Pudding rausholen oder den Mülleimer leeren. Mit einem Mal entdeckte ich Variationen dieser Vorstellung in jedem Winkel des Raumes. Die Küche war voller Kinder, die lachten, schrien oder mit verheulten Augen und nur einer Sandale am Fuß auf dem Boden hockten. Eines von ihnen, ein Mädchen, fasste auf eine glühende Herdplatte, zuckte zusammen und sah mich die

Schrecksekunde, die der Schmerz brauchte, um das Bewusstsein zu erreichen, erschrocken an. Als sie weinend auf mich zukam und mir ihre gerötete Hand entgegenstreckte, wandte ich mich ab.

»Kuchen?«, fragte die Frau, während sie mir Kaffee einschenkte. Ich rüttelte mich wach und deutete auf den Erdbeerkuchen. »Wir fangen schon mal an. Mein Mann kommt gleich«, sagte sie. Aus dem Badezimmer war das Rauschen von Wasser zu hören. Im Augenwinkel sah ich noch immer das Mädchen, wie es sich auf die Hand pustete und Tränen von der Wange wischte. Ich empfand kein Mitleid.

»So, jetzt erzählen Sie mal von Ihrer Mutter«, forderte mich die Frau auf, nachdem sie mir den Kuchen auf den Teller gelegt hatte, und ich sortierte mich.

»Wir haben lange Zeit keinen Kontakt gehabt, bevor sie letztes Jahr an Krebs gestorben ist. Und jetzt versuche ich, ihr Leben zu verstehen. Ich weiß, dass sie«, ich stockte, »dass sie sehr jung von zu Hause weggegangen ist.«

Die Frau beugte sich über den Tisch, um sich ein Stück Käsekuchen zu nehmen. Ohne mich dabei anzusehen, fragte sie: »Weggegangen oder weggelaufen? Sahne?«

Ich nickte, und sie hob einen Schlag Sahne auf meinen Kuchen.

»Weggelaufen«, antwortete ich. »In eine größere Stadt.«

Ihren Teller und ihre Tasse zurechtrückend, fragte die Frau: »Und was hat sie dort gemacht?«

Ich nahm einen Schluck des viel zu heißen Kaffees. »Im Rotlichtviertel gearbeitet«, sagte ich leiser.

»Brauchen Sie Zucker?«, fragte die Frau, aber ich schüttelte den Kopf. »Ich kann auch Süßstoff holen, wenn Sie möchten.«

Ihr Mann kam herein, lehnte die Tür hinter sich an und setzte sich mir gegenüber an den Tisch. Er roch nach Seife.

»Alois, Herr Schmidt hat gerade von seiner Mutter erzählt.«

»Hmhm«, machte er und vermied es, mich anzusehen, während er sich ein Stück Kuchen griff und sie ihm Kaffee einschenkte.

»Seine Mutter ist von zu Hause weggelaufen, hat er erzählt.«

»Und was hat das mit uns zu tun?«

Beide sahen sich schweigend an und erstarrten für einen Moment. In ihrer Stille schienen sie ein vertrautes Gespräch miteinander zu führen, das sie wortlos hinter sich bringen konnten.

»Meine Mutter«, setzte ich an, aber dann blieb mir die Stimme weg, und ich schob mir einen Happen des quietschsüßen Erdbeerkuchens in den Mund. Die Frau rieb Daumen und Zeigefinger aneinander und sah mich eindringlich an, als würde sie mich drängen, endlich zu sagen, wer ich war, doch ich bekam keinen Ton heraus. Stattdessen wich ich ihrem Blick aus und schaute mich kauend um, ohne tatsächlich etwas wahrzunehmen. Die Kinder waren verschwunden. Mit einem Mal spürte ich eine tonnenschwere Müdigkeit in mir. Die letzten Minuten am Kaffeetisch stürzten in mich ein, dann die Zugfahrt und schließlich der Rest meines Lebens. Ich schnaufte.

Mit einem Mal hörte ich mich reden: »Ich weiß von meiner Mutter, dass sie nicht das Leben geführt hat, das sie führen wollte. Ich weiß, dass sie viel falsch gemacht hat, und ich würde alles dafür geben, um noch einmal mit ihr reden zu können. Manchmal wünsche ich mir, dass mir jemand erklärt, wer sie gewesen ist und warum sie der Mensch geworden ist, der sie war.«

Die Frau kippte Milch in ihren Kaffee und rührte um, als rühre sie dabei ihre Erinnerungen unter. Ihr Mann stellte seine Tasse ab, hielt den Henkel aber weiter umfasst, während er mich mit bohrendem Blick ansah.

»Ich dachte nur«, fuhr ich fort, »wenn Ihre Tochter meine Mutter gekannt hat, dass Sie sich vielleicht auch an meine

Mutter erinnern. Aber die Telefonnummer Ihrer Tochter würde mir auch helfen. Dann würde ich mich an sie wenden. Vielleicht hatte sie später noch Kontakt zu meiner Mutter und weiß, weshalb sie weggelaufen ist, was passiert ist. Ob sie früher vielleicht geschlagen worden ist oder …«

»Wir kennen Ihre Familie nicht«, fiel mir Alois ins Wort, und seine Frau schüttelte mit verkniffenem Mund den Kopf. »Was holst du uns hier fremde Menschen ins Haus?«, sagte er mit einer Stimme wie Metall und erhob sich. »Unsere Tochter ist tot, und Männer wie Sie haben sie auf dem Gewissen! Unsere Tochter wird Ihnen nicht weiterhelfen können, und wir wollen Ihnen nicht helfen. Wir wissen nicht, wer Sie sind, und wir wollen es auch nicht wissen.«

»Alois«, sagte die Frau tonlos, mehr ausgeatmet als ausgesprochen. Die Hände hatte sie zu Fäusten geballt, die rechts und links neben ihrem Teller lagen.

»Was weiß ich, wer wen geschlagen hat«, sagte ihr Mann. »Die meisten Kinder, die Schläge bekommen, haben sie auch verdient. Dafür sind Eltern da. Um sich um ihre Kinder zu kümmern. Wenn Ihre Mutter das bei Ihnen versäumt hat, ist das nicht mein Problem. Sie verlassen jetzt sofort mein Haus.« Er fasste den Tisch mit beiden Händen und zog ihn unter lautem Quietschen und Klappern zurück, damit ich Platz zum Aufstehen hatte.

Seine Frau saß starr auf ihrem Stuhl. Ihr Brustkorb hob und senkte sich schwer.

Ich stand auf. »Wann ist Ihre Tochter gestorben?«, fragte ich, aber der Mann riss die Küchentür auf und deutete in den Flur: »Raus!«

»Lina?«, fragte ich. Sie sah erschrocken zu mir auf, als ich ihren Namen aussprach. »Wann ist Ihre Tochter gestorben?«

»Das wollen wir nicht wissen!«, brüllte ihr Mann und schlug gegen den Küchenschrank.

Während er durch den Flur zur Haustür marschierte, sagte die Frau mit erstickter Stimme: »Bitte gehen Sie jetzt.«

»Raus aus meinem Haus!«, rief ihr Mann von vorne, und seine Stimme hallte im Treppenhaus wider.

Lina sah mich schüchtern an, als ich ihr mit den Fingerspitzen über den Rücken strich.

»Ihre Mutter hatte sicherlich gute Gründe wegzulaufen«, sagte sie, »aber vielleicht hätte sie auch die Möglichkeit gehabt, zurückzukommen und um Hilfe zu bitten. Eltern lieben ihre Kinder, manchmal auf merkwürdige Weise.« Als sie mich dann anlächelte, war es, als fiele eine jahrealte Staubschicht von ihr ab. »Machen Sie's gut, Herr Schmidt.«

Oktober 1997

Als der alte Schmidt seine Kneipe dichtmachen musste, war er nur noch ein Schatten seiner selbst. Nach Petes Tod hatte er sich innerhalb eines Jahres konsequent kaputt gesoffen und in den finanziellen Ruin gewirtschaftet. Nach und nach waren die Stammgäste ausgeblieben, und auch Flavio und ich hatten es irgendwann nicht mehr ausgehalten, ihm in die Augen zu schauen, so fertig sah er aus. Aber als wir mitbekamen, dass er Hilfe beim Ausmisten des Ladens brauchte, standen wir zusammen mit einigen anderen Leuten an einem Samstagvormittag verkatert und übernächtigt bei ihm auf der Matte.

Schmidt war wie ein Geist an diesem Tag, huschte vom einen Raum in den anderen, sah sich hektisch um und stand dann wie im Halbschlaf in irgendeiner Ecke. Im nächsten Moment lehnte er wieder an der Theke, bewegte die Lippen und gestikulierte dabei mit den Händen, als müsse er noch alte Gespräche beenden.

Nach einer Weile machte ich eine Pause vom Schleppen und setzte mich ihm gegenüber auf einen Hocker ins schwache Licht der Thekenbeleuchtung. Die Vorhänge vor den Buntglasfenstern waren zugezogen, nur durch die offenstehende Eingangstür fiel Tageslicht in die Kneipe. Aus dem Keller rumpelte es, und von draußen hörte man die Stimmen der anderen, die etwas auf die Ladefläche eines Lasters hievten. Schmidt hatte mich noch nicht bemerkt.

»Alles okay bei dir?«, fragte ich.

Er erwachte und zuckte mit den Schultern. »'n Bier?«

Als ich nickte, pulte er die letzte Flasche aus der Pappe

eines Sechser-Trägers und öffnete sie. Routiniert warf er den Kronkorken in die Ecke, in der der Mülleimer gestanden hatte, aber er klapperte blechern auf die Fliesen. Schmidt ließ sich nichts anmerken.

»Prost«, sagte er.

»Was hast du jetzt vor?«

»Stütze. Habe ja nur Schulden. Die werde ich auch nicht mehr los.«

»Und dein Sohn?«

»Den frage ich nicht«, sagte er entschieden. In dem Moment rief Flavio aus dem Keller herauf: »Soll das hier unten alles weg?«

»Das muss alles raus«, bölkte Schmidt zurück.

»Wo ist Rick?«

»Ich komme gleich runter. Mache nur kurz Pause.«

»Toll!«

»Danach bist du dran mit Pause, und dann klotzen wir noch mal richtig ran.«

»So 'n paar Sachen hier sind echt noch brauchbar, Schmidt«, drang Flavios Stimme wieder die Treppe rauf.

»Kannst dir nehmen, was du brauchst.«

»Kann ich den Sandsack und die kleinen Hanteln haben?«

»Welchen Sandsack?«

»Den blauen. Die anderen beiden sind Schrott.«

Einen Moment lang sah Schmidt sich dabei zu, wie er mit dem Daumennagel am Etikett einer leeren Bierflasche herumknibbelte. »Nimm mit.«

»Man dankt!«

Schnaufend sah Schmidt sich in der Kneipe um und fragte: »Könnt ihr mir nacher noch die Jukebox in meine Wohnung hochtragen?«

Ich nickte. »Denkst du noch öfter an Pete?«, hörte ich mich fragen.

Schmidt sah mich einen Moment lang unschlüssig an. »Sam«, sagte er schließlich, aber ich verstand nicht. »Sam hieß er. Samuel Kikwete. Aus Tansania«, erklärte Schmidt, aber ich nahm einen Schluck Bier und begriff noch immer nicht.

»Und wieso sagt er, er wäre Pete aus Nigeria?«

»Nigeria ist 'ne Militärdiktatur, Tansania ist einfach nur so scheiße«, antwortete Schmidt. »Dachte, als politischer Flüchtling hätte er bessere Chancen hierzubleiben. Aber das haben sie ihm nicht abgenommen.«

»Woher weißt du das?«

»Irgendwann saß er heulend in dem Raum, den ich ihm eingerichtet hatte«, sagte Schmidt. »War völlig fertig mit den Nerven. Hatte total Angst, mir das zu sagen.«

»Und die Narben auf seinem Rücken?«

»Hat er sich, ein paar Monate bevor sie losgezogen sind, mit seinen Brüdern selbst gemacht. Wollten behaupten, sie wären gefoltert worden.«

Weil ich nichts zu sagen wusste, steckte ich mir eine Zigarette an.

»Mit Sam hätte der Laden hier gebrummt«, sagte Schmidt. »Da hatten wir schon Pläne. Wir wollten hier afrikanische Küche machen und regelmäßig solche Veranstaltungen wie an meinem Geburtstag. Sam hätte in einem Jahr fließend Deutsch gesprochen, so ehrgeizig, wie er war. Bestimmt.«

»Bist du noch manchmal an seinem Grab?«

Schmidt nickte und strich mit der Hand über die Zapfanlage, als würde er ein in die Jahre gekommenes Haustier streicheln.

»Einmal die Woche. Geh da auch mal hin«, sagte er. »Das ist wichtig, dass sich Leute an einen erinnern.«

»Ey, Rick, jetzt beweg mal deinen Arsch hier runter und hilf mir, den ganzen Scheiß raufzutragen!«, rief Flavio.

»Mache ich.«

Schmidt sah mir hinterher, als ich mich in Bewegung setzte.

»Wenn du noch irgendwas haben willst«, sagte er, »aus dem Keller oder aus Petes … aus Sams Zimmer, nimm's dir einfach.«

Mai 1986

Hinter der mannshohen Hecke, die den Garten des Kinderheims umgab, blickte ich von meinem Zimmer aus auf Rapsfelder, die sich mehrere Kilometer leicht ansteigend hinzogen. Mit Ausnahme einer Scheune waren weder Häuser, Strommasten noch irgendein anderes Zeichen menschlichen Lebens zu entdecken. Ich stand oft am Fenster, lehnte meine Stirn an die Scheibe und sah zu, wie sich das Feld bewegte. Wenn es windig war, wogte es wie Wasser unter einer knallgelben Decke. Ich kniff ein Auge zu, legte den Kopf schräg und dann schaukelte die Scheune wie ein abgetakeltes Schiff auf den Wellen hin und her. Wäre jemand in einem solchen Moment durch das Feld zur Scheune gegangen, wäre er wie ein Ertrinkender dem rettenden Boot entgegengeschwommen. Vielleicht hätte ich dann das Spiel, das ich mir mit Ingrid an unserem Fenster ausgedacht hatte, mit mir alleine gespielt.

Unser Garten war zum einen Nutzgarten, wo wir im Frühling Erdbeeren oder Kohlrabi und später im Jahr Grünkohl anpflanzten, zum anderen gab es Blumenbeete. Der größte Teil war Rasenfläche mit angerosteter Schaukel und einem Sandkasten, der an eine Terrasse aus Waschbetonplatten grenzte. Außerdem gehörten ein Stall und eine kleine Weide zum Heim, auf der wir ein paar Ziegen und Schafe, Hühner und Enten sowie einen Esel namens Chico hielten. Während die meisten Kinder keine Lust auf die Stalldienste hatten, meldete ich mich oft freiwillig, um meine Ruhe zu haben. Eine Weile schaufelte ich dann Mist oder füllte die Futterkrippen auf. Meistens blieb ich anschließend noch im Stall sitzen und sah den Tieren beim Rumstehen zu. Der Stall war eine zusammengezimmerte Bretteransammlung, und viele waren so unsauber aneinandergenagelt, dass man durch die Spalte rausschauen konnte. Ein Fenster gab es nicht, nur eine kleine Luke. Ich mochte den Geruch von modrigem Holz, den strengen Gestank der Ziegen und das Würzige des Mistes. Außerdem war unter all den unterschiedlichen Gerüchen der Qualm meiner Zigaretten nicht so leicht zu bemerken. Andere Kinder versteckten sich zum Rauchen auf dem Klo oder im Keller und wurden dort immer wieder erwischt; ich setzte mich in den Stall, obwohl Werner uns in seiner übervorsichtigen Art wieder und wieder eingebläut hatte, es nicht zu tun. Es war nie etwas passiert. Eines der ersten Male hatte ich die Glut bewusst lange ans Stroh gehalten und zugesehen, wie es kokelte, aber ich musste nur einmal drauftreten, um es zu ersticken. So leicht verbrennt man nicht.

Einmal hatte Werner mich aber überrascht, als ich mich mit Chico unterhalten hatte. Mir selbst war mein Gemurmel erst aufgefallen, als Werner in der Tür stand und mich besorgt ansah. Ich hatte nicht nur die Lippen bewegt und in mich hineingebrummelt, sondern hörbar geredet.

»Alles in Ordnung, Rick?«, fragte Werner.

»Ja.«

»Wollen wir uns unterhalten?«

Ich starrte Chico an, der genau in dem Moment blinzelte und nickte. Aber von einer Sekunde auf die andere war er nicht mehr Chico, mein Gesprächspartner, sondern nur noch ein stinkender Esel, dem die eigene Scheiße am Bein klebte. Werner lehnte sich an den Futtertrog.

»Was erzählst du ihm denn so?«, wollte er wissen, aber ich zuckte mit den Schultern. »Bist du traurig?« Ich schüttelte den Kopf. »Kannst du mir auch erzählen, wenn du magst. Behalte ich genauso für mich wie Chico«, sagte er und wedelte eine fette Fliege beiseite. »Denkst du an deine Mutter?«, fragte er, aber ich schüttelte den Kopf, und es war ehrlich.

Werner nickte. »Ist es besser, mit jemandem zu reden, der

nicht antwortet?«, hakte er nach, aber auf merkwürdige Weise gab Chico mir Antworten. Antworten, auf die ich selbst nicht kam, wenn ich alleine in meinem Zimmer oder beim Laufen grübelte. Erst in Werners Gegenwart wurde mir bewusst, dass Chico sogar eine Stimme besaß. Eine rauchige, versoffene Stimme, die zu seinen Schlafzimmeraugen und seinem ewig kauenden Maul passte, mit dem er aussah, als würde er ununterbrochen auf Kautabak herumknatschen.

»Muss ich mir Sorgen machen?«

Ich schüttelte den Kopf. Genau das war der Grund, warum ich mit Chico sprach: weil er sich nie Sorgen machte. Er hörte einfach zu und sagte gelegentlich Sachen wie: *Schon okay, Cowboy. Das wird schon.*

»Bist du hier fertig im Stall?«, fragte Werner.

»Ja.«

»Kommst du mit rein? Regnet bestimmt gleich.«

»Ich bleib noch einen Moment.«

Seinen Kopf gegen zwei Latten drückend, lugte Werner hinaus. »Regnet gleich«, wiederholte er. Bevor er aus dem Stall schlurfte, warf er Chico einen flüchtigen Blick zu, als würde er sich auch von ihm verabschieden.

»Dass der sich immer Sorgen machen muss«, murmelte ich, als Werner verschwunden war. Chico wackelte mit dem Kopf und sagte: »Du bist ihm halt wichtig.« Aber ich zuckte nur ein weiteres Mal mit den Schultern.

»Doch«, sagte Chico, »das ist nicht schlimm, wenn er sich Sorgen macht. Der macht das nicht, um dich zu nerven. Das ist ehrlich.«

»Vielleicht«, sagte ich, erhob mich und blickte aus der Luke auf die Felder.

In gemächlichen Wogen schaukelte der Raps hin und her. Den ganzen Tag über war es warm gewesen, dann hatte sich der Himmel nach und nach zugezogen, und die Luft war drückend und stickig geworden. Die Schafe blökten. Ich gab Chico einen Klaps auf den Hals und verließ den Stall. Im

Garten sammelten einige Kinder ihre Sachen zusammen und liefen über die Terrasse ins Haus. Als es donnerte, spürte ich die Vibrationen im Boden. Schwalben sausten quietschend über den Garten, und die Blätter der Bäume rauschten, Blüten vom Süßkirschbaum wehten umher. Ich kletterte über das Gatter der Weide in den Garten, wo die Schaukeln im Wind trudelten und gegen das Gerüst klirrten. Von der Hecke war ein leises Flirren zu hören, und ich konnte den Regen riechen, noch bevor der erste Tropfen gefallen war. Auf der Weide meckerten die Ziegen, und die Tür schlug gegen den Stall. Mit geschlossenen Augen spürte ich den Wind im Gesicht, auf meinen Lippen, und wie er mir die Haare zerwühlte. Eine kräftige Böe wehte ums Haus, und ich schwankte, bevor die ersten Tropfen auf meine Stirn kleckerten. Dann breitete ich meine Arme aus, drehte die Handflächen nach oben, und in dem Moment wurde das Nieseln zu Regen. Bald konnte ich keine einzelnen Tropfen mehr unterscheiden, es fühlte sich an wie ein einziger Schwall Wasser. Eine Weile blieb ich unbeweglich stehen. Schließlich waren meine Haare klitschnass, das T-Shirt klebte mir am Körper, und das Wasser lief mir in die Hose, die Beine hinunter und in meine dünnen Stoffschuhe.

»Richard!«, hörte ich Werners Stimme. Wenn er mich Richard nannte, war es ihm ernst. »Du kommst jetzt sofort rein«, rief er, weit aus der Terrassentür gelehnt, und klopfte mit den Knöcheln gegen die Scheibe. Aber ich blieb mit ausgebreiteten Armen im Regen stehen.

»Mensch, bist du verrückt?«, brüllte er. Ich legte den Kopf in den Nacken, schloss die Augen und öffnete den Mund, sammelte Wasser und spuckte es als kleine Fontäne wieder aus. Werner fluchte. Als ich die Augen öffnete, sah ich ihn in gebückter Haltung auf mich zuhasten. Über dem Kopf hielt er mit beiden Händen eine Jacke, und sein in den Himmel gerichteter Blick wirkte regelrecht panisch, als erwarte er einen

Steinschlag. Er warf mir die Jacke über und zerrte mich hinter sich her ins Haus.

Als wir drinnen waren, schnappte er sich eine Wolldecke vom Sofa und rubbelte mir über den Kopf und die Arme.

»Mensch, willst du dich umbringen, Richard?«, fragte er. »Willst du das?«

Eine atemlose Sekunde lang standen wir uns stumm gegenüber, dann verpasste er mir eine schallernde Backpfeife.

Ich war so überrascht, dass ich ihn nur angaffte. Seit ich ins Heim gekommen war, hatte ich keine mehr gescheuert bekommen. Aber es fühlte sich anders an als die Ohrfeigen, die ich von Mutter kassiert hatte, weniger wie eine Strafe, sondern mehr wie ein Wachrütteln. Irgendwie liebevoll.

Erschrocken von sich selbst, hielt sich Werner die Hand vor den Mund. »Entschuldige, Rick.« Er legte die Decke beiseite und nahm mich, triefend nass, wie ich war, in den Arm und drückte mich fester an sich, als er es vorher jemals getan hatte. Schließlich ließ er mich los, setzte sich auf einem Tisch ab und sah mir in die Augen.

»Mensch, Rick, mit dieser Tschernobyl-Sache muss man jetzt doch vorsichtig sein«, sagte er. »Weiß doch niemand, was da alles runterkommt. Da haben wir doch letzte Woche lang und breit nach dem Essen drüber gesprochen. Warum hast du das denn gemacht?«

Ich zuckte mit den Schultern. »Das war einfach nur Wasser.«

»Nein, Richard, das ist eben nicht nur Wasser«, sagte Werner und griff sich wieder die Decke. »Das ist gefährlich heutzutage. Zieh mal das T-Shirt aus, das werfen wir gleich weg.«

»Passiert schon nichts«, sagte ich und beobachtete, wie er zusehends ärgerlicher wurde, je mehr ich zeigte, wie egal mir das Ganze war. Ich musste an Chico denken.

»Das kannst du jetzt noch gar nicht wissen, Richard«, sagte Werner lauter.

»An die Zukunft denken, Mensch! Das sage ich euch doch ständig. Immer an die Zukunft denken. Planen. Ziele haben.«

»Ja, ja«, sagte ich abfällig und hoffte auf eine zweite Backpfeife, aber sie kam nicht.

Ich zog das T-Shirt aus, trocknete mir den Oberkörper ab und sah in den Garten, wo es unverändert regnete. Die Schaukel bewegte sich im Wind, und die Blumen ließen ihre Köpfe hängen. Werner deutete aus dem Fenster.

»Die sagen, da gibt es Spätfolgen. Dann hast du irgendwann Krebs oder so was. Willst du das? Krebs?« Er legte die Stirn in Falten und fischte eine Schachtel Zigaretten aus der Brusttasche seines Hemdes.

»Kann ich eine haben?«, fragte ich.

Werner begriff sofort, erfror in der Bewegung und steckte sich dann langsam eine Kippe in den Mund. »Fünfzehn bist du, ne?«

Ich nickte.

»Jeder trifft seine eigenen Entscheidungen, Richard. Stimmt schon«, sagte er und erhob sich. »Jeder seine eigenen. Du machst das schon. Ihr macht das alle schon. Irgendwie. Ihr seid ja alle schon groß, hm? Groß und erwachsen«, murmelte er und verschwand.

Auf dem Tisch hatte er eine Zigarette für mich liegen lassen.

Nachdem es aufgehört hatte zu regnen, brachte ich Chico ein paar Möhren raus und zog später Werner wie üblich beim Tischfußball ab.

August 1991

»Ey, Rick«, wisperte Flavio, als wir vor dem Hinterzimmer des White Palms standen. »Du musst das dieses Wochenende echt bringen, sonst nimmt uns mein Cousin nicht.« Flavio hob die Hand, um anzuklopfen, bremste sich aber in der Bewegung und atmete tief durch, bevor er ein wenig weiter ausholte und dreimal gegen die Tür bollerte.

»Tommaso?«, rief er, und der knurrte von drinnen ein mürrisches *Ja* zurück. Wir traten ein. Tommaso saß an einem Schreibtisch, auf dem sich Aktenordner, Briefe und Zettel stapelten. Als er uns sah, lehnte er sich in seinem Sessel zurück und zielte mit einem Kuli auf uns wie mit einem Dartpfeil. Ihm schräg gegenüber auf einer Sitzgruppe aus abgewetztem Leder hingen sechs der Türsteher. Sie übersahen uns. Alle trugen sie schwarze Bomberjacken und dunkelblaue Jeans und wirkten weniger wie Kollegen, sondern eher wie eine Gang. Obwohl keiner von ihnen wesentlich älter war als ich, fühlte ich mich ihnen gegenüber wie ein kleiner Junge. Ohne dass sie es darauf anlegten, hatten sie etwas Einschüchterndes an sich.

»'n Abend, die Herrschaften«, sagte Flavio, während er breitbeinig in den Raum spazierte und grinsend in die Luft boxte. »Wir sind topfit und zu allen Schandtaten bereit.«

»Holt euch mal die Klappstühle da hinten«, sagte Tommaso gelangweilt und beugte sich über ein Blatt Papier. Wir schnappten uns die Plastikstühle und setzten uns ein Stück abseits von den anderen.

»Also«, setzte Tommaso an. »Mit Flavio und Rick sind wir heute neun Leute. Die beiden sind mit mir, Tobi und Ayhan vorne. Mario und Selim, ihr macht den Bereich um den Hinterausgang. Wahrscheinlich schickt euch der Chef früher oder später noch zum Getränkeschleppen an der Theke helfen.« Die beiden stöhnten, aber Tommaso ignorierte sie.

»Die Zwillinge«, er nickte Lars und Arne zu, »sind drinnen unterwegs.« Damit hatte er die Namen, außer denen nichts auf dem Blatt stand, abgehakt und betrachtete es zufrieden. »Ich tippe mal, es wird heute voll. Ansonsten gilt das Übliche: Achtet drauf, dass die Leute keinen Alkohol mit reinnehmen, keine Waffen, und wenn ihr jemanden mit Drogen erwischt, fliegt der sofort raus.« Tommaso sah zu mir und Flavio herüber. »Nach Drogen filzen müsst ihr die Leute nicht. Nur wenn ihr jemanden dabei erwischt. Ansonsten ist's egal. Wenn euch die Leute am Einlass schon zu besoffen sind: freundlich wegschicken. Ganz wichtig: Bullen rufen ist immer die letzte Lösung. Egal, was passiert. Die haben eh keinen Bock mehr, hier jedes Wochenende wegen irgendwelcher Kleinigkeiten aufzulaufen. Außerdem will der Chef, dass wir heute drauf achten, dass Punkt Mitternacht keine Minderjährigen mehr im Laden sind.« Er wandte sich an Selim. »Auch die Kleine mit den dicken Titten nicht, capito?« Gerade als der den Mund aufmachen wollte, legte Tommaso den Kopf nur unmerklich schräg, und Selim blieb stumm.

»Außerdem will der Chef, dass wir die Ausländerquote niedrig halten. Das ist dein Job, Ayhan. Nur Stammgäste.«

Ayhan rieb sich durchs Gesicht: »Wer gilt denn heute als Stammgast?«

»Kannst du entscheiden. Das wird ein langer Abend. Deswegen striktes Alkoholverbot für euch. Wenn ich einen mit Bier oder Schnaps erwische, ist das sein letzter Abend. Capito?«

Wir nickten. Aber dann hob Flavio die Hand, meldete sich wie ein Sechstklässler und fragte schnipsend: »Können wir kiffen?«

Wie in Zeitlupe schloss Tommaso die Augen und schüttelte den Kopf. »Da habe ich mir echt Pat und Patachon in den

Laden geholt, was?«, flüsterte er. Die Zwillinge stießen sich mit den Füßen an und kicherten.

»Na, ich dachte ja nur. In den Pausen oder so.«

»Welche Pausen?«, sagte Arne, und Tobi fragte: »Tommaso, müssen die beiden echt mit nach vorne?«

»Die müssen da jetzt durch.«

»Wir müssen da jetzt durch«, korrigierte Mario.

»Jungs«, Tommaso sah Flavio und mich eindringlich an. »Das ist jetzt heute Abend echt Bewährungsprobe. Letzte Woche war Praktikum, da war's in Ordnung, nur zuzugucken. Heute ist's ernst. Rick, wenn du dieses Mal auch wieder nur rumstehst, wenn es zur Sache geht, kannst du den Job hier echt knicken. Und, Flavio: Die Fresse nicht immer ganz so weit aufreißen wäre echt hilfreich. Arbeitet mal zusammen. Du guckst dir von Rick ab, wie man ruhig bleibt und anständig mit den Leuten redet. Und du«, er deutete auf mich, »du nimmst dir mal 'n Beispiel an Flavio, wenn reden nichts mehr bringt. Capito?«

»Capito«, antworteten wir im Chor.

»Jeder hält dem anderen den Rücken frei. Da muss ich mich drauf verlassen können.«

Wir nickten.

»Im Spind sind die Jacken für euch. Zieht euch die mal über.«

»Cool«, murmelte Flavio, erhob sich und angelte zwei Bomberjacken mit Security-Aufdruck auf der Rückseite aus dem Schrank. Während er seine überzog, als würde er in ein Superhelden-Kostüm schlüpfen, nahm ich meine wie eine Rettungsweste.

»Also!« Tommaso richtete sich auf und schlug sich mit den Handflächen auf die Knie. »In einer Stunde machen wir auf. Espresso irgendjemand?«

Das White Palms war eine Disco mit einem Fassungsvermögen von etwa vierhundert Leuten, und weil der Laden abseits der Partyzonen der Stadt lag, kam ein Großteil des Publikums aus dem dörflichen Umland. Auf dem Parkplatz, der eigentlich zum benachbarten Baumarkt gehörte, fanden sich auffallend viele tiefer gelegte und getunte Kleinwagen, deren Besitzer das Bier gerne direkt aus dem Kofferraum soffen. Ihre Frauen, viele von ihnen in Leggins und mit Dauerwelle, süppelten Prosecco aus Piccolofläschchen, und alle paar Minuten ging ihr Gekicher im Lärm der über den Parkplatz knatternden Moped-Clique unter.

Sechzehnjährige mit Zahnspangen und klumpig überschminkten Pickeln drängelten sich genauso ins White Palms wie Vierzigjährige in Hawaiihemden und Badelatschen. Dem Namen entsprechend, war das Interieur des Ladens ganz in Weiß gehalten, und selbst bei gedimmtem Licht wurde es nie so dunkel wie in anderen Discos. Durch die verspiegelten Wände erschien der Raum ein gutes Stück größer, als er tatsächlich war. Außer den paar Quadratmetern des Eingangsbereiches, wo sich Kasse und Garderobe befanden, bestand der Laden nur aus einem großen Saal, von dem die Toiletten für die Gäste und die Personalzimmer und Büroräume abgingen. In der Mitte befand sich die mit Metallfliesen ausgelegte Tanzfläche, drum herum, vier Stufen erhöht, war die Flaniermeile, auf der es Stehtische und Sitzmöglichkeiten gab. An den gegenüberliegen Seiten des Raumes waren zwei Theken, und das DJ-Pult thronte in einer der Ecken wie eine Kanzel, von der aus die DJs stumpf die Hitparade rauf und runter düdelten. Hier und da standen weiße Plastikpalmen herum, die meisten von ihnen mit Brandlöchern und angeschmorten Blättern.

Während Flavio und ich an der Tür die Leute kontrollierten, lehnte Tommaso mit Ayhan und Tobi neben dem Eingang und überprüfte lediglich die Stempel der Gäste.

Am vorherigen Wochenende war mir noch unwohl dabei gewesen, fremde Menschen abzutasten, als Tommaso mich losgeschickt hatte, um es auszuprobieren. Nach knapp vier Stunden war es schon ein Routineablauf geworden. Hatte ich mir anfangs noch Gedanken darüber gemacht, was die Leute über mich dachten, wenn ich an ihnen herumfingerte, fertigte ich sie irgendwann nur noch ab, wie ein Fließbandarbeiter eine Schraube festzieht. Die Handgriffe saßen, auch die Aufforderungen, die Handtaschen zu öffnen oder das mitgebrachte Bier auszutrinken, spulte ich zwar freundlich, aber doch mechanisch ab. Aus dem Trott gerissen wurde ich nur, wenn eine solariumgebräunte Dorfschönheit mit Knackarsch und tiefem Dekolleté vor mir stand. Anders als Flavio, der ohne Rücksicht auf Verluste losflirtete, geriet ich bei der Vorstellung, sie zu berühren und dabei zu aufdringlich zu wirken, ins Schwitzen. Ich war überrascht, wie viele der Frauen von sich aus anfingen, mit mir rumzuschäkern.

Die Stunden vergingen ereignislos, aber gerade als das Ganze einschläfernd zu werden drohte, kam Lars zu uns nach vorne.

»Die Apotheke hat wieder geöffnet«, sagte er.

Tommaso stöhnte. »Flavio, Rick: Kommt mal mit. Ayhan und Tobi, ihr bleibt hier.«

»Wie?«, fragte Lars. »Mit den beiden willst du das klären?« Aber Tommaso war schon im Eingangsbereich verschwunden. Lars setzte sich kopfschüttelnd in Bewegung, und wir folgten den beiden durch die Schwingtür in den Discobereich. Aus den Boxen dröhnte ein Top-Ten-Hit. Die Leute grölten mit und wedelten mit den Armen, auch auf der Flaniermeile wurde getanzt. Ellenbogen voran, drängelte sich Flavio durch die Masse, und ich folgte ihm durch eine Schneise von fluchenden und motzenden Gästen. Schließlich kamen die Toiletten in Sicht. Vor der Tür blieb Tommaso stehen.

»Was ’n eigentlich los?«, fragte Flavio und trippelte von einem Bein aufs andere, als würde er sich fürs Trainieren warm machen.

»Der Apotheker ist wieder da«, sagte Lars, aber wir verstanden nicht.

»Irgendein Dealer, der hier seit ein paar Wochen sein Zeug verkauft«, erklärte Tommaso und fragte dann Lars: »Wer ist gerade alles drinnen?«

»Arne hat sich in die Klokabine rechts außen gesetzt, um denen zuzuhören. In der mittleren hockt der Typ, und seit 'ner Viertelstunde kommen immer wieder irgendwelche Leute zu ihm rein.«

In dem Moment wollte jemand auf die Toilette, aber Lars versperrte ihm den Weg: »Wasserrohrbruch. Geh mal draußen irgendwo hin.« Der Kerl zog ab.

»Also«, sagte Tommaso, »ich gehe vor und klopfe an die Kabine. Lars, Flavio: Ihr bleibt ein Stück hinter mir. Rick, du bleibst bei der Tür.« Wir brummten zustimmend. »Seine Kunden schmeißen wir einfach raus, Hausverbot, die sind mir egal, aber den Dealer holen wir uns ins Büro. Wenn jetzt gleich Unbeteiligte auf dem Klo sind: sanft rausbefördern. Capito?«

Damit sah er in die Runde, als würden wir losziehen, um einen strategisch wichtigen Brückenkopf zurückzuerobern, und stieß die Tür auf. Es war niemand zu sehen. An der Wand links von uns, weiß gefliest wie der gesamte Raum, gab es sechs Pissoirs, keine zwei Meter vor uns waren drei Klokabinen. Links und rechts neben der Tür, durch die wir eingetreten waren, befanden sich Waschbecken. Einer der Hähne war nicht anständig zugedreht, und ein dünner Strahl Wasser plätscherte in den Abfluss. Hinter mir fiel die Tür zu, und die Partygeräusche erstickten wie unter einer Wolldecke.

Leise näherte sich Tommaso der mittleren Kabine, lauschte, klopfte dann mehrmals mit den Knöcheln dagegen und bellte: »Feierabend!«

Keine Reaktion.

»Kommt mal raus, dann gibt's auch keinen Ärger. Können wir alles ohne die Bullen klären.«

Türkisches Gemurmel drang aus der Kabine, dann fragte eine andere Stimme gezischt auf Deutsch: »Was?«

Stille.

Flavio und Lars stellten sich dicht hinter Tommaso.

»Jungs, ihr solltet da jetzt echt rauskommen«, sagte der, »das macht's gerade alles nicht besser.«

Über der Tür der rechten Kabine tauchte Arnes Kopf auf. Offenbar war er auf den Klodeckel gestiegen und linste nun zu dem Dealer und seinen Kunden, riss alarmiert die Augen auf und sah zu mir herüber. Flavio und die anderen hatten ihn noch nicht bemerkt.

»Ksss«, machte ich, und als sie sich zu mir umdrehten, nickte ich in Arnes Richtung. Daraufhin signalisierte der mit den Fingern, dass sich drei Leute in der Kabine befanden, und machte anschließend eine Handbewegung, als würde er mit einem Butterfly-Messer herumfuchteln. Tommaso verdrehte die Augen.

»Ey, Jungs. Denkt mal nach. Ihr versteckt euch gerade auf einem Klo. Seid ihr nicht ganz dicht? Mal ganz entspannt bleiben, und …« – »Vorsicht!«, rief Arne. Im selben Moment wurde die Klotür nach innen aufgerissen, und ein bleicher Milchbubi im fliederfarbenen Poloshirt mit grünem Hip-Bag wurde herausgeschubst. Einen erschrockenen Laut von sich gebend, stolperte er in Tommasos Arme, aber der schob ihn von sich weg und warf sich mit der Schulter gegen die Tür. Die Türken stemmten sich von innen dagegen. Flavio nahm den Bubi in den Polizeigriff, als hätte er sein Leben lang nichts anderes gemacht.

»Macht die Scheißtür auf!«, brüllte Tommaso, aber einer der Türken rief zurück: »Jetzt habt ihr doch den Dealer.«

Lars trat gegen die Tür: »Seid ihr total bescheuert?!« Dann sah ich Arne über die Trennwand kraxeln und zu den Türken in die Kabine rutschen, während Lars und Tommaso sich ächzend gegen die Tür pressten. Von drinnen war Geschrei und Gepolter zu hören. Schließlich langte Lars durch den

Türspalt, bekam einen der Türken am Arm zu fassen und zerrte an ihm herum, sodass sich die Tür etwas weiter öffnete. Geduckt drängte sich Tommaso in den Spalt, kam aber noch nicht in die Kabine.

»Aufpassen!«, brüllte Arne, und dicht über Tommasos Kopf zuckte eine Klinge hinter der Tür hervor. In dem Moment wurde Tommaso zum Berserker.

»Ihr blöden Arschlöcher, seid ihr total behindert?!« Damit explodierte er durch die Tür. Anschließend drückte er sich von innen dagegen, sodass der Arm des Türken eingeklemmt wurde.

»Ich brech dir deinen Scheißarm!«, brüllte Lars. »Ich brech dir das Scheißding.«

»Hab ihn«, rief Tommaso. »Hab ihn. Ganz ruhig jetzt!«

Einen Augenblick lang war nur noch Gekeuche zu hören.

»Gut jetzt?«, fragte Tommaso. Der Türke, der in der Tür feststeckte, jammerte nur: »Ja! Ja!«, während sein Kumpel röchelte und quiekte.

»Wir gehen jetzt ganz langsam raus. Capito? Ganz langsam.«

Schließlich öffnete sich die Tür. Lars zerrte den Türken, den er am Wickel hatte, zu sich heran und nahm ihn in den Würgegriff. Tommaso klebte in der Ecke über dem Klo und wischte sich Schweiß von der Stirn.

»Vollidioten«, murmelte er und kam mit dem Messer in der Hand heraus, gefolgt von Arne, der dem zweiten Türken einen Arm auf den Rücken gedreht hatte. Inzwischen hatte Flavio den Milchbubi auf den Boden gedrückt und hielt ihn mit dem Knie im Genick unten.

»Lass den mal aufstehen«, sagte Tommaso, »der heult doch gleich.«

Sofort zog Flavio ihn auf die Beine, und Lars und Arne drückten die Türken bäuchlings gegen die Wand.

»Du vertickst hier Koks?«, fragte Tommaso den Bubi, der

ihn ängstlich ansah, als rechnete er damit, zur Strafe die Hände abgehackt zu bekommen.

»Speed«, antwortete er mit zittriger Stimme.

»Gib mal«, sagte Tommaso, auf das Hip-Bag deutend, und der Bubi schnallte ihn ohne Widerworte ab. Mit spitzen Fingern wühlte Tommaso darin herum und fischte einige Tütchen mit weißem Pulver heraus.

»Wie viel Gramm sind das?«

»Knapp dreißig.«

Tommaso nickte, überlegte, und nachdem er Lars und Arne einen flüchtigen Blick zugeworfen hatte, wandte er sich an die Türken.

»Passt auf, wir könnten euch jetzt …«

Die Tür zu den Toiletten öffnete sich, und ein Kerl torkelte an mir vorbei in den Raum. Ich glotzte ihn an.

»Rick«, rief Tommaso, aber ich reagierte nicht. »Rick!?«

Wie ferngesteuert packte ich den Typen am Handgelenk.

»Wasserrohrbruch«, stammelte ich und schob ihn raus.

»Was?!«, fragte er.

»Geh mal draußen pinkeln.«

»Wasserrohrbruch?«, fragte er und sah sich um. »Spinnst du?«

Damit hatte ich ihn aus dem Raum bugsiert und blieb mit der Hand an der Klinke bei der Tür. Tommaso, Lars und Arne schüttelten die Köpfe. Flavio verzog genervt das Gesicht.

»Also«, setzte Tommaso wieder an. »Folgendermaßen: Wir könnten euch jetzt mit nach hinten nehmen und ordentlich die Fresse polieren. Dann rufen wir die Bullen und haben hier drei gewalttätige und bewaffnete Drogendealer am Start. Oder wir schicken euch nach Hause, sehen euch nie wieder, und die Sache ist geritzt.«

Die beiden schwiegen.

»Raus«, befahl Tommaso, ich trat zur Seite und Lars und Arne beförderten die Türken nach draußen.

»Dreißig Gramm«, sagte Tommaso schmunzelnd.

Kurz darauf waren wir zu viert im Hinterzimmer. Flavio lehnte an der Tür, trommelte mit den Fingern auf seinem Oberarm herum, hatte dabei aber ein ruhiges Lächeln auf den Lippen. Tommaso drückte mir den Personalausweis des Bubis in die Hand.

»Kopier den mal, Rick.«

»Was?«, fragte der Bubi. »Das dürft ihr gar nicht, und …« Aber er konnte den Satz nicht beenden, denn Flavio hatte ihn sofort wieder im Würgegriff.

»Du machst hier jetzt mal schön, was wir dir sagen, und hältst die Füße still, Alter.«

»Flavio«, raunte Tommaso. »Mal nicht so aggro.« Bevor Flavio von ihm abließ, verpasste er dem Bubi noch einen Stoß in die Seite.

»Wir nehmen jetzt deine Personalien auf«, fuhr Tommaso fort, lehnte sich nach hinten, kramte in einem Karton und zog eine Sofortbildkamera heraus, »und machen zur Sicherheit auch noch ein schönes Foto von dir.«

»Ihr seid nicht die Polizei, so was dürft ihr gar nicht«, beschwerte sich der Bubi, aber Tommaso lupfte eine Augenbraue und streckte die Hand Richtung Telefon aus. »Sollen wir die Polizei rufen, damit sie das erledigt?«

Der Bubi rieb sich den Hals.

»Also, dann stell dich mal da drüben vor die Wand.«

Während ich den Ausweis kopierte, machten die beiden das Foto. Als sich Tommaso wieder an den Schreibtisch gesetzt hatte, gab ich ihm die Kopie, und er tackerte das Bild dran.

»Pascal, Pascal, Pascal«, seufzte er, als betrachtete er ein vergeigtes Zeugnis.

»Und was ist mit meinem Speed?«, wollte der Bubi wissen.

Tommaso sah ihn mitfühlend an. »Das müssen wir leider sicherstellen.«

»Ey«, keuchte der Bubi, »ihr seid so scheiße.«

»Du verpisst dich jetzt!«, herrschte Flavio ihn an, und

nachdem der Bubi ihm einen abschätzigen Blick zugeworfen hatte, verschwand er. Wir sahen uns an.

»Hehehe«, machte Tommaso, fischte eines der Tütchen aus dem Hip-Bag und öffnete es. Nachdem er daran geschnüffelt hatte, präparierte er drei Lines Speed auf einer CD-Hülle.

»Hat jemand einen Zehner?«, fragte er, worauf Flavio sein Portemonnaie herausholte und einen Schein zu einem Röhrchen rollte.

»Ist das ein Test?«, fragte ich.

»Wieso?«, fragte Tommaso zurück.

»Na ja, ich dachte … keinen Alkohol.«

»Das ist kein Alkohol. Das ist wie Espresso. Wie Espresso hoch zwei«, sagte er und zog sich eine der Lines in die Nase. »Da wird man nicht breit von, sondern wach. Und irgendwie auch ein Stück größer. Könntest du, glaube ich, gut brauchen.«

Andere Drogen als Gras und Hasch hatten Flavio und ich bis zu diesem Zeitpunkt nicht ausprobiert, aber Flavio sniefte seine Portion wie ein alter Hase und hielt mir dann wie selbstverständlich den Schein hin. Als ich zögerte, riss er, Tommaso den Rücken zugewandt, die Augen auf. Also zog ich. Im ersten Moment spürte ich einen beißenden Schmerz in der Nase, und anschließend brannte der zurücklaufende Rest Speed an den Schleimhäuten. Ich schluckte, und es war bitter im Hals. Einige Sekunden später glaubte ich ein Britzeln im Hirn zu spüren, als würden einzelne Hirnzellen knistern und platzen wie Bierschaum.

Tommaso rieb sich die Nase. »Rick, du musst echt mehr machen. Du musst aufmerksamer sein. Gucken, was passiert. Hast du Schiss vor den Leuten? Du darfst keinen Schiss haben. Wir haben hier Hausrecht, und wenn einer Scheiße baut, dann muss er halt mit den Konsequenzen leben.« Ich reagierte nicht. »Sag mal, hast du Schiss?«

»Is' schon okay«, sagte ich. »Muss halt nur erst mal reinkommen in den Job.«

»Dann mach was«, sagte Tommaso. »Du musst den Leuten zeigen, dass du der Herr im Hause bist. Sonst bringt das nichts.«

»Hm.«

»Machst das gut«, wandte sich Tommaso an Flavio. »Nicht ganz so aggro sein bei solchen Lappen wie dem Kerl eben, aber auf jeden Fall nach vorne gehen.« Flavio nickte. »Dann wieder ab zur Tür. Und schickt mal Tobi und Ayhan zu mir«, sagte Tommaso und kramte wieder im Hip-Bag.

In dem kleinen Flur, der in den Discobereich führte, hielt Flavio mich am Arm fest.

»Ey, Rick«, sagte er, »wenn du keinen Bock hierauf hast, dann is' das in Ordnung. Ich habe dir das nur vorgeschlagen, weil ich dachte, du hättest keine Lust mehr auf deinen richtigen Job. Ich dachte, das wäre cool, wenn wir das zusammen durchziehen. Willst du das hier machen?«, wollte er wissen, aber ich zuckte mit den Schultern.

»Erst mal.«

»Wie? Erst mal?«

»Erst mal eine Weile gucken, wie es so läuft.«

»Dann darfst du aber echt nicht so«, Flavio starrte an die Decke, »so leise sein, irgendwie. Die anderen halten dich, glaube ich, für den totalen Schlappschwanz. Komm mal ein bisschen aus dir raus. Wenn wir zu zweit rumhängen, geht das doch auch.«

Wir bezogen wieder unseren Posten am Einlass, und wenig später kam auch Tommaso mit Tobi und Ayhan zurück. Irgendwann tippte mir Tommaso auf die Schulter.

»Einlassstopp«, sagte er. »Wenigstens eine Stunde. Sag das mal an.«

Vor uns war eine Schlange von knapp dreißig Leuten, die noch keinen Stempel hatten, außerdem standen auf dem Parkplatz mehrere kleinere Grüppchen in Hörweite.

»Leute?«, rief ich in die tratschende Menge und war irritiert, meine Stimme derart laut zu hören. Als es still wurde und sich die Köpfe in meine Richtung drehten, bekam ich Herzrasen. Ich schluckte. Ähnlich hatte es sich angefühlt, als ich in der siebten Klasse im Deutschunterricht ein Gedicht hatte aufsagen müssen. Meine Knie wurden weich und mein Mund trocken. Ich konnte mein mattes Spiegelbild in all den Augen sehen, die sich auf mich richteten, ohne mich auch nur in einem wirklich wiederzuerkennen. Die Zehen in meinen Stiefeln streckend, atmete ich tief ein.

»Einlassstopp«, sagte ich. »Eine Stunde. Bis vier.«

»Es ist gerade mal zwei«, rief jemand aus der Schlange zurück und es wurde gekichert.

»Das … das entscheidet sich dann«, sagte ich leiser. Einige der Leute sahen sich fragend an, und ich schielte in Tommasos Richtung, der grinsend bei Ayhan stand, anerkennend nickte und den Daumen in die Luft streckte, als er meinen Blick bemerkte. Die Schlange löste sich auf, und die Leute schlurften zu ihren Autos oder verteilten sich vor dem Laden.

Flavio kam zu mir und zog die Nase hoch.

»Geht doch«, sagte er. »Merkst du das Zeug?«

»Keine Ahnung.«

Flavio lachte. »Wie? Keine Ahnung? Alter, das macht total *brrrrrt* im Hirn. Merkst du das nicht? *Brrrrrt*! Ich bin hellwach. Voll wie so'n Koffeinflash. Und du hast total den Gesichts-Günther.«

»Was habe ich?«

»Du bist schon die ganze Zeit am Kauen und ziehst die Nase hoch. Und deine Pupillen sind winzig. Das kommt von dem Zeug.«

»Moinsen!«

Vor uns stand ein Kerl mit blondiertem Kurzhaarschnitt und Augenbrauenpiercing.

»Einlassstop«, sagte ich.

»Das is' jetzt nicht dein Ernst, oder?«

»Tut mir leid.«

»Ey, ich muss da rein, meine Freundin ist da drin.«

Einen Moment lang sah ich ihn unschlüssig an, sagte dann aber, ohne mich zu Tommaso umzudrehen, um mir seine Zustimmung zu holen: »Tut mir leid, zum einen ist Einlassstopp, zum anderen bist du auch schon zu betrunken für den Laden.«

»Hä?«

»Ich kann dich in dem Zustand sowieso nicht reinlassen, tut mir leid. Komm nächstes Wochenende noch mal nüchtern vorbei, okay?«

Ein ungläubiges Grunzen von sich gebend, schüttelte der Kerl den Kopf.

»Verarschst du mich?«

Speed sickerte in meinen Rachen, als ich die Nase hochzog. Mit einem Mal spürte ich die Wirkung. Als hätte ich mir einen Cowboyhut aufgesetzt.

»Ey, ob du mich verarschst, habe ich dich gefragt?«, wiederholte der Kerl.

»Pass auf«, hörte ich mich sagen. »Hier gibt's jetzt keine große Diskussion. Wir sehen uns nächstes Wochenende. Okay?«

»Nee«, sagte er. »Nee, voll nicht okay. Spinnst du? Ey, meine Freundin ist da drin. Ich war auch schon drinnen. Du lässt mich da jetzt rein, oder du hast echt 'n Problem. Ich bin hier jedes Wochenende.«

»Hast du nicht gehört, was mein Kollege gesagt hat?«, ging Flavio dazwischen. »Heute is' nicht. Kannst gleich den Sittich machen, Freundchen.«

»Ey«, stammelte der Kerl und sah an mir vorbei in Tommasos Richtung.

Weil ich beweisen wollte, dass ich mit der Situation alleine klarkam, hatte ich mich noch immer nicht zu den anderen umgedreht.

»Ich war da gerade schon drinnen, und jetzt will ich zu meiner Freundin, ihr Penner.«

»Dann zeig mal deinen Stempel. Kann ich den mal sehen?«, fragte ich.

»Nee! Nee kannste nicht«, nölte er und bohrte seine Hände in die Hosentaschen.

»Wir klären das jetzt ganz ruhig«, sagte ich. »Komm mal hier rüber.«

Als ich den Kerl greifen und ein Stück zur Seite ziehen wollte, machte er einen Satz zurück und riss seinen Arm weg. »Ey, wenn du Scheißtürsteher mich anpackst, rufe ich die Bullen!«

»Jetzt mach mal nicht gleich so 'ne Thermik«, versuchte ich, die Situation zu entschärfen. »Komm mal bitte hier rüber.«

»Nee, komme ich nicht.«

Er sah sich um. »Torsten? Ey, Torsten, komm mal.«

Ein glatzköpfiger Hüne im Muscle-Shirt stieg aus einem Auto, und als er sich uns näherte, schien es hinter ihm auf Matchbox-Größe zu schrumpfen. Flavio stand konzentriert neben mir. Als ich zu Tommaso und den anderen schielte, waren sie verschwunden.

»Die zwei Idioten wollen mich nicht reinlassen«, sagte der gepiercte Kerl zu dem Hünen.

»So«, sagte der herausfordernd und blähte seinen Brustkorb auf.

»Also«, setzte ich an, »wenn du nächstes Wochenende nüchtern kommst, ist das alles kein Problem.«

»Ich bin gar nicht besoffen. Hier«, maulte er, breitete die Arme aus und balancierte auf einem Bein. »Guck!«

»Für unseren Laden bist du leider zu betrunken. Du hast keinen Stempel, und …«

»Dann bezahle ich halt. Mann, ey, ich will da nur rein.«

»Es geht gar nicht ums Bezahlen, sondern …«

»Haste doch gerade gesagt.«

»Nein, ich habe nur gesagt, dass du keinen Stempel hast.«

»Ja, ey, den kriege ich doch, wenn ich bezahle, bist du bescheuert?«

»Es geht darum, dass Einlassstop ist und dass du sowieso zu betrunken bist, und mein Chef sagt …«

»Was hat denn dein Chef damit zu tun? Ist der hier?«

»Der ist gerade nicht hier, aber …«

»Mann, dann kriegt der das doch gar nicht mit.«

»Pass auf, ich hab hier meine Anweisungen, außerdem …«

»Ey, bist du aus der DDR, oder was? Machste alles, was dir von oben gesagt wird? Was soll denn diese Stasi-Scheiße? Ich will feiern. Das durfte man bei euch zwar nicht, aber hier im Westen gehen Leute halt feiern.«

Im Augenwinkel bemerkte ich, wie jemand unkontrolliert in den Laden schlüpfte. Einige Meter von uns entfernt standen andere Gäste und beobachteten das Geschehen, tuschelten oder kicherten. Den Hünen fixierend, trat Flavio einen Schritt auf ihn zu.

»Hier, Dicker«, zischte er in einem Anflug von Größenwahn. »Sag deinem kleinen Freund mal, dass jetzt Feierabend ist, wenn er keinen Bock auf Ärger hat.«

»Und von wem bekommt er dann wohl Ärger?«, fragte der Hüne.

Flavio schnaufte. »Wir haben hier Hausrecht.«

Der gepiercte Kerl brüllte völlig hysterisch: »Lasst mich da jetzt rein!«

»Du blöder Wichser reißt dich jetzt mal zusammen!«, schrie Flavio zurück. »Es gibt tausend andere Läden in der Stadt, wo so kaputte Arschlöcher wie du sich zusaufen können. Du verpisst dich jetzt!«

In der nächsten Sekunde schubste der gepiercte Kerl Flavio um, der ihn aber noch am T-Shirt zu fassen bekam und mit sich zu Boden riss. Beide stürzten auf den Asphalt. Der Kerl landete mit dem Knie auf Flavios Bauch, schlug ihm mit der Faust ins Gesicht, worauf Flavio ihm die Hand zwischen die Beine schob und die Eier zusammenquetschte. Quiekend kippte der Kerl auf den Boden und kugelte sich zusammen. Gerade wollte ich ihn packen, als mich ein dumpfer Schlag gegen die Schläfe traf und von den Beinen holte. Als ich aufblickte, sah ich verschwommen den Hünen über mir, robbte zur Seite und rappelte mich unbeholfen auf. Noch immer auf dem Boden hockend, hatte Flavio den gepiercten Kerl in den Schwitzkasten genommen und boxte ihm in die Nieren. Der Hüne war drauf und dran, sich Flavio zu greifen, als die Tür des Ladens aufsprang und Tommaso, Ayhan und Tobi herausgestürmt kamen.

»Micha!«, brüllte der Hüne erschrocken in Richtung Parkplatz und versetzte Flavio einen Tritt in die Seite. Augenblicklich ließ der den gepiercten Kerl los und klammerte sich mit schmerzverkniffenem Gesicht an das Bein des Hünen, der für eine Schrecksekunde erstarrte und dann versuchte, Flavio abzuschütteln wie einen notgeilen Köter.

»Lass los«, brüllte er und hämmerte mit seiner Faust gegen Flavios Schädel, der sich nur umso fester krallte. Bevor der Hüne weiter auf Flavio eindreschen konnte, war er von Ahyan und Tobi unter den Armen gepackt worden. Ächzend und fluchend drückten sie ihn zu Boden.

»Micha!?«, bölkte der Hüne und versuchte sich, gurgelnd vor Wut, aus ihrem Griff zu winden.

Inzwischen hatte Tommaso den gepiercten Kerl in den Würgegriff genommen. Mit den Beinen strampelnd, versuchte der sich herauszuwinden, merkte aber schnell, dass er keine Chance hatte, und ließ sich schlaff hängen.

»Ganz ruhig jetzt«, befahl Tommaso. »Ganz ruhig. Alle!«

»Mi-cha!«

»Ihr beruhigt euch jetzt«, rief Tommaso, »und wir können das ohne die Bullen regeln.«

»Ey, ich wollte doch nur in den Scheißladen«, wimmerte der gepiercte Kerl mit hochrotem Kopf. Dabei klang er, als sei er kurz davor loszuheulen.

»Micha!«

Inzwischen hatte sich eine Traube von Menschen um uns herum gebildet. Ich rieb mir die Schläfe und bemerkte erst in diesem Moment, dass ich wie unbeteiligt dagestanden und zugeguckt hatte. Dann sah ich, wie sich hinter Tommaso jemand durch die Menge wühlte. Ein drahtiger Typ, zwei Köpfe kleiner als ich, mit kantigem Gesicht und Oberlippenbärtchen, schubste einige Mädels beiseite und marschierte mit einer leeren Bierflasche in der Hand auf Tommaso zu.

»Tommaso! Hinter dir!«, rief ich, spürte das Adrenalin in mein Blut schießen und sprintete dem Typen entgegen. Noch immer mit Ayhans Knie im Nacken, brüllte der Hüne: »Gib's ihm, Micha!«, und der drahtige Typ machte drei schnelle Schritte auf Tommaso zu und anschließend einen Satz in die Luft. Reflexartig ließ Tommaso den gepiercten Kerl los, duckte sich, und die Bierpulle raste an seinem Hinterkopf vorbei. Knurrend und mit klackernden Schuhen landete der drahtige Typ und taumelte ins Gleichgewicht. Als er aufblickte, stand ich vor ihm. Im nächsten Moment sah ich meine Faust in sein Gesicht krachen. Er zuckte zusammen, und die Flasche fiel klirrend auf den Asphalt. Einige Sekunden lang versuchte er, sich zu sammeln, aber noch bevor er reagieren konnte, hatte ich ihm einen erneuten Schlag ins Gesicht und einen weiteren in den Magen verpasst. Als er sich vor Schmerzen krümmte und vornüberbeugte, trat ich ihm die Beine weg. Er knallte auf sein Steißbein.

»Du dummes Schwein«, winselte er.

Eine Faust noch immer geballt, stand ich über ihm, als sei ich Muhammad Ali und er Sonny Liston. In meinem Schädel war dieses Rauschen. »Wer ist hier das dumme Schwein?«, hörte ich mich brüllen. »Wer?!« Als ich einen weiteren Schlag andeutete, riss er sich die Hände vors Gesicht. Auf einmal war mir egal, wer vor mir auf dem Boden lag, was er getan hatte oder aus welchem Grund ich ihm das Gesicht blutig schlagen wollte. Worum es ging, war nur noch dieses Gefühl irgendwo in meinen Eingeweiden, an das ich mich wieder erinnerte. Er sah mich mit flackernden Augen an, und ich wollte, dass er bettelte, ich möge aufhören.

»Wer ist jetzt das dumme Schwein?«, wiederholte ich und war kurz davor, ihn zusammenzutreten.

»Stoppstoppstopp«, murmelte Flavio. Mit einer Hand zog er mich beiseite, während er sich mit der anderen den Bauch hielt. »Komm mal runter, Alter.«

Aus der Menge rief jemand: »Ihr Scheißtürsteher seid echt der letzte Dreck.«

»Ich wollte doch nur in den beknackten Laden«, jammerte der gepiercte Kerl. Inzwischen hatte er tatsächlich angefangen zu heulen, stand kraftlos neben Tommaso und machte keine Anstalten abzuhauen. »Nur ein bisschen feiern und so.«

»Können wir das ohne Bullen klären?«, fragte Tommaso in die Runde, und der mit dem Piercing nickte. Daraufhin lockerten Tobi und Ayhan den Griff bei dem Hünen, der unverändert mit ihren Knien im Rücken auf dem Boden lag.

»Klar solltet ihr die Bullen rufen«, hörte ich wieder die Stimme aus der Menge, »der eine Türsteher hat voll mit der Faust zugeschlagen.«

»Unbeteiligte halten jetzt mal sofort die Fresse«, sagte Tommaso, worauf aber nur noch mehr Leute anfingen zu stänkern. Der Hüne half seinem drahtigen Kumpel auf, und beide warfen mir giftige Blicke zu.

»Frank?« Eine Frau trippelte auf den gepiercten Kerl zu. »Frank, was ist denn hier los?«

»Ich wollte einfach nur mit dir feiern, Süße«, schluchzte er. »Aber die Schweine wollten mich nicht reinlassen.«

»Schatz«, seufzte sie und umarmte ihn, als würde sie ein Kleinkind trösten. Dabei sah sie uns an, als hätten wir ihn soeben vom Klettergerüst geschubst.

»Ey!«, der drahtige Typ deutete auf mich. »In zehn Minuten sind die Bullen hier. Du hast jetzt echt 'n Problem.«

Mir stockte der Atem.

»Der hat den voll brutal zusammengeschlagen«, wurde hinter mir getuschelt.

»Ich gehe jetzt zu den Bullen und …«

»Micha«, unterbrach Tommaso den drahtigen Typen und spazierte gemächlich auf ihn zu. »Da musst du doch nicht extra zu den Bullen latschen. Kannst die auch gerne von drinnen anrufen.«

Beide sahen sich an.

»Wenn du die Bullen holst, hast du ganz andere Probleme. Capito?«

Nach einem Moment des Schweigens verschwand der Drahtige, ohne einen weiteren Ton von sich zu geben. Tommaso wandte sich an den Hünen: »Wollen wir auch noch was besprechen, Torsten?«, aber der schüttelte nur den Kopf.

»Gut. Hausverbot. Dieses Mal endgültig. Kannste Micha auch sagen. Und du«, er deutete auf die Freundin des gepiercten Kerls, »du holst jetzt deine Sachen raus, verschwindest mit deinem Jammerlappen, und ihr lasst euch hier in nächster Zeit auch nicht mehr blicken.«

Tommaso war noch nicht fertig mit dem Satz, da fingen die umstehenden Leute schon an rumzupöbeln, aber er beachtete sie nicht weiter.

»Immer noch Einlassstopp«, sagte er nur und bedeutete mir und Flavio, dass wir ihm folgen sollten, als er im Laden verschwand.

Wieder im Hinterzimmer, fläzte ich mich auf das Sofa und starrte an die Decke. Einzelne Szenen des Abends flimmerten darüber wie über eine Leinwand. Ich versuchte, sie zu verlangsamen, um genauer erkennen zu können, was geschehen war, aber ich erfasste nur Bruchstücke. Flavios schmerzverzerrtes Gesicht. Eine Klinge. Der Hüne über mir. Ein tröpfelnder Wasserhahn. Eine lächelnde Blondine. Tommasos wütender Blick. Eine Line Speed.

Ich zog die Nase hoch.

Flavio ließ sich neben mich fallen. »Alles in Ordnung?«

»Schon okay.«

»Danke, Rick«, sagte Tommaso schließlich. »Traust dich ja

doch was. Hast Herz. Aber pass auf: Die Faust ist immer das letzte Mittel. Das allerletzte. Festhalten und die Leute unter Kontrolle bekommen. Nicht krankenhausreif schlagen. Da haste schneller Anzeigen am Arsch, als du denkst. Die kommen sowieso.« Ich nickte. »Willst du hier arbeiten?«

Flavio sah mich abwartend an.

»Ja«, sagte ich und streckte meine Finger, an denen ich noch immer das Kinn des Typen spürte. »Ja, auf jeden Fall.«

»Gut«, sagte Tommaso. »Dann zeige ich euch die Tage so 'n paar Griffe. Oder fragt mal Ayhan, der ist Kickboxer. Vielleicht könnt ihr mit dem trainieren gehen. Und Rick, du musst echt was mit deinen Haaren machen. Rasier dir mal 'ne Glatze oder so. Du siehst irgendwie zu niedlich aus.«

»Wird gemacht«, sagte ich und zog erneut die Nase hoch.

Bevor wir wieder nach vorne zur Tür gingen, schielte ich noch auf die Kopie des Personalausweises von dem Milchbubi und merkte mir seinen Namen und die Adresse.

August 2002

Die Trauergemeinde auf Franz' Beerdigung bestand fast ausnahmslos aus Veteranen der goldenen Kiezjahre, Überlebende einer Zeit, bevor die harten Drogen, die Waffen und die Ausländer gekommen waren. Einer Zeit, in der man als harter Kerl galt, wenn man die Dinge mit der Faust und eben nicht mit der Knarre regelte.

Wenn ich mit ihnen und Franz in irgendwelchen Kneipen zusammensaß und sie von früher erzählten, war es oft, als erinnerten sie sich an Pixi-Bücher oder Postkartenmotive. Daran, wie familiär es zugegangen sei, von Weihnachtsfeiern, die die Zuhälter mit ihren Huren gefeiert und wie sehr sie die Frauen damals respektiert hätten. Ihre Stammtische waren Zeitmaschinen, und jeder heruntergestürzte Korn kurbelte sie um Jahre zurück.

Unter anderem war der fette Heinz zur Beerdigung gekommen, hockte da und tupfte sich unablässig mit einem Stofftaschentuch den Schweiß von der Stirn. In seinem Imbiss hatte Franz seit einigen Jahren Hausverbot gehabt, weil er seine Deckel nie anständig beglichen hatte. Jetzt lag Franz in der Kiste, und Heinz stand Pipi in den Augen. Neben ihm saß Hanne, der Franz bei einem seiner Wutanfälle einmal den linken Arm gebrochen hatte. Aus irgendeinem Grund liebte sie ihn trotzdem abgöttisch und heulte jetzt Rotz und Wasser. Sie war mit Klunker-Manni aufgelaufen, der sie irgendwann vom Strich weg geheiratet hatte und sein Geld mit Sportwetten machte.

Außerdem waren noch ein paar andere Saufkumpane und in die Jahre gekommene Huren und Thekenfrauen aufgelaufen, darunter einige Gestalten, die ich noch nie zuvor gesehen hatte. In der letzten Reihe saß nur ein einziger Kerl in Jeanshemd und -hose mit Vokuhila, Schnurrbart und schneeweißen Stiefeletten. Ich hockte in der ersten Reihe und hörte dem Pfaffen dabei zu, wie er in schlecht geschauspielertem Ton seine Predigt herunterleierte. Immer wieder zupfte ich an dem Tuch herum, das aus meiner Brusttasche hing und mit dem ich erfolglos versuchte, den in gelben Buchstaben aufgestickten Namen der Security-Agentur zu verdecken, von der ich das Jackett hatte.

Einige Tage zuvor hatte ich Franz tot in seiner Wohnung gefunden, zu der ich seit seiner zweiten Hüftoperation einen Schlüssel besaß.

Als ich das Wohnzimmer betrat, hockte er mit einer Flasche Bier in der Hand auf dem Sofa, als sei er eingenickt, und in der Glotze lief ein Bericht über das Hochwasser im Osten. Es hätte ihm Spaß gemacht, sich anzugucken, wie die Ossis durch das knietiefe schlammige Wasser in ihren Wohnungen stapften und darüber heulten, dass alles, was sie sich aufgebaut hatten, davongespült worden war.

»Von meiner Steuerkohle haben die sich ihre Häuschen gebaut. Von meiner Kohle!«, hätte er geschimpft. Ich hätte gelächelt, genickt und nicht angesprochen, dass er, seit er aus dem Knast gekommen war, von der Stütze lebte.

Bevor ich den Rettungswagen rief, hatte ich noch die Wohnung durchsucht, aber alles, was ich fand, waren alte Fernsehzeitungen, Siebzigerjahre-Tischdecken, Kerzenständer und ähnlicher Plunder. Es gab keine Schallplatten oder Bücher, keine Fotos, privaten Notizen oder irgendetwas anderes Persönliches. Im Küchenschrank lagen sechs Stangen Zigaretten, deren Steuerbanderolen noch in D-Mark ausgezeichnet waren, und in seinem Nachttisch entdeckte ich ein zerfleddertes Pornoheft, das den Achselhaaren zufolge aus den Achtzigern stammte. Ich sackte die Kippen ein, setzte mich mit einem

Bier zu ihm ins Wohnzimmer und guckte Fernsehen, bis der Rettungsdienst kam.

Franz war gestorben wie einer dieser Elefanten, die sich mit ihren abgebrochenen Stoßzähnen und eingerissenen Ohren in den Staub legen und einfach die Augen schließen. Er hatte keine Lust mehr gehabt, und es hatte für ihn keinen Grund mehr gegeben, sich jeden Morgen die Bartstoppeln aus dem Gesicht zu kratzen. Durch die Diabetes und das Gesaufe hatte sich sein Hüftgelenk immer wieder entzündet, war nicht abgeheilt und deshalb eine ständige Quälerei für ihn gewesen. Ein-, zweimal die Woche hatte ich ihm Getränkekisten und Einkäufe in die Wohnung geschleppt, im Haushalt geholfen oder Papierkram erledigt, mit dem er nicht klargekommen war.

Damit er mich erreichen konnte, wenn er mich brauchte, hatte ich aus dem Fundus eines Clubs ein Handy mitgehen lassen und ihm eine Karte dafür besorgt. In der letzten Zeit telefonierten wir fast täglich. Als er sich einmal vier Tage am Stück nicht zurückmeldete, ging ich sicherheitshalber bei ihm vorbei, um nach dem Rechten zu sehen. Franz saß im Unterhemd mit einer Tasse Kaffee am Küchentisch und spielte Bauernskat gegen sich selbst. Dick und kahl war er geworden.

»Na, Junge«, sagte er und sah dabei nur kurz von den Karten auf. »Alles paletti?«

»Ja. Schon okay«, murmelte ich. »Und selbst?«

»Weißt doch. Wie immer«, antwortete er, bevor er eine der Spielkarten umdrehte und mit den Knöcheln auf den Tisch knallte.

»Brauchst du irgendwas?«, fragte ich.

»Nee«, sagte er. »Alles da, was ich brauche.«

Ich schenkte mir eine Tasse Kaffee mit einem Schuss Whiskey ein und trank sie schweigend, während ich ihm beim Kartenspielen zuguckte.

Einige Tage vor der Beerdigung empfing mich der Pastor, dem ich vom Sozialamt als Ansprechpartner genannt worden war, um persönliche Daten über Franz für die Trauerrede in Erfahrung zu bringen.

»Trinken Sie Tee oder Kaffee?«, fragte er zum Einstieg.

»Kaffee.«

Er verschwand und ließ mich allein in einem Raum, der wohl bewohnt wirken sollte, aber außer für Gespräche dieser Art sicherlich für nichts genutzt wurde. Durch die Gardinen fiel gedämpftes Licht herein. Alle Gegenstände im Raum, von den Stühlen über die Tischdecke bis zu den Staubfängern auf dem Schränkchen in der Ecke, leuchteten im Orange-Braun der Tapete. Es war, als hockte ich in einem vergilbten Siebzigerjahre-Foto, als hingen die Geschichten unzähliger Toter im flusigen Teppich, als sei das Flüstern und Schweigen der Trauernden wie Postkarten hinter die Anrichten gerutscht.

»Was war der Herr Paulsen denn für ein Mensch?«, fragte der Pastor schließlich, während er mir Kaffee einschenkte.

Mit einem Mal bemerkte ich, wie wenig ich über Franz wusste. Der Pastor sah mir dabei zu, wie ich abwechselnd die mit Goldrand verzierte Kaffeetasse und meine Kippenschachtel anstarrte.

»Seit wann waren Sie denn miteinander befreundet?«, versuchte er, mich in Gang zu bringen. Aber ich war mir nicht mal mehr sicher, ob wir tatsächlich Freunde gewesen waren.

»Er war eher ein Freund meiner Mutter«, sagte ich, und der Pfaffe schien wirkliches Interesse zu entwickeln.

»So«, machte er, »dann kannten Sie ihn schon als Kind?«

»Ja.«

»War er ein enger Freund Ihrer Mutter?«

Ich schnaufte zustimmend.

»Und, entschuldigen Sie, wenn ich frage, aber sind Sie selbst vielleicht ohne Vater groß geworden?«

Nachdem ich einen Schluck Kaffee genommen hatte, nickte ich.

»Und war Herr Paulsen dann in einem gewissen Maße vielleicht ein Vater für Sie?«

Anstatt zu antworten, fragte ich: »Darf ich rauchen?«

Er langte hinter sich ins Regal nach einem altmodischen Glasaschenbecher. Ich starrte die Luftbläschen im geschwungenen Glas an.

»Könnte Ihre Mutter mir vielleicht noch ein wenig mehr erzählen?«

»Meine Mutter ist tot.«

Langsam schloss er die Augen und schaukelte den Kopf vor und zurück. Sein professionelles Mitleid für Menschen, denen er nie begegnet war, widerte mich an. *De mortuis nihil nisi bene,* hatte Flavio auf seinen Oberarm tätowiert: Über die Toten nichts als Gutes. Ich war mir nie sicher gewesen, was der Satz zu bedeuten hatte, aber auf einmal war es mir klar. Es machte keinen Unterschied, was der Pfaffe über Franz wusste und was nicht.

Nachdem ich mir eine Kippe angesteckt hatte, fing ich an zu erzählen und hörte mir dabei zu, wie ich dem Pastor eine herzzerreißende Geschichte auftischte. Das Ganze war zusammenfabuliert aus dem Wenigen, das ich über Franz wusste, Geschichten, die Fietje oder der alte Schmidt erzählt hatten, Anekdoten, angelehnt an Bücher, die ich gelesen hatte, und Dingen, die mir spontan in den Sinn kamen.

Ich berichtete von Franz' harter Jugend an der Küste, wie er erst auf verschiedenen Schiffen angeheuert und anschließend sein Glück in der Stadt versucht hatte, dort auf die schiefe Bahn geraten war, meine Mutter kennengelernt und versucht hatte, ein bürgerliches Leben mit ihr aufzubauen, wie er daran gescheitert, im Knast gelandet und schließlich als kranker Mann und Sozialfall zugrunde gegangen war.

Dabei staunte ich über mich selbst, wie viele Details ich mir einfallen ließ. Nicht für eine Sekunde machte der Pfaffe den Eindruck, als zweifelte er an dem, was ich erzählte.

Als ich fertig war, war die Kanne Kaffee ausgetrunken,

sechs Kippenstummel lagen im Aschenbecher, und seltsamerweise hatte ich das erste Mal das Gefühl, begriffen zu haben, wer Franz gewesen war.

Der Pastor bedankte sich für meine Offenheit, und es war angenehm, ihm zum Abschied die Hand zu schütteln. Als wenn man mit Grippe im Bett liegt und ein Hustenbonbon lutscht. Obwohl es nichts bringt, tut es trotzdem gut.

Zwei Tage später stand ich an Franz' Grab. Während der Predigt und auf dem Weg zur Grabstätte war ich zwar durcheinander und auf eine schwelende Art wütend, aber nicht traurig gewesen. Ich hatte auch keine Tränen gespürt. Aber als sie die Balken unter dem Sarg wegzogen, beiseitewarfen und ihn auf knarrenden Seilen in die Erde ließen, war es, als würde Franz mit glühender Faust und letzter Kraft mein Herz packen, es zusammendrücken und murmeln: Pass auf dich auf, Junge.

Es fühlte sich an, als quetschte er die Tränen aus meiner Pumpe in die Augen, und sosehr ich es auch versuchte, sie ließen sich nicht unterdrücken. Schlimmer wurde es, als ich hörte, wie die Erde mit klackernden Steinchen auf den Sarg schlug.

Obwohl die Geschichten, die Franz von früher erzählt hatte, vielleicht nicht mehr waren als das Gestammel, das am Ende einer Runde Stille Post übrigbleibt, mit all dem Bemühen um Richtigkeit einerseits und dem Veräppeln, das eben dazugehört – andererseits, gab es doch eine direkte Verbindung zum Ursprung. Diese Verbindung zu meiner Kindheit wurde jetzt in einem Armengrab verscharrt, auf das sie anschließend einen Kranz legen würden, den ich zwei Nächte zuvor von einem anderen Friedhof geklaut hatte.

Als ich flennend dastand, legte mir jemand eine Hand wie einen Sack Zement auf die Schulter. Ich drehte mich um, und hinter mir stand der Kerl mit Vokuhila und Stiefeletten aus der letzten Reihe.

»Moin. Ich heiße Albert«, sagte er. »Kannst mich Berti nennen. Dein alter Herr war ein anständiger Kerl und hat noch was gut bei mir.« Damit drückte er mir die Karte eines Hotels in die Hand und sah mich an. Schließlich blieb sein Blick am Schriftzug auf meiner Brusttasche hängen. »Wenn du mal was brauchst, Geld oder so, oder Ärger hast, meld dich einfach. Kriegen wir hin. Herzliches Beileid.«

Er gab mir die Hand, und mit einem Mal reihten sich auch die übrigen Leute ein. Stellvertretend für Franz schüttelte ich ihnen allen ein letztes Mal die Hand.

Juni 2003

An der Theke wurde Milch aufgeschäumt, Geschirr klapperte, und es düdelte Easy-Listening-Musik, während Sara ununterbrochen von ihrer Magisterarbeit in Politikwissenschaften faselte, an der sie gerade schrieb. Ich war angefressen, weil sie alle meine Versuche, das Thema zu wechseln, ignorierte. Immer wieder schielte ich in Richtung der Bedienung und grübelte, ob wir nicht vor ein paar Monaten zusammen im Bett gelandet waren. Meine neuen Stiefel zwackten.

Seit einer Weile kam Flavio regelmäßig mit einer neuen großen Liebe an, mit der er einige Wochen zusammen war, bevor er schließlich irgendeine andere Frau flachlegte, die dann den Platz ihrer Vorgängerin einnahm. Trotzdem redete er in kürzer werdenden Abständen auf mich ein, dass ich auch versuchen sollte, eine richtige Beziehung zu führen. Weil es mich nervte, dass er mitunter jeden Tag mit seiner aktuellen Braut verbrachte, während ich allein rumhing, wollte ich es mit Sara probieren. Sie jobbte an der Theke eines Clubs, in dem ich regelmäßig an der Tür stand, und nachdem wir uns einige Tage zuvor unterhalten hatten, ohne dass mehr gelaufen war, hatten wir uns verabredet.

Das Treffen zog sich seit über einer Stunde zäh hin. Schließlich bestellte ich einen Espresso und dazu einen Whiskey in der Hoffnung, das nachmittägliche Saufen würde sie abschrecken und dazu führen, dass sie sich verabschiedete. Selbst abhauen und sie sitzen lassen wollte ich nicht, weil ich ihr an den nächsten Wochenenden im Club über den Weg laufen würde.

»Und wo warst du am elften September?«, fragte sie und

schob sich einen Amarettokeks in den Mund. Einen Moment überlegte ich, aber es wollte mir nicht einfallen. Für eine Sekunde spielte ich mit dem Gedanken, nach dem Jahr zu fragen, aber stattdessen sagte ich: »Da habe ich verkatert im Bett gelegen«, worauf sie nur in ihren Caffè latte blinzelte.

Ich steckte mir eine Zigarette an und bemerkte einen etwa sechsjährigen Jungen, der von außen ins ebenerdige Fenster nur wenige Schritte von unserem Tisch entfernt geklettert war, sich am Fensterbrett festhielt und ins Café lugte. Unsere Blicke trafen sich.

»Arschloch!«, rief er zu mir herüber und dann gleich noch mal: »Du altes Arschloch!«

»Der ist ja niedlich.« Sara lächelte ihm zu und deutete mit ihren Fingerkuppen ein Winken an.

»Arschloch«, kläffte der Junge lauter und zeigte seine Zähne und viel Zahnfleisch. Die Bedienung brachte meine Bestellung, und als ich glaubte, ein verstohlenes Zwinkern in ihrem Blick zu bemerken, kam ich sofort wieder ins Grübeln. Mit einem Schluck stürzte ich den Whiskey herunter.

»Arschloch!«

Einige Meter hinter dem Rotzlöffel, an einem Stromkasten lehnend, entdeckte ich zwei Männer, die sich miteinander unterhielten. Einer von ihnen hatte einen Kinderpullover über die Schulter geworfen.

»Ich war am elften September mit meiner Schwester in so einem Elektrogeschäft, um eine Waschmaschine zu kaufen«, sagte Sara und zündete sich eine Zigarette an. Ich streckte meine Zehen in den Stiefeln. »Wir sind so am Rumgucken, und auf einmal rennen alle Leute in die Fernsehabteilung.«

»Altes Arschloch«, rief der Junge inzwischen deutlich lauter. Der Kerl, der wahrscheinlich sein Vater war, warf ihm nur einen knappen Blick zu und unterhielt sich ungerührt weiter mit seinem Kumpel.

Während ich abaschte, überlegte ich, was Flavio gerade machte, ob wir bei dem guten Wetter nicht abends noch grillen könnten oder ob er tatsächlich mit seiner aktuellen Freundin, Bettina, ans Meer gefahren war.

»Wir haben uns erst gar nichts dabei gedacht«, sagte Sara, »gucken uns eine Waschmaschine nach der anderen an, und in der Fernsehecke wird's immer voller.«

»Noch einen Whiskey, ja?«, rief ich der Bedienung zu, die zwischen den Tischen hin- und herflitzte wie auf Rollerblades. Sie lächelte.

»Arsch-loch!«

Meine Stiefel drückten, und ich überlegte, ob ich noch die rauchige Steaksauce zu Hause hatte und ob Flavios Neue wirklich Bettina oder nicht doch Franziska hieß.

»Irgendwann bekommen wir mit, wie die Leute sich in so einem ganz merkwürdigen Ton miteinander unterhalten, und denken nur: Wie jetzt?«, sagte Sara, ohne dass ich irgendein Interesse zeigte.

Der Vater des Jungen gestikulierte lachend mit den Händen, und der andere Mann nickte. Zigarettenqualm zog mir in die Augen.

»Altes Arschloch!«

»Dann sind wir zu den Fernsehern rüber, um zu gucken, was da passiert«, fuhr Sara fort. »Im ersten Moment dachten wir, das wäre Werbung für einen Film. Aber wir gucken uns um, und da stehen die Leute ganz betroffen da, schütteln die Köpfe und so.«

Rippchen hatte ich schon lange nicht mehr gegessen, fiel mir ein. Zur Not könnte ich auch alleine grillen. Irgendwo hinten im Schrank lag auch noch Flavios Elektrogrill.

»Aaarsch-loooch!«

»Das war halt so ein Nachrichtensender, der das Ganze live übertragen hat. Und plötzlich sehen wir die zweite Maschine in den Süd-Turm krachen.« Sara sah mich mit großen Augen an, als erwarte sie eine überraschte Reaktion meinerseits.

»Du! Al! Tes! Arsch! Loch!«

»Oder war das der Nord-Turm?«, fragte sie und starrte in den Deckenventilator.

Letztes Wochenende war mir das Bauchfleisch zu fettig gewesen, und Putensteaks haben sowieso mehr Eiweiß, ging es mir durch den Kopf, während ich mir über den Trizeps strich. Meine Stiefel zwackten. Franziska, dachte ich dann, die Neue heißt Franziska.

Sara gaffte noch immer in die Höhe, und ich nahm einen Schluck Espresso, wollte nur weg, doch mir fiel noch immer kein Vorwand ein, der nicht fadenscheinig klang. Ich wurde unruhig, rutschte auf dem Stuhl hin und her und schlug die Beine übereinander, war aber zu hastig und knallte mit dem Knie gegen die Tischkante. Reflexartig zuckte ich mit der Hand Richtung Schmerz und stieß die Kippe gegen den Tisch, sodass mir die Glut über meinen Handrücken in den Schoß trudelte. Vor Schreck schnellte ich auf dem Stuhl zurück und kippte mir dabei den Rest des Espressos übers Hemd.

»Shit«, zischte ich. Im selben Moment murmelte Sara: »Nee, Süd-Turm ist schon richtig.«

»Du! Doofes! Arsch! Loch!«

»Oh, das nervt«, knurrte ich und nahm Sara ihre Zigarette aus der Hand. Dann erhob ich mich und ging die zwei, drei Schritte zum Fenster, hockte mich davor, sodass ich mit dem Jungen auf Augenhöhe war, und nahm einen tiefen Zug. Sara sah mir hinterher.

»Jetzt pass mal auf, du hässlicher kleiner Wichser«, sagte ich und blies dem Bengel Qualm ins Gesicht. »Nur weil deine verfickten Eltern Geschwister sind und du behinderter Fotzenkopp nicht eingeprügelt bekommen hast, dass man Erwachsenen gegenüber verkackten Respekt zeigt, hält mich das nicht davon ab, deinem Schwanzlutscher von einem Vater die Drecksfresse zu polieren, wenn du nicht sofort dein Scheißmaul hältst.«

Von dem, was ich gesagt hatte, hatte der Junge wahrscheinlich genauso viel verstanden wie ich damals, als Pia mir einmal ein paar Absätze Heidegger vorgelesen hatte, aber mein Ton war eindeutig gewesen.

Sein Vater starrte mich fassungslos an, aber ich nickte freundlich, wie Eltern es auf Spielplätzen machen, wenn ihre Kinder sich anfreunden.

»Was sollte das denn?«, fragte er entgeistert.

»Arschloch«, sagte ich zu ihm.

Sein Junge lachte. »Arschloch!«, rief er seinem Vater zu und streckte ihm die Zunge raus. Mit einem Mal musste ich kichern.

»Genau, alles Arschlöcher hier«, sagte ich, erhob mich und tippte dem Jungen mit dem Zeigefinger gegen die Stirn. »Du auch.« Er kniff die Augen zu und lachte lauter. In dem Moment brachte die Bedienung den Whiskey, und ich winkte sie zu mir herüber.

»Hör mal auf, so mit meinem Jungen zu reden«, sagte der Mann, blieb aber unverändert am Stromkasten lehnen. Sein Kumpel stand neben ihm mit verschränkten Armen und einem Gesichtsausdruck, der mich wohl einschüchtern sollte. Ich nahm der Bedienung den Whiskey ab und hielt dem Bengel das Glas vor den Mund.

»Feuerwasser«, sagte ich. Nachdem er kurz daran gerochen hatte, nippte er, verzog das Gesicht und rutschte hustend vom Fensterbrett auf die Straße.

»Ey!«, rief sein Vater.

Ich starrte das Glas in meiner Hand an und kippte dann den restlichen Whiskey herunter.

Mit rausgestreckter Zunge röchelte und spuckte der Junge. Sein Vater nahm ihn auf den Arm und strich ihm die Haare aus dem Gesicht. Die übrigen Gäste waren längst auf uns aufmerksam geworden, schüttelten die Köpfe oder schmunzelten und beobachteten, was als Nächstes passieren würde. Irritiert friemelte Sara eine Zigarette aus ihrer Schachtel.

»Arschloch«, sagte ich zu dem Kerl mit den verschränkten Armen, und mir fiel auf, wie viel Spaß es machte, völlig grundlos zu einer wildfremden Person *Arschloch* zu sagen. Ganz falsch konnte man damit nie liegen.

Neben mir stand die Bedienung, knibbelte an ihrem Ohrläppchen herum und wusste offenbar nicht, was sie tun oder sagen sollte.

»Und jetzt?«, fragte ich den Vater des Jungen, ohne mir ein Grinsen verkneifen zu können.

Schließlich sagte er unentschlossen: »Arschloch«, und als ich begriffen hatte, dass er es tatsächlich als Beschimpfung gemeint hatte, musste ich loslachen.

»Arsch! Loch!«, brüllte der Junge und strampelte sich aus den Armen seines Vaters frei. Dann fing auch der an zu kichern. Erst noch unterdrückt, aber dann sah er mich an und musste mitlachen.

»Bescheuert«, nuschelte er.

»Kann ich noch was bringen?«, fragte die Bedienung unsicher.

»Sag mal, haben wir nicht mal miteinander gevögelt?«, hörte ich mich fragen.

Sie zog den Kopf ein, schmunzelte aber und fragte, das Tablett vor ihre Brust gedrückt: »Michael heißt du, oder?«

»Und du?«, fragte ich lächelnd zurück.

»Tonia.«

»Tonia. Stimmt«, sagte ich und wandte mich wieder an den Vater des Jungen: »Kann ich dir ein Bier ausgeben?«

Nachdem er auf seine Uhr gesehen hatte, nickte er, nahm seinen Sohn bei der Hand und setzte sich in Bewegung.

»Dir auch?«, fragte ich seinen Bekannten, aber der murmelte nur im Vorbeigehen: »Arschloch.«

»Drei Biere«, bestellte ich, und Tonia kicherte.

»Und einen Orangensaft für den Kleinen«, rief sein Vater noch von draußen.

Nachdem ich mich wieder zu Sara an den Tisch gesetzt hatte, fragte sie: »Wieso denn Michael?«

»Das ist so eine Art Zweitname«, sagte ich.

»Soll ich noch vom elften September zu Ende erzählen?«

»Nee, lass mal«, sagte ich. »Alles Arschlöcher.«

Sara und ich haben uns nicht noch einmal verabredet, aber beim Bezahlen haben Tonia und ich die Handynummern ausgetauscht.

April 2001

Die Straßenmusiker hatten ihre Winterpause beendet und lärmten auf Schifferklavieren oder Fideln herum. Mit einem Eis in der Hand spazierten Merle und ich in der Altstadt am Wasser entlang. Die Frau von der Eisdiele hatte die Kugeln so katastrophal gestapelt, dass ich nun einen riesigen Haufen vor mir herbalancierte, und damit er nicht herunterfiel, leckte ich vorsichtig und mit schrägem Kopf daran.

Merle beobachtete mich schmunzelnd.

»Der Verband sieht ja schon blöd aus, aber so, wie du an dem Eis leckst, halten mich die Leute jetzt bestimmt für deine Pflegerin«, sagte sie, und ich lächelte gequält.

Ein paar Tage zuvor war ich kurz vor Ende meiner Schicht in eine Schlägerei mit drei Russen geraten. Was als Diskussion begonnen hatte, war schnell zum Rumgebrülle geworden, und schließlich hatte einer der Russen einen meiner Kollegen umgeschubst. Als ich ihn daraufhin packen wollte, waren seine Kumpel auf uns losgegangen, hatten aber übersehen, dass im Eingangsbereich noch zwei weitere Kollegen standen. Nach einer kurzen Rangelei hatten wir die Situation unter Kontrolle. Doch dann war ich für eine Sekunde unaufmerksam, in der sich einer der Russen eine Bierpulle vom Boden schnappte und mir hart zwischen Nasenbein und Stirn hämmerte. Der Schmerz zog mir eisig durch die Knochen, bevor es kurz schwarz vor meinen Augen wurde. Ergebnis waren eine Gehirnerschütterung und ein gebrochenes Nasenbein.

»Ich hoffe echt, dass man von dem Bruch später nichts sieht«, murmelte ich und leckte am Eis. Mokka.

»Passiert dir das eigentlich oft?«, wollte Merle wissen.

»Schlägereien?«

Sie nickte.

»Beim Job halt«, sagte ich. »Meistens nur Rangeleien, oder du schnappst dir einen Kerl und schmeißt ihn aus dem Laden. Wenn man so ein paar Griffe kennt, geht das alles. Die eigentliche Kunst ist ja, die Leute loszuwerden, ohne handgreiflich zu werden und das ganze dumme Gelaber von denen auszuhalten. Da muss man halt abschalten. Zum einen Ohr rein, zum anderen raus. Darf man nicht an sich ranlassen. Die meisten verstehen auch ziemlich schnell, dass wir Hausrecht haben. Nur wenn die Leute zu besoffen oder auf Drogen sind, drehen die manchmal durch. Muss man ruhig bleiben.«

»Und was macht das mit dir? Hast du dann Angst?«

»Klar hat man da manchmal Angst«, sagte ich. »Aber da denkt man dabei nicht drüber nach.«

»Und woran denkst du, wenn du merkst, dass gleich eine Schlägerei losgeht?«, fragte Merle.

»Dass ich die Situation möglichst schnell wieder unter Kontrolle haben will, denke ich dann.«

»Also geht's um Kontrolle?«

Ohne ihre Frage zu beantworten, deutete ich auf eine Bank dicht am Wasser, und wir setzten uns. Feine Tröpfchen von einer der Fontänen legten sich auf mein Gesicht, und aus einiger Entfernung hörte ich das Summen von ferngesteuerten Spielzeugbooten.

»Ich sehe dich auch immer noch vor mir, wie du damals Baader verprügelt hast. Da war so viel Wut dabei.« Merle überlegte. »Aber auch Lust irgendwie, oder? Hat dir das Spaß gemacht?«

»Schlecht hat es sich nicht angefühlt.«

Merle brach ein Stück ihrer Waffel ab und warf es in Richtung einiger Enten, die sofort angepaddelt kamen. Die Sonne brach sich glitzernd auf der Wasseroberfläche.

»Warum?«, fragte Merle. Ich beobachtete mit zusammengekniffenen Augen die Enten, deren schwarze Silhouetten aus dem Wasser gehüpft kamen wie Trolle aus einem Erdloch. »Weil du da der Stärkere warst?«, hakte sie nach. »Weil du die Situation kontrollieren konntest? Machst du deswegen den Türsteherjob? Weil du da Kontrolle über Sachen hast und Ordnung in Situationen bringen kannst?«

»Merle …«, stöhnte ich und legte den Kopf weit in den Nacken.

»Oh«, machte sie. »Die Therapeutin wieder? Ich nerve gerade, ne?«

»Schon okay.«

»Aber ich verstehe nicht, wie man einen Job machen kann, bei dem man täglich riskiert, verprügelt zu werden.«

»Man macht das ja auch fürs Team. Für die anderen Jungs, mit denen man da steht«, sagte ich. »Die achten auf mich, und ich halte ihnen den Rücken frei.«

»Also geht es um Verantwortung? Du machst das für deine Freunde?«

»Freunde ist übertrieben«, sagte ich, schlug die Beine übereinander und strich mit den Fingern über die Maserung meines Stiefels.

Merle leckte an ihrem Eis. »Und wie ist das, wenn du selbst mal verprügelt wirst?«

»Nicht so gut.«

»Wegen den Schmerzen?«

»Die Schmerzen sind egal«, sagte ich. »Die spürt man kaum. Erst am nächsten Tag. Das hat aber auch was.«

Wenn ich Merle von meinen Wochenenden erzählte, kam ich mir oft wie ein Kriegsberichterstatter vor, der aus einer fremden Welt berichtete. Einer Welt, die sie nur durch eine beschlagene Scheibe kannte, und ich stand auf der anderen Seite und wischte sie klar, sodass sie einen Blick hindurchwerfen konnte. Ursprünglich hatten wir beschlossen, uns regelmäßig zu treffen, aber meist sahen wir uns nur alle paar Monate auf einen Kaffee oder gingen essen. Sosehr ich Merles

Nähe mochte, war doch jedes Mal schnell der Punkt erreicht, an dem ich das Gefühl hatte, in Treibsand geraten zu sein, in etwas hineingesogen zu werden, das ihr mehr Raum zum Atmen ließ als mir. Oft bemerkte ich es erst, wenn ich bis zum Hals drinsteckte.

»Einmal bin ich mit Flavio und ein paar Kollegen unterwegs gewesen«, sagte ich, »und wir haben zwei Tage lang ohne zu schlafen durchgefeiert. Zu der Zeit haben wir ziemlich viel Speed gezogen, da wirst du halt nicht müde. Wir sind von einem Laden in den anderen gegangen, und irgendwann waren wir knapp fünfzig Stunden ununterbrochen wach, total auf Sendung, und saßen bei irgendjemandem zu Hause. Draußen war es hell. Jalousien waren runter. Wir hatten die ganze Zeit kaum was gegessen, weil man dann auch keinen Hunger hat, haben einen Film nach dem anderen geguckt und immer weiter gesoffen, ohne dass wir noch was davon gemerkt haben. Aber keiner wollte nach Hause gehen.« Enten tapsten um unsere Füße herum, und Tauben und Möwen kamen angeflattert. »Wir waren total dicht, und der Typ, bei dem wir waren, hatte so ein fensterloses Zimmer. Das haben wir leer geräumt, sind rein, Licht aus und los.«

Nach einem Moment der Stille fragte Merle: »Wie?«

Ich reagierte nicht, sondern leckte am Eis. Karamell.

»Dann habt ihr euch gegenseitig geschlagen?«, wollte sie ungläubig wissen. »Und Flavio war dabei? Waren die anderen etwa auch Freunde?«

»Kollegen.«

»Und ihr schlagt euch?«

»Das musste halt irgendwie raus.«

Die Stirn in Falten, betrachtete Merle ihr Eis von allen Seiten, als würde sie die beste Stelle zum Anlecken suchen.

»Waren nur Platzwunden und ein paar blaue Flecken«, sagte ich. Um uns herum schnatterten und pickten immer mehr Vögel und machten sich auch an meinen Stiefeln zu schaffen. »Wollen wir mal weiter? Das ganze Flattervieh nervt.«

»Ihr schlagt euch gegenseitig. So was habe ich ja noch nie gehört«, sagte Merle und erhob sich.

»Flavio und ich haben früher auch ab und zu ein bißchen Sparring gemacht, geboxt.«

»Ja?«

»Na ja, nicht so richtig geboxt, aber wenn wir gestresst waren wegen irgendwas, sind wir ab und zu in den Ring gestiegen. Nur zum Spaß.« Einen Moment lang sah ich Merle an. »Ich zeig dir mal was.«

Wenig später standen wir vor einer Nobelboutique mit Marmortreppchen und einem mit Blattgold überzogenen Schriftzug. Während Merle den Laden beäugte, warf ich den Rest meiner Waffel hinter einen Stromkasten.

»Was willst du denn hier?«, fragte sie.

»Dir was zeigen.«

Als wir das Geschäft betraten, ernteten wir die erwarteten skeptischen Blicke des Personals zwischen den Schaufensterpuppen hindurch. Ich zog meinen Verband zurecht wie einen Krawattenknoten.

»Hier, guck mal, fünfhundert Euro für die Tasche«, flüsterte Merle im Vorbeigehen.

»Vielleicht ist ja was Tolles drin«, sagte ich.

Merle kicherte.

Über eine Wendeltreppe gelangten wir ins Kellergeschoss. Mitten im Raum zwischen Ständern mit Blusen und Röcken blieb ich stehen und sah mich um.

»Und jetzt?«, fragte Merle.

»Hier war vor ein paar Jahren noch eine Kneipe mit Boxkeller. Und hier«, ich deutete auf den Boden, »hier ungefähr war die Hantelbank, auf der ich Gewichte gedrückt habe.« In dem Moment konnte ich tatsächlich den Schweiß, das Holz und das Gummi riechen. »Und bei den Hüten da hinten war die Umkleide. Und da drüben«, ich ging zwischen Bikini- und Badeanzugständer hindurch, »also hier in etwa war die Mitte des

Rings, und hier«, ich machte einen großen Schritt nach links, »hier habe ich Flavio mal aus Versehen die Nase gebrochen.«

Eine aufgetakelte junge Frau in glänzenden Stiefeln und mit Ballonmütze, die außer uns als einzige Kundin im Raum war, schielte zu mir herüber.

»Was war da?«, fragte Merle und deutete auf eine Wand mit Dessous.

»Passt. Da klebte irgendein Tittenposter.«

»Und hier, wo ich stehe?«, fragte sie, aber ich blieb stumm und rieb mir den Nacken.

»Da hing«, sagte ich schließlich leise, »da hing ein blauer Sandsack.«

»Und seid ihr oft hier gewesen?«

»Eine Zeitlang schon.«

»Und fehlt's dir?«

»Ich weiß nicht.«

»Das weiß man doch«, sagte Merle.

Ich gaffte einer Schaufensterpuppe auf den Hintern und musste an einen One-Night-Stand vor ein paar Wochen denken.

»Man weiß doch, wenn man etwas vermisst«, hakte Merle nach.

Ich wich ihren Blicken aus. »Nicht, wenn man nicht drüber nachdenkt«, sagte ich.

»Und warum denkst du nicht drüber nach?«

Ich nahm ein Seidenhemd mit tuntigen Rüschchen von einem der Ständer und fingerte am Stoff herum.

»Weil du Angst hast, dass du es vermissen könntest, sobald du dran denkst?«

»Vielleicht«, sagte ich.

»Gibt es viele Sachen, über die du nicht nachdenkst?«

Ich zuckte mit den Schultern.

»Und ist es schwierig, nicht über Sachen nachzudenken?«

»Gewöhnt man sich dran«, sagte ich. »Genau wie an das Gelaber an der Tür. Schon okay.«

»Möchtest du mir gerade irgendetwas erzählen, Rick?«, fragte Merle in einem besorgten Ton.

Ich hing das Seidenhemd zurück auf den Ständer.

»In der nächsten Sitzung vielleicht, Frau Doktor.«

Merle schmunzelte.

Dezember 2007

Ein trüber Himmel hing wie eine klamme Decke über dem Vormittag, und sosehr ich es auch versuchte, ich bekam den Kopf nicht drunter hervorgezogen. Nieselregen überzog die Autobahn, den Wagen und den Rest des Tages mit einem schmierigen Film. Das Geräusch der Reifen auf dem feuchten Asphalt verschwamm mit dem plärrenden Radio und dem Keuchen der Lüftung, die trockene Luft zu uns hereinpustete. Ingrid und ich hockten seit knapp einer Stunde in ihrem Auto, und es war, als säßen die Gespenster unserer Kindheit auf dem Rücksitz wie stumme Anhalter, in deren Gegenwart wir nichts Persönliches preisgeben wollten.

»Hier ist Ingrid. Willst du Mama noch mal sehen?«, waren die ersten Sätze, die sie zwei Tage zuvor am Telefon zu mir gesagt hatte. Das Telefonat dauerte nur wenige Minuten. Die meiste Zeit über schwiegen wir, aber gerade in ihrer Stille glaubte ich, Ingrid zu erkennen.

»Das muss schnell gehen. Sie liegt im Krankenhaus in St. Gallen. In der Schweiz. Fahren wir morgen?« Ich brummte nur. »Ich habe ein Auto«, sagte Ingrid.

»Gut«, antwortete ich. »Soll ich erst mit dem Zug zu dir runterkommen in den Süden, oder wo wohnst du?«

Ein leises Schmatzen war zu hören. Ich drückte den Hörer fester an mein Ohr und glaubte, sie an ihrer Unterlippe knabbern zu hören.

»Hallo?«, hakte ich nach und schob ein leises Lachen hinterher, wie man es bei Kindern macht, wenn man etwas aus ihnen herauszukitzeln versucht. »Wo wohnst du denn?«

»Emilienstraße«, antwortete Ingrid tonlos, und ich konnte sie nicht ausatmen hören, als hielte sie die Luft an, um meine Reaktion nicht zu verpassen.

»Emilienstraße?«, wiederholte ich. »Hier in der Stadt?«

Ingrid summte zustimmend.

»Da wohne ich gleich um die Ecke. Das sind keine zehn Minuten.«

»Ich weiß«, sagte sie, bevor das Gespräch wieder in ein abwartendes Schweigen kippte. Erst wollte ich fragen, ob ich hinüberkommen sollte, aber ich brachte es nicht heraus. Diese Frage gehörte in die Zukunft. Eine Zukunft, von der ich schon seit Jahren nicht mehr geglaubt hatte, dass sie Gegenwart werden würde.

Wir verabredeten uns um neun Uhr morgens an einer Tankstelle, bevor wir uns verabschiedeten. Wir sagten nicht *Tschüss*, sondern *Bis dann*, und es fühlte sich gut an.

Anschließend saß ich eine halbe Stunde lang mit dem Telefon auf dem Schoß und der Hand am Hörer in meinem dunklen Flur und starrte die Wand an, ohne zu begreifen, was gerade geschah und was es bedeutete.

Ich überlegte, Flavio anzurufen, aber ich war zu durcheinander, um all die Dinge erzählen zu können, die ich jahrelang für mich behalten hatte. Außerdem hatten wir in den letzten Monaten nur selten Kontakt gehabt. Von Merle hatte ich schon seit über zwei Jahren nichts mehr gehört, und Tonia oder einer meiner anderen Affären wollte ich nichts von der Sache erzählen. Schließlich rief ich, um mit irgendjemandem zu reden, bei Berti im Hotel an. Ich schuldete ihm noch einen größeren Gefallen und wusste, dass er Geschäftspartner in der Schweiz hatte. Weshalb ich dort hinfahren würde, erzählte ich ihm nicht. Dann holte ich mir einen Whiskey-Flachmann und Bier vom Kiosk, um wieder einen klaren Gedanken fassen zu können.

Zwei Tage später war ich zur verabredeten Zeit am Treffpunkt und blieb an die Anschlagstafel der Benzinpreise gelehnt stehen, um nach Ingrids Auto Ausschau zu halten, das sie mir beschrieben hatte. Ich entdeckte es in einer Parkbucht, nur wenige Schritte entfernt. Ingrid saß auf dem Fahrersitz und fummelte am Plastikdeckel eines Kaffeebechers herum. Sie war von einer stillen Schönheit umgeben, die erst zum Vorschein kam, nachdem ich sie eine Weile angesehen hatte; als hätten meine Augen sich erst wie in der Dunkelheit auf sie einstellen müssen. Nach einem weiteren Moment erkannte ich das kleine Mädchen in ihr wieder, an das ich mich erinnerte. Aber die Zeit hatte aus ihrem Kindergesicht all die Dinge hervorgearbeitet, die es zu etwas Besonderem machten. Alles an ihr war schmal und kantig, ihre Wangen- und Kieferknochen zeichneten sich deutlich ab. Früher war ihre Nase leicht gebuckelt gewesen, wie eine Raupe in Bewegung, und nun hatte sie einen kleinen Höcker, ohne dabei krumm zu sein. Ihre Haut war blass, aber nicht bleich. Schminke oder Make-up trug sie nicht, und wahrscheinlich hätte sie damit nur all das zugeschmiert, was ihre Schönheit ausmachte. Die blonden Haare hatte sie zu einem Pferdeschwanz gebunden. Einige Strähnen fielen ihr ins Gesicht, und sie pustete sie beiseite, während sie am Deckel knibbelte und ihn schließlich abgefriemelt bekam.

Tief durchatmend, rieb ich mir über den Backenbart und marschierte auf den Wagen zu. Im Vorbeigehen kontrollierte ich meine gegelten Haare in der Scheibe eines VW-Busses und schlug den Kragen meiner Jacke hoch, sodass Ingrid die Tätowierung am Hals nicht auf den ersten Blick bemerkte. Mein Atem gefror in der Luft zu einer Sprechblase, die Sekunden später schon wieder ungefüllt zu Boden nieselte. Ich wusste nichts zu sagen. Am Auto angekommen, öffnete ich, ohne anzuklopfen, die Beifahrertür und brabbelte ein knappes *Moin*. In der nächsten Sekunde steckte ich meinen Kopf ins Wageninnere und warf meinen Rucksack in den Fußraum.

Ingrid zuckte zusammen. Sie hatte mich nicht kommen sehen, starrte mich für eine Schrecksekunde mit aufgerissenen Augen an, und der Becher zappelte in ihrer Hand wie ein widerspenstiges Meerschweinchen. Dann klatschte ein Schwall des dampfenden Kaffees auf ihre Bluse. Einen Schmerzenslaut von sich gebend, setzte sie sich im Sitz auf und ließ den Becher fallen. Es gab ein dumpfes Geräusch, als sie mit dem Kopf gegen das Wageninnere bollerte.

»Fuck!«, entfuhr es ihr.

Ich verzog das Gesicht, als hätte ich selbst einen auf den Dez bekommen, streckte meine Hand aus, als könne ich das Geschehen noch stoppen, sah aber nur dem Becher hinterher, wie er in den Fußraum kullerte und seinen Inhalt über Ingrids Hose kleckerte.

»Ja, danke, Spacken! Du hast's ja echt mal drauf«, motzte Ingrid.

Spacken, wiederholte ich in Gedanken, und meine Anspannung war verschwunden, genau wie das stille Mädchen, das ich gerade noch in ihr entdeckt zu haben glaubte. Nachdem ich sie einen Augenblick lang überrascht angesehen hatte, musste ich loslachen.

»Lustig, ne?«, nölte sie, während sich der Kaffee unter ihren Hosenbund sog und sie sich die klitschnasse Bluse aus der Hose rupfte.

»Entschuldige, ich lache nicht wegen dem Kaffee«, sagte ich.

»Sondern?«

»Ich weiß nicht«, stotterte ich. »Ich dachte nur … du wärst irgendwie …«

»Imprägniert?«, unterbrach sie mich, und ich konnte nicht aufhören zu lachen. Schließlich stammelte ich: »Leiser oder so …«

»Ja, vor allem *oder so*, ne?«

Ingrid stieß die Fahrertür mit dem Fuß auf, und ich sah ihr dabei zu, wie sie, zierlich, wie sie war, aber stampfend wie ein Holzfäller, den Wagen umrundete und die Heckklappe öffnete.

»Das war wirklich keine Absicht«, sagte ich.

»Das wäre ja auch noch schöner.«

»Kann ich irgendwie helfen?«

»Willst du mich abtrocknen oder umziehen?«, fragte sie, in einer Reisetasche wühlend. »Ich zieh mir kurz was anderes an.« Damit schmiss sie die Klappe zu und entfernte sich mit einem T-Shirt und einem Handtuch in Richtung der Tankstellen-Toiletten. Ich sah ihr hinterher, wandte mich aber ab, als ich bemerkte, dass ich ihr auf den Hintern starrte.

Nachdem ich mir eine Zigarette angesteckt und den Rucksack auf die Rückbank verfrachtet hatte, setzte ich mich bei offenstehender Tür auf den Beifahrersitz und ließ meinen Blick durch das Innere des Wagens wandern. Zuerst fiel mir auf, dass es keinen Aschenbecher gab, obwohl ich auf dem Fahrersitz zwei Brandlöcher entdeckte. Ich wackelte mit dem Hintern im Sitz hin und her, und es fühlte sich an, als würde ich auf einem billigen Campingstuhl sitzen. Der Fußraum bot kaum Platz für meine Beine. In der muldenartigen Ablage vor meinen Knien, die Handschuhfach und Amaturenbrett ersetzte, lagen neben allerlei Müll ein billiges Kofferradio und ein verknicktes Bedienungshandbuch. Fiat Panda 45. *Itakertrabbis*, nannte Flavio diese Kisten. Anders als die ausgeblichene Außenseite des Wagens leuchtete der unverkleidete Innenraum noch in einem warmen Rot. An den Türen, auf Höhe der winzigen Plastikarmlehnen, entdeckte ich als Polsterung einen Streifen des gleichen grauen Stoffs, mit dem auch die Sitze überzogen waren. Der Kofferraum war nicht vom Innenraum getrennt, sondern lediglich ein Stauraum hinter der Rückbank. Lenkrad und Amaturenbrett bestanden aus schwarzem Plastik. Den einzigen Luxus stellten die vier Schieberegler der Lüftung dar.

Als Ingrid zurückkam, steckte sie in einem ausgewaschenen T-Shirt mit dem Aufdruck: *Call-Center for Life!*

Sie ließ sich in den Fahrersitz fallen, warf ihre nasse Bluse über die Rückbank in den Kofferraum und sah mich genervt an.

»Wieso Call-Center?«, wollte ich wissen, aber sie verdrehte die Augen.

»Das ist mein Schlaf-T-Shirt. Das hatte ich eigentlich nur für die Nacht dabei. Es ist völlig egal, was da draufsteht, ja?«

»Schlecht geschlafen?«

Ingrid schnaufte und rieb sich durchs Gesicht. »So gut wie gar nicht«, sagte sie. »Kannst du vielleicht nachher auch ein Stück fahren?«

»Ich habe keinen Führerschein mehr.«

Ingrid ließ ihren Kopf in den Nacken klappen, als habe jemand den Faden einer Marionette gekappt. Dann hob sie in ähnlicher Manier die Hände und ließ sie zurück aufs Lenkrad fallen. »Wieso das denn?!«

»Habe vor einer Weile was für einen Kumpel auf meine Kappe genommen«, sagte ich und warf die Zigarette in ein Gebüsch. »Wollen wir mit der Bahn fahren? Ist ja noch früh. Von mir aus …«

»Nee, ich will jetzt los«, fiel Ingrid mir ins Wort und startete den Wagen.

»Das ist ein Nichtraucher-Auto, oder?«, fragte ich.

Wortlos nickend schaltete sie das Radio an, und wir fuhren los.

Ingrid schwieg. Vier Kreuzungen hielt ich es aus, dann versuchte ich, ein Gespräch zu beginnen.

»Du studierst noch Deutsch und Philosophie?«

»Woher weißt du das denn?«, fragte sie.

»Internet. Ich habe seit einer Weile Internet.«

»Aha.«

Wir hielten an einer Ampel. Ingrid trommelte den Rhythmus des laufenden Liedes auf dem Lenkrad mit.

»Ja«, sagte ich, »ich kenne mich gar nicht so richtig damit

aus, aber ein Kumpel meinte, ich brauche das, damit wir uns Mails schicken können. Jetzt habe ich das halt. Habe ich gestern mal deinen Namen eingegeben, bei so einer Suchmaschine, und dann stand das da alles irgendwo.«

»Und was heißt *noch*?«, fragte Ingrid, aber ich verstand nicht. »Was heißt, ob ich *noch* studiere?«

»Nur so. Das sollte nichts heißen. Willst du Lehrerin werden?«

»Nein.«

»Sondern?«

»Magister. Ich mache das auf Magister.«

»Dann schreibst du an deiner Magisterarbeit?«

»Nein, schreibe ich nicht.«

Ihr Ton wurde schärfer. Als die Ampel grün wurde, fuhren wir ruckelnd an.

»Ich dachte ja nur«, sagte ich. »Zweiunddreißig bist du, oder?«

»Und?«

Ingrid pustete sich Haarsträhnen aus dem Gesicht, die sich Richtung Wagendach schlängelten wie Seegras, bevor sie schlaff zurückfielen.

»Wir können auch über was anderes reden«, sagte ich.

»Da studieren auch Leute, die noch älter sind als ich.«

»Schon okay.«

Energisch schaltete Ingrid einen Gang höher. »Das ist noch alles im Rahmen.«

»Was ist denn gerade das Problem?«, fragte ich und verschränkte die Arme vor der Brust. »Dann lass uns halt über was anderes reden. Ist doch egal, wie lange du schon studierst.«

»Und was machst du so?«, fragte sie, warf mir einen knappen Blick zu und zischte: »Bodybuilding und Türstehen wahrscheinlich, was?«

Eigentlich musste ich lachen, aber ich verkniff es mir.

Fast eine Stunde später hatten wir noch immer kein anständiges Gespräch zustande gebracht. Bei der Geschwindigkeit, mit der wir über die Autobahn krochen, würde es ewig dauern, bis wir in der Schweiz angekommen waren.

Ich sah aus dem Fenster über die unbestellten Äcker voller Pfützen, aber der Blick reichte nur wenige hundert Meter, dann wurden Weidenzäune, Schonungen und auf den Feldern zurückgelassene Anhänger vom Nebel geschluckt. Mitunter waren Umrisse von Baumgruppen zu erahnen, die mit hochgezogenen Schultern dastanden wie Schaulustige und uns nachgafften. Ab und an schälten sich Häuser, Gehöfte und Scheunen aus dem Grau, und aus manchen Fenstern drang warmes Licht.

Ingrid starrte auf die Straße. Immer wieder kniff sie die Augen zusammen, als könne sie mit ihren Lidern die Müdigkeit wegblinzeln.

Hinter uns scherte ein Lastwagen aus und setzte zum Überholen an. Wir durchfuhren eine Senke, und anschließend nahm die Autobahn an Steigung zu. Langsam zog der LKW an uns vorbei. Ingrid gab Vollgas und umklammerte mit steifen Armen das Lenkrad. Der Panda stöhnte am Rande seiner Möglichkeiten. Schließlich blieben die Wagen gleich auf. Ich sah an Ingrid vorbei aus dem Seitenfenster und schmunzelte. »Na, los. Den packste!«

»Der hat uns vorhin ganz übel geschnitten, als er auf die Autobahn gefahren ist.«

»Nicht mitbekommen.«

»Der Penner kommt hier nicht vorbei.«

Anscheinend war der Laster so schwer beladen, dass er es seinen PS zum Trotz nicht schaffte, uns zu überholen, und wir blieben auf gleicher Höhe, sodass die Situation zur Geduldsprobe wurde. Während ich Ingrid beobachtete, wie sie sich an das Lenkrad krallte und an ihrer Unterlippe knabberte, genoss ich die Unsinnigkeit des Moments. Schließlich rutschte ich rhythmisch im Sitz vor und zurück, als könne ich dem Wagen so Anschwung geben. Für einen Moment lächelte Ingrid mich schüchtern an.

Nach einer Weile ließ sich der LKW zurückfallen und hängte sich wieder hinter uns, während eine Kolonne PKWs an uns vorbeirauschte. Ingrid seufzte zufrieden und fragte: »Wollen wir bei der nächsten Gelegenheit mal raus und einen Kaffee trinken?«

»Ja«, antwortete ich. »Ich lade dich ein. Der geht dann auch nicht wieder übers T-Shirt.«

»Das war 'ne Bluse.«

Als sie den Blinker setzte und die Ausfahrt zu einer Raststätte nahm, blendete der LKW hinter uns wie zum Abschied einige Male grell auf. Es war noch nicht mal elf Uhr, und den Großteil der Strecke hatten wir noch vor uns.

Januar 1996

Die Gäste hatten Schneematsch mit in den Club getragen, und auf den Fliesen des Klos hatten sich braune Pfützen gebildet, in denen nun Klopapierfetzen aufweichten. In der Nebenkabine wurde gespült, und das Rauschen des Wassers übertönte die Musik, die von der Tanzfläche bis in die Toiletten dröhnte. Pia ließ sich, in der Hocke sitzend, gegen die Trennwand zwischen den Klos kippen, zog die Ärmel ihres Pullovers weit über die Hände und umschlang ihre Knie mit den Armen. Sie sah mich neugierig an. So wie sie dasaß, hätte ich ihr am liebsten eine heiße Milch mit Honig gemacht; stattdessen holte ich ein Tütchen Speed aus der Jackentasche und hockte mich ihr gegenüber. Zwischen uns befand sich das mit Aufklebern von Bands oder Clubs zugekleisterte Klo. Ich stellte mein Bier ab und wischte mit dem Ärmel über den Klodeckel.

»Ist das wieder das Zeug von dem Arzt?«, fragte Pia.

»Medizinstudent, ja«, sagte ich. »Pascal heißt der.«

»Das brennt immer so.«

»Weil der das so gut wie gar nicht streckt«, antwortete ich und schüttete etwas mehr als eine Messerspitze des weißen Pulvers auf den Klodeckel.

»Elvis lebt«, las Pia einen an die Wand hinter mir gekritzelten Spruch vor. Dann kramte sie in ihrer Jutetasche, fischte einen wasserfesten Stift heraus, setzte sich auf und ergänzte: Ja, ja, im Führerbunker!

Ich schmunzelte. In dem Moment wurde die Klinke unserer Klokabine runtergedrückt.

»Unterleibsschmerzen«, sagte Pia wie aus der Pistole geschossen. Eine genervte Frauenstimme antwortete: »Oh, dann geh doch nach Hause, Schlampe!«

Wir kicherten.

»Ist da ein Kerl mit drin?«

»Nö«, sagte ich, und die Frau bollerte gegen die Tür. Das Klo neben uns wurde frei.

Mit der Kante meiner Krankenkassenkarte zerkleinerte ich das Speed und verteilte es auf zwei Lines von der Länge eines kleinen Fingers. Pia fischte einen Zehn-Mark-Schein aus ihrer Hosentasche und rollte ihn zu einem Röhrchen.

»Willst du zuerst?«, fragte sie.

»Mach erst mal«, antwortete ich und griff nach meinem Bier. Noch bevor ich zum Trinken ansetzen konnte, hatte Pia sich ihre Portion schniefend in die Nase gezogen. Anschließend wartete sie einige Sekunden ab. Dann gab sie einen Schmerzenslaut von sich, kniff die Augen zusammen, als habe sie auf Eis gebissen, und rieb sich die Nase.

»Nimm, nimm, nimm!«, sagte sie und hielt mir den Schein hin.

Von draußen waren ununterbrochen Frauenstimmen und Schritte zu hören. Türen schlugen, und die Musik drang mal lauter, mal leiser zu uns herein. Pia lehnte an der Wand, legte den Kopf in den Nacken und starrte an die Decke.

»Meiner Schwester ist mal eine Frau in den Armen gestorben«, sagte sie schließlich.

»Hast du mir schon mal von deiner Schwester erzählt?«, fragte ich. »Was macht die für einen Job?«

»Das war nicht auf der Arbeit. Das war auf der Straße.« Ich sah sie abwartend an. »Meine Schwester Rikje war mal an einem Samstagvormittag in der Fußgängerzone unterwegs. War brechend voll. Alle drängeln sich ihren Weg da durch, und irgendwann ist da so eine alte Frau im Pelzmantel. Mitten im Sommer. In der einen Hand zwei Einkaufstüten, randvoll mit zerknüddeltem Zeitungspapier, in der anderen Hand einen leeren Vogelkäfig, wo nur so ein kleiner Spiegel drinhängt, der die ganze Zeit ans Gitter klimpert. Die Frau trippelt mit zerzausten Haaren vor Rikje her, wird dann immer langsamer und bleibt schließlich bei einer Laterne stehen. Rikje will gerade vorbeigehen, merkt aber, dass irgendwas nicht stimmt, und guckt sich die Frau an. Die lehnt mit offen stehendem Mund an der Laterne. Ihr Oberkörper wackelt hin und her, sie stellt den Vogelkäfig ab und legt einen Arm um die Laterne, um sich festzuhalten. Dann geht meine Schwester ein Stück auf sie zu und fragt, ob alles in Ordnung ist. In dem Moment rutscht die Frau an der Laterne runter auf die Knie. Rikje fragt, ob sie einen Krankenwagen rufen soll, und die Alte guckt zu ihr hoch und sagt mit so einer ganz krächzigen Stimme«, Pia machte eine Pause, verzog das Gesicht zu einer Grimasse und imitierte die Alte: »Ich bin die Glücksmarie.« Sie schüttelte den Kopf. »Die muss völlig neben der Spur gewesen sein. Meine Schwester guckt sich um, aber irgendwie reagiert sonst niemand, also hockt sie sich neben die Frau. Die lässt in dem Moment die Laterne los und lehnt sich an Rikje. Die weiß überhaupt nicht, was sie machen soll, nimmt die Frau also erst mal in den Arm, streichelt ihr über die Haare, guckt sich um, nimmt die Hand der Frau, und die Alte blinzelt, sieht ihr mit einem ganz wachen Blick in die Augen, hat Rikje erzählt, und sagt dann: Danke, dass du doch noch mal gekommen bist, Katharina, macht die Augen zu, atmet einmal wie erleichtert aus und ist tot.«

In der Nebenkabine rauschte das Wasser, und ich bemerkte, wie ich schon die ganze Zeit Pias Hand hielt und ihre Finger massierte. Ich starrte ihre Fingernägel an.

Nach einem Moment des Schweigens sagte ich: »Das ist hart.« Speed sickerte in meinen Rachen. »Hat ihr bestimmt gut getan, sich zu verabschieden. Der Alten, meine ich.«

Nebenan klapperte die Klotür. Eine Weile saßen wir uns stumm gegenüber. Ich bekam das Bild der alten Frau nicht aus dem Kopf und hörte den Spiegel gegen den Vogelkäfig schlagen.

Ruckartig zog Pia ihre Hand unter meiner weg wie ein Varieté-Künstler eine Tischdecke von einem gedeckten Tisch.

»Ich habe gar keine Schwester«, sagte Pia grinsend, »aber wäre so was nicht total krass?«

Sie lehnte sich übers Klo und drückte mir einen Knutscher auf die Stirn. Mein Magen wurde steinhart.

April 1999

Als ich die Augen öffnete, starrte ich auf ein Paar apfelsinengroße Brüste, das sich offenbar in meinem Bett befand. Das dazugehörende Gesicht war versteckt hinter rostroten lockigen Haaren. Auf dem Arm der Frau entdeckte ich eine unsauber gestochene Tätowierung, die mir genauso wenig bekannt vorkam wie das Perlenarmband, das sie trug. Das Bett roch nach Sex und Schweiß, aber ich konnte mich weder an die letzte Nacht noch den Abend erinnern. Irgendwann war ich mit Flavio losgezogen, aber Details fielen mir nicht ein. Die wenigen, undeutlichen Erinnerungen, die ich hatte, konnten auch von einem anderen Abend stammen.

Mein Rollo war drei viertel heruntergelassen, bewegte sich im Wind hin und her und schabte über die Raufasertapete. Gerade war ich im Begriff, mich aufzusetzen, da wälzte sich die Frau zu mir herum. Ich schloss die Augen und stellte mich schlafend. Einige Sekunden wartete ich ab, zählte meine Atemzüge und spürte eine Sprungfeder durch die Matratze an meiner Wange. Als ich mir sicher war, dass die Frau schlief, öffnete ich meine Augen einen Spalt. Sie war hübsch. Schließlich rutschte ich ein Stück an sie heran und schnupperte. Irgendwie roch sie nach Butterkeks. Auf ihren Wangen hatte sie Sommersprossen, und ihre Lippen verzog sie im Schlaf zu einem Schmollmund, der sich ununterbrochen bewegte, als würde sie einen Kirschkern lutschen. Die Haut um ihren Mund herum war gerötet, wohl von meinen Bartstoppeln. Gleichmäßig hob und senkte sich ihr Brustkorb, und ich konzentrierte mich, bis wir im gleichen Rhythmus atmeten. Nach einer Weile ertappte ich mich dabei, wie ich mir vorstellte, wie es sich anfühlen würde, ihr einen Guten-Morgen-Kuss zu geben oder meine Stirn an ihr Brustbein zu drücken und tief einzuatmen, während sie mich umarmte. Vielleicht würde sie dabei meinen Nacken streicheln, und ihre Finger wären warm von einer Kaffeetasse.

Sie schlug die Augen auf. Sofort schloss ich meine, bemerkte, wie albern es war, öffnete sie wieder und tat so, als hätte ich nur angestrengt geblinzelt.

»Morgen«, sagte sie leise und streckte sich.

»Morgen«, antwortete ich in normaler Gesprächslautstärke und stützte mich auf den Ellenbogen. Sie rieb sich mit der Hand durchs Gesicht, rollte sich zusammen, und bevor ich reagieren konnte, hatte sie sich an mich gekuschelt. Ihre Haare kitzelten an meinem Arm, und ich bemerkte, wie ich ihren Rücken streichelte. Ich sah mich im Zimmer um. Unsere Klamotten lagen über den Raum verstreut, und neben einer halbvollen Flasche Prosecco entdeckte ich zwei benutzte Kondome.

»Ich hatte echt nicht vor, mit dir nach Hause zu gehen«, sagte die Frau gähnend.

»Warum nicht?«, brachte ich heraus.

»Na, ich glaube, ich weiß schon, was du für'n Typ bist.«

»Warum hast du es denn gemacht?«

»Keine Ahnung. Alkohol«, sagte sie, aber korrigierte sich sofort: »Nee, Alkohol ist nie eine Entschuldigung.«

»Aber immer eine Erklärung«, sagte ich.

Als sie kicherte, schob ich grinsend hinterher: »Man muss sich auch echt nicht dafür entschuldigen, mir einen geblasen zu haben.«

Mit überraschtem Blick tauchte sie unter der Decke hervor. »Hab ich doch gar nicht.«

Wir sahen uns starr in die Augen. Auf den Zweigen des Baumes vor meinem Fenster gurrte eine Taube und schlug unter dem Rascheln der Blätter mit ihren Flügeln.

»War nur Spaß«, sagte ich.

»War eher so mittel-witzig.« Sie kuschelte sich wieder an und fragte: »Bist du öfter in dem Laden?«

Ich hatte keine Ahnung, von welchem Laden sie sprach. »Manchmal«, sagte ich.

»Dein Freund meinte, ihr seid da ganz oft. Das hat mich gewundert, weil ich euch da noch nie gesehen habe.« Sosehr ich auch versuchte, mich zu erinnern, es tat sich nichts. »Den Laden, in dem wir uns getroffen haben, meine ich«, sagte sie, »nicht den, in den wir weitergezogen sind.«

»Verstehe«, sagte ich.

Von einem Balkon des Nachbarhauses hörte ich die Mutter der indischen Familie wie üblich ihre Kinder anblaffen.

»Da habe ich euch noch nie gesehen. Komisch. Und was hattest du gesagt«, fragte sie, »wann musst du heute bei deiner Familie sein?«

Ohne zu überlegen, sagte ich: »Gegen vier.«

Sie sah auf ihre Uhr. »Das ist ja noch ein bisschen hin. Ist erst kurz nach elf.«

»Ja, aber ich wollte vorher noch einkaufen und so.«

In dem Moment klingelte mein Telefon, und die Frau zog sich die Decke über den Kopf. Einige Sekunden vergingen, während der Anrufbeantworter still meine Ansage abspielte, anschließend piepte es, und ich hörte Flavios Stimme. »Na?«, brabbelte er versoffen. »Und? Ist sie komplett rasiert, oder hatte ich recht? Kasten Bier hatten wir gesagt, ne?«

Flavio machte eine Pause, und im Hintergrund hörte man Autos vorbeirauschen. Ich schloss die Augen. Unverändert an mich gekuschelt, murmelte die Frau in meinem Bett: »Das ist gerade das Schlimmste, was mir je passiert ist.«

Ihre Stimme blieb dumpf unter der Decke, und ich war mir nicht sicher, ob sie es ernst oder im Scherz meinte.

»Ey!«, sagte Flavio. »Rick? Ich habe keine Ahnung, wo ich bin.«

»Ich dachte, du heißt Michael Schmidt«, sagte die Frau. Ich war weder in der Lage zu antworten noch mich zu bewegen und zum Telefon zu gehen, um abzuheben. Meine Hand lag über meinen Augen, und mein Schädel fühlte sich an, als schaukelte Quecksilber in ihm hin und her.

»Rick, kannst du mich abholen?«

Die Frau schlug die Decke beiseite, und erst als sie sich aufsetzte, wurde mir wirklich bewusst, dass wir nackt waren. Ohne die Erinnerung daran, was wir vor einigen Stunden getrieben hatten, fühlte es sich seltsam an, aber ihr war es offenbar egal.

»Wo sollst du ihn denn abholen?«, fragte sie.

»Keine Ahnung, wo der wieder ist.«

»Rick, ich glaube, ich bin in 'ner fremden Stadt.« Flavio atmete schwer. »Ich habe das hier alles noch nie in meinem Leben gesehen. Ey, und außerdem habe ich kein Geld für'n Taxi, weil mein blödes Portemonnaie irgendwie weg ist. Komm mal rum, ja? Ciao!«

Mein Anrufbeantworter fiepte.

»Und jetzt?«, fragte die Frau.

»Wenn Flavio so auf Sendung ist wie jetzt gerade, blickt der so was nicht. Selbst wenn ich wüsste, wo er ist, könnte ich ihn nicht abholen. Ich habe überhaupt kein Auto.«

»Flavio?«, fragte sie. »Gestern hat er gesagt, dass er Maurizio heißt.«

Einen Moment lang sahen wir uns stumm an. Dann beeindruckte sie mich damit, dass sie neben das Bett langte, einen Schluck aus der angebrochenen Flasche nahm und sie mir anschließend hinhielt. Ich schüttelte den Kopf. Das Telefon klingelte erneut.

»Rick?«, hörte ich Flavio schließlich wieder. »Habe noch was vergessen. Pass auf: Die Freundin von der Alten hat mich gestern total beknackt abserviert. Erst ist sie diejenige, die mit dem Geknutsche anfängt, einen Gin Tonic nach dem anderen bestellt, an mir rumfingert wie nichts Gutes, und auf einmal sagt sie, ich wäre ihr zu betrunken«, er zog die Nase hoch. »Die spinnen doch alle, die Frutten.«

»Meike geht nie mit irgendwelchen Typen einfach so nach Hause«, sagte die Frau neben mir.

»Rick? Jetzt nicht lachen«, hörte ich Flavio. »Ich weiß nicht, ob das vom Speed kommt, aber ich habe gerade echt so'n bisschen Angst.« Ich rieb mir über die Glatze, und die Stoppeln knirschten. »Und mir ist kalt.« Ich stöhnte genervt. »Und Kippen habe ich auch keine mehr.« Schließlich kroch ich fluchend aus dem Bett, schlurfte in den Flur und nahm den Hörer ab. Der Anrufbeantworter schaltete sich samt Lautsprecher mit einem Pfeifen aus.

»Flavio?«

»Rick! O Mann. Du musst mich hier abholen!«

»Flavio, ich habe kein Auto, denk mal nach. Außerdem weiß ich auch nicht, wo du bist.«

Stille.

»Stimmt«, flüsterte er. »Ist diese Anna noch bei dir?«

»Anna?«, wiederholte ich. Im Glauben, ich hätte sie angesprochen, fragte Anna: »Ja?«

Ich war erleichtert, zumindest ihren Namen zu kennen.

»Nee, schon gut«, sagte ich an sie gerichtet. »Flavio, wie sieht das denn da aus, wo du bist?«

»Ist sie komplett rasiert?«

»Ja, ist sie. Wie sieht das da aus?«

»Ey, dann bekommst du jetzt einen Kasten Bier von mir oder was?«

»Mir egal. Guck mal nach Straßenschildern.«

»Is' dir echt egal?«

»Ja.«

»Schwörst du?«

»Mann, Flavio, nerv nicht«, sagte ich. »Ja, ist mir egal. Ich schwöre. Guck nach Schildern.«

Wieder Stille.

»Das ist hier ein Industriegebiet oder so«, stammelte er.

»Was sind da für Firmen?«

»Ich bin hier bei so 'nem Supermarkt.«

»Guck mal nach was Besonderem. Irgendwas Ungewöhnliches, vielleicht komme ich ja drauf.«

»Da hinten ist, glaube ich, ’ne Hüpfburg.«

Anna steckte sich eine Zigarette an. »Soll ich mal Meike anrufen?«, fragte sie. »Die weiß vielleicht, wo sie ihn stehen lassen hat.«

»Ey, die ist ja doch noch bei dir«, sagte Flavio.

»Flavio, weißt du, in welchen Laden du mit Annas Freundin gegangen bist?«, wollte ich wissen, aber er schnaufte nur.

»Pfff! Ey, ich weiß nicht mal, wo ich jetzt bin, woher soll ich wissen, wo ich vor ein paar Stunden gewesen bin?«, sagte er. Für einen Moment klang es tatsächlich wie eine vernünftige Antwort. Anna huschte an mir vorbei ins Wohnzimmer, setzte sich aufs Sofa und kramte in ihrer Handtasche.

»Flavio, konzentrier dich mal.«

»Ey, ihre Freundin hat echt zu mir gesagt, ich wäre zu besoffen«, sabbelte er vor sich hin. »Und du immer mit diesem Gerede, dass Studierte hemmungsloser im Bett sind als Friseusen oder so.«

»Flavio!«

»Dafür sind se aber auch erst mal schwieriger reinzukriegen. Da weiß ich echt nicht, ob sich das rechnet.«

»Meike?«, sagte Anna, die mit Handy am Ohr zurück ins Schlafzimmer tapste und sich im Vorbeigehen grinsend an mir rieb. »Ja. Ja, warte mal, Meike. Kannst du mir sagen, wo du gestern diesen«, sie machte eine Pause und schaute zu mir herüber, während sie ins Bett stieg, »wo du gestern diesen Maurizio das letzte Mal gesehen hast?«

»Bist du noch dran?«, fragte Flavio.

»Wir klären hier gerade mit Meike, wo sie dich das letzte Mal gesehen hat.«

»Gib mir die mal.«

»Die ist am anderen Telefon.«

»Mir egal.«

Mir fiel auf, dass ich noch immer nackt im Flur stand, obwohl es ein Funktelefon war, und ich ging zurück ins Schlafzimmer.

»Im Ibiza seid ihr gewesen?«, fragte Anna ihre Freundin, als ich mich gerade neben sie setzte.

»Ja! Genau!«, sagte Flavio. »Das Ibiza. Rick, in den Laden müssen wir mal zusammen gehen. Das ist unglaublich. Das ist so ein richtiger Mallorca-Bierzeltscheiß mit Auf-den-Tischen-Tanzen und Sich-für-nichts-zu-schade-Sein. Noch viel, viel schlimmer als das White Palms. Ganz großartig, Alter!«

»Bist du da noch in der Nähe?«, fragte ich.

»Ich glaube.« Er machte wieder eine Pause. »Aber ich habe keinen blassen Schimmer, was ich die ganze Zeit hier gemacht habe. So wie meine Hose aussieht, könnte ich hier irgendwo gepennt haben. Ja, stimmt. Klar. Rick, ich habe 'ne Idee: Jetzt, wo ich weiß, wo ich bin, rufe ich mir ein Taxi, komme zu dir, und du zahlst das erst mal, ja?«

»Ich habe keine Kohle im Haus. Taxi ist sowieso sauteuer von da hinten.«

»Mein Auto steht hier gleich um die Ecke«, sagte Anna, die sich inzwischen von ihrer Freundin verabschiedet hatte. Ich sah sie irritiert an.

»Warte mal, Flavio«, sagte ich und drückte das Telefon in die Kissen.

»Was heißt das?«, fragte ich.

»Na, wir können ihn da ja mal eben abholen.«

»Würdest du das machen?«

Anna nickte.

»Sicher?«

»Ich habe heute sowieso nichts vor.«

Weil ich noch immer nicht überzeugt war, dass es ihr ernst damit war, sah ich sie ein wenig länger als notwendig an.

»Sicher«, wiederholte sie.

Ich nahm wieder den Hörer ans Ohr. »Flavio? Wir holen dich ab. Anna hat ein Auto.«

»Das macht die?«, fragte er ungläubig und so laut, dass sie ihn hören konnte.

»Ja, Maurizio«, sagte sie überbetont freundlich in Richtung Sprechmuschel.

»Bleib da mal vor dem Supermarkt, ja?«, sagte ich.

»Nee, ich gehe zur Hüpfburg. Die ist in Sichtweite.«

»Wir fahren gleich los.«

»Ey, ich glaube, da ist auch ein Clown«, sagte Flavio und legte auf. Kopfschüttelnd warf ich das Telefon ans Fußende des Bettes, beugte mich im Schneidersitz vor, bis ich mit dem Oberkörper über meinen Waden auf der Matratze auflag, und streckte meine Arme. Mein Nacken knackte. Dann spürte ich Annas Hand auf meinem Rücken.

»Warum steht das da?«, fragte sie. Dabei fuhr sie mit ihren Fingern über die Tätowierung auf meinen Schulterblättern.

»Nur so.«

»Das ist aus einem Lied, oder?«, fragte sie und las vor: »No Direction Home.«

»Kann sein.«

Ich setzte mich auf und sah sie einen Moment lang ausdruckslos an. Sie wusste mit meinem Blick nichts anzufangen. Schließlich legte sie erst ihre Stirn in Falten und dann den Kopf schräg. Als ich nicht reagierte, zog sie fragend ihre Augenbrauen zusammen und beugte sich ein Stück vor, sah mich von unten herauf an, aber ich verzog noch immer keine Miene. Anna lachte.

»Was?«, fragte sie, aber ich zuckte mit den Schultern. »Was denn?«, wiederholte sie lauter.

»Nichts«, sagte ich schmunzelnd, während ich an einem Hautfetzen an meinem kleinen Finger herumknibbelte.

»Sag doch mal.«

»Keine Ahnung.«

»Keine Ahnung gilt nicht«, sagte sie und kniff mir in die Brustwarze. Ich musste grinsen.

»Sicher, dass du fahren willst?«, fragte ich.

»Sicher, dass du willst, dass er da wegkommt?«, fragte sie zurück, aber ich zuckte wieder mit den Schultern.

Bevor ich aus dem Bett stieg, um mich anzuziehen, beobachtete ich mich dabei, wie ich ihr einen Kuss auf die Schläfe gab.

Eine Dreiviertelstunde später kurvten wir ungeduscht und verkatert durch das Industriegebiet, fanden erst das Ibiza, entdeckten den Supermarkt, und schließlich sahen wir die Hüpfburg, die bei einem Autohaus aufgebaut worden war, das anscheinend einen Tag der offenen Tür veranstaltete. Wir parkten ein Stück entfernt, aber ich roch schon beim Aussteigen Bratwurst und Pommes. Es war angenehm warm, und aus den Lautsprechern neben einer Bühne düdelte Popmusik. Kinder schrien, und Männer in Anzügen und Frauen in Sonntagskostümchen begutachteten die noblen Karossen.

Unter einer Girlande aus Plastikefeu fanden wir Flavio an einem Klapptisch, an dem außer ihm nur vier Kinder saßen und Pommes futterten. Als er uns bemerkte, prostete er uns mit einem Bier in der Hand zu. »Schickes Paar«, sagte er.

Noch bevor ich fragen konnte, wovon er das Bier bezahlt hatte, sagte Anna: »Wir suchen ein neues Auto. So ’ne richtige Familienkutsche mit genug Platz für unsere drei Kinder und den Hund. Können Sie uns da was empfehlen?«

Um seine Sprachlosigkeit herunterzuspülen, nahm Flavio einen Schluck.

»Irgendwas in Höschenrosa am besten«, setzte Anna nach und zwinkerte ihm zu. »Damit kennen Sie sich doch bestimmt aus, oder?«

Flavio fasste sich und deutete mit dem Bier zur Glasfassade des Ausstellungsraumes, vor dem einige Wagen aufgereiht waren.

»Kommse, Gnädigste«, sagte er, stand auf, hakte Anna unter, und die beiden setzten sich in Bewegung. Inzwischen machte sich mein Kater immer stärker bemerkbar, und ich wollte einfach nur nach Hause und irgendetwas essen. Als ich den beiden nicht folgte, rief Anna: »Kommst du, Purzelbärchen?«

Flavio grinste übers ganze Gesicht. In dem Moment sprang einer der Jungs vom Tisch auf und lief zu einem der Getränkestände. Eine Frau, wahrscheinlich seine Mutter, kniete sich zu ihm hinunter, nahm ihn bei der Hand und wischte ihm Mayonnaise aus dem Mundwinkel, worauf er das Gesicht verzog und versuchte, sich herauszuwinden. Aber sie packte ihn am Hintern, zog ihn zärtlich zu sich heran und gab ihm einen Kuss auf die Stirn. Er lachte. Dann verpasste sie ihm einen Klaps auf den Hintern, worauf der Junge seine Arme um ihren Hals schlang und sie auf den Mund knutschte.

Während die beiden knuddelten, schnappte ich mir die Pommes des Jungen und folgte Flavio und Anna, die vor einem anthrazitfarbenen Kombi der Luxusklasse standen und noch immer in ihren Rollen waren.

»Das ist genau das Richtige für Sie, gute Frau«, sagte Flavio und öffnete die Fahrertür. »Vorne exklusive Ausstattung und hinten«, er warf einen Blick auf den Wisch mit den Details zum Auto, der von innen an der Scheibe pappte, »und hinten bis zu tausendsechshundert Liter Stauraum. Das wären umgerechnet in Bier so um die dreihundert Wochenenden, die Sie immer dabeihaben könnten«, erklärte er strahlend.

Ich schob mir Pommes in den Mund.

»Ist das wasserabweisend?«, fragte Anna, die sich inzwischen auf den Fahrersitz gesetzt hatte, und rieb mit ihrer Hand über die Polster. »Sie wissen doch: die Kinder.«

Flavio nickte. »Das ist Rindsleder, meine Gute.«

»Also, tote Tiere kann ich ja nun gar nicht in meinem Auto gebrauchen.«

Die Pommes waren weich und versalzen und die Mayonnaise viel zu fettig.

»Gib mal das Bier«, sagte ich zu Flavio.

Ein Mitarbeiter des Autohauses näherte sich uns. Braungebrannt und akkurat frisiert, blieb er mit einem professionellen Lächeln in der Fresse vor uns stehen und musterte uns. Optisch passten wir nicht zu den übrigen Besuchern, aber der Verkäufer war sich wohl nicht sicher, ob wir nicht vielleicht irgendwelche Medienfutzis oder neureiche Künstlerfreaks mit der entsprechenden Kohle in der Hinterhand waren.

»Mein Name ist Bischoff«, sagte er und streckte mir seine Hand entgegen.

»Schmidt«, sagte ich, warf die restlichen Pommes in einen Mülleimer und schüttelte seine Hand. »Das ist meine Verlobte, und das ist ihr Cousin aus Neapel, der uns begleiten wollte, weil er gerade zu Besuch ist und auch selbst überlegt, sich einen größeren Wagen zuzulegen.«

Wie auf Stichwort begann Flavio lachend und mit großen Gesten, irgendetwas auf Italienisch zu faseln, aber der Verkäufer sah ihn nur hilflos an.

»Pupshase, machen wir eine Probefahrt?«, fragte Anna.

»Joah«, hörte ich mich antworten. Für einen kurzen Moment gefror das Lächeln auf den Lippen des Verkäufers, doch er reagierte mit geschulter Souveränität.

»Sehr gerne«, sagte er, aber es klang wie *Bitte nicht.*

Flavio nahm mir das Bier aus der Hand, und der Verkäufer sah ihm und dem Becher ängstlich hinterher, als sie auf dem Rücksitz verschwanden.

»Wir begleiten unsere Kunden gerne bei Probefahrten«, sagte er.

»So?«, fragte Anna in pikiertem Tonfall. »Ich finde es immer wünschenswert, eine Geschäftsbeziehung mit einem Mindestmaß von Vertrauen zu beginnen.«

»Natürlich vertrauen wir Ihnen«, sagte der Verkäufer, seine Hände knetend.

»Dann würde ich Sie jetzt um den Schlüssel bitten«, sagte Anna, »oder holen wir uns den besser von Ihrem Vorgesetzten ab? Meinen Ausweis können Sie als Pfand haben.«

Sein Blick zuckte zwischen Anna und mir hin und her. »Selbstverständlich«, sagte er und machte sich auf, um den Schlüssel zu holen.

Ich setzte mich auf den Beifahrersitz, und wir schauten ihm schweigend hinterher. Als er nicht mehr zu sehen war, lachte Flavio laut los und schlug mehrmals gegen die Kopfstütze des Fahrersitzes.

»Du hast ja 'ne Vollmacke!«, sagte er begeistert zu Anna, die sich im Rückspiegel die Haare zurechtzupfte und mir zuzwinkerte.

Wenig später waren wir auf einer der Stadtautobahnen, und Anna gab bei runtergekurbelten Fenstern und aufgedrehtem Radio Gas.

»Der liegt auf der Straße wie ein Brett, merkt ihr das?«, fragte sie. Flavio tippte mir auf die Schulter, und als ich mich zu ihm umdrehte, platzierte er sich so, dass Anna ihn nicht im Rückspiegel sehen konnte.

»Ist schon ziemlich geil«, sagte er so, dass es wie eine Antwort auf ihre Frage klang, sah mir dabei aber eindringlich in die Augen und nickte in ihre Richtung. »Ziemlich geil«, wiederholte er.

»Ja, ist schon okay«, sagte ich.

»Okay?«, wiederholte Anna in der Annahme, wir sprächen über das Auto. »Du hast echt keine Ahnung.«

»Das erzähle ich ihm ständig«, sagte Flavio und sah mich unverändert an. »Der merkt einfach nicht, wenn was richtig gut ist. Das muss man dem immer dreimal erklären.«

»Na ja, ich find's schon gut«, antwortete ich. »Aber muss ich halt nicht jeden Tag haben. Nicht auf Dauer.«

»Sondern?«, fragte Anna.

»Genau: Sondern?«, wiederholte Flavio. »Manchmal musst du dich eben entscheiden. Entweder ganz oder gar nicht, und bei so 'nem Geschoss würde ich echt nicht zweimal nachdenken, wenn ich wüsste, dass ich's haben könnte.«

Dabei riss er die Augen auf, aber ich wandte mich von ihm ab, gaffte auf die vorbeifliegende Straße und sagte abwesend: »Ach, nee.«

»Wenn du wüsstest, dass du es haben könntest, müsstest du drüber nachdenken, ob du es willst?«, fragte Anna ungläubig. »Das wäre echt dumm.«

»To-tal be-knackt wäre das«, bestätigte Flavio.

»Dann würde ich es doch auf jeden Fall erst mal ausprobieren«, sagte Anna.

»Genau«, setzte Flavio nach. »Immer erst mal ausprobieren. Wenn der erste Eindruck schon so geil ist. Meinen Segen hätteste. Ich bin schwer begeistert.«

»Ja, mal sehen.«

Anna sah mich an. »Wie? Mal sehen? Jetzt erzähl mir nicht, einer von euch hätte das Geld, um sich so ein Auto zu kaufen.«

Wir sagten nichts.

»Hallo?«, fragte sie und kurbelte am Lenkrad, sodass wir im Wagen hin- und herschaukelten. »Aufwachen!«

Annas Haare wehten im Wind, und die Sonne schien durch das geöffnete Schiebedach, während wir mit knapp zweihundert Sachen über die Autobahn bretterten, und ich fühlte mich sicher.

»Bei so einer Spritztour mit Michi Schmidt und seinem Kumpel Maurizio rechne ich ja mit allem«, sagte sie und schlug mir mit der flachen Hand auf den Oberschenkel, dass es knallte.

»Hat Rick dir von sich aus erzählt, wie wir wirklich heißen?«, fragte Flavio.

Anna sah mich an, und als sich unsere Blicke trafen, fühlte es sich an, als entdecke man unerwartet einen Bekannten in einer Menschenmenge.

»Ja,« sagte sie. »Hat er mir von sich aus erzählt.«

Meinen Kopf weit in den Nacken gelegt, sah ich die Stahlseile einer Brücke über uns entlangrauschen und einzelne

Wolken, die am glasklaren Himmel standen. Anna kniff mir zärtlich ins Knie.

»Vollgas!«, johlte Flavio und streckte seinen Kopf aus dem Seitenfenster. Wir beschleunigten. Ich schloss die Augen und sank ein wenig tiefer in den Sitz, roch den Neuwagen, streckte meinen Arm aus dem Fenster, spürte den Fahrtwind und spreizte die Finger. Aus den Boxen dröhnte ein Siebzigerjahre-Rocksong, und als ich mich umsah, hing Flavio bis zur Hüfte aus dem Fenster und schrie gegen den Wind an. Ein Rentner, den wir überholten, schüttelte den Kopf. Auf einer Brücke standen winkende Kinder.

Nach einer Weile drehte ich das Radio leiser.

»Lass mal nach Hause. Ich habe Magenschmerzen«, sagte ich.

»Was?«, fragte Flavio, der gerade zurück in den Wagen gekrochen war. »Hast du gesagt, dass du nach Hause willst? Spinnst du?«

»Ach, du musst ja auch noch zu deiner Familie«, sagte Anna und sah auf die Uhr.

»Oh!«, Flavio lehnte sich nach vorne und stützte sich mit dem Arm auf dem Beifahrersitz ab. »Wieder 'ne Familienfeier, Rick?«

Anna bemerkte wohl den Unterton und sah Flavio im Rückspiegel an, sagte aber nichts.

Wir brachten den Wagen zurück, und nachdem uns Herr Bischoff Annas Ausweis zurückgegeben hatte, versicherten wir ihm, dass wir uns im Laufe der Woche entscheiden und gegebenenfalls melden würden.

Schließlich standen wir mit Annas Auto wieder vor meinem Haus.

»Danke fürs Fahren«, sagte ich und schnallte mich ab.

»Hat Spaß gemacht«, sagte Anna. »Wollen wir noch einen Kaffee trinken oder eine Kleinigkeit essen?«

»Wie spät ist es?«, wollte ich wissen.

»Kurz nach zwei.«

»Bei meiner Familie gibt's was zu essen.«

»Kaffee?«

»Nee. Lass mal«, antwortete ich.

Nach einer kurzen Pause wiederholte sie tonlos: »Lass mal?«

Der Geschmack der Pommes kam wieder hoch. Weil es kein Viertürer war, konnte Flavio nicht aussteigen und saß schweigend auf dem Rücksitz.

»Meine Telefonnummer willst du auch nicht, oder?«, fragte Anna.

»Ich habe die nächsten Wochen immer so viel um die Ohren, weißt du?«

»Familienfeiern, hm?«, fragte Anna.

Ich starrte auf ein ausgeblichenes Plakat für ein türkisches Konzert, das an einem Stromkasten klebte.

»Schon in Ordnung«, sagte sie. »Habe ja auch nichts anderes erwartet.«

Bevor ich ausstieg, warf ich ihr noch einen flüchtigen Blick zu und klopfte anschließend dreimal aufs Autodach. Noch während des Klopfens bemerkte ich, wie unsinnig diese Geste war.

»Dann wünsche ich noch ein entspanntes Restwochenende«, sagte Flavio und klappte den Beifahrersitz nach vorne. »Grüß mal deine Freundin von mir und sag ihr, dass ich echt nicht so übel betrunken war, wie sie dachte, ja?«

Damit schlug er die Tür zu, lehnte sich durchs Fenster ins Auto und sah Anna an, als würde er auf eine Antwort warten, aber sie reagierte nicht.

»Du bist echt mal bescheuert«, sagte Flavio, als sich der Wagen entfernte. »Warum hast du die Braut denn gerade so blöd abserviert? Wie cool war die denn bitte?« Den Kopf schüttelnd, fügte er leiser hinzu: »Und rasiert, Alter.«

»Keinen Bock auf Beziehungsstress«, antwortete ich, während ich in meiner Hosentasche nach dem Haustürschlüssel kramte. »Das gibt doch nur Ärger, wenn sie sich dann richtig verliebt.«

»Ja, genau«, murmelte Flavio. »Wenn *sie* sich verliebt, ne?«

Dezember 2001

Weihnachtslieder von Johnny Cash quollen aus den Boxen wie Zuckerguss. Während ich Glühwein aus dem Tetrapack in einen Topf kippte, hockte Merle neben mir und warf einen Blick durch die schmierige Scheibe des Ofens auf die Kekse.

»Ich habe keine Ahnung, ob die Dinger jetzt schon braun sind, oder ob das nur so wirkt, weil die Scheibe so dreckig ist. Vorsicht!« Heiße Luft schlug mir entgegen, als sie die Klappe öffnete. »Nee, müssen noch ein bisschen. Wollen wir doch schon mal Bescherung machen?«

»Joah«, sagte ich.

Merle setzte sich, griff in ihre Jacke, die über dem Küchenstuhl hing, und holte ein in rotes Geschenkpapier gewickeltes Etwas von der Größe einer Zigarette heraus.

»So was haste hoffentlich noch nicht«, sagte sie und legte es auf den Tisch.

»Mit dem Ding kannste niemals gegen mich anstinken«, sagte ich grinsend.

»Wetten?«

»Keine Chance.« Damit verschwand ich und kam mit drei stokelig in Zeitungspapier gewickelten Geschenken zurück, bei denen schon an der Form zu erkennen war, worum es sich handelte.

»Na«, sagte Merle, »also spannend sind die schon mal nicht. Buch, CD und 'ne Flasche Alkohol.«

»Calvados.«

»Seit wann trinkst du denn Calvados? Ich dachte, es muss Whiskey sein.«

»Das ist ja auch für dich«, sagte ich.

Nachdem ich den Glühwein auf dem Herd noch einmal umgerührt hatte, setzte ich mich ihr gegenüber.

»Wer packt zuerst aus?«, fragte sie.

»Mach mal«, sagte ich, und sie riss das Papier von der CD.

»Französische Schlager der dreißiger und vierziger Jahre?«, fragte sie und runzelte die Stirn. »Jetzt übertreibst du aber ein bisschen.«

»Das ist der Soundtrack zum Buch«, erklärte ich, worauf sie sich das Buch schnappte und es auspackte.

»Remarque«, flüsterte sie.

»Kennst du das schon?«, fragte ich, aber sie schüttelte den Kopf.

»Seite hundertachtzehn, zweiter Absatz, bei der Ausgabe. Beste Stelle im Buch.« Als Merle sofort blätterte, legte ich meine Finger auf die Seiten. »Das zählt nicht«, sagte ich. »Außerdem musst du beim Lesen den Calvados parat haben und jedes Mal, wenn die eine Flasche trinken, trinkst du ein Glas.« Merle nickte meine Regieanweisung ab und schob mein Geschenk mit dem Zeigefinger auf mich zu.

»Was wird das jetzt?«, fragte ich. »Meine letzte Kippe? Und dann hast du noch ein Nichtraucher-Buch dabei?«

»Nee«, lachte sie. »Besser.«

Ich wickelte es aus und hielt ein vergoldetes Koks-Röhrchen in den Händen, oben für den Nasenansatz verdickt, unten trichterförmig nach außen gewölbt.

»Ich war doch neulich in Amsterdam«, sagte sie. »Musste ich sofort an dich denken, als ich das gesehen habe.«

Ungläubig spielte ich mit dem Ding herum. Hätte Flavio mir ein Koks-Röhrchen geschenkt, hätten wir es sofort eingeweiht, aber es von Merle geschenkt zu bekommen fühlte sich merkwürdig an. Als würde einem die eigene Oma ein Pornoheft zustecken.

»Hm«, machte ich.

»Was denn?«

»Ist das ein Zeichen?«

»Wieso?«

»Machst du dir Sorgen um mich?«

»Nee«, sagte sie kopfschüttelnd. »Kokst du nicht mehr? Oder Speed oder so?«

»Doch. Schon noch.«

»Dann ist das doch super, oder nicht?«

»Na ja, *super* geht anders. Komisch.«

Merle ließ enttäuscht die Schultern sinken, und ich musste lachen.

»Nein, ist schon toll«, sagte ich. »Danke. Ich wollte nur ein bisschen kürzer treten, und das ist jetzt, als ob du einem gerade trocken gewordenen Alki Schnapsgläser schenkst.«

»Oh.«

»Schon okay. Wird schon noch Verwendung finden.«

»Ich gucke mal nach den Keksen«, sagte Merle leise und erhob sich. »Was schenkst du denn deinen Großeltern?«

»Bücher. Außerdem Pralinen für Oma und eine Flasche guten Whiskey für Opa. Die wollen sonst nix.«

»Das finde ich total toll, dass du zu denen fährst.«

Ich rieb mir durchs Gesicht. »Ja. Die haben ja sonst niemanden. Und wer weiß, wie lange die es noch machen. Die freuen sich auch richtig.«

»Bleibst du die ganzen Feiertage bei denen?«

»Ja. Fahre auch schon einen Tag früher hin.«

»Kommt deine Schwester auch?«, wollte Merle wissen.

»Nee.« Ich klackerte mit dem Koks-Röhrchen auf der Tischplatte herum. »Nee, Ingrid kommt nicht.«

»Die meldet sich gar nicht mehr bei dir, oder?«

In dem Moment klingelte es an der Tür. Augenblicklich spürte ich meinen Herzschlag.

»Erwartest du noch jemanden?«, fragte Merle.

»Eigentlich nicht«, stammelte ich, zögerte erst und schlurfte zur Tür. Einen Moment lang starrte ich den Hörer der Gegensprechanlage an, bevor ich in der Hoffnung abhob, es wäre ein Klingelstreich gewesen.

»Ja?«, fragte ich. Dann hörte ich Flavios Stimme: »Moin!«

Einen Augenblick überlegte ich, einfach wieder aufzuhängen und zu behaupten, es wäre jemand gewesen, der etwas für die Nachbarn in den Briefkasten werfen wollte, aber Flavio hätte sich nicht so leicht abwimmeln lassen.

»Rick?«, fragte er. »Kannste vielleicht mal aufmachen?«

»Kekse sind fertig«, säuselte Merle im Ton einer Kindergärtnerin und zog das Blech aus dem Ofen.

Flavio hatte sie gehört und fragte: »Haste Besuch?«

»Nee«, sagte ich in die Sprechmuschel und schwieg anschließend.

»Rick? Machste jetzt mal auf, Alter? Störe auch nicht lange. Muss dir nur mal was zeigen.«

Langsam drückte ich den Türöffner und sah zu Merle herüber, die gerade das Backblech auf dem Küchentisch abgestellt hatte.

»Glühwein ist auch schon heiß«, sagte sie. »Holst du Tassen?«

Unruhig blickte ich sie an.

»Was denn?«, wollte sie wissen.

»Merle«, sagte ich tonlos und hörte mich dann weiterstottern. »Wenn … pass auf, wir kennen uns aus dem Heim, ja?«

Merle verschränkte die Arme vor Brust. »Klar kennen wir uns aus dem Heim.«

»Ich bin mit dreizehn ins Heim gekommen«, sagte ich. »Meine Eltern sind tot. Meine Großeltern auch. Und ich habe keine Geschwister.«

»Was?«

»Ich … oder du bist meine Tante. Nee. Genau! Du bist meine Cousine, okay? Ich erkläre das nachher, ja?«

Schon in dem Moment ärgerte ich mich, dass ich nicht einfach meine Klappe gehalten hatte.

»Rick, was ist gerade los hier?«, fragte Merle.

»Cousine, okay?«

»Wer kommt denn gerade?«

»Flavio.«

»Oh«, machte Merle, »dann lerne ich den ja doch endlich mal kennen. Dachte schon, den kriege ich nie mehr zu sehen. Das ist doch toll.«

»Ja. Nein, das ist … ist alles etwas anders. Nicht über meine Familie reden, okay?«, keuchte ich.

Merle bohrte ihre Hände in die Hosentaschen und sah mich prüfend an. Flavio bollerte gegen die Tür.

»Hier ist die Spanische Inquisition. Aufmachen! Wir foltern Sie sowieso!«, bölkte er, und hinter Merles Verwirrung war ein verhaltenes Schmunzeln zu erahnen.

»Rick, ich verstehe gar nicht, was hier gerade passiert.«

»Sag am besten gar nichts, ja?«

Damit öffnete ich die Tür, und Flavio stand mit einem breiten Grinsen vor mir, schnupperte und fragte: »Backst du oder was?«

»Ja«, sagte ich. »Ja, wir backen gerade.«

»'n Abend«, sagte Flavio überrascht, als er Merle bemerkte. Skeptisch streckte er ihr die Hand entgegen und musterte sie. »Flavio heiße ich. Arbeitest du nicht an der Theke in diesem einen Technoschuppen?«

»Merle. 'n Abend. Nee«, antwortete sie und schob sich einen Keks in den Mund.

»Echt nicht?«, hakte Flavio nach. Merle deutete auf ihren vollen Mund und antwortete nicht, wobei sie mir einen strengen Blick zuwarf.

»Ich hätte schwören können«, sagte Flavio. »Egal. Oh! Kriege ich auch einen Glühwein?«

Obwohl ich wollte, dass er möglichst schnell weiterzog, holte ich drei Tassen aus dem Schrank und schenkte uns ein. Flavio fläzte sich auf meinen Stuhl, sodass für mich kein Sitzplatz übrig blieb, und Merle nahm sich den nächsten Keks. Nachdem ich den beiden Glühwein serviert hatte, blieb ich an die Spühle gelehnt stehen. Flavio besah sich den Tisch mit den

Keksen, dem Geschenkpapier und den übrigen Sachen. Dann bemerkte er die Musik.

»Johnny Cash«, sagte er. »Ich nehme mir auch mal einen Keks, ja?«

»Klar«, antwortete ich. Weil ich nichts zu sagen wusste, trank ich einen Schluck des kochend heißen Glühweins. Ohne aufgekaut zu haben, langte Merle nach dem nächsten Keks, worauf Flavio anerkennend nickte.

»Du kannst aber gut was ab«, sagte er, und Merle fragte mit vollem Mund zurück: »Wieso?«

»Habt ihr da nicht so viel reingehauen?«

Merle sah erst mich und dann Flavio an, der sich gerade den Keks in den Mund schieben wollte. »Das sind keine Space-Cookies«, sagte ich. »Das sind einfach nur Kekse.«

»Ja, klar«, lachte Flavio.

»Da ist nichts drin«, sagte ich.

Flavio roch am Keks und legte ihn beiseite, als sei er schlecht. »Wieso backst du denn Kekse ohne Zeug drin, Alter?«

Als ich nicht antwortete, sah er Merle noch einmal genauer an, dann wieder das Geschenkpapier.

Als ich die Stille nicht mehr aushielt, sagte ich: »Merle ist eine entfernte Cousine. Wollte ich dir noch von erzählen.« Merle vergaß zu kauen und sah zu mir auf. »Ihre Mutter ist vor einer Weile gestorben. Krebs. Und sie musste sich um den Nachlass kümmern und hat da wohl irgendwie meinen Namen gefunden. Sie macht jetzt halt so ein bisschen Ahnenforschung. Und da dachten wir, wir treffen uns einfach mal.«

»Ach«, machte Flavio. »Ich dachte, die wären alle tot.«

In dem Moment klingelte mein Handy. Es lag neben Flavio auf der Fensterbank, und er gab es mir, nicht ohne auf das Display zu schauen.

»Irgendein Franz«, sagte er.

»Der, von dem du erzählt hast?«, fragte Merle. Als Flavio

überrascht zu ihr hinübergaffte, ergänzte sie schnell: »Gerade eben. Von dem du eben erzählt hast?«

»Ja, genau«, sagte ich. »Genau der.«

»Wer ist das?«, wollte Flavio wissen.

»Nur so ein Typ. Hat mich gefragt, ob ich nicht in so einem Laden von ihm an der Tür aushelfen will.«

»Cool«, sagte Flavio. »Was denn für'n Laden? Lass uns das mal machen. Ich muss echt mal wieder woanders hin.«

»Ja, den ich rufe später mal zurück.«

»Mach das aber auch. Ey, wenn der dir extra hinerhertelefoniert wegen so was, ist das doch richtig geil, Alter.«

Ich legte das Handy beiseite, und es klingelte noch einige Male, bevor Franz es schließlich aufgab. Ich nahm einen Schluck Glühwein. »Weshalb bist du denn hier?«, fragte ich und konnte mir einen gereizten Unterton kaum verkneifen.

»Ach so, genau.« Flavio erhob sich, zog seinen Pullover aus und warf ihn auf den Tisch über das Geschenkpapier.

»Das ist jetzt, glaube ich, gerade ein bisschen peinlich«, sagte er, an Merle gerichtet. »Ich habe eine neue Tätowierung.«

»Mach ruhig«, sagte sie.

Flavio zog das T-Shirt hoch und präsentierte mir seinen Rücken. Vorsichtig zog ich die knittrige Klarsichtfolie glatt, mit der das Tattoo abgeklebt war. Auf Flavios Schulter prangte ein gebrochenes Herz, darum schlängelte sich ein Banner mit dem Schriftzug *Breaking Hearts since 1971.*

»Is das der Hammer, Alter?«, fragte er.

Merle kicherte.

»Nicht schlecht«, sagte ich und musste auch lachen.

»Ja, ne? Mehr wollte ich auch gar nicht. Dann macht ihr mal weiter euer … Familientreffen«, sagte Flavio. »Ach so, hier: Meine Mutter meinte, dass ich dir noch mal Bescheid sagen soll, dass du Weihnachten vorbeikommst. Wie immer. Kannst auch wieder übernachten, wenn du willst.« Mit großen Augen sah Merle mich an und schob einen weiteren Keks nach. »Ich nur so«, fuhr Flavio fort, »Mama, der kommt sowieso jedes Jahr. Wo soll er denn sonst hin? Dem muss ich nicht Bescheid sagen. Klar kommt der Weihnachten.«

Kopfschüttelnd griff sich Flavio seinen Pullover, wobei erst einige Fetzen Geschenkpapier hinuntersegelten und dann das Koks-Röhrchen hinterherkullerte und auf den Boden klimperte. Dort lag es wie ein Beweisstück, das alle zusammengetragenen Fakten in Frage stellte. Wir starrten es an. Aber bevor Flavio dazu kam, sich etwas zusammenzureimen, steckte Merle das Röhrchen ein und sagte: »Huch! Das ist *mir* jetzt aber peinlich.«

Flavio schmunzelte.

Ich brachte ihn zur Tür. Als ich mich gerade verabschieden wollte, flüsterte er mir ins Ohr: »Is mir doch egal, wenn du mal 'ne Ältere knallen willst, aber lüg mich doch nicht an, ey.«

Ich grinste verschmitzt. Flavio machte erst den Daumen hoch und boxte mir dann gegen die Schulter, bevor er die Stufen hinuntersprang.

»Schick mir mal 'ne SMS, ich erwarte Details!«

Als ich mich ihr wieder gegenübergesetzt hatte, fragte Merle: »Willst du mir irgendetwas erzählen?«

Nachdem ich noch einen Schluck Glühwein genommen hatte, erzählte ich ihr schließlich irgendetwas.

Dezember 2007

Ingrid schien jede Sekunde in ihrem schlabberigen T-Shirt zu verschwinden, als ich mit zwei Bechern Kaffee zu ihr an den Tisch zurückkam. Den Kopf in ihre Hände gestützt, schaute sie aus dem Fenster auf den Parkplatz der Raststätte. Es hatte wieder zu nieseln begonnen.

»Ist ganz gut, dass wir mit dem Auto fahren. Rauche ich nicht so viel«, sagte ich, während ich mich ihr gegenüber auf die Sitzbank schob. »Bist du sehr kaputt?«

»Koffein wird helfen«, murmelte sie.

Direkt vor dem Fenster glitt eine Familienkutsche in eine der Parkbuchten und kam zum Stehen. Zwei Kinder im Grundschulalter mit schokoverschmierten Mündern sprangen heraus und schubsten sich hin und her, bevor ihre Mutter sie bei den Händen nahm und mit sich in Richtung der Toiletten zog. Eine Weile sah ihnen ihr Vater lächelnd hinterher, aber das Lächeln erstarb schlagartig, als sie außer Sichtweite waren. Er holte ein Handy aus seiner Hosentasche, blieb im Polohemd in der Kälte stehen und fing an zu telefonieren. Ich wandte mich ab und steckte mir eine Zigarette an.

Zwischen den Stimmen und Schritten, dem Geklimper von Geld und der sich fortwährend öffnenden und schließenden Glastür neben uns waren das Brutzeln von Fleisch und das Sprudeln einer Friteuse zu hören.

»Ich hole mir doch was zu essen«, sagte ich und klemmte mir die Kippe in den Mundwinkel. »Willst du auch was?«

Ingrid schüttelte den Kopf und fächerte mit einem Bierdeckel den Qualm beiseite.

»Wann hast du gefrühstückt?«, fragte ich.

»Ich frühstücke nicht.«

»Du frühstückst nicht?«

»Ich will gerade ein bisschen abnehmen.«

Ich trank noch einen Schluck Kaffee und sah sie ungläubig an.

»Wo denn?«, erkundigte ich mich. Ingrid verzog nur das Gesicht, als habe sie diese Frage schon zu oft zu hören bekommen, machte dicke Backen und ließ die Luft langsam entweichen. Einige Krümel auf dem Tisch gerieten in Bewegung, trudelten zu Boden, und Ingrid sah ihnen mit schräg gelegtem Kopf hinterher wie ein Hundewelpe einem Knochen, der ihm von der Brücke fällt.

»Schwerkraft«, sagte ich. Ingrid reagierte nicht, sondern las den Quatsch auf der Rückseite des Bierdeckels.

Ich kam mit einer Portion Rührei mit Speck und Bratkartoffeln zurück, dazu zwei Bratwürsten und einem Glas Orangensaft. Nachdem ich das Tablett abgestellt hatte, nahm ich einen letzten Zug von der Zigarette, bevor ich sie ausdrückte.

Ingrid gaffte auf meinen Teller. »Das hat total viele Kalorien«, murmelte sie.

»Kalorien sind egal«, sagte ich und schob mir eine Gabel mit Ei und Speck in den Mund. »Fettig ist es, aber ich laufe regelmäßig. Das macht nichts. Treibst du Sport?«

Sie schüttelte den Kopf.

»Solltest du machen, dann müsstest du jetzt nicht hungern. Das ist auf Dauer auch nicht gesund.«

Ingrid starrte die noch im Aschenbecher glimmende Zigarette an. »Außerdem ist das Cholesterin pur«, sagte sie.

»Ich habe gerade neulich gelesen, dass es eine Langzeitstudie gibt, an der über fünfzigtausend Frauen teilgenommen haben«, sagte ich mit vollem Mund, »die belegt, dass es überhaupt keine Vorteile bringt, auf Fett zu verzichten. Das Risiko für Krebs, Schlaganfälle oder Herz-Kreislauf-Geschichten bleibt genau dasselbe.«

»Ja, genau«, sagte Ingrid. »Und wer hat die Studie durchgeführt? Die Ronald-McDonald-Stiftung?«

Mit einem überraschten Lacher hustete ich mir Rühreibrocken in die Nase, aber Ingrid starrte aus dem Fenster, ohne mich zu beachten, und erklärte das Gespräch damit für beendet.

Auf dem Parkplatz war der Mann noch immer am Telefonieren und lief mit energischen Schritten auf und ab. Alle paar Meter beugte er seinen Oberkörper vornüber, als würde er einen Sack Kohlen schultern, wobei ihm jedes Mal sein piefiger Tennisvereinscheitel in die Augen fiel. Anschließend richtete er sich ruckartig auf, warf den Kopf in den Nacken und schmierte sich die Haare zurück über die Stirn. Drei Runden sahen wir ihm zu, bis er hektisch das Handy wegsteckte und erstarrte. Die Kinder kamen angelaufen. Einige Meter entfernt war seine Frau stocksteif stehen geblieben und musterte ihn wie einen Fremden. Der Mann kratzte sich am Nacken, sah sich um und starrte schließlich, die Hände in die Hosentaschen gebohrt, in eine Öllache auf dem Boden. Ohne ihn eines weiteren Blickes zu würdigen, ging die Frau zum Auto und stieg wortlos auf der Beifahrerseite ein. Als die Kinder in den Wagen gesprungen waren, schlug der Mann die Tür hinter ihnen zu, und sein Blick tauchte wieder in die Lache. Durch die Scheibe der Beifahrertür war zu erahnen, dass die Frau sich Tränen aus dem Gesicht wischte.

»Was ist da denn los?«, fragte Ingrid.

»Familienleben halt«, antwortete ich. Ein Happen des angekokelten Würstchens knirschte zwischen meinen Backenzähnen.

»Du musst nicht so tun, als wärst du im Heim glücklich gewesen, Richard«, sagte Ingrid. Mit kerzengeradem Rücken saß sie mir gegenüber, als würde sie einen Krug Wasser auf dem Kopf balancieren. Ich starrte sie an. »Verstehe schon, wenn du irgendwie sauer auf mich bist«, fuhr sie fort. »Wir können gerne über alles reden, Richard. Aber solche Kommentare sind echt keine Hilfe.«

»So war das gar nicht gemeint. Das war schon okay im Heim«, sagte ich und schob grinsend hinterher: »Das war nicht so eins mit sadistischen Nonnen oder so.«

Als könne sie mich aus einem anderen Winkel besser sehen, legte Ingrid den Kopf schief und setzte einen skeptischen Gesichtsausdruck auf. In dieser Position verharrte sie regungslos. Nachdem ich sie einen Moment lang unschlüssig angesehen hatte, legte ich mein Besteck auf den halbvollen Teller.

»Muss ich mir jetzt eine harte Kindheit ausdenken?«, fragte ich, bemüht zu lächeln.

»Nein, du musst es für mich aber auch nicht schönreden. Sag mir einfach ganz ehrlich, wie es für dich gewesen ist. Ich komme damit schon klar.«

In Gedanken wiederholte ich ihren letzten Satz, schob meinen Teller beiseite und griff nach der Zigarettenschachtel. Ein Stück neben uns setzte sich ein Kerl in verschmiertem Blaumann auf einen Hocker vor einen Geldspielautomaten und warf Kleingeld ein. Ich schielte zu ihm hinüber.

»Ich hab's echt einfach gehabt, Ingrid«, sagte ich schließlich, steckte die Kippe zwischen meine Lippen, nahm sie aber sofort wieder heraus, ohne sie angezündet zu haben. »Ich habe halt einfach immer so mein Ding durchgezogen.« Aus irgendeinem Grund wollte mir dann nicht einfallen, was es noch über mich zu erzählen gab. »Lief immer irgendwie.«

Mein Blick driftete ins Leere, und ich glitt in eine lauwarme Schwerelosigkeit. Für einen Augenblick wurde die Welt porös, löste sich auf, doch bevor ich erkennen konnte, was sich hinter ihr verbarg, zog sich der Fokus für die Realität wieder scharf, und ich bemerkte, wie Ingrid vor mir saß. Sie hockte mir gegenüber wie eine meiner verquasten Lehrerinnen früher, wenn ich mal wieder Hausaufgaben vergessen oder den Unterricht geschwänzt hatte. Verständnisvoll dem

Heimkind lauschend. Wohlwollend alles zur Kenntnis nehmend. Großmütig die helfenden Hände ausstreckend. Wir sahen uns an. Das fettige Essen rumorte in meinem Magen, und der Orangensaft brannte in meinem Hals. Ingrid nahm einen Schluck Kaffee und stellte den Becher geräuschlos ab. Ich wollte nur, dass sie begriff, dass ich froh darüber war, mit ihr in dieser schäbigen Raststätte am Arsch der Welt zu sitzen, und dass das vorerst völlig ausreichte. Aber ich bekam das Maul nicht auf. Was ich am wenigsten wollte, war ihr Mitleid. Ich linste zu dem Kerl im Blaumann. Schließlich blinzelte Ingrid wie in Zeitlupe, griff nach meiner Hand und drückte sie, als wolle sie mir zu einer überstandenen Krankheit und meiner Tapferkeit gratulieren. Vor meinen Augen flackerte es. Ich war drauf und dran, meine Hand wegzureißen, aber dann spürte ich ihre Finger auf meiner Haut. Warm vom Kaffeebecher. Als sinke ihre Hand in meine ein. Es kribbelte. Aber gerade als ich Luft geholt hatte und ansetzen wollte, etwas zu sagen, was auch immer, flüsterte sie mit sanfter Stimme: »Richard, sag mir doch bitte ganz ehrlich, was du mir sagen willst. Egal, wie bitter es ist. Nimm da keine Rücksicht auf meine Gefühle.«

Sosehr ich meine Hand auch auf der klebrigen Tischplatte liegen lassen und Ingrids Finger spüren wollte, zog ich sie doch weg und rieb mir durchs Gesicht. Dann presste ich die Luft, die ich eigentlich für diesen einen richtigen Satz eingeatmet hatte, der mir nicht einfallen wollte, durch die Nase wieder aus. Ingrids hartnäckiger Gutmütigkeit wusste ich nichts entgegenzusetzen.

»Warst du denn glücklich?«, fragte sie.

»Na, wer ist denn schon glücklich?!«, platzte es aus mir heraus, und der Kerl im Blaumann glotzte zu uns herüber. »Muss ich hier jetzt rumheulen und dir Vorwürfe machen, die du dann gnädig abnicken kannst, damit es dir anschließend besser geht?« Ich drückte meinen Rücken gegen die Lehne der Bank, bis ich meine Wirbel spüren konnte.

»Dann eben nicht«, zischte Ingrid und rieb sich die Augen, als wolle sie mich von ihrer Netzhaut rubbeln. Ich steckte mir die weichgeknetete Kippe an, und als mir der Benzingeruch des Feuerzeugs in die Nase stieg, sog ich ihn tief ein. In dem Moment öffnete sich die Glastür, neben der wir saßen, und in der Scheibe bemerkte ich mein fahles Spiegelbild. Ich bemerkte einen Kette rauchenden Einsneunzig-Kerl mit gegelten Haaren und Backenbart, in Bomberjacke, engen Jeans und Cowboystiefeln, aus dessen Ärmeln und Hemdkragen Tätowierungen ragten.

Das Düdeln des Spielautomaten war wie das Klingeln eines Weckers.

Mit eingefallenen Schultern starrte Ingrid auf den Parkplatz. Inzwischen war der Mann in den Wagen gestiegen und saß schweigend neben seiner Frau, während sich die Kinder auf dem Rücksitz mit Stofftieren prügelten. Ingrid ließ ihren Oberkörper zur Seite kippen und stieß mit der Stirn gegen die Scheibe.

Sofort war ich wieder acht Jahre alt, und wir hockten in unserem schmuddeligen Kinderzimmer auf dem Fensterbrett und blickten runter auf die Kreuzung. Wie ferngesteuert drückte ich ebenfalls meinen Kopf gegen das Glas und hörte mich fragen: »Wer bist du?«

Ein Lastwagen dröhnte über den Parkplatz, und ich spürte das Vibrieren des Bodens in der Scheibe. Obwohl Ingrid ihre Lippen fest aufeinanderpresste, konnte ich sehen, wie sie zitterten. Hörbar atmete sie ein und aus, und die Scheibe beschlug. Dann wandte sie den Kopf in meine Richtung, als sei sie nicht sicher, wen sie zu sehen bekommen würde. Auf einmal waren ihre Pupillen wieder ganz die versponnenen blauen Wollknäuel von früher.

Ich schluckte.

»Ich bin der Mann auf dem Fahrersitz«, hörte ich mich sagen. »Plötzlich sitzt er in diesem Auto und weiß nicht wirklich, wie er dort hingekommen ist, wo er gerade ist, weil ihm sein ganzes Leben eigentlich immer nur passiert ist. Weil er nicht eine einzige wirkliche Entscheidung getroffen hat, sondern immer nur gemacht hat, was sich eben ergeben hat. Auf einmal ist er da, wo er ist, und muss zusehen, wie er zurechtkommt. Und selbst von den wenigen Menschen, die ihm irgendwie nah sind, weiß niemand, wer er wirklich ist. Manchmal wünscht er sich, dass alles anders gekommen wäre, weiß aber auch nicht, wie. Irgendwie ist auch alles nicht weiter schlimm. Ist schon okay. Aber im Hinterkopf hat er diese Ahnung, dass es anders sein könnte, und die Befürchtung, dass es dann vielleicht besser wäre. Irgendwie wärmer. Und alles, was er hat, ist ihm eigentlich egal und bedeutet nichts«, sagte ich, und mein Körper war ganz Herzschlag. »Weil er gelernt hat, dass sowieso immer alles und jeder früher oder später wieder verschwindet. Also warum sollte er sich an etwas festhalten, von dem er weiß, dass es irgendwann wieder weg sein wird? Selbst wenn er versucht, es zu halten.«

Mit einem Keuchen presste ich meine Stirn, so fest es ging, gegen das Glas und kniff die Augen zu. Hinter den Mustern, die vorbeiflackerten, schienen irgendwo in der Dunkelheit Bruchstücke meines Lebens aufzutauchen. Eine undeutliche Erinnerung nach der anderen. Schnappschüsse meines Lebens. Wie zum Trocknen aufgehängte Fotos in der Dunkelkammer. Scheinbar wahllos aneinandergereiht, aber doch alle auf demselben Film belichtet.

»Ich bin die Frau auf dem Beifahrersitz«, sagte Ingrid kaum hörbar und knabberte an ihrer Unterlippe. »Sie versucht schon ihr ganzes Leben lang herauszufinden, was sie tun muss, damit alle glücklich sind, weil sie glaubt, dann wäre sie auch mal dran mit Glücklichsein. Aber ganz egal, was sie macht und was sie alles bekommt, es endet immer damit, dass irgendetwas fehlt. Und alles, was sie will, ist, dass es in Ordnung ist, wie sie ist und wer sie ist. Und dass sie nicht immer denkt, dass es an ihr liegt, wenn die Welt nicht in Ordnung ist.« Ingrid schniefte. »Und dass die schönen Sachen auch mal ein bisschen länger dauern.«

Wir schwiegen.

»Und was will der Mann?«, fragte sie.

»Irgendwas Ehrliches, das bleibt«, antwortete ich.

»Und was würde er der Frau Ehrliches sagen, wenn sie ihm wirklich zuhören würde?«

Die Zunge klebte mir am Gaumen.

»Dass er gelernt hat, dass sich manche Menschen und Beziehungen einfach nicht vergessen lassen, selbst wenn man es versucht. Die bleiben einfach bestehen, ob man will oder nicht. Völlig egal, ob der Mensch, um den es dabei geht, davon weiß oder nicht. Manchmal vergisst man diesen Menschen vielleicht sogar für eine Weile, aber dann sieht man irgendeine Belanglosigkeit im Vorbeigehen, ein Kind in Kleid und Sandalen oder was auch immer, und es ist alles wieder da. Und es fühlt sich an, als steckt man noch immer in diesem einen Moment oder diesem einen Tag fest. Ohne zu wissen, wie man herauskommen könnte.«

An der Theke schepperte ein Tablett zu Boden, aber Ingrid und ich sahen uns nicht um.

»Ja«, sagte Ingrid. »So geht's der Frau auch. Und sie hat keine Lust mehr, sich immer wieder dazu zu zwingen, alles zu vergessen. Sie möchte sich jetzt endlich mal erinnern dürfen.«

Wir sahen uns an.

Der Mann startete den Wagen und setzte zurück. Für einen Augenblick huschte ein Lächeln über das Gesicht der Frau. Vielleicht waren es auch nur Reflexionen auf der Scheibe.

Juni 2004

»Das war nicht mal ein Gramm«, sagte Flavio und kaute an seinem Daumennagel.

»Wegen dem bisschen Speed machen die doch nichts«, sagte ich.

Flavio schüttelte den Kopf. »Personenkontrolle, schön und gut, aber warum denn bei uns, Alter? Hier gibt's doch genug Sachen zu tun. Die sollen mal die ganzen Scheißausländer auf dem Kiez härter rannehmen«, sagte er und schickte einen italienischen Fluch hinterher.

»Erst mal abwarten, was die sagen.«

»Wie lange wollen die Bullen uns jetzt noch hier sitzen lassen, Alter?«

Die Plastikschale des Stuhls, auf dem ich saß, knatschte, als ich meine Beine übereinanderschlug. Gelangweilt überflog ich einen Flyer: *Karriere bei der Polizei.* Zwei junge Leute mit perfekten Zähnen lachten mich an, in der einen Hand eine Polizeikelle, in der anderen einen Schlagstock. Ich legte die Broschüre beiseite.

»Wenn die mich zu einem Drogenscreening schicken, bin ich hundertpro den Lappen los«, sagte Flavio.

»Du brauchst das Auto doch sowieso nicht wirklich.«

»Ey, darum geht's doch gar nicht«, protestierte er. »Wenn ich wegen so 'ner Drogengeschichte den Führerschein verliere, kriege ich den nur mit einem Idiotentest zurück. Was das kostet! Außerdem will ich ein Auto haben. Stell dir mal vor, jetzt ist demnächst Sommer, und wir können nicht sinnlos durch die Stadt gurken.«

In dem Moment schlurfte eine Polizistin mit schlaffen

Schultern und Puttchen-Bramme-Visage an der Tür des Zimmers vorbei. Unter ihrer Mütze quoll eine aschblonde Dauerwelle hervor, und ihr Hemd war aus der Hose gerutscht. Als sie uns bemerkte, riss sie die Augen auf. Sofort brachte sie sich in Respektspersonen-Haltung und rückte sich die Mütze zurecht, als schraube sie einen Deckel auf ein Marmeladenglas. Aber gerade, als sie sich uns zuwenden wollte, wurde sie von einem Kollegen am Arm gepackt und weitergeschoben. Mit abfälligem Gesichtsausdruck zog Flavio den Rotz in der Nase hoch, schnarchte ihn in den Mund und bemerkte erst dann, dass er nicht auf den Boden des Polizeireviers spucken konnte. Er schluckte angestrengt.

Kurz darauf hörte ich Gepolter im Flur, das Rauschen von Funkgeräten und hektische Stimmen. Dann stürmten einige Polizisten am Zimmer vorbei, unter ihnen auch die Polizistin, die gerade noch zu uns reingeschaut hatte.

»Kollegen kümmern sich gleich um Sie«, sagte sie vorbeihoppelnd und trampelte die Treppen zum Ausgang herunter.

Wir lauschten. Stille. Nur aus einem der gegenüberliegenden Räume drang leise Musik.

»Von wem ist das Lied?«, fragte Flavio. Es war kein Gesang zu hören, und obwohl mir die Melodie bekannt vorkam, fiel mir der Titel nicht ein.

»Das ist doch dieser Kleine, oder?«, fragte Flavio.

»Welcher?«

»Der Hässliche mit der hübschen Tochter.«

Der Gesang setzte ein.

»Chris de Burgh«, sagte ich.

»Ja! Genau. Chris de Burgh.«

»Pia meinte mal«, sagte ich, »dass der zu diesen Leuten gehört, die nur noch in Deutschland Platten verkaufen.«

»Wer ist denn Pia?«, wollte Flavio wissen.

Ich sah ihn überrascht an. »Na, Pia. Meine Exfreundin.«

Flavio zog die Augenbrauen zusammen. »Was denn für eine Exfreundin? Wann soll das denn gewesen sein? Bevor wir uns kannten?«, hakte er nach. »Ich dachte, ich hätte dir Spätzünder damals die erste Braut klargemacht. Diese Tina? Aus dem Altenheim? Ohne mich wärst du doch heute noch Jungfrau.«

»Ja. Nee. Also: Schon«, stammelte ich. »Aber klar kennst du Pia.«

»Wann hast du denn, seit wir uns kennen, mal eine richtige Freundin gehabt? Das wüsste ich aber.«

»Vor acht, neun Jahren war das. Die kleine Blonde, die immer so komisch mit dem Arsch gewackelt hat.«

Einen Moment lang starrte Flavio eine mit Notizen und Aushängen übersäte Pinwand an. »Pffff«, machte er schließlich mit einer abfälligen Handbewegung. »Ach so! Die, wegen der du mit dem ganzen Gelese angefangen hast, Frollein Von-und-Zu.« Ich verstand nicht. »Na, das war doch so 'ne ganz Durchlauchte, oder nicht? Reiche Eltern und so. Die kleine Durchgeknallte, die über dich immer Pillen und Speed gekauft hat.«

»Na ja«, druckste ich herum, »also, ich habe ihr ab und zu Pillen mitgebracht, wenn ich bei Pascal war.«

»Mit der bist du doch aber nicht zusammen gewesen. Ihr habt euch eine Weile ab und zu gesehen und seid miteinander ins Bett gegangen, aber das war doch keine Beziehung.«

»Das ging über ein Jahr.«

»Mit dieser Tonia vögelst du jetzt schon regelmäßig seit wenigstens zwei Jahren, oder nicht?«, fragte Flavio.

»Aber mit der koche ich zum Beispiel nicht.«

Gelangweilt verzog Flavio den Mund.

»Außerdem ist Tonia nicht die Einzige und weiß es auch.«

»Das hat doch mit Beziehung nichts zu tun, was du da immer abziehst«, sagte Flavio. »Sobald die mehr wollen, machst du doch sofort den Sittich. War das damals anders?«

Ich zuckte mit den Schultern und hoffte auf einmal, dass die Bullen endlich wiederkämen.

»Erinnerst du dich noch an Ralf?«, fragte Flavio.

»Welchen?«

»Den mit dieser bescheuerten Schlangentätowierung auf dem Unterarm und der Fresse voller Piercings. Der, der schon Piercings hatte, Jahre bevor das angesagt war.«

»Blech-Ralle?«

»Ja!« Flavio lachte. »Genau. Blech-Ralle.«

»Was ist mit dem?«

»Der hatte doch auch was mit dieser Pia am Laufen«, sagte Flavio, »und ich glaube, der ist wegen der Alten sogar nach Berlin gezogen, als sie da zum Studieren hin ist. Den habe ich schon seit Jahren nicht mehr gesehen.«

In dem Moment spürte ich meinen Herzschlag im Hals, mein Mund war trocken, und mein Magen zog sich zusammen. Ich rutschte auf dem Stuhl hin und her.

»Woher weißt du denn, dass Pia nach Berlin gegangen ist?«, wollte ich wissen.

Flavio zuckte mit den Schultern. »Hat man halt so mitbekommen. Damals hat uns Tommaso doch regelmäßig irgendwelchen Kiezläden ausgeliehen. In einigen war die Kleine halt bekannt. Die war doch ständig unterwegs und hat die Security vollgequatscht.«

Auf einmal fühlte ich mich wie eine Katze, der man einen Böller an den Schwanz geknotet hat, und stand auf, um ein paar Schritte auf und ab zu gehen. Ich schaute aus dem Zimmer. Als niemand zu sehen war, ging ich über den Flur und linste in das Büro, aus dem die Musik drang. Es war leer.

»Hier ist überhaupt niemand«, sagte ich leise.

»Sicher?«

»Auf jeden Fall.«

Flavio erhob sich, warf ebenfalls einen Blick in den Raum und stakste dann wie auf Storchenbeinen den Flur hinauf, um in eine weitere offen stehende Tür zu schielen.

»Hier ist auch keiner«, sagte er.

»Die können doch nicht alle weg sein«, raunte ich ungläubig.

Einen Moment lang sahen wir uns unentschlossen an.

»Die einen weg, die anderen gerade auf dem Klo?«, flüsterte Flavio.

»Haben die deinen Ausweis einbehalten?«, wollte ich wissen, worauf Flavio ihn aus seiner Jackentasche zog und hochhielt wie eine Rote Karte.

»Die haben da nur ganz kurz draufgeguckt«, sagte er. »Meinst du, die haben sich meinen Namen gemerkt?«

Mai 2005

»Bist du sicher, dass du wegwillst?«, fragte ich.

»Ich glaube schon«, antwortete Merle. »Hier geht's irgendwie nicht weiter. Ich bin jetzt Mitte vierzig. Meine Dreißiger sind so schnell vorbeigegangen, dass ich gar nicht gemerkt habe, dass meine Zwanziger schon durch waren.«

Ich schmunzelte und nahm einen Schluck von meiner Cola-Whiskey-Mischung, die ich aus der Bar auf der gegenüberliegenden Straßenseite geschmuggelt hatte.

Von der Werft wehten Schweißgeräusche herüber. Touristen spazierten vorbei und bestaunten Segelboote, die für einige Tage in der Stadt waren. Ich sah über das Wasser zu den beleuchteten Kränen, von wo in unregelmäßigen Abständen metallisches Scheppern zu hören war.

Merle legte den Kopf in den Nacken und sah in den sternenklaren Himmel.

»Und liebst du den Typen, oder ist der nur spannend, weil er Ami ist?«, fragte ich.

»Der trägt mich auf Händen.«

»Und was machst du dann drüben?«

»Der ist Fotograf«, sagte sie, »und ich kann bei ihm im Büro arbeiten und Termine machen und Archiv und so.«

»Wollt ihr heiraten?«

»Damit ich eine Greencard bekomme und arbeiten kann, ja.«

»Ihr heiratet, damit du arbeiten kannst?«, hakte ich nach, aber Merle zuckte nur mit den Schultern.

Ein Boot tuckerte vorbei. Neben uns hopste eine Möwe auf die Mauer und sah uns schräg an, aber anscheinend waren wir uninteressant. Im nächsten Augenblick schüttelte sie sich und steckte den Kopf ins Gefieder.

»Ich muss hier raus«, sagte Merle.

»Und sehen wir uns noch mal wieder, oder bist du dann halt weg?«

»Bestimmt sehen wir uns wieder.«

Eine Weile schwiegen wir, und ich roch Merles Parfum. Mit einem Mal spürte ich eine leichte Traurigkeit in mir, als wenn einem in der letzten Augustwoche bewusst wird, dass nach einem verregneten Sommer unweigerlich der Herbst bevorsteht.

»Pass auf«, sagte Merle schließlich. »Wir machen einen Termin. Ich habe gestern was gelesen. Am Freitag, dem dreizehnten April zweitausendneunundzwanzig, zieht ein Asteroid dicht an der Erde vorbei …«

»Freitag, den dreizehnten?«, unterbrach ich sie. »Da gibt's doch eine Massenpanik.«

»Den Asteroiden haben die *Apophis* genannt«, blieb Merle beim Thema. »Das ist irgendein griechischer Gott der Unterwelt. Und der Asteroid schlägt zwar nicht ein, aber er wird durch die Gravitation anschließend seine Bahn ändern. Und die Wissenschaftler können jetzt noch nicht ausschließen, dass er sieben Jahre später nicht doch einschlägt.«

»Dann mache ich mich bis dahin als Veranstalter selbstständig«, sagte ich, hob die Hände in die Luft und machte eine Bewegung, als würde ich ein Banner entrollen: »Countdown-zum-Weltuntergang-Partys«, sagte ich und bemerkte, dass ich Merle gar nicht wirklich zugehört hatte. »Und was war jetzt deine Idee?«

»Der Termin«, sagte sie. »Wir sagen, egal, was passiert, wir treffen uns auf jeden Fall am Freitag, dem dreizehnten April zweitausendneunundzwanzig, um uns den Asteroiden anzugucken.«

Darauf nahm sie einen Schluck von ihrem Getränk, lächelte mich an und war offenbar von ihrer Idee überzeugt, aber ich fing an zu rechnen. »Merle, dann bist du um die siebzig«, sagte ich.

Nach einem kurzen Schweigen kicherte sie. »Na, dann kann der von mir aus auch einschlagen.«

Auf einmal ließ mich der Gedanke nicht mehr los, dass wir uns nach ihrer Abreise in ein paar Monaten tatsächlich nicht wiedersehen würden. In meinem Whiskey-Cola spiegelten sich die Sterne.

»Hast du damals im Heim eigentlich was mit Phillip gehabt?«, hörte ich mich fragen.

»Da warte ich schon seit wir uns wiedergetroffen haben drauf, dass du das fragst«, antwortete Merle ruhig. »Was denkst du denn?«

»Konnte ich mir nie vorstellen«, sagte ich und fügte etwas leiser hinzu: »Jedenfalls nicht mit Phillip.«

Merle schaukelte zu mir herüber und stieß mich mit der Schulter an. »Ich hatte was mit Werner.«

»Mit Werner?«, fragte ich. »Der war doch verheiratet, oder nicht?«

»Ja, und hatte zwei Kinder«, ergänzte Merle. »Das ging auch nicht lange mit ihm. Ein paar Monate. Irgendwann haben wir uns zerstritten, und ich habe ihm gedroht, seiner Frau von uns zu erzählen.«

»Hm«, machte ich, und ein Schauer lief mir über den Rücken. Mir Merle, die zu dem Zeitpunkt Mitte zwanzig war, mit dem siebzehnjährigen Phillip vorzustellen war die eine Sache, aber Merle und Werner, der damals Anfang fünfzig war, eine ganz andere.

»Ja, war blöd von mir, ihm zu drohen«, sagte sie, »aber da war ich halt jung. Mann, war ich jung. Werner hat sofort Panik bekommen, wollte mich loswerden, und er hatte noch was gut bei Phillip. Wieder einer von seinen krummen Deals, von denen niemand was wissen durfte. Als die Sache mit mir kam, war Phillip an der Reihe, sich zu revanchieren. Da hat er eben behauptet, ich hätte was mit ihm gehabt.«

»Wie? Und warum hast du das nicht sofort alles gesagt?«, fragte ich und stellte mein Glas auf der Mauer ab. Mit einem Mal war ich so aufgeregt, als hätten wir noch die Möglichkeit, etwas daran zu ändern. »So blöd wie Phillip war, hätte man das doch ganz einfach rausfinden und richtigstellen können«, sagte ich. »Der Vollidiot hätte sich doch sofort verplappert.«

»Ich wollte sowieso raus aus dem Job. Da hat mich niemand ernst genommen. Das war jeden Tag der gleiche Kampf, sich gegen die Kollegen und die Bewohner durchzusetzen. Irgendwie habe ich dann gedacht, wozu soll ich Werner alles versauen? Wenn ich die Wahrheit gesagt hätte, wäre für ihn alles den Bach runtergegangen, Phillip hätte Ärger bekommen, und meinen Ruf hätte ich trotzdem weggehabt. Da habe ich halt nichts gesagt. Ich fand das nicht so wichtig, dass die Wahrheit rauskommt. Da findet das Universum schon seine Wege, um das geradezurücken.«

»In dem Universum fliegen Asteroiden rum, die vielleicht auf die Erde knallen«, sagte ich und griff mir wieder mein Glas. »Was ist das denn aber für ein mieses Geschäft, das Werner mit Phillip gemacht hat?«

»Na, in etwa so wie wir beide mit Baader.« Merle warf mir einen schelmischen Blick zu. »Das hätte ich auch nicht machen sollen.«

»Warum hast du es überhaupt gemacht?«

»Weil du der erste von den Jungs gewesen bist, der von sich aus auf mich zugekommen ist und mir vertraut hat«, sagte sie. »Außerdem fand ich dich damals schon total süß.«

Einen Moment lang sahen wir uns an, als würden wir etwas ineinander suchen, ohne zu wissen, was genau es war. Etwas Neues vielleicht. Einen Winkel, den wir noch nicht kannten, oder eine Antwort auf eine ungestellte Frage. Schließlich blinzelte Merle und starrte ins Hafenbecken.

»Hättest du die Sachen nicht in sein Kopfkissen geschmuggelt und das dann alles so gedreht, würden wir jetzt wahrscheinlich gar nicht hier sitzen«, sagte ich.

Merle klickerte mit den Fingernägeln gegen ihr Glas und rückte näher an mich heran. »Das wäre schade.«

»Hm«, summte ich.

»Nichts, was passieren wird, ändert etwas an dem, was bis hierhin gewesen ist, oder?«, fragte Merle, ohne mich anzusehen. Ich rutschte zu ihr hinüber, bis sich unsere Arme berührten. Es kribbelte. Wir starrten in unsere Gläser. Die Sterne schaukelten auf der Oberfläche unserer Getränke, und wir tranken sie mit einem Schluck.

Dezember 2007

Am Nachmittag klarte der Himmel auf, und die Sonne stach mit einer eisigen Klinge ins Auge. Die Pfützen auf den Feldern waren dünn vereist, als wären sie mit Klarsichtfolie überzogen, Raureif klebte an den Büschen wie Filz. Auf der Windschutzscheibe hingen Tropfen, brachen das Licht und glitzerten in der tiefen Sonne.

Ingrids Schrottkiste klapperte an allen Ecken und Enden. Ich hatte keine Ahnung, wo wir waren, aber auf jeden Fall war ich noch nie so weit von zu Hause weg gewesen. An das Schaukeln des Wagens bei der kleinsten Unebenheit der Straße hatte ich mich im Laufe der Stunden gewöhnt, doch der wenige Platz für meine Beine machte mir zu schaffen. Meine Knie fühlten sich an, als habe jemand eine Schraube hineingezwungen und mehrfach überdreht. Durch die Türen drang ununterbrochen Wind ins Wageninnere. Wir hatten die Wahl, entweder in der trockenen Luft der Heizung zu sitzen, die uns die Haut ausdörrte, oder in unseren Jacken zu schwitzen.

Ingrid und ich unterhielten uns inzwischen zwar miteinander, aber sobald sich das Gespräch in Richtung Mutter oder früher bewegte, wurden wir einsilbig und wechselten das Thema. Wir kauten Kaugummi, und aus dem Radio düdelten die üblichen Popsongs, die man mit jedem Mal Mitsummen mehr hasste.

»Freundin?«, fragte Ingrid irgendwann knapp. Als ich nicht reagierte, schob sie hinterher: »Hast du eine Freundin?«

Ich schüttelte den Kopf und starrte Ingrids Finger an. »Zur Zeit nicht.« Nach einem Moment des Zögerns ergänzte ich: »Da bin ich irgendwie nicht so der Typ für.«

»Kenne ich«, sagte Ingrid. Dann zog sich ein Grinsen über ihr Gesicht. »Von meinen Freundinnen haben in letzter Zeit ganz viele Kinder bekommen oder wohnen mit ihren Typen zusammen, aber mal ehrlich: Manchmal, wenn ich denen zuhöre, denke ich, dieser Spruch ›Geteiltes Leid ist halbes Leid‹ ist der totale Schwachsinn. Das verdoppelt sich doch eher.« Ingrid pustete sich eine Haarsträhne aus dem Gesicht und schob hinterher: »Brauche ich nicht.«

Ich musste lachen.

Ingrid lehnte sich breitbeinig in ihrem Sitz zurück. Schon seit einer Weile lenkte sie nur noch mit ihren Daumen, die sie nebeneinander unten ins Lenkrad eingehakt hatte. »Und hast du vor der Türstehersache mal eine Ausbildung gemacht?«, wollte sie wissen.

»Ich bin Tischler«, antwortete ich und konnte mich nicht daran erinnern, wann ich diesen Satz das letzte Mal gesagt hatte. Ich sah meine Handflächen an. Während der Lehre waren sie rau und voller Schwielen gewesen, ständig hatte ich mir Splitter eingerissen, und sie hatten nach Terpentin gestunken.

»Wieso wolltest du Tischler werden?«

»War mir egal«, sagte ich. »Das war die erste Zusage, die ich für eine Lehrstelle bekommen habe, und es war ein Job in der Stadt. So bin ich aus dem Heim rausgekommen, weil mir das Amt die Wohnung bezahlt hat.«

»Und hat dir das Spaß gemacht?«

»Irgendwo musste die Kohle ja herkommen.«

»War nicht gut?«

Ich zuckte mit den Schultern. »Das war ein ganz kleiner Betrieb mit zwei Gesellen, mir und einem cholerischen Meister. Die Gesellen haben sich ständig mit ihm angelegt. Wegen jedem Mist. Das war halt so ein Typ, der lieber richtig hochwertige Möbel bauen wollte, anstatt Reparaturaufträge anzunehmen. Die Möbel sahen auch echt super aus, waren nur viel zu teuer. Wir hatten überhaupt keine richtige Ausstellungsfläche dafür, sodass das Zeug zwischen den Maschinen und dem ganzen Schrott in der Werkstatt rumstand. Alle paar Monate hat er einen Tag der offenen Tür veranstaltet, um Leute ranzuholen, wo er dann umsonst Bratwürste und Bier rausgehauen hat. Haben sich alle vollgefressen, die Möbel bestaunt und sind besoffen wieder abgehauen, ohne was gekauft zu haben. Jedes Mal die gleichen Nasen. Der Laden lief wirklich schlecht, und den einen Winter war so wenig los, da haben wir Vogelhäuschen gebastelt und die dann bei einem Weihnachtsbasar verscherbelt, damit wenigstens ein bisschen Geld reinkommt. Das war ganz schön armselig. Außerdem …«, ich stockte. Seit Jahren hatte ich nicht mehr an den Meister und sein Rumgemotze gedacht, aber in dem Moment hatte ich wieder sein kehliges Rumgenörgle im Ohr. Im Laufe eines Tages waren seine Stimmungen oft um hundertachtzig Grad gekippt. Hatte er frühmorgens noch gefragt, wie viele Stücke Zucker man in den Kaffee wollte, den er einem aus der Küche in die Werkstatt brachte, hatte er schon mittags nur noch aus seinem Büro gebölkt, man sollte gefälligst die Türen nicht knallen oder die Latten nicht bollerig in die Ecken schmeißen, um schließlich kurz vor Feierabend einen Ausraster zu bekommen, weil man nach dem Pinkeln die Klobrille nicht wieder runtergeklappt hatte. Wobei ihn das nur störte, weil gelegentlich seine Frau zu Besuch kam und ihm dafür die Hölle heißmachte. Die beiden Gesellen waren durchgehend genervt, aber ich fand es ganz in Ordnung so. Je cholerischer sich der Meister aufführte, desto kleinlauter war er, wenn er sich am nächsten Tag für sein Austicken entschuldigte. Ab und an ließ er als Wiedergutmachung sogar eine Flasche Wein rüberwachsen. Letzten Endes war jedes Mal ich der Gewinner, ganz egal, wie sehr er mich zusammengefaltet hatte.

»Und dann hast du irgendwann gekündigt?«, fragte Ingrid.

»Nee«, sagte ich. »Erst mal habe ich mein Gesellenstück gebaut. Einen Kickertisch. Tischfußball.«

»Schwierig?«

»Ging«, antwortete ich. »Dadurch, dass mein Meister immer diese ganzen aufwendigen Möbel gebaut hat, wollte ich mich halt nicht lumpen lassen und ihm zeigen, dass ich auch was Anständiges hinbekomme. Fand er gut.« Ein Sportwagen sauste an uns vorbei, und Ingrids Blechbüchse zuckte wie vor Schreck zur Seite. »Der Meister war wirklich stolz«, sagte ich. »Wir stehen irgendwann nach der Prüfung im Betrieb am Kickertisch mit den Gesellen, spielen halt ein bisschen, stoßen mit Bier und Sekt auf die Prüfung an, und irgendwann legt mir der Meister so kumpelhaft den Arm um die Schulter, guckt die Gesellen schnippisch an und sagt: Na, vielleicht übernimmst du den Laden ja mal in zwanzig Jahren.«

Ingrid lachte. Das gefiel mir.

»Zwanzig Jahre haben mir echt Angst gemacht«, sagte ich. »Da hatte ich dann keinen Bock mehr.«

»Was hat dein Meister dazu gesagt?«

Ich zuckte mit den Schultern, griff mir eine Wasserflasche aus der Ablage und nahm einen Schluck.

»Ich musste sowieso erst mal Zivildienst machen. Danach habe ich mich nicht wieder bei ihm gemeldet. Er hat noch ein paar Mal versucht, mich zu erreichen, aber …« Ohne den Satz zu beenden, starrte ich die Flasche an und knibbelte am Etikett herum. »Der hat extra einen Kredit aufgenommen, um mich ausbilden zu können«, fuhr ich leiser fort. »Und den Führerschein hat er mir auch bezahlt.«

Eine Kaugummiblase platzte vor Ingrids Gesicht und blieb schlapp an ihrem Kinn kleben. »Na, der Führerschein ist ja jetzt erst mal weg«, sagte sie und wickelte sich das Kaugummi um den Finger. »Der war bestimmt enttäuscht.«

Hätte sie nicht *enttäuscht*, sondern *genervt* gesagt, wäre es mir egal gewesen, aber *enttäuscht* zog mir das Zwerchfell zusammen.

»Wahrscheinlich«, sagte ich.

»Gibst du mir auch was?«, fragte Ingrid und deutete auf

das Wasser. Ich reichte ihr die Flasche, und sie trank, ohne sie abzuwischen.

»Den Kickertisch habe ich ein paar Jahre später noch mal in einer Kneipe gesehen«, sagte ich. »Mit Aufklebern und Brandflecken und vollgekritzelt und so.«

»Hat er den etwa verkauft?«

»Na, was soll der denn bei ihm in der Firma rumstehen? Hat er bestimmt gutes Geld für bekommen.«

Ingrid legte die Flasche zurück in die Ablage. »Und warum hast du den nicht mitgenommen?«

»Ich hatte eine total zugemüllte Achtundreißig-Quadratmeter-Wohnung«, antwortete ich lachend. »Und anschließend eine Zivi-Wohnung.«

»Das ist doch aber blöd, wenn du dir da so viel Arbeit mit gemacht hast.«

»So ist das halt«, sagte ich und kurbelte das Fenster herunter. Mein Kaugummi hatte seinen Geschmack verloren, und ich spuckte es in den brüllenden Fahrtwind.

»Und war das komisch, noch mal dran zu spielen?«, wollte Ingrid wissen, und als ich sie fragend ansah, ergänzte sie: »In der Kneipe, meine ich. Noch mal am Kickertisch zu spielen.«

»Habe ich nicht ausprobiert.«

»Nicht?«, fragte sie.

»Wozu?«

»Einfach«, setzte sie an, aber wusste dann offenbar nicht weiter, »einfach, um es noch mal gemacht zu haben.«

»Bringt doch nichts.«

Ingrid schwieg, und ich bemerkte, wie abrupt ich das Gespräch beendet hatte. Weil mir kein neues Thema einfiel, hustete ich, um wenigstens irgendein Geräusch von mir zu geben. Zum Glück fragte Ingrid: »Und wann hast du als Türsteher angefangen?«

»Gleich nach dem Zivildienst«, sagte ich. »War die Idee von einem Kumpel. Der kannte da jemanden. Und jetzt arbeite ich seit knapp zwei Jahren als Mädchen für alles in einem Hotel. Total überbezahlt.«

»Wieso überbezahlt?«

»Lange Geschichte«, sagte ich knapp. Unter allen Umständen wollte ich es vermeiden, Berti und Franz zu erwähnen. »Was machst du außer Studieren?«, fragte ich und versuchte den Reißverschluss meiner Jacke zu öffnen, aber er hakte.

»In einer Videothek jobben«, sagte Ingrid. »Also, um genau zu sein, jobbe ich zur Zeit mehr, als dass ich studiere. Plane gerade meine Magisterarbeit. Über Literaturverfilmungen.«

Noch immer am Reißverschluss herumfingernd, sagte ich beiläufig: »Magisterprüfung ist bei so was aber auch nicht besonders schwierig, oder?«

Ruckartig wandte Ingrid mir den Kopf zu, als hätte ich ihr einen angelutschten Finger ins Ohr gesteckt.

»Nein!«, korrigierte ich mich sofort. Als Ingrid losprustete, kam ich mir zwar reichlich blöd vor, aber es fühlte sich gut an, sie lachen zu hören.

»Also, ich meine«, brabbelte ich und schnappte nach Luft, »verglichen mit so richtig wissenschaftlichen Sachen.«

Immer lauter gackernd, antwortete Ingrid: »Das ist richtig wissenschaftlich!«

Unsere Blicke trafen sich, und es war, als würden wir uns in einem Stuhlkreis ein Wollknäuel zuwerfen.

»Ich will zum einen die Umsetzung von der Roman- zur Filmversion analysieren«, erklärte Ingrid, »vergleichen, was von der Geschichte und den Charakteren verloren geht, was verändert wird oder inwieweit die Schauspieler den Charakter neu definieren und so was.«

Einmal angestoßen, kam sie in Fahrt und erklärte mir in einfachen Worten, was sie vorhatte. In der Hoffnung, mit meinem Wissen über Literatur Eindruck schinden zu können, unterbrach ich sie nach einer Weile. »Und welche Bücher willst du nehmen?«

»Weiß ich noch nicht genau. Ganz unterschiedliche Sachen. Auf jeden Fall wohl die *Blechtrommel*«, sie sah mich abwartend an, und als ich nickte, ließ sie ihren Blick einen Moment zu lange prüfend auf meinem Gesicht, als wolle sie beim Pokern abchecken, ob ich bluffe. »*Die unerträgliche Leichtigkeit des Seins*, *Der Graf von Monte Christo* und *Moby Dick* wohl auch, aber ich habe mich noch nicht entschieden.«

Obwohl sie inzwischen wieder übers Lenkrad auf die Autobahn sah, war ein Rest ihres kritischen Blickes auf meinem Gesicht kleben geblieben. Um ihn loszuwerden, sagte ich: »Dass *Moby Dick* keine Abenteuergeschichte für Kinder, sondern ein wirklich philosophisches Buch ist, habe ich auch erst beim Lesen begriffen«, und konnte mir dann nicht verkneifen, noch ein wenig dicker aufzutragen, indem ich einen Satz aus dem Klappentext zitierte, der hängengeblieben war. »Gilt ja nicht zu Unrecht als *das* Werk des amerikanischen Symbolismus.«

Ingrid nickte langsam, als müsse sie mein Äußeres und das gerade Gesagte einmal im Kopf kreisen und sich vorsichtig vermengen lassen wie eine chemische Verbindung. Aber sie fragte nicht weiter nach, sondern kaute nur knatschend ihr Kaugummi. Ich strich mir zufrieden über den Backenbart und zog den Reißverschluss meiner Jacke auf.

»*Casablanca* hat keine Buchvorlage, oder?«, fragte ich.

»Keine Ahnung. Den finde ich aber auch nicht so gut.«

»Na, ich meine nur. Wegen uns.«

»Wegen uns?«

»Bei uns in der Küche hing doch dieses *Casablanca*-Filmplakat, und …«

»So was weiß ich alles gar nicht mehr«, fiel Ingrid mir ins Wort.

»Das war halt Mutters Lieblingsfilm und …«

»Woher weißt du das?«

Franz hatte es einmal erwähnt. Etwas in mir sträubte sich

noch immer dagegen, Ingrid zu erzählen, dass ich Franz wiederbegegnet war und wie viel Zeit wir miteinander verbracht hatten. Mit einem Mal fühlte es sich an, als hätte ich etwas Verbotenes getan.

»Das hat Mutter damals doch immer erzählt«, behauptete ich. »Auf jeden Fall …«

»Ich kann mich an kaum was von früher erinnern«, unterbrach mich Ingrid wieder. »Ich weiß noch so Kleinigkeiten«, sagte sie. Offenbar hielt sie es nicht mehr aus, Mutter und unsere Kindheit totzuschweigen. »An den schmutzigen Fußboden in der Küche erinnere ich mich. Oder dass es in Mamas Zimmer so komisch gerochen hat. Oder wie sie mir abends ganz oft heiße Milch mit Honig gemacht hat.«

»Frau Marquard«, sagte ich, als würde ich Flavio korrigieren, wenn er mal wieder die Namen irgendwelcher One-Night-Stands durcheinandergebracht hatte.

»Frau Marquard?«, wiederholte Ingrid dösig. Erst zögerte ich, sagte dann aber: »Frau Marquard hat dir immer heiße Milch mit Honig gemacht, wenn du nicht einschlafen konntest und Mutter abends unterwegs war oder gearbeitet hat. Die hat in der Wohnung unter uns gewohnt. Frau Marquard hatte einen Zweitschlüssel und hat ab und zu nach uns geguckt. Oder ich bin zu ihr runter und habe sie geholt, wenn du geheult hast.«

Ingrid setzte sich aufrecht in den Sitz, löste die Daumen vom Lenkrad und schob ihre Hände mit festem Griff auf Fünf-vor-eins-Stellung.

»Nee«, sagte sie, aber es war kein Widerspruch, sondern eine Weigerung.

»Doch«, sagte ich. Ingrid zog die Schultern hoch und sog zischend Luft durch ihre Zähne. »Mutter hat dir keine heiße Milch gemacht. Frau Marquard muss so Ende fünfzig gewesen sein. So eine ganz Großmütterliche. Hat dir immer den Löffel in die Hand gedrückt, und du solltest den Honig selbst aus dem Glas holen, aber …«

»Der war immer so fest«, beendete Ingrid mit bröckelnder Stimme meinen Satz.

»Ja«, sagte ich, als wenn nichts wäre, obwohl ich spüren konnte, wie es in ihr arbeitete. »Die hat den Honig immer in ihren Kühlschrank gestellt. Völlig schwachsinnig. Da musste man total drin rumstochern. Dann klebte da ein kalter Klumpen Honig am Löffel. Den hat sie in einen Emaillebecher voll Milch gehalten, und je wärmer die Milch wurde, desto weicher wurde halt der Honig.«

»Das war gar nicht Mama?«, fragte Ingrid und atmete hörbar ein und aus. Schließlich wurde dieses Keuchen zu einem Husten, als müsse sie die Erinnerungen an eine Mutter, die es so nie gegeben hatte, aushusten.

»Wegen *Casablanca* noch mal«, sagte ich. »Wegen dem Film heißen wir beide doch auch, wie wir eben heißen. Das hat …«, ich musste wieder an Franz denken, sagte dann aber, »das ist einer Exfreundin von mir aufgefallen. Die hat das sofort geblickt, als ich deinen Namen und das Plakat erwähnt habe. Rick und Ingrid, weißt du? Humphrey Bogart heißt in dem Film Rick Blaine, und die weibliche Hauptrolle spielt Ingrid Bergman.«

Die Schulter wieder gegen die Tür gelehnt, hing Ingrid im Fahrersitz, zog die Nase hoch und versuchte, ihre Tränen wegzublinzeln. Mit den Fingernägeln kratzte sie über den Stoff ihrer Jeans, und ich starrte auf ihre Hände, wagte aber nicht, sie zu berühren.

»Wie heißt Ingrid Bergman noch mal in dem Film?«, wollte sie schließlich wissen.

»Ilsa Lund.«

Ingrid lächelte. »Das heißt, wir könnten jetzt auch Ilsa und Humphrey heißen oder was?«

»Ich schätze«, sagte ich. »Wollen wir noch mal rausfahren? Ich habe Hunger.«

»Du hast doch vorhin erst was gegessen.« Ingrid wischte sich mit dem Handrücken eine Träne von der Wange.

»Ach, das bisschen hält doch nicht lange vor. Waren doch nur ’n paar Eier.«

Schmunzelnd sagte Ingrid: »Na ja, aber *Rühr*eier.«

Irgendwie gelang es ihr, diese Antwort wie ein Argument klingen zu lassen. Nachdem ich einige Sekunden erfolglos nach dem Punkt ihrer Aussage gesucht hatte, sah ich sie ratlos an. »Und?«

»Außerdem war das doch gerade erst«, sagte sie, als sei ich ein lästiges Blag, das auf dem Weg in den Urlaub nach Eis brüllte.

»Vor fast drei Stunden«, sagte ich nölig.

»Na ja!«

»Ich treibe regelmäßig Sport. Ich muss essen.«

»Na gut«, sagte sie dann. »Verhungern sollst du ja auch nicht.«

Das war schön.

Juli 1996

In der Schwüle des Nachmittags fühlte sich die überfüllte Straßenbahn an, als hätte mich eine Würgeschlange geschluckt. Der Geruch von Schweiß und Parfum stand in der Luft, und irgendjemand kaute Erdbeerkaugummi. Den Arm in einer Gummischlaufe, schaukelte ich unter dem Ruckeln der Bahn hin und her. Zuvor hatte ich Pascal einen Besuch abgestattet, und meine Nasenschleimhäute brannten.

Als die Bahn hielt, stieg ein türkisches Mädchen in dünnem Top und enger Stoffhose ein, stellte sich vor mich und drehte mir ihren Rücken zu. Ihre Haare kitzelten an meinem Oberarm. Weil sie einen Kopf kleiner war als ich, konnte ich ihr über die Schulter auf ihre Brüste sehen. Ihr Geruch zog mir in die Nase, und ich atmete tief ein. Sie roch wie Pia.

An der nächsten Haltestelle wurde die Bahn noch voller, inzwischen war kaum noch ein Stehplatz vorhanden. Ein Penner mit aufgedunsenem Gesicht und Wampe kam in die Bahn gewackelt und presste sich gegen die Türkin, worauf sie mir ihren harten Hintern in den Unterleib schob. In dem Augenblick rempelte mich jemand an, und ich nutzte die Gelegenheit, um mich fester, aber noch im alltäglichen Rahmen an das Mädchen zu drücken. Der Penner und ich nahmen sie in den Schwitzkasten. Hinter ihm wurde gedrängelt, und er richtete es so ein, dass er dem Mädchen seinen Bauch zuwandte, aber sie schaute wie unbeteiligt aus dem Fenster. Auch als ich im nächsten Moment an ihren Haaren roch, zeigte sie keine Reaktion, nur der Penner bemerkte es und grinste mich an. Über seine Oberlippe zog sich ein brauner Rand, wahrscheinlich von einem Magenbitter. Ich zwinkerte ihm zu, woraufhin er sich mit vollem Körpereinsatz gegen das Mädchen presste. Über ihren Kopf hinweg schmunzelte ich ihm zu. Meinen Mund dicht am Ohr des Mädchens, flüsterte ich: »Mein Kumpel und ich würden dir zwanzig Mark geben, wenn du uns einen bläst.«

Überrascht sah mich der Penner an, als würde er die Kohle von mir schnorren wollen.

»Was hältst du davon?«, hakte ich nach. Ein Kerl in Schlips und Kragen neben mir schielte dem Mädchen ins Dekolleté.

»Dreißig Mark könntest du jetzt schon verdienen, wenn der Anzugträger auch mitmacht«, sagte ich. »Das ist doch was. Du verdienst doch garantiert noch kein eigenes Geld. Wie alt bist du? Sechzehn?«

Als ich meine Hand auf ihren Oberschenkel legte, zuckte sie zusammen und antwortete leise: »Fünfzehn.«

Dabei starrte sie unverändert unter dem Arm des Penners hindurch aus dem Fenster. Wir rauschten in einen Tunnel. Die Innenbeleuchtung schaltete sich ein, und als das Mädchen ihr Spiegelbild in der Scheibe bemerkte, sah sie zu Boden.

»Der alte Sack will bestimmt nichts von dir«, sagte ich, auf einen Rentner deutend, »aber vielleicht reicht es ihm schon, wenn er zugucken kann. Das wären dann allerdings nur fünf Mark.«

Inzwischen sprach ich nicht mehr im Flüsterton, aber die übrigen Fahrgäste reagierten nicht, wir waren wie unsichtbar. Während der Penner mit einer Hand in seiner Hosentasche herumfummelte, keuchte ich dem Mädchen in den Nacken:

»Selbstverdientes Geld. Das ist doch besser, als immer Papa anbetteln zu müssen. Der gibt dir doch die Kohle nicht gerne, wenn du dafür solche Klamotten kaufst. Findet dein Vater das gut, wenn dir alle Leute auf die Titten gucken können?«

»Nein«, sagte sie kaum hörbar.

»Den Leuten hier gefällts«, sagte ich, und der Penner brummte zustimmend. Noch immer mischte sich niemand ein, nur eine Gruppe BWL-Visagen schielte zwischen den weggedrehten Köpfen der anderen Fahrgäste zu uns herüber.

»Wie heißt du?«, wollte ich von dem Mädchen wissen, und weil sie nichts sagte, begann ich zu raten: »Özgen? Dilara? Selma? Belgin?« Unter ihrem Parfum roch ich nun auch ihren Schweiß und sah ihn zwischen ihren Brüsten. Der Sauerstoff schwand zusehends aus dem Waggon.

»Zehn Mark, wenn du mir deinen Namen verrätst, und …«

»Yasemin ist ein schöner Name«, unterbrach mich der Penner, der mit der Hand noch immer in seiner Tasche zugange war.

»Klappe halten«, sagte ich.

Wohl noch immer im Glauben, ich würde ihm gegebenenfalls seinen Anteil des Geldes auslegen, muckte er nicht auf.

»Hast du schon mal jemandem einen geblasen, Yasemin?«, fragte ich und sie flüsterte: »Hören Sie bitte auf.« Kurz drehte sie sich zu mir um, wandte den Kopf aber rasch ab, als ich ihr zuzwinkerte.

»Ich glaube, du hast schon dem einen oder anderen Kerl einen geblasen«, sagte ich. »Ich sehe so was in den Augen von Frauen, wenn sie schon mal einen Schwanz im Mund hatten.«

Ruckartig ließ sie ihren Kopf sinken und schluchzte erstickt.

»Du musst es nicht runterschlucken«, sagte ich wie zur Beruhigung.

»Für so viel Geld würde ich ganz andere Sachen machen, Yasemin«, sagte der Penner, und fast klang es väterlich.

»Wann hast du das letzte Mal gevögelt?«, wandte ich mich an ihn, aber er zuckte mit den Schultern. »Vor knapp zehn Jahren.«

»Lange Zeit«, sagte ich und ließ meinen Blick wieder durchs Abteil wandern. Nach wie vor wurden wir übersehen. Für den Penner war das sicherlich nichts Neues, aber ich war es gewohnt, in irgendeinem Maße wahrgenommen zu werden, und für das Mädchen in ihrer engen Kleidung muss diese Situation völlig neu gewesen sein. Eine Träne lief ihr über die Wange.

»Nicht weinen, Yasemin. Wenn du traurig bist, bin ich auch traurig«, sagte ich.

Wir näherten uns der nächsten Haltestelle, der Endstation. Ächzend und quietschend wurde die Bahn langsamer.

»Wer von euch will von Yasemin einen geblasen bekommen?«, rief ich in die Menge, aber mehr als das Kopfschütteln einer älteren Frau bekam ich nicht als Reaktion.

»Ich«, brabbelte der Penner; in seiner Hosentasche herumknetend, aber ich ignorierte ihn.

»Irgendwer?!«

Schließlich stoppte die Bahn, und die Türen öffneten sich. Luft sog sich in den Wagen, als die ersten Fahrgäste hinausströmten.

»Wollt ihr ihre Titten sehen?«

Damit riss ich dem Mädchen das Top unter die Achseln. Kein Widerstand. Ihre Arme hingen wie Fremdkörper an ihren Schultern, und sie starrte regungslos auf den Boden. Niemand drehte sich zu uns um. Der Penner stöhnte erleichtert und kniff die Augen zusammen.

Die Bahn leerte sich rasch, aber das Mädchen rührte sich nicht, sondern stand nur da und sah mich an. Den Kopf entspannt gegen die Scheibe gelehnt, hatte es sich der Penner auf einem der frei gewordenen Sitze bequem gemacht.

»Wir müssen jetzt aussteigen«, sagte ich schließlich.

Langsam zog sich das Mädchen das Top zurecht, während der Penner mich ansah, als würde er darauf warten, dass ich ihm eine Zigarette anbot.

Yasemin, wollte ich sagen, stoppte mich aber und sah stattdessen aus dem Fenster. Schweigend rieb ich mir über den Bauch. Ich hatte zugenommen. Das Mädchen sah mich an, als erwarte sie eine Erklärung. Schließlich sagte ich kaum hörbar: »Das war nur so.«

Seit über fünf Monaten hatte ich nichts mehr von Pia gehört.

»Na los«, sagte der Penner und erhob sich. »Gib ihr das Geld.«

Damit spazierte er an dem Mädchen vorbei zum Ausstieg und deutete einen Klaps auf ihren Hintern an.

Ich rieb mir die Nase, fuchtelte einige Sekunden sinnlos mit den Händen herum, fand keine Worte, die Sinn ergeben hätten, blinzelte und griff in meine Hosentasche.

Vom restlichen Geld ging ich Pommes essen.

morgens

Der Regen an der Scheibe klingt wie rieselnder Sand. Acht Uhr sechsundfünfzig zeigen die LED-Zahlen des Radioweckers. Mein Zeitgefühl habe ich an der Garderobe eines Clubs vergessen. Draußen ist es noch dunkel. Die Lamellen der Jalousie sind auf halb gedreht, das Licht einer Straßenlaterne fällt hindurch und liniert die gegenüberliegende Wand meines Schlafzimmers wie ein Schulheft. Kurz überlege ich, einen Brief an Mutter zu schreiben, aber schon bei den ersten Worten stocke ich. *Liebe Mutter? Mama?* Meine Mundhöhle und meine Zähne sind mit einem Pelz überzogen. Im Liegen nehme ich einen Schluck abgestandenen Bieres aus der Flasche, die neben dem Bett steht. Obwohl mein Körper längst schläft, flirren in meinem Hirn Satzfetzen und Erinnerungen herum, und mein Herz rast, schlägt wie mit einem hölzernen Hammer. Schon zu oft habe ich so dagelegen, als dass mich auch nur einer meiner Gedanken überraschen könnte. Ich schließe die Augen, stehe triefend nass im Regen und forme eine Schale mit meinen Händen, strecke sie aus wie ein Bettler und beobachte, wie sich das Wasser in ihnen sammelt. Schließlich ist sie voll, und ich werfe das Wasser in die Luft, so hoch ich kann, sehe ihm hinterher, bis es für einen Augenblick stoppt, sich in den übrigen Tropfen verliert und zu Boden stürzt. Noch bevor ich es in eine Pfütze klatschen sehe, habe ich die Hände wieder ausgestreckt und schaue zu, wie sie sich mit Regen füllen. Auf meinem Handgelenk bemerke ich die Herzchen-Tätowierung, in der anstelle von Flavios Name Ingrids steht und vom Regen abgewaschen wird. Vom Bett aus blicke ich über den Flur in meine Küche, sehe den Schrank in der Ecke und weiß genau, wie sich das Quietschen des Holzes und das Scheppern des Bestecks anhört, wenn ich eine der Schubladen öffne. Genauso weiß ich, wie die Schubladen in der Küche meiner Kindheit klingen. Nicht weniger genau erinnere ich mich, wie die Schubladen in der Küche klingen, in der Dostojewskis Raskolnikoff das alte Mütterchen erschlagen hat. In all diesen Küchen weiß ich genau, wo ich die Messer oder Töpfe finde, wie ich den Herd anstelle und wie die Wände an einem Abend im August in der Sonne leuchten. Ich habe das Mütterchen durch Raskolnikoffs Augen gesehen, als es zu Boden stürzte, genau wie ich Baader gesehen habe, als er gegen meinen Schrank knallte. Für beide habe ich kein Mitleid empfunden. Bei keiner dieser Erinnerungen spüre ich mehr oder weniger als bei der anderen. Keine scheint wirklicher als die andere. Ich schließe die Augen. Mit dem Daumen kratze ich mir einige Brösel Speed aus der Nase und zerreibe sie zwischen den Fingern, beiße meine Backenzähne aufeinander und kneife die Augen zusammen. Weder bereue ich, das Zeug genommen zu haben, noch nehme ich mir vor, es in Zukunft bleiben zu lassen. *Zombiestunden* nennt Flavio diesen Dämmerzustand, in dem fürs Wachsein die Energie fehlt und fürs Schlafen die Müdigkeit. Aber der Unterschied zum Zombie ist, dass der zumindest etwas in sich spürt, das ihn antreibt. Irgendeinen Drang. Was auch immer es ist. Mit einem Mal sitzt mir Franz auf seinem Sofa gegenüber. In seiner Wohnung ist es eiskalt, weil sie ihm den Strom abgedreht haben. Ich habe meine Jacke nicht ausgezogen, versuche aber, mir nicht anmerken zu lassen, dass ich friere. Vor Franz auf dem Tisch liegt eine Tüte Walnüsse. Weil er kein Geld für einen Nussknacker verplempern wollte, greift er sich zwei Nüsse mit der bloßen Hand, drückt sie aneinander, und es knirscht, ohne dass die Schalen brechen. Seine Knöchel treten hervor, und die Adern zeichnen sich an seinem Unterarm ab. Für einen Sekundenbruchteil schielt er zu mir herüber, dann verzieht er das Gesicht zu einer Fratze, ächzt, legt die andere

Hand um seine Faust und drückt mit beiden Händen, doch nichts tut sich. Aber er hört nicht auf zu drücken, nimmt sich keine anderen Nüsse, deren Schalen vielleicht brüchiger sind, sondern kneift die Augen zu und drückt, bis sein Kopf rot anläuft, fletscht die maroden Zähne, und ein Quieken entfährt ihm. Ich habe mir eine Fernsehzeitung genommen und starre auf die Seiten, obwohl ich sofort gesehen habe, dass sie bereits zwei Wochen alt ist. *Scheiße*, murmelt Franz, legt die Nüsse auf den Tisch, schüttelt die Hände aus und wirft mir einen fragenden Blick zu. Als ich versuche, sie zu knacken, geben die Schalen sofort nach, und das Innere ist schwarz und verdorrt. Franz sieht mich nicht an. *Der frühe Vogel pickt den Wurm*, höre ich Werners Stimme und denke: Aber der frühe Wurm wird gepickt. Draußen rauscht ein Krankenwagen vorbei, und Blaulicht flackert über die Zimmerdecke. *Mutter*, beginne ich erneut, starre die Wand an und warte, wie ich immer warte. Darauf, dass etwas passiert. Darauf, dass sich etwas verändert. Darauf, dass ich etwas zu fassen bekomme. Was auch immer. Es ist wie mit der Möhre, die am Stock baumelnd vorm Esel hängt. Nur dass im Laufe der Zeit das Bild bis zur Unkenntlichkeit verwaschen ist. Ich habe nicht nur vergessen, ob ich der Esel oder sein Reiter bin, sondern auch, was diese Möhre sein könnte und was es mir anderes einbringen würde, sie zu bekommen, als Stillstand. Mein Blick wandert zum Radiowecker, aber bevor ich die Zeit erkennen kann, schließe ich die Augen und kuschle mich in die Bettdecke. Pia auf dem Beifahrersitz. *Ich bin der König der Straße*, rufe ich, und Pia wirft ihren Kopf in den Nacken und lacht: *Dann mach die Augen zu und gib Gas!* Dabei löst sie ihren Gurt und drückt mit der Hand auf mein Knie. Wir beschleunigen. Pia holt ein Buch aus dem Handschuhfach und schlägt wahllos eine Seite auf. *Was mir diese Welt ist?*, liest sie vor, und bevor sie den Satz beenden kann, antworte ich: *Fünfundsiebzig Prozent des Lebens bestehen aus Sehnsucht, zehn Prozent aus Übersättigung und der Rest aus noch mehr Dro-*

gen. Mehr Stille, denke ich. Mehr. Ganz egal. Nur mehr. Ohne zu wissen, was dieses Mehr sein könnte oder wie es sich anfühlt, und vor allem ohne zu bemerken, ob es jemals mehr wird. Einen Moment lang kämpfe ich mit den Tränen, aber nicht eine will kommen. Zwiebeln schneiden, denke ich. Regen setzt ein und pladdert auf die Windschutzscheibe, aber ich schalte die Scheibenwischer nicht an. Mit halbgeschlossenen Lidern zittert Pia im Sitz, senkt die Lehne, macht sich lang und stößt dabei gegen ihren gläsernen Sarg. Sie atmet aus und presst ihre Stirn gegen das Glas, malt ein Herz in ihren Atem und schreibt Ingrids Namen hinein. *Zerschlag mein Herz*, bittet sie, an ihrer Unterlippe knabbernd, aber ich habe es längst getan. Ich greife mir eine Scherbe aus dem Fußraum. Quer oder längs, denke ich. *Das wäre zu einfach*, seufzt Pia. Blinzeln. Die linierte Wand. Hustend taste ich nach einer Schachtel Zigaretten auf dem Nachttisch, und als ich keine finde, bewegt sich meine Hand wieder Richtung Bierflasche. Aber ich stocke, öffne die Augen und betrachte meine Hand, meinen Arm. Ich halte einen zwanzigjährigen Schwächling im Würgegriff und zerre ihn zum Ausgang des Clubs. Obwohl er sich kaum wehrt, drücke ich ihm die Luft ab, bis er röchelt, und anstatt locker zu lassen, verpasse ich ihm mit der freien Hand einen Faustschlag in die Nieren. Je mehr er winselt, desto höher kocht die Wut in mir, bis es vor meinen Augen flackert. Wären wir allein, ich würde ihm das Gesicht blutig schlagen und ihm dann die Rippen eintreten. Aber im selben Moment sagt diese Stimme in meinem Schädel ein ums andere Mal: Er kann nichts dafür. Wieder und wieder. Trotzdem verpasse ich ihm einen erneuten Schlag in die Nieren und versuche gleichzeitig, mich zusammenzureißen, denn ich weiß, dass er mit dieser Wut nichts zu tun hat. Dann ist es, als ob ein Seilzug reißt und seine Last in die Tiefe stürzen lässt. Kurz atme ich durch und bemerke, dass ich selbst diese Last bin, die ins Bodenlose stürzt. Und ich ahne, dass es kein Ende nehmen wird. Also lockere ich den Würgegriff und schlucke die Wut und den Ärger und sie bleiben mir im Hals stecken, kurz über dem Kehlkopf. *Ingrid*, schreibe ich in die erste Zeile an die Wand, *in deiner Stille will ich sein*. Im nächsten Moment höre ich mich albern kichern und drücke, angewidert von mir selbst, das Gesicht ins Kopfkissen. Und dann bemerke ich dieses Schwarze Loch in mir, das seit Jahren alles in sich aufsaugt und verschlingt. Um nicht selbst in ihm zu verschwinden, stopfe ich es voll mit sinnlosem Gelächter und bedeutungslosen Berührungen. Mit durchfeierten Nächten. Doch anstatt sich zu füllen, wächst es nur weiter und wird hungriger. Es wächst, wenn ich meine Wohnungstür hinter einem fremden Menschen schließe, der mich zum Abschied anlächelt. Wenn ich anschließend die benutzten Kondome wegschmeiße. Wenn ich meine Bettwäsche in die Waschmaschine packe und mich frage: Wie viele waren es in diesen Laken? Doch es bleibt unersättlich. Flavio boxt mir zur Begrüßung gegen die Schulter. Ich reiße mir die Fäuste als Deckung vors Gesicht, ducke mich und pendle mit dem Oberkörper hin und her. *Infight, Alter?*, fragt Flavio grinsend und nimmt die gleiche Pose ein. Einen Moment lang tänzeln wir umeinander, bevor er die Arme ausbreitet und wir uns umarmen und auf den Rücken klopfen. Als wir uns voneinander lösen und ich die ehrliche Freude in seinem Gesicht bemerke, fühle ich mich, als hätte ich einem Indianer die Blutsbrüderschaft versprochen, ihm aber stattdessen Glasperlen in die Hand gedrückt, um ihn für mich zu gewinnen. Kurz rolle ich mich in Embryostellung zusammen, finde mich lächerlich und strecke mich, bis die Zehen knacken. Die Erinnerung an meine Kindheit steckt mir in den Knochen wie eine verschleppte Sommergrippe. Ich bin fünf Jahre alt und kann mir die Schnürsenkel alleine zubinden, stehe im Kindergarten, und die ersten Kinder werden von ihren Müttern abgeholt. Während ich mir die Jacke überziehe, sehe ich ihnen hinterher. Schließlich ruft eine der Erzieherinnen: *Alle Kinder, die alleine gehen!* Also setze ich mich in Bewegung. Knapp eine

Viertelstunde dauert der Heimweg. Vor dem Kiosk in unserer Straße gehe ich besonders langsam, damit der dicke Kurt mich vielleicht sieht und mir einen Lolly in die Hand drückt. Schließlich schlurfe ich die Treppen zu unserer Wohnung hoch, schließe die Tür auf, trete ein, doch zu Hause angekommen bin ich trotzdem nicht, sondern noch immer unterwegs. Flüchtigkeit, geht es mir durch den Kopf. Wenn ich nichts zu fassen bekommen kann, das sich halten lässt, dann bleibt nichts, als mich an der Flüchtigkeit selbst festzuhalten. Ohne den Dingen und Momenten nachzutrauern. Ohne Selbstmitleid. Ohne Jammern. Ich schlucke und wälze mich auf die andere Seite. Aber es gelingt mir nicht einzuschlafen, bevor mir bewusst wird, dass auch diese Einsicht Teil der Flüchtigkeit ist und nicht neu. Acht Uhr neunundfünfzig. Mir kommen die Zeilen in Erinnerung, die Pia in ihr Büchlein gekritzelt hat, als wir mit einem Kaffee auf meinem roten Sofa saßen, und ich sehe die Worte vor mir an der Wand: *Wir sind eine Handvoll Regen, zurück in den Himmel geworfen, und erwarten den Augenblick, kurz bevor das Fallen wieder beginnt. Diesen einen Moment der Leichtigkeit.*

Als ich es nicht mehr aushalte, sie anzustarren, setze ich mich stöhnend im Bett auf, wische mir durchs Gesicht und rüttle die Frau neben mir wach.

»Du musst jetzt gehen«, höre ich mich sagen. »Ich muss gleich zu meiner Familie.«

Noch während sie sich verschlafen die Augen reibt und irgendetwas vor sich hinbrabbelt, ziehe ich die Jalousie hoch.

Wie immer.

Juni 1980

Mutter stand mit blutverschmiertem Gesicht im Hausflur. Ich kauerte in der Küchenecke und sah durch die vorgehängte Kette, wie sie mit der Faust gegen die Wohnungstür bollerte. Die Marquards unter uns pochten zum wiederholten Mal gegen die Decke, als sendeten sie Morsezeichen, und Franz stampfte mit dem Hacken zurück, sodass das Geschirr im Schrank klapperte. Aus dem Kinderzimmer hörte ich Ingrid nach Mutter rufen, wollte zu ihr, aber traute mich nicht an Franz vorbei, der in der Mitte der Küche stand.

Nachdem sich Franz und Mutter erst stundenlang gestritten und angeschrien hatten, hatte er sie quer durch die Wohnung geprügelt, bis sie sich ins Treppenhaus und dann aufs Etagenklo geflüchtet hatte. Nun ließ er sie nicht wieder rein. Sich gegen die Tür pressend, glotzte Mutter mit verheulten Augen durch den Spalt. Die Haare klebten ihr in der Stirn, und an ihren Händen und Armen war Blut. Keine drei Stunden zuvor hatte sie mir eine Tracht Prügel verpasst. Mein Hintern brannte noch immer. Obwohl ich wollte, dass das Ganze aufhörte und Franz sie endlich reinließ, damit Ingrid sich beruhigen konnte, tat Mutter mir nicht leid. Es war, als würde ich dabei zusehen, wie ein ätzender Klassenkamerad seine wohlverdiente Strafe bekam.

»Lass mich bitte rein, Franz, ja?«, bettelte Mutter. Franz lehnte sich von innen mit nur wenig Kraftaufwand gegen die Tür, und allein sein Gewicht drückte sie zu, egal, wie sehr Mutter sich dagegenstemmte. Ihr Schreien erstickte zu einem winselnden Bitten. Die Nachbarn pochten. Franz zog die Nase hoch, nölte: »Du kommst hier nicht rein«, und holte sich ein Bier und einen Whiskey-Flachmann aus dem Kühlschrank. Durch die Tür konnte ich Mutters angestrengtes Atmen hören. Dann rief Ingrid meinen Namen, und ich bekam eine Gänsehaut.

»Franz«, flehte Mutter, doch er reagierte nicht, sondern setzte sich an den Küchentisch und sah zu mir herüber. »Die beruhigt sich auch wieder«, sagte er und deutete mit der Flasche in Richtung der Tür. Ingrid rief. Auf dem Tisch lagen ein schwarzer Cowboyhut, den ich mir an dem Tag gekauft hatte, und der dazugehörige Colt samt Plastikholster.

Franz nahm ihn, besah ihn sich und hantierte mit ihm herum. »Der ist viel zu leicht«, sagte er, zielte auf mich und machte Geräusche, als würde er schießen.

»Daneben«, hörte ich mich sagen. Franz lachte. »Ich bin Ronny, der Cowboy. Meine Schwester ist von Indianern gefangen genommen worden. Ich brauche meine Pistole.«

»Indianer?«

»Schoschonen.«

»Hm«, machte Franz. »Und du willst sie ganz alleine retten?«

»Ja.«

»Das ist mutig.«

Damit hielt er mir den Colt mit dem Schaft voran entgegen. Ungelenk erhob ich mich und stakste die paar Schritte zum Tisch, mit einem Gefühl im Magen, als ginge ich zum Lehrerpult, um eine verbockte Klassenarbeit abzuholen. Als ich nach der Waffe greifen wollte, zog Franz sie zurück und legte sie vor sich auf die Tischplatte.

»Hast du schon mal Whiskey getrunken?«, fragte er, und ich schüttelte den Kopf. »Dann wird's aber Zeit. Cowboys trinken Whiskey.« Er nahm einen Schluck und hielt mir anschließend die Flasche hin. »Feuerwasser.«

Nachdem ich nur kurz dran gerochen hatte, nippte ich, und es war wie eine Stichflamme in meinem Mund. Ich verzog das Gesicht, schluckte gequält und streckte die Zunge aus dem

Mund, sog Luft ein und aus, während ich Franz die Flasche entgegenstreckte.

»Gewöhnste dich dran«, lachte er. »Irgendwann geht's nicht mehr ohne.«

Ingrid rief wieder nach mir, und ich setzte den Hut auf, schnallte mir das Holster um die Hüften und nahm den Colt. Als ich gerade durch den Perlenvorhang ins Wohnzimmer verschwunden war, drang das Getrampel schwerer Schritte aus dem Treppenhaus in die Wohnung. Ich hielt inne. Dann konnte ich hören, dass Mutter aufgeregt mit jemandem tuschelte. Franz sprang auf und reckte den Kopf wie ein Jagdhund, der Witterung aufnahm.

Das Wohnzimmer wurde nur von drei runtergebrannten Kerzen beleuchtet. Ich bemerkte Ingrid, die in unserem Zimmer auf dem Boden hockte und durch den Türspalt zu mir herüberlinste. Ein Lichtkeil ragte ins Wohnzimmer. Ich lächelte sie an und legte den Zeigefinger auf meine Lippen.

»Wir schauen mal nach«, hörte ich eine Männerstimme aus dem Treppenhaus. »Ist das hier Ihre Wohnung?«

»Hast du Schlampe die Bullen geholt?«, brüllte Franz.

»Das war ich nicht.«

»Öffnen Sie bitte die Tür, wir möchten mit Ihnen reden«, sagte einer der Polizisten.

»Dafür muss ich nicht die Tür aufmachen.«

Mutter wisperte etwas. Schließlich wurde wieder geklopft.

»Wir wollen uns nur vergewissern, dass es den Kindern gut geht«, sagte der Polizist.

»Denen gehts bestens. Die spielen Cowboy und Indianer.«

»Davon würden wir uns gerne selbst überzeugen.«

Bis zu diesem Moment hatte Franz unbewegt neben dem Tisch gestanden, aber nun lief er in der Küche auf und ab. Ingrid flüsterte meinen Namen. Aus dem Treppenhaus waren das Rauschen eines Funkgerätes und eine quäkende Stimme zu hören.

»Ihr verpisst euch jetzt sofort, sonst schlage ich hier alles kurz und klein!«, bellte Franz, und der Lichtkeil auf dem Wohnzimmerboden wurde schmaler, als Ingrid die Tür anschob. »Du schickst sofort die Bullen weg!«

»Ich kann die nicht wegschicken«, antwortete Mutter. »Ich habe denen aber auch sonst nichts gesagt, Franz. Gar nichts.«

»Halt dein Maul!«

»Sie öffnen jetzt unverzüglich die Tür.«

»Franz, mach bitte kurz auf. Ich mache auch keinen Stress, und du bekommst keinen Ärger.«

»Hören Sie«, setzte der Polizist inzwischen bestimmter an, »wir werden uns sowieso Zutritt zur Wohnung verschaffen, ob Sie wollen oder nicht. Das hier ist Ihre Chance, uns entgegenzukommen, verstehen Sie?«

Mit Wucht trat Franz gegen einen der Stühle, der klackernd in der Ecke landete.

»Franz, bitte!«, sagte Mutter.

Als Franz mich auf dem Sessel sah, kam er zu mir, packte mich am Arm und zerrte mich durch den klimpernden Vorhang zurück in die Küche. Obwohl ich am ganzen Leib zitterte, versuchte ich, mir nichts anmerken zu lassen, sondern rückte mir nur den Cowboyhut zurecht. Schweißperlen glitzerten auf Franz' Stirn, und als er sich zu mir herunterbeugte, konnte ich seinen Bieratem riechen. »Pass auf, Cowboy«, flüsterte er, und ich bemerkte seine winzigen Pupillen. »Du sagst jetzt, dass alles in Ordnung ist.«

»Hier ist alles in Ordnung«, wiederholte ich.

»Lass Richard bitte in Ruhe«, jammerte Mutter.

Franz knetete meinen Arm und starrte mich unverändert an. »Ihr spielt«, zischte er.

»Wir spielen, Mama.«

»Und ich trinke Bier.«

»Und Franz trinkt Bier und guckt nur Fernsehen.«

»Gut.«

»Öffnen. Sie. Sofort. Die. Tür«, sagte der Polizist.

Franz gab einen entnervten Laut von sich, ließ mich los und stampfte zum Fenster, stützte sich mit den Knöcheln auf dem Fensterbrett ab und murmelte unverständliches Zeug vor sich hin. Im Treppenhaus plärrte und rauschte das Funkgerät.

»Das Theater ist jetzt vorbei«, sagte der Polizist schließlich. »Das ist Ihre letzte Chance, freiwillig die Tür zu öffnen, ansonsten brechen wir sie auf. Also?«

Ich starrte die Tür an, die eingehängte Kette. Auf einmal wurde mir bewusst, dass ich selbst sie öffnen konnte. Es waren nur zwei Schritte, und Franz wandte mir noch immer den Rücken zu, er hätte mich nicht stoppen können.

»Bitte«, wimmerte Mutter.

Aber ich rührte mich nicht, hörte nur zu, wie sie schniefte und keuchte. In dem Moment begriff ich, dass ich sie nicht reinlassen wollte. Weil ich nicht wollte, dass sie glaubte, ich wolle sie bei mir haben, damit sie mich in den Arm nahm und tröstete. Ich wollte nicht, dass sie glaubte, ich brauchte sie.

Ich rückte mir den Cowboyhut zurecht.

Dann rief Ingrid wieder nach mir. Ihre Stimme fuhr mir in die Knochen. Ich spürte sie in meinen Beinen, die sich auf die Tür zubewegen, und in meinen Händen, die nach der Kette greifen wollten. Erst blieb ich noch unentschlossen stehen, aber als Ingrid ein zweites Mal rief, gab ich schließlich nach. Gerade setzte ich mich in Bewegung, da unterbrach sich Franz bei seinem Gebrabbel, verstummte und stöhnte. Als ich mich zu ihm umsah, huschte Blaulicht über die Decke unserer Küche, und Autotüren klappten.

»Verpisst euch!«, brüllte Franz und stürmte auf mich zu. Ich floh ins Wohnzimmer. Franz folgte mir und schubste mich beiseite, sodass ich über einen der Sessel stolperte und mit der Stirn gegen den Wohnzimmertisch knallte. Der Schmerz zuckte durch meinen Schädel. Franz knipste das Licht an, wischte mit der flachen Hand über die Tischplatte und schnappte sich einen Rucksack vom Sofa. Mich aufrappelnd, rieb ich mir den Kopf und sah Ingrid noch immer hinter der Tür hocken. Ich wedelte mit einer Hand, dass sie verschwinden solle, aber sie verstand nicht, sondern winkte stattdessen zurück. Es bollerte dumpf gegen die Wohnungstür. Franz sah sich um, presste den Rucksack gegen seine Brust und spurtete zum Kinderzimmer. Ingrid begriff zu spät, dass er sie hinter dem schmalen Spalt nicht bemerkt hatte und die Tür aufstoßen würde. Zwar versuchte sie noch, beiseitezurutschen, war aber zu langsam und bekam die Tür vor die Knie geknallt. Augenblicklich jaulte sie los und rollte sich zusammen wie ein Igel. Ich setzte mir wieder den Hut auf, sank in den Sessel und konnte mich nicht rühren, als hielte mich eine Horde Rothäute in Schach. Etwas lief mir ins Auge, und als ich es wegwischte, bemerkte ich, dass ich blutete. Ein weiteres Mal donnerte es gegen die Tür. Ich klammerte mich an den Colt.

»Alles gut, Ingrid«, hörte ich mich rufen und beobachtete Franz. Keuchend schob er den Rucksack unter mein Bett und tätschelte anschließend Ingrid den Kopf, bevor er die Tür hinter sich zuzog und zurück ins Wohnzimmer hastete. Er schaltete den Fernseher ein, drehte die Lautstärke auf, bis Ingrids Gejaule nicht mehr zu hören war, und griff sich eine leere Bierflasche. In derselben Sekunde sprang die Wohnungstür krachend auf, und Polizisten marschierten in die Wohnung.

Franz warf sich ins Sofa und nickte ihnen freundlich zu, als kämen sie zum Kartenkloppen vorbei. Dabei blätterte er in einer Fernsehzeitung, die seit Wochen auf dem Tisch lag und mit Kaffeeflecken und Tabakbröseln übersät war.

»Der Junge und der Mann sind hier«, sagte einer der Polizisten.

»Was gibt's denn, Herr Wachtmeister?«, fragte Franz beiläufig. Der Polizist schüttelte nur den Kopf. Schließlich betrat Mutter das Zimmer. Blut war durch ihr Gesicht geschmiert, und an ihrer Nase war es braun verkrustet, die Haare hingen ihr in der Stirn, und ihr Atem stank. Als sie sich vor mich hinkniete und ihre Hand auf mein Bein legte, fühlte es sich an, als würde mich ein Penner an irgendeiner Straßenecke anfassen.

»Alles okay bei dir?«, fragte sie.

»Klar«, beantwortete Franz die Frage. »Der hat nur Angst, weil du hier wieder so 'ne Thermik machst.«

»Sie halten jetzt den Mund«, sagte einer der Polizisten und schaltete den Fernseher aus. »Wo ist das Mädchen?«

»Da«, sagte ich und deutete zum Kinderzimmer. Als die Polizisten die Tür öffneten, hockte Ingrid vor meinem Bett und fingerte am Rucksack herum.

»Ist da noch Brause drin?«, fragte sie.

»Nicht anfassen!«, rief Mutter erschrocken, eilte ins Kinderzimmer und nahm Ingrid auf den Arm. Aber die wandte das Gesicht von ihr ab und duckte sich, als Mutter ihr einen Kuss auf die Wange drückte. Einer der Polizisten, wohl durch Mutters panische Reaktion stutzig geworden, folgte ihr, beugte sich zum Rucksack hinunter, öffnete ihn und wühlte in ihm herum. Schließlich warf er erst mir einen knappen Blick zu, dann sah er Franz und Mutter an.

»Sie müssen keine Angaben machen«, sagte er, an sie gerichtet.

»Das ist sein Zeug«, antwortete Mutter und nickte in Franz' Richtung. Dabei streichelte sie mechanisch Ingrids Kopf und schmierte dabei das Blut von ihren Händen in Ingrids Haare.

»Hm?«, fragte Franz, als habe er nicht richtig zugehört.

»Sind das Ihre Drogen?«, wollte der Polizist wissen und kam, gefolgt von Mutter, mit dem Rucksack in der Hand zurück ins Wohnzimmer.

Franz schob sich eine Zigarette in den Mundwinkel. »Drogen?«, wiederholte er. Anschließend hielt er den Polizisten, die sich im Wohnzimmer verteilt hatten, die geöffnete Schachtel entgegen und bot ihnen eine Zigarette an, aber sie reagierten nicht, schüttelten nicht einmal die Köpfe.

»Klar ist das sein Rucksack«, wurde Mutter lauter. Ingrid verzog ängstlich das Gesicht und sah zu mir.

»Na, hör mal«, protestierte Franz und blies zwei Qualmringe in die Luft. »Was weiß ich, was du hier wieder für krumme Dinger abziehst.«

»Wohnen Sie hier zusammen?«, wollte der Polizist wissen. Noch bevor Mutter antworten konnte, bollerte Franz laut lachend: »Um Himmels willen! Mit der verrückten Alten? Ich lasse mich doch nicht mit Huren ein. Die schuldet mir noch Geld und wollte nichts rausrücken. Gut, dass Sie da sind, Herr Wachtmeister.«

»Du schuldest mir noch Geld!«

Mit einem abfälligen Kichern schüttelte Franz den Kopf und warf den Polizisten einen kumpelhaften Blick zu.

»Du schuldest *mir* Geld!«, sagte Mutter. »Das, was ich dir heute morgen geliehen habe. Da haste doch bestimmt auch wieder Zeug für gekauft.« Die Polizisten lauschten. »Du verschwindest jetzt!«

»Nichts lieber als das«, sagte Franz, erhob sich und lächelte in die Runde.

»Mo-ment«, unterbrach ihn der Polizist, der offenbar der Einsatzleiter war, mit beschwichtigender Handbewegung. »Wir haben hier jetzt erst mal ein paar Sachen zu klären.«

»Ich will, dass das Schwein sofort verschwindet«, keifte Mutter. Ingrid streckte eine Hand nach mir aus.

»Pass mal auf, wie du mit mir redest«, sagte Franz in drohendem Tonfall.

Der Einsatzleiter wandte sich einem seiner Kollegen zu. »Bringt ihn mal runter zum Wagen, ja? Personalien und so.«

»Du lässt mich und die Kinder in Ruhe«, giftete Mutter Franz an, »sonst packe ich richtig aus.«

»Du hältst deinen Mund.«

Mutter hob das Kinn. Offenbar spürte sie, dass er Muffensausen bekam.

»Du hältst dein Maul«, wiederholte Franz deutlicher. »Hörst du?«

»Wie heißt noch mal der Typ, von dem du das Koks gekauft hast?«, provozierte sie ihn weiter.

»Also«, setzte der Einsatzleiter an, aber bevor er fortfahren konnte, explodierte Franz. Mit gebleckten Zähnen schnippte er seine glühende Kippe in Mutters Richtung und brüllte: »Du Schlampe hältst deine Fresse!« Dann schnappte er sich eine Bierflasche und stürmte über den knarrenden Wohnzimmertisch. Gläser und der Kerzenständer klirrten zu Boden, und Mutter huschte mit Ingrid hinter einen der Polizisten. Mir stockte der Atem. Meine Gliedmaßen waren starr vor Angst.

»Karsten!«, rief der Einsatzleiter in Richtung eines Kollegen. Der packte blitzschnell zu und bekam Franz am Handgelenk zu fassen, gerade als der die Flasche in Mutters Richtung schleudern wollte. Franz knurrte ihn nur an und rammte ihm den Ellenbogen gegen den Kehlkopf, worauf der Polizist röchelnd zusammenklappte. Noch im Zusammensacken zog Franz ihm die Bierpulle über den Schädel. Augenblicklich fielen die übrigen Polizisten über ihn her.

»Ihr Scheißbullen! Lasst mich los!«

Mit den Beinen strampelnd, versuchte er, sich herauszuwinden. Einer der Polizisten hatte ihn in einen harten Würgegriff genommen und drückte ihm die Kehle zu, die anderen hatten sich seine Arme und Beine geschnappt und hielten ihn unten. Franz wand sich mit hochrotem Kopf und angeschwollener Halsschlagader, wehrte sich völlig sinnlos, wollte aber wohl nicht tatenlos klein beigeben. Schließlich lag er bäuchlings auf dem Teppich, das Knie eines Polizisten im Genick.

Als Mutter klar war, dass sie für den Augenblick nichts zu befürchten hatte, fing sie an, Franz zu beschimpfen, worauf er umso lauter zurückbrüllte. Mutter steigerte sich, Ingrid noch immer auf dem Arm, wieder in ihr hysterisches Keifen hinein.

Das Geschrei. Mutters Aussehen. Die fremden Menschen in der Wohnung. Ingrid weinte, aber je fester Mutter sie an sich drückte, desto lauter wurde ihr Quengeln. Einer der Polizisten legte Mutter eine Hand auf den Arm und sagte leise:

»Das Kind.« Aber Mutter wollte sich nicht beruhigen lassen. Als könne sie so beweisen, was für eine treusorgende Mutter sie war, fing sie an, Franz Vorwürfe zu machen, weil er die Drogen in der Wohnung versteckt hatte. Die Polizisten hörten aufmerksam zu. Irgendwann gab Franz es auf, zurückzuböl-ken, lag nur noch stumm da, aber Mutter fand kein Ende. Als Ingrid immer lauter heulte, setzte Mutter sie ab und gab ihr wie selbstverständlich eine Backpfeife, um anschließend weiter Franz anzuschreien. Ingrid kam weinend zu mir auf den Sessel geklettert und kuschelte sich an mich, drückte ihr warmes, verheultes Gesicht gegen meine Brust. Ich nahm ihre Hand und massierte ihre Finger.

Die Polizisten sahen sich in der Wohnung um und warfen Ingrid und mir besorgte Blicke zu. Nach und nach dämmerte mir, was ich schon eine ganze Weile gespürt hatte, was mir aber in diesem Moment erst wirklich klarwurde: dass etwas bei uns nicht in Ordnung war. Dass das alles nicht richtig war.

»Ich denke, es ist das Beste, wenn sich alle erst mal eine Nacht beruhigen«, unterbrach der Einsatzleiter schließlich Mutters Monolog. »Sie beide kommen mit uns und werden die Nacht in Arrestzellen verbringen, und …«

»Ich auch?«, fiel ihm Mutter irritiert ins Wort.

»Sie auch. Wir haben gerade noch einen Notarztwagen gerufen, und …«

»Und meine Kinder?«

»Die werden die Nacht beim Kindernotdienst verbringen, und alles Weitere muss dann geklärt werden, aber ich lasse die Kinder heute auf keinen Fall bei Ihnen.«

Mutter schaute sich verwirrt um. Erst sah sie die übrigen Polizisten an, als würde vielleicht einer von ihnen noch einen anderen Vorschlag machen, und wandte sich dann Ingrid und mir zu, als erwarte sie, dass wir protestierten. Wir reagierten nicht. Eine Weile dauerte es, bis Mutter begriff, was vor sich ging, und als sie es verstanden hatte, widersetzte sie sich nicht. Fast schien es, als fiele eine Last von ihr ab.

Noch immer aneinandergekuschelt, saßen Ingrid und ich auf dem Sessel, ich mit Cowboyhut, Ingrid in einem viel zu weiten giftgrünen T-Shirt.

»Verabschieden Sie sich und packen Sie ein paar Sachen zusammen«, sagte der Polizist.

Als Mutter auf uns zugeschlurft kam, klammerte Ingrid sich an mich. Ich legte meine Arme um sie. Mutter, die gerade Luft geholt hatte und offenbar etwas sagen wollte, stockte und schluckte die Worte herunter.

Wir sahen uns suchend an, wie man vertraute Orte betrachtet, wenn man sie zufällig im Fernsehen zu sehen bekommt. Als wäre uns der gewohnte Winkel abhandengekommen.

»Tschüss«, sagte Mutter und ging.

Oktober 2005

Regen plätscherte in den Hinterhof und gurgelte blechern die Dachrinne herunter. Das wenige Licht, das durch die Terrassentür drang, tauchte die Personalküche in ein milchiges Zwielicht, und neben der Spüle flimmerte auf einem winzigen Fernseher ein Sportprogramm. Flavio ließ das zweite Päckchen Zucker in seinen Kaffee rieseln und strich sich mit der anderen Hand über den Bauch.

»Scheiße«, murmelte er, »ich muss echt wieder öfter trainieren.«

Nachdem ich die Kanne zischend auf die Warmhalteplatte der Kaffeemaschine geschoben hatte, setzte ich mich ihm gegenüber an den Tisch.

»Einen Schluck Whiskey in den Kaffee, oder lieber nichts trinken?«, fragte ich.

»Ich dachte, du bist hier auf Arbeit.«

»Schon okay.«

»Einen kleinen Schluck«, sagte er. Ich schraubte einen Flachmann auf und kippte einen Schwung in unsere Tassen. »Seit ich mit der Türsteherscheiße aufgehört habe, saufe ich echt viel weniger.«

»Noch morgens?«

»Pfff! Neeneee … also nur manchmal. Aber keine harten Sachen. Sonst würde ich den ganzen Bürokram gar nicht hinkriegen«, sagte Flavio. »Das ist … das ist echt ein einziges Generve. Da machste dir kein Bild von.« Nachdem er einen Schluck Kaffee genommen hatte, starrte er in die Tasse und verzog das Gesicht. »Zucker und Whiskey war 'ne Scheißidee«, sagte er. Trotzdem nahm er sofort einen zweiten Schluck.

»Packen deine Brüder noch mit an?«

»Ja, schon«, sagte Flavio. »Aber nächstes Jahr macht mein Alter einen Bringdienst auf und den soll ich dann alleine managen. Hat er mir neulich gesagt.«

»Kannste doch bestimmt gut Kohle mit machen«, sagte ich, aber Flavio winkte ab.

»So viel kommt da auch nicht bei rum. Wenigstens muss ich nicht mehr mit den ganzen hackenbreiten Teenagern an der Tür rumdiskutieren.« Er sah mich an. »Weißte was? Ich hatte schon keinen Bock mehr auf den Mist, als das irgendwann mit den Schutzwesten losging. Können die Idioten nicht einfach nur saufen gehen? Weshalb nehmen die denn Messer mit zum Feiern?« Flavio schüttelte den Kopf. »Jetzt fange ich auch schon mit Der-guten-alten-Zeit an oder was?«

Ich lächelte.

»Willste nicht mal Licht anmachen?«, fragte Flavio.

»Haben keine Glühbirnen mehr.«

Das Hotel Virginia, in dem ich seit fast einem Jahr als Mädchen für alles jobbte, war ein Drecksloch, und man musste nicht vom Fach sein, um zu bemerken, dass es ursprünglich ein Puff gewesen war. Seit Jahren war keines der Zimmer renoviert worden, und so schlugen die Tapeten Wellen oder kräuselten sich über den Fußleisten von der Wand. Dort, wo früher Bilder gehangen hatten, war noch die sattere Originalfarbe zu erkennen. Diese Stellen waren wie Knicke im Raum-Zeit-Kontinuum, durch die man einen Blick in die Vergangenheit werfen konnte. An den meistbenutzten Stellen, wie von der Tür zum Bett, waren die Teppiche bis auf die Gummierung abgelatscht, und die Matratzen waren butterweich. Für fünfunddreißig Zimmer hatten wir neunundzwanzig Garnituren Bettwäsche, und die Laken waren, obwohl sie regelmäßig gewaschen wurden, übersät mit Flecken und Brandlöchern. Die drei Polinnen, die für den Haushalt verantwortlich waren, kamen zwar wöchentlich vorbei, verbrachten aber die meiste Zeit damit, Kaffee zu trinken und mit mir herumzuschäkern. Irena, mit Mitte fünfzig die Älteste von ihnen, gab mir zur Begrüßung seit einer Weile einen Klaps auf den Hintern und erntete jedes Mal Juchen und Gekicher von den anderen. Gründlich sauber gemacht hatten sie die Zimmer schon länger nicht mehr. In den Gardinen hingen tote Insekten wie in Spinnennetzen, hinter den Heizungen sammelten sich Staubflusen, und um die Abflüsse der Waschbecken und Plastik-Duschkabinen, die es in jedem Zimmer gab, zog sich ein brauner Rand. Toiletten gab es nur zwei pro Etage, wobei an einem der Klos im ersten Stock, schon seit ich mit dem Job angefangen hatte, ein *Defekt*-Zettel pappte. Der Rest des Hauses war genauso schäbig, nur dass die Billiglampen an den Wänden für derart dumpfes Licht sorgten, dass man nicht sofort bemerkte, wie heruntergekommen es tatsächlich war.

Ende der Neunziger hatte Berti den Schuppen gekauft, und seitdem nutzte er ihn als Geldwaschanlage. Womit genau er seine Kohle machte, wusste ich nicht und wollte es auch nicht wissen. Die Karte, die er mir auf Franz' Beerdigung in die Hand gedrückt hatte, war für mich wie eine Reißleine gewesen, von der ich wusste, dass ich sie ziehen konnte, sollte es mir finanziell dreckig gehen. Obwohl ich mich anfangs dagegen gesträubt hatte, auf sein Angebot zurückzukommen, weil ich mir nicht sicher war, in was ich mich verstricken würde, schaute ich irgendwann aus reiner Neugierde bei Berti vorbei. Er bot mir sofort den völlig überbezahlten Job im Hotel an. Tausend Euro netto und nur zwanzig Stunden Arbeitszeit pro Woche. Als ich nach Urlaub fragte, strich Berti sich über den Schnurrbart, zuckte mit den Schultern und murmelte: »Machste halt, wie's kommt.«

Einige Monate zuvor hatte Flavio mit den Security-Jobs aufgehört, und so sagte ich sofort zu.

Viel zu tun gab es im Hotel nicht. Einmal im Monat kamen spezielle Gäste vorbei, Geschäftsfreunde von Berti, meistens aus der Schweiz, die er vorher ankündigte und die in den besseren Zimmern untergebracht wurden. Sie bezahlten nie. Fremde verirrten sich nur selten in diesen Teil des Viertels, und um sicherzustellen, dass von den wenigen, die dennoch vorbeikamen, möglichst wenige das Hotel bemerkten, ließen wir die Außenbeleuchtung ausgeschaltet. Wenn trotzdem Leute auftauchten, meistens Ausländer, Rucksacktouristen oder Studenten, die für ein Wochenende in der Stadt waren und niedrige Preise bei uns erwarteten, zogen sie meistens dann weiter, wenn sie erfuhren, dass wir sechzig Euro pro Nacht berechneten, ohne Frühstück. Manchmal hatten wir drei, vier Gäste pro Woche, manchmal tagelang niemanden. Je weniger Gäste aufliefen, desto besser. Nur einmal kamen wir ins Schleudern, als ein kirchlicher Jugendtag in der Stadt stattfand und eine Reisegruppe südamerikanischer Jugendlicher vor der Tür stand. Sie beschwerten sich über nichts und hinterließen die Zimmer sauberer, als sie sie vorgefunden hatten.

Flavio wandte seinen Blick von der Glotze ab, drückte seine Fingerspitzen auf die Plastiktischdecke, bis sie festklebten, und zog sie dann einige Zentimeter in die Höhe, bevor sie sich mit einem leisen Schmatzen lösten.

»Ich treffe mich morgen wieder mit dieser Paula«, sagte er.

»Unter der Woche?«, fragte ich. »Wieder was Ernstes?«

»Wir gehen ins Kino.«

»Du triffst dich nüchtern an einem Wochentag mit einer Frau, um ins Kino zu gehen?«, fasste ich zusammen und setzte ein erstauntes Gesicht auf.

»Sie will halt diesen einen Film sehen.«

»Hmhm.«

»Ey, Rick, die macht mich total irre«, sagte Flavio. »Ich kann an gar nichts anderes mehr denken, Alter. Das ist total … nicht so wie sonst. Ich habe mir gestern so komische Cremes und Hautpflegekram gekauft, nachdem ich mir mal meine Haut aus der Nähe angeguckt habe.« Ich lachte leise. »Ja, du lachst, ey. Meine Haut ist total schlecht. Und ich habe Haare auf der Nase. Kleine schwarze Borsten. Das hatte ich noch gar nicht bemerkt. Habe ich gestern rasiert.«

Mit gespieltem Ernst sah ich Flavio an. »Du hast dir die Nase rasiert«, sagte ich tonlos.

Flavio kicherte und nahm einen Schluck Kaffee. »Aber echt mal: Wenn ich mich mit Paula bei Tageslicht treffe, sieht meine Haut, glaube ich, echt schlimm aus.« Damit drehte er mir demonstrativ seine Wange zu. »Guck mal.«

Obwohl ich im dämmrigen Licht nichts sehen konnte, sagte ich: »Ist schon noch okay.«

»Rick, ich habe die noch nicht mal geküsst«, sagte er und rieb sich durchs Gesicht. »Außerdem ist die zwei Jahre älter als ich. Ich hatte noch nie was mit 'ner Älteren. Und die hat einen richtigen Job. Also einen richtig guten, meine ich. Die ist schlau.«

»Was macht die denn?«

»Habe ich nicht verstanden«, sagte er und kippte sich einen weiteren Schwung Kaffee in den Hals. »Irgendwas in 'nem Labor oder so.«

Wir sahen uns an.

»Klingt doch super.«

Flavio schüttelte den Kopf. »Mann, jetzt werde ich alt. Mich haben zum Schluss auch diese ganzen zwanzigjährigen Mädels am Wochenende total aggressiv gemacht, wenn die mit ihren Ärschen gewackelt haben. Nicht, dass ich nicht wollte, aber …«, er unterbrach sich und starrte auf die Mattscheibe. Zwei Kickboxer tänzelten umeinander, und Flavio duckte den Kopf zur Seite, als würde er mit ihnen im Ring stehen.

»Ey, diese Mädels, ja? Diese Neunzehnjährigen«, fuhr er fort, »die waren im Kindergarten, als wir beide uns kennengelernt haben. Im Kindergarten. Verstehste?«

Den Kopf weit im Nacken, nahm er den letzten Schluck Kaffee und stellte die Tasse anschließend vor mir ab, als solle ich sie abräumen. Eine dünne Schicht Zuckerkristalle glitzerte darin.

Ich schmunzelte. »Willste noch auslöffeln?«

»Kindergarten«, wiederholte Flavio im Flüsterton.

In dem Moment schnurrte ein Auto auf den Hinterhof, eine Tür klappte, und ich hörte Bertis Stiefeletten auf die Terrasse zuklackern. Schließlich sah er durch die Glastür zu uns herein. Er zog sich die Jeans über den Bauch. Ich lehnte mich ein Stück zur Seite und öffnete die Tür.

»Na, Sportsfreunde?«, begrüßte er uns, klopfte mir auf die Schulter und sagte dann, an Flavio gerichtet: »Wieder am Kaffeeschnorren, was?«

Flavio lächelte gequält. Ihm waren Berti und seine Machenschaften nicht ganz geheuer. Er stand auf. »Rick, ich mache mich erst mal auf den Weg.«

»Ruf mal an, wenn du mit Paula im Kino gewesen bist.«

»Oh«, sagte Berti, während er sich Kaffee einschenkte. »Frischfleisch?«

»Ey«, erwiderte Flavio ruppig, aber doch eher halbherzig. »Red nicht so über meine Frau.«

Berti sah erst Flavio und dann mich überrascht an, bevor er grinsend nickte und seinen Kaffee abschlürfte. Einzelne Tröpfchen blieben in seinem Schnurrbart hängen und funkelten dort wie Weihnachtskugeln in Tannenzweigen.

»Kein Problem, Dicker«, sagte er. Flavio warf mir einen ernsten Blick zu und verschwand.

Berti lupfte die Augenbrauen und deutete auf den Whiskey-Flachmann. Nachdem ich genickt hatte, kippte er sich einen Schuss in den Kaffee.

»Habe einen Karton Glühbirnen im Kofferraum«, sagte er. »Kannste nachher mal machen, ja?«

»Klar.«

»Wie sieht's denn bei dir eigentlich finanziell aus zur Zeit?«

»Knapp wie immer. Aber schon okay.«

Langsam stellte Berti seine Tasse ab und sah mich prüfend

an. »Musst du nachher vielleicht noch so grobe Richtung Universität? In der Ecke wohnt ein Bekannter, der hier neulich was liegengelassen hat.«

Mit den Worten schloss er ein Schränkchen auf, zu dem nur er den Schlüssel besaß, holte ein verschnürtes Paket in braunem Packpapier heraus und stellte es in die Mitte des Tisches.

»Was ist das?«, fragte ich.

Berti sah mich nur stumm an und wackelte mit dem Bart. »Außerdem«, sagte er schließlich, »gibt's natürlich Sondergratifikationen für das Glühbirnenwechseln. Zweihundert Euro.«

»Zweihundert?«

Berti nickte und setzte sich mir gegenüber.

»Und ich bringe diesem Bekannten nur sein Paket zurück?«, fragte ich.

»Genau. Klingeln und abgeben. Mehr nicht«, bestätigte er. »Wollte ich dich schon länger mal wegen fragen. Ich kenne total viele vergessliche Leute. Die kommen immer mal wieder zu Besuch vorbei.« Er schob das Päckchen über den Tisch auf mich zu.

»Und die Sondergratifikationen?«, wollte ich wissen.

»Ja, ach so«, sagte er. »Na, das sind natürlich zweihundert Tacken pro Birne. Die müssen nur nach und nach ausgezahlt werden. Hotel-Recht. Is ziemlich kompliziert. Habe ich einen Anwalt für. Wenn du so zwanzig Birnen auswechselst, kommt da schon was bei rum.«

»Kann ich machen.«

Dezember 2007

Es war dunkel geworden. Die Lichter der entgegenkommenden Fahrzeuge verschmierten unter dem Quietschen des Wischerblatts auf der Windschutzscheibe, während die Kälte der Straße durch das Bodenblech in den Wagen einzog. Meine Haut fühlte sich an wie Butterbrotpapier. Ich blinzelte und spannte meine Gesichtsmuskeln an, rieb mir den Nacken und knetete meine Knie. Das Dröhnen des Motors nahm ich kaum noch wahr, ebenso wenig den Fahrtwind, der an den Seitenfenstern rüttelte. Ingrid gähnte inzwischen nicht mehr schüchtern in sich hinein, sondern mit sperrangelweit aufgerissenem Mund.

Nachdem wir einige Kilometer am Bodensee entlang durch Österreich gejuckelt waren, kam schließlich der Grenzübergang zur Schweiz in Sichtweite. Ein eckiges, einstöckiges Gebäude wie aus Lego gebastelt, unter einem von Säulen getragenen Überdach aus Metall. Rechts und links führte die Straße vorbei. Schon seit Stunden hatte ich keinen Gedanken mehr an den Rucksack verschwendet, den ich am Abend vorher bei Berti abgeholt hatte und der jetzt zwischen meinem Sitz und der Rückbank klemmte, aber je näher wir der Zollstation kamen, desto mehr Platz schien er in Anspruch zu nehmen.

Mit hochgeschlagenem Kragen und mürrischem Gesichtsaudruck stand ein Zollbeamter im Nieselregen, trippelte in seinem Regenmantel von einem Bein aufs andere und ließ den Arm baumeln. Dabei drehte er eine Polizeikelle in seiner Hand wie einen Tennisschläger. Den Blicken nach zu urteilen, die er uns zuwarf, waren wir nicht mehr als stokelige Balljungen. Bei dem Gesicht, das er zog, befürchtete ich, dass er aus purem Frust über seinen Job erst den Wagen auseinandernehmen und dann mich einer Leibesvisitation unterziehen würde. Aber als er Ingrid sah, die ihn anlächelte und ihm unsere Ausweise entgegenstreckte, winkte er uns ohne Weiteres durch.

Ich schnaufte, lehnte mich nach hinten und fischte ein Navigationsgerät aus der Seitentasche des Rucksacks. Nachdem ich es eingeschaltet hatte, starrte ich einen Moment lang in das angenehm schimmernde Blau des Displays. Ingrid linste zu mir herüber, als ich auf dem Gerät herumtippte.

»Das packst du jetzt aus?«, fragte sie und deutete auf ein Schild am Straßenrand. »St. Gallen ist sowieso ausgeschildert.«

»Bist du noch halbwegs fit?«, fragte ich.

»Toter Punkt ist überschritten.«

Ich setzte mein Welpengesicht auf und sagte: »Wir müssen noch einen kleinen Umweg machen, bevor wir ins Krankenhaus fahren.«

»Was? Wohin?«

»Dauert etwa eine halbe Stunde oder so. Ist nicht weit.«

»Das kannste vergessen«, antwortete Ingrid entschieden. »Ich kann nicht mehr.«

»Ich weiß, dass du müde bist, aber es ist echt wichtig, dass ich da heute noch vorbeifahre. Das ist irgendein Kaff bei St. Gallen. Liegt fast auf dem Weg.«

Ingrid schüttelte den Kopf. »Wir sind seit neun Stunden unterwegs. Ich will da jetzt einfach nur ankommen.«

»Ich dachte, wir würden ein bisschen schneller vorankommen«, sagte ich, worauf sie mich ärgerlich ansah.

»Können wir das nicht morgen machen?«, fragte sie.

»Ich habe diesen Termin heute«, druckste ich herum.

»Einen Termin«, wiederholte Ingrid ungläubig. »Richard, worum geht's hier gerade?«

Der Schatten des Scheibenwischers glitt über ihr Gesicht und schob den vorher zwar müden, aber doch entspannten

Ausdruck beiseite. Ich hatte mir keine Gedanken darüber gemacht, was ich in diesem Moment sagen würde, rieb mir über die Koteletten und klackerte mit den Fingernägeln auf dem Navigationsgerät herum.

Ingrid sah sich zum Rucksack um und fragte: »Richard, hast du etwa gerade Drogen rübergeschmuggelt oder so was? Sag mal, spinnst du?«

»Keine Drogen«, sagte ich mit einer beschwichtigenden Handbewegung und schob leiser hinterher: »Ich glaube, keine Drogen.«

»Du glaubst?«

»Ich habe den Rucksack bekommen und bringe den da jetzt kurz vorbei. Habe nicht reingeguckt.«

Hörbar ein- und ausatmend, umfasste Ingrid das Lenkrad fester, sodass ihre Fingerknöchel hervortraten.

»Ist doch nichts passiert.«

»Darum geht's doch gar nicht«, sagte sie. »Es hätte aber was passieren können. Und dann hättest du mich da mit reingezogen.«

»Hätte ich alles auf meine Kappe genommen.«

»Das war ja klar.«

»Nun lass mal gut sein. Ist doch alles okay«, reagierte ich bewusst ruhig.

»Hör mal auf, so von oben herab mit mir reden. Du bist fünfundzwanzig Jahre lang nicht mein großer Bruder gewesen, da musst du jetzt nicht damit anfangen. Schon gar nicht bei so einem verantwortungslosen Scheiß.«

»Jetzt mach doch nicht gleich so 'ne Thermik deswegen.«

»Weißt du, nur weil du nichts aus deinem Leben gemacht hast, musst du mich nicht auch noch runterziehen. Wenn du sagst, dass das Heim nicht so schlimm gewesen ist, hättest du ja auch mehr aus dir machen können. Mit so 'nem kriminellen Zeug will ich nichts zu tun haben.«

Ich rutschte im Sitz hin und her und stieß mit dem Musikantenknochen gegen den Türgriff.

»Mit meinen Pflegeeltern war das auch nicht immer einfach.«

»Hartes Leben hattest du«, sagte ich und rieb mir den Arm.

»Das ist jetzt alles abgehakt für dich, ne? Wir tun einfach so, als wenn nichts gewesen wäre, oder was? Jetzt helfe ich dir noch beim Drogenschmuggeln, und dann hast du mich in der Hand, oder was?«

Mir war bewusst, dass es nicht in Ordnung war, was ich getan hatte. Dennoch fragte ich, als wenn nichts weiter wäre: »Was soll das denn gerade? Wir machen einen kleinen Umweg, und …«

»Du bist genau das wandelnde Klischee, für das man dich im ersten Moment hält, wenn man dich sieht, oder?«, fragte Ingrid kopfschüttelnd. »Alles andere ist echt nur Getue.«

Für einige Sekunden vergaß ich zu atmen. »Was?«, fragte ich dann.

»Na, guck dich doch mal an«, sagte sie deutlich leiser. »Ich kenne Leute wie dich. Glaub mal nicht, dass ich nur die liebe kleine Blondine bin. Ich bin echt nicht bescheuert. Dieses ganze nette Gehabe von dir ist doch nur Masche. Und ich dachte vorhin echt, dass ich mich geirrt hätte. Ihr Typen habt so eine ganz eigene Art von Intelligenz. Ihr wisst genau, wie ihr mit Leuten reden und was ihr ihnen erzählen müsst, um sie um den Finger zu wickeln, ne? Dann lächelt ihr so schön charming«, sie wackelte affektiert mit dem Kopf, »und dann lässt man euch alles durchgehen, ne? Ich hab schon verstanden, was du für einer bist. Irgendso'n Kleinkrimineller, der sich seinen Weg durchs Leben gelogen und rechts und links alle Leute beschissen hat, um durchzukommen, ne?«

Schlagartig trat das blecherne Dröhnen des Motors in den Vordergrund, bohrte sich hinter meine Schläfen, und ich gaffte aus dem Fenster, wo die nächtliche Schweiz vorbeizog.

»Ingrid, also …«, stammelte ich, ohne zu wissen, wie der Satz weitergehen sollte, da sagte die mechanische Stimme des

Navigationsgerätes: »Bitte folgen Sie dem Straßenverlauf für acht Kilometer.«

»Da müssen wir sowieso lang«, sagte Ingrid trotzig. Ich drückte mich in den Sitz und spürte den Rucksack im Kreuz wie einen pulsierenden Kokon, aus dem jede Sekunde eine gefräßige Monsterlarve platzen würde.

»Ich mache solche Sachen sonst nicht«, sagte ich schließlich. »Ich schulde dem Typen, für den ich den Rucksack da vorbeibringen soll, noch eine größere Sache«, versuchte ich zu erklären. »Ich habe da mal einen Gefallen angenommen, der mir eigentlich nicht zugestanden hat. Das hat der Typ aber erst Jahre später rausgefunden. Neulich erst. Und der mag mich halt. Inzwischen. Von daher hatte das keine wirklich schlimmen Konsequenzen für mich, aber eine große Sache schulde ich ihm dadurch nun mal. Die erledige ich hiermit. Dann ist auch Schluss mit so was.«

In Ingrids Ohren musste ich klingen wie ein Junkie, der versprach, sich vorm Entzug noch einen letzten Schuss zu setzen. »Ich habe keine Ahnung, was du gerade für'n Zeug erzählst, aber ich fahre da auf keinen Fall hin«, sagte sie.

Mein Mund war trocken. Unser Auto schwebte als kleiner blauer Pfeil über die digitalen Straßen des Navigationsgerätes wie aufgefädelt, als könne es durch nichts von seinem Weg abgebracht werden. Ich schaltete das Gerät aus.

»Erinnerst du dich noch an Franz?«

Nach einem Moment der Stille sagte Ingrid: »Der war immer so laut.« Fast klang sie ängstlich.

»Ja«, sagte ich. »Ja, der war immer laut.«

Sie knabberte an ihrer Unterlippe. »Was ist mit dem?«

»Der Typ, für den ich das gerade mache, hat mich …« Ich schluckte und war selbst irritiert über das, was ich als Nächstes sagen würde. »Der hat mich für Franz' Sohn gehalten. Der hat ihm noch von ganz früher, keine Ahnung, wann, einen Gefallen geschuldet, den ich nach Franz' Tod angenommen habe. Das hat sich irgendwie so ergeben. Und ich habe den

Typen halt in dem Glauben gelassen, dass ich Franz' Sohn bin, weil ich die Kohle ganz gut gebrauchen konnte. Vor kurzem ist das aber doch rausgekommen. Verstehst du?«

»Nee«, sagte Ingrid mit brüchiger Stimme. »Verstehe ich nicht. Die haben dich für seinen Sohn gehalten? Was hattest du denn mit dem zu tun?«

»Ich habe mich so ein bisschen um ihn gekümmert, die letzten Jahre. Der war krank.«

Ingrid fummelte an der Lüftung herum und fragte fassungslos: »Du hast dich um den Kerl gekümmert, der Mama regelmäßig vergewaltigt hat?«

»So war das nicht.«

»Klar war das so! Ein paar Sachen habe ich vielleicht vergessen, aber das weiß ich noch. Das war doch gleich im Zimmer nebenan.«

»Die beiden waren ein Paar.«

»Ja, umso schlimmer.« Ingrid lachte ungläubig. »Der hat Mama auf den Strich geschickt, hat sie regelmäßig verprügelt und …«, sie biss auf ihrer Unterlippe herum, »wegen dem ist das mit uns doch alles so gekommen, wie es gekommen ist.«

Ich wusste nichts zu sagen. »Der war zum Schluss wirklich ein guter Freund von mir«, stammelte ich, war mir aber mit einem Mal nicht mehr sicher. »Der war schon in Ordnung.«

»Ey, Richard«, flüsterte Ingrid gepresst, »was bist du für ein dummes Schwein.«

Tränen liefen ihr über die Wangen. »Und jetzt soll ich wegen dem Scheißtypen auch noch einen Umweg fahren, oder was?« Sie wischte sich mit dem Ärmel durchs Gesicht. »Jetzt muss Mama wegen dem auch noch auf uns warten?«

Während ich das Navigationsgerät in die Ablage legte, wiederholte ich in Gedanken Ingrids letzten Satz.

»Scheiße, ich weiß nicht mal, was ich Mama sagen soll, wenn wir dann vor ihr stehen«, sagte sie. »Ich dachte, wir überlegen uns das zusammen auf der Fahrt. Aber irgendwie …« Sie stockte.

Wieder musste ich mir ihre letzten Sätze noch einmal durch den Kopf gehen lassen, dann fragte ich: »Ingrid, was hast du eigentlich alles mit dem Arzt besprochen?«

»Haben nichts besprochen«, antwortete sie. »Der hat mir halt gesagt, dass es schlecht um Mama steht und dass wir uns beeilen müssen, wenn wir uns verabschieden wollen. Keine wirklichen Details. Er meinte, das machen wir, wenn wir da sind. Ich habe auch gar nicht richtig zugehört.«

Ich nickte.

»Ich habe da auch noch mal im Krankenhaus angerufen, nachdem du dich bei mir gemeldet hast«, sagte ich. »Hab mir die Nummer übers Internet rausgesucht. Irgendwie habe ich das nicht ausgehalten abzuwarten.«

Als ich nicht fortfuhr, fragte Ingrid: »Und?«

»Was denkst du denn, was es heißt, wenn der Arzt dich fragt, ob wir uns von Mutter verabschieden wollen?«

Ingrid zuckte mit den Schultern wie ein kleines Kind. Wie früher, wenn ich sie vom Kindergarten abgeholt hatte und sie mal wieder nicht wusste, wo ihre Schuhe abgeblieben waren.

»Ingrid, Mutter ist hirntot. Die wird künstlich am Leben gehalten, und sobald wir ankommen, hören sie auf, sie zu ernähren, und geben ihr nur noch Wasser und Schmerzmittel, bis sie tot ist.«

Ingrid gab einen erstickten Laut von sich, als habe sie einen Schlag in den Magen bekommen, und Tränen schossen ihr in die Augen. Ich griff ins Lenkrad.

»Da kommt gleich eine Ausfahrt«, sagte ich. »Nimm mal den Fuß vom Gas.«

Wenig später standen wir auf einem weitläufigen Parkplatz voller LKWs. Ingrid lehnte wimmernd am Auto und nestelte an einer Packung Taschentücher herum. Eine der Laternen, die den Parkplatz in oranges Licht tauchten, flackerte, und in einiger Entfernung sausten Autos vorbei. Meine Beine streckend, zündete ich mir eine Kippe an. Aus einem der LKWs neben uns war das Geplärre eines Fernsehers zu hören. Nach einer Weile sagte Ingrid: »Ich habe den Arzt nicht mal gefragt, woher er meine Nummer hat.«

»Mutter hatte deine Nummer und deinen Namen auf einem Zettel in ihrem Portemonnaie.«

»Was?«

»Meinte der Arzt. Die haben einfach auf gut Glück bei dir angerufen, weil es alles war, was sie hatten.«

»Mama hatte meine Telefonnummer?« Ingrid schüttelte den Kopf und kicherte. »Um dich zu finden, habe ich auch bloß im Internet ins Telefonbuch geguckt, weil mir nichts Besseres eingefallen ist«, sagte sie und wiederholte schluchzend: »Ich habe einfach nur ins blöde Telefonbuch geguckt. Das hat keine zwei Minuten gedauert, dich zu finden, bei unserem bescheuerten Nachnamen. Warum hat so'n Typ wie du eigentlich einen Telefonbucheintrag?«

Ich zuckte mit den Schultern. »Eigentlich hatte ich angekreuzt, dass ich nicht gelistet werden will, als ich umgezogen bin und den Internetanschluss bekommen habe.«

Ingrid lachte unter Tränen und fingerte ein weiteres Taschentuch aus der Packung.

»Hast du mal versucht, mich oder Mama zu finden?«, wollte sie dann wissen, aber ich schüttelte den Kopf. »Oder unsere Großeltern?«, fragte sie. »Scheiße, ich hätte so gerne richtige Großeltern.«

»Die sind tot«, behauptete ich.

»Woher weißt du das denn?«

»Franz hat mal erzählt, woher Mutter kommt, und dann habe ich«, ich zögerte, »dann habe ich halt auch ins Telefonbuch von dem Ort geguckt. Da gab es unseren Namen nicht mehr.«

»Wo haben die gewohnt?«

»So'n Kaff im Ruhrpott.«

»Und warum hast du nicht nach mir gesucht?«

»Warum hast du nicht nach mir gesucht?«, fragte ich zurück.

»Na, weil ich Schiss hatte. Tu doch nicht so! Du hast doch auch bloß Schiss gehabt. Genau vor diesem Scheiß hier. Jetzt steht man da, will vom anderen wissen, wer er ist, und muss dann plötzlich …«, sie schnappte nach Luft und fing wieder heftiger zu weinen an, »muss dann plötzlich auch über sich selbst nachdenken, wer man ist, und … und was weiß ich denn, wer ich bin? Scheiße, woher soll ich das denn wissen?!« Der Fernseher im LKW wurde lauter gedreht. »Und irgendwie geht dich das auch alles gar nichts an. Jetzt soll ich einem wildfremden Typen mein Leben erzählen? Wie komme ich denn dazu? Aber aus irgendeinem Grund will ich das ja auch alles von dir wissen. Ich will, dass du mir Sachen von früher erzählst, die ich vergessen habe, aber hören will ich sie eigentlich gar nicht. Und mich interessiert, wie das so gewesen ist im Heim. Ob du da auch mal an mich gedacht hast, oder ob dir das alles egal war, aber ich weiß gar nicht …«, sie machte eine Pause, japste und stotterte weiter: »Ich, ich weiß nicht mal, warum ich dir wichtig sein sollte. Nur weil wir Geschwister sind? Müssen wir uns jetzt deswegen …«, sie schüttelte den Kopf, »müssen wir uns jetzt lieb haben oder so'nen Scheiß? Ich weiß gar nicht, ob du mir wichtig bist. Oder was das bedeutet. Und dann fühle ich mich scheiße, weil ich irgendwann gar nicht mehr an dich gedacht habe. Gar nicht. Das war alles wie weggeschaltet. Weg!«

Mit einem genervten Stöhnen löste sie sich vom Auto, ging auf und ab und putzte sich trötend die Nase, bevor sie einige Schritte vor mir stehen blieb und mir in die Augen schaute. »Du bist wie der Osterhase.«

Ich starrte regungslos zurück.

Ingrid lachte auf, aber nur wenige Sekunden später stiegen ihr wieder Tränen in die Augen. »Du warst wie der Scheißosterhase, habe ich immer gedacht. Den gab es mal, als ich klein war, und irgendwann findet man sich damit ab, dass es ihn auf einmal nicht mehr gibt. War schon schön mit ihm, aber was soll's? Denkt man halt nicht weiter drüber nach, sondern macht mit dem weiter, was man hat. Wie es eben ist.« Im Lastwagen neben uns wurde das Fenster hochgekurbelt. »Und immer wenn ich mich dann doch mal an irgendwas erinnert habe, an meinem blöden Geburtstag zum Beispiel, habe ich schnell irgendwas anderes gemacht, damit das wieder aufhört. Das sollte einfach nur aufhören.«

Ingrid sah mich mit verheulten Augen an, zog den Rotz hoch, kicherte, keuchte, und alles, was ich wollte, war, sie in den Arm zu nehmen, aber es ging nicht. Wir waren wie gleichpolige Magneten. Schließlich sagte Ingrid gefasster: »Ich habe keine Ahnung, was wir jetzt machen müssen, Richard. Seit wir telefoniert haben, bin ich wie in so'ner Blase. Und die läuft mit irgendwas voll. Und das steht mir gerade bis zum Hals. Und ich weiß nicht, wie ich da rauskommen soll.« Ich starrte auf meine Cowboystiefel. »Sag du doch auch mal was«, forderte sie mich auf.

Nach einer kurzen Pause stammelte ich: »Ich kann das nicht so gut. Reden und so.«

Obwohl ich wusste, dass ich damit rein gar nichts gesagt hatte, fühlte es sich trotzdem an, als hätte ich niemals zuvor so viel von mir preisgegeben.

»Kann ich dich …« – … nicht einfach in den Arm nehmen, sollte der Satz weitergehen, aber ich brachte es nicht heraus. »Kann ich dich noch um einen Schluck Wasser anschnorren?«

Ingrid nickte, und ich bemerkte, dass die Blase, in der ich schon mein ganzes Leben steckte, sich allmählich auflöste.

»Was hat der Arzt dir denn noch erzählt?«, fragte Ingrid, während ich in den Wagen langte und die Flasche herausholte.

»Die haben Mutter bewusstlos in irgendeinem Park gefunden. Der Notarzt war wohl so schnell vor Ort, dass er es noch geschafft hat, sie wiederzubeleben. Dann haben sie sie ins Krankenhaus geschafft, aber da war sie schon zu lange ohne Sauerstoff. Das macht das Hirn halt nicht mit.«

Mit hochgezogenen Schultern und verschränkten Armen ging Ingrid auf und ab.

»Hast du eine Zigarette für mich?«, fragte sie.

»Ich dachte, du rauchst nicht.«

»Ja, seit zehn Tagen.«

Ein Lächeln andeutend, öffnete ich die Schachtel, aber als Ingrid bemerkte, dass es meine letzte Kippe war, sagte sie: »Ach nee, dann lass mal.«

»Schon okay«, sagte ich, steckte die Zigarette an und gab sie ihr. Für den Bruchteil einer Sekunde berührten sich unsere Finger.

»Zum Schluss habe ich an manchen Tagen zwei Schachteln geraucht«, sagte sie mehr zu sich selbst und nahm einen Zug. Als sie ausatmete, machte sie ein Gesicht, als sei sie nach einem Tauchgang wieder an der Wasseroberfläche angelangt.

»Und wir sind jetzt die Todesengel für Mama?«, fragte sie. »Je länger wir brauchen, desto länger lebt sie?«

Ich zuckte mit den Schultern. »Ob das gut oder schlecht ist, wenn sie länger lebt, weiß ich aber nicht.«

»Wo musst du denn noch hin?«

»Ist im Navigationsgerät eingespeichert.«

»Ich bin saumüde.«

»Dann fahre ich«, sagte ich, und als Ingrid mich misstrauisch ansah, fügte ich eilig hinzu: »Nee, nee. Stimmt schon, dass ich keinen Führerschein mehr habe, aber was soll's? Wie oft wird man schon von der Polizei angehalten? Fahren kann ich ja. Kann ich schon machen.«

Wir sahen uns schweigend an.

»Ist aber schon kleinkriminell«, sagte ich schmunzelnd. Ingrid gähnte. Dann sagte sie trocken: »Ich bin seit knapp einem Jahr vorbestraft.«

Ich zog die Augenbrauen hoch und sah sie erwartungsvoll an.

»Wegen Betrugs«, ergänzte sie und deutete auf ihr T-Shirt. »Vor einer Weile habe ich mal in einem Call-Center gejobbt.

Die haben immer Gutscheine verschenkt, wenn ein Bestandskunde einen neuen Kunden geworben hat. Als Mitarbeiter durfte man nicht werben. Aber man konnte direkt telefonisch Kundenkonten eröffnen, und wenn ich das gemacht habe und die Neukunden niemanden hatten, den sie als Werber angeben konnten, habe ich da einfach Freundinnen von mir eingetragen, die Kunden waren.«

»Und den Neukunden hast du das nicht gesagt.«

»Nee. Die haben davon nichts mitbekommen«, sagte sie und nahm einen tiefen Zug. »Und dann gingen die Werbeprämien, also diese Gutscheine, an meine Freundinnen und wir haben die im Internet versteigert oder verkauft.«

»Gutscheine verkauft?«, fragte ich.

»Na ja, das waren Gutscheine für Zeug, das uns nicht interessiert hat. Und wenn du einen Dreißig-Euro-Gutschein für fünfundzwanzig Euro verkaufst, weil du keine Lust hast, ihn irgendwo einzulösen, machst du fünfundzwanzig Euro Gewinn, für die du nichts tun musst und mit denen du dir kaufen kannst, was du willst, und diejenigen, die dir die Gutscheine abkaufen, gewinnen zusätzlich fünf Euro. Das lief eine Zeit lang ganz gut.«

Ein Lächeln huschte über ihr Gesicht, als sei sie Michel aus Lönneberga, der mal wieder seinen Vater ausgetrickst hat.

»Nach einer Weile hat irgendjemand aus der Marketingabteilung die Gutscheine online gesehen und sich gewundert«, sagte sie. »Dann haben sie recherchiert und sind auch ziemlich schnell dahintergekommen.«

»Wie viel Kohle hast du damit gemacht?«

»Na, ich musste ja immer mit meinen Freundinnen teilen. Anfangs war ich noch vorsichtig, aber zum Schluss bin ich echt gierig geworden. Ich schätze mal …«, sie trippelte, mit der Kippe im Mundwinkel und die Hände in die Hosentaschen gebohrt, von einem Bein aufs andere. »Insgesamt haben wir so knapp fünfzehntausend Euro gemacht.«

»Nicht schlecht«, lachte ich.

»Für mich ist weniger übriggeblieben, weil ich das mit den anderen teilen musste. Aber ich brauchte halt Geld, damit ich meine Eltern …«, sie unterbrach sich und überlegte einen Moment, sah mich an und fuhr fort, »… also meine Pflegeeltern, meine ich, ja? Damit ich die nicht immer anpumpen muss.«

»Deine Pflegeeltern?«

Sie nickte.

»Du bist Anfang dreißig.«

»Na ja, die unterstützen mich. Ich bin halt schon deren Tochter.«

»Hm.«

»Die Wohnung«, sagte Ingrid, und es war zu spüren, dass es ihr unangenehm war.

»Die Wohnung haben sie dir bezahlt?«

»Nee, die bezahlen sie immer noch.«

»Hm«, machte ich wieder.

»Das ist alles total krank«, stöhnte Ingrid. »Meine Mutter hat …«, sie stockte und ich ahnte, wie der Satz weitergehen würde, »… Pflegemutter meine ich. Die hatte ein paar Jahre, bevor sie mich zu sich genommen haben, eine Fehlgeburt, und nachdem das mit mir anfangs total harmonisch war, hat sie irgendwann, als ich zehn war, Depressionen bekommen. Ganz schlimm. Mit Vorhängezuziehen und so. Hat dann ein paar Monate nicht mit mir gesprochen. Kein Wort. Und Papa Rainer, mein Vater …« Nach einer kurzen Pause redete sie weiter, ohne sich zu korrigieren. »Der ist so ein ganz weicher Mensch. Der hat das auf der einen Seite nicht übers Herz gebracht, mich irgendwohin abzuschieben, um mich von seiner depressiven Frau fernzuhalten, und auf der anderen Seite konnte er sich auch nicht von ihr trennen und wollte ihr durch die Depression helfen.«

Ich hockte mich bei offen stehender Tür auf den Fahrersitz, holte mechanisch meine Kippenschachtel aus der Jackentasche, öffnete sie und griff ins Leere. Ingrid streckte mir die Zigarette entgegen.

»Oh«, machte sie, »sorry. Ich habe die fast aufgeraucht. Willst du noch einen Zug?«

Sofort dachte ich nicht mehr ans Rauchen, sondern nur noch daran, wie lange ich ihre Hand berühren konnte, wenn ich ihr die Kippe abnahm. Sie kam einen Schritt auf mich zu, und ich beugte mich vor und schob meine Finger ein Stück weiter als notwendig über ihre und wartete einen Moment, bevor ich die Zigarette griff. Es kribbelte.

»Als es meiner Mutter dann wieder halbwegs besser ging«, fuhr Ingrid fort, »war das alles total gequält. Die war nur noch mit Papa Rainer zusammen, weil sie ansonsten nichts mit sich und ihrem Leben anzufangen wusste, und er hat mir gegenüber so getan, als sei nichts gewesen. Meine Mutter behandelt er seitdem total fürsorglich, wie ein kleines Kind. Die beiden sehe ich nur an Weihnachten. Die wohnen immer noch im tiefsten Bayern und überweisen mir Geld. Zu fragen, wann ich mit dem Studium fertig bin oder wie's mir wirklich geht, trauen sie sich irgendwie nicht. Mit dem Studium habe ich direkt nach dem Abi angefangen, um von den beiden wegzukommen. Irgendwie zieht's sich jetzt. Ich wollte halt unbedingt zurück in unsere alte Umgebung. Keine Ahnung, weshalb. Weißt du noch«, sie schluckte angestrengt, »weißt du noch, wo wir früher gewohnt haben? In welcher Straße?«

Ich nickte.

»Die haben unser altes Haus grundsaniert«, sagte ich. »Neue Fenster. Neu gestrichen. Das ist jetzt rosa. Mit weißem Sims. Sieht aus wie ein Puff.«

Ingrid blinzelte. Ich schnippte die aufgerauchte Zigarette unter den LKW.

»Hast du Vorstrafen?«, wollte Ingrid wissen.

»Ich habe zu meiner Zivizeit mal Gras verkauft und bin erwischt worden. Als Türsteher hatte ich im Laufe der Zeit ein paar Anklagen. Bin aber immer davongekommen. Und den Führerschein bin ich wegen knapp einem Gramm Speed los.«

»Weil du auf Speed Auto gefahren bist?«

»Nee, das muss man gar nicht. Wenn die Zeug bei dir finden und mit einem Screening nachweisen können, dass du was genommen hast und du einen Führerschein hast, bist du das Ding halt los. Das war eigentlich das Zeug von einem Kumpel, aber der brauchte den Führerschein dringender als ich. Die haben uns nur zufällig kontrolliert, eigentlich ihn, und … na ja, wir haben uns da ein bisschen blöd angestellt.«

»Und du hast gesagt, dass das deine Drogen sind?«

Ich nickte.

»Speed habe ich schon lange nicht mehr gezogen«, sagte Ingrid, und ich musste wieder lachen.

»Mehr Vorstrafen hast du nicht?«, fragte sie.

Ich schüttelte den Kopf.

»Tss«, machte sie und drückte mir den Autoschlüssel in die Hand. »Dann fahr mal schön.«

Ich zwängte mich hinter das Lenkrad, ordnete meine Beine und startete den Wagen.

»Lass uns drüben an der Tankstelle noch mal Zigaretten kaufen«, sagte Ingrid.

Dezember 2006

An der Haustür von Flavios Eltern blinkte ein bunter Stern aus LED-Leuchten. Durchs gekippte Küchenfenster hörte ich italienische Weihnachtsschlager und das Klappern von Blechen und Schalen. Flavios Mutter öffnete die Tür.

»Richard«, sagte sie überrascht. »Es ist gerade mal vier Uhr.« Sie wischte sich mit dem Rücken ihrer mehlverschmierten Hand über die Stirn.

Obwohl ich wusste, dass ich zu früh dran war, sagte ich: »Pünktlich wie die Maurer.«

»Sechs! Wie immer.« Aber noch bevor ich antworten konnte, zog sie mich ins Haus. »Dann hilfst du jetzt beim Kochen, bis die Männer kommen«, sagte sie und schloss die Tür. Sie schob mich vor sich her in die Küche, wo zwei von Flavios Tanten, Maria und Carla, und seine Oma zugange waren, während seine Cousine Giulia gelangweilt am Küchentisch saß und an einer Kippenschachtel herumspielte.

»Rico!« Flavios Oma, die alle nur »Nonna« nannten, warf ihre Hände in die Luft, als sei ich eine Marienerscheinung, und kam auf mich zugewackelt. Auch die anderen begrüßten mich laut und lachend. Ich breitete die Arme aus, und Nonna knuddelte mich, während sie auf Italienisch vor sich hinbrabbelte.

»Sie sagt, dass du mit Haaren auf dem Kopf und Backenbart besser aussiehst als mit Glatze«, übersetzte Giulia und steckte sich eine Zigarette zwischen ihre knallrot geschminkten Lippen. Ihre Mutter, Carla, bemerkte die Kippe und bellte: »Auf die Terrasse!«

»Das Fenster ist doch auf«, bellte Giulia in gleicher Tonlage und Lautstärke zurück und knallte das Feuerzeug auf die Tischplatte, worauf Carla und Flavios Mutter noch einen Deut lauter zurückschnatterten. Anfangs noch auf Deutsch, dann mischten sich Nonna und Maria auf Italienisch ein. Giulia verdrehte die Augen, Flavios Mutter schaltete den Mixer ein, und die Rührbesen klackerten gegen die Plastikschale. In dem Moment kamen drei von Flavios jüngeren Cousinen in die Küche gestürmt, riefen meinen Namen und zuppelten an meiner Jacke. Giulia fuchtelte, nach wie vor schimpfend, mit den Händen in der Luft herum, wobei Asche auf eines der Backbleche rieselte. Prompt verwandelte sich Nonna in eine zeternde Furie, schubste die Kinder beiseite und tapste auf Giulia zu, packte sie am Handgelenk und zog sie hinter sich her zur Terrasse.

»Ich leiste den beiden mal Gesellschaft, bevor ich mit anpacke«, sagte ich und folgte ihnen.

»Immer rauchen«, murmelte Flavios Mutter und drückte den Mädchen Käse zum Naschen in die Finger.

Auf dem Weg zur Terrasse musste ich durchs Wohnzimmer, wo ein Esstisch mit etwa dreißig Plätzen gedeckt war. Als ich auf die Terrasse kam, bot sich mir das erwartete Bild. Giulia trippelte fröstelnd auf der Stelle, während Nonna an ihrer Kippe zog und lächelte.

»Alles beim Alten?«, fragte ich, und Giulia streckte ihre Hand nach der Zigarette aus, aber Nonna nahm noch einen Zug, bevor sie sie zurückgab. Anschließend langte sie hinter einen in der Ecke der Terrasse zusammengefalteten Klapptisch und zauberte eine Flasche Grappa samt Glas hervor. Ich steckte mir eine Zigarette an.

»Appetitoso«, flüsterte Nonna, und fast verschwanden ihre Augen hinter ihren Wangen. Erst schenkte sie sich ein Glas ein, das sie mit einem Schluck hinunterstürzte, und dann mir. Ich prostete ihr zu und trank. Als Giulia mir das Glas abnehmen wollte, um sich einen Schluck zu genehmigen, klopfte Nonna ihr auf die Finger.

»Ich bin neunzehn«, protestierte Giulia, aber Nonna ignorierte sie und versteckte Flasche und Glas wieder hinter dem Tisch.

»Oh, ich hasse meine Familie«, zischte Giulia und drehte sich weg. Nonna verschwand im Haus.

»Weihnachten nervt so dermaßen«, sagte Giulia.

»Ich finde deine Familie toll.«

»Das ist immer so mit den Familien von anderen Leuten. Die Familie von meinem Freund finde ich auch toll.«

»Du hast einen Freund?«, fragte ich.

Giulia sah sich um und sagte leiser: »Marokkaner. Erzähl das bloß keinem. Vor allem nicht Flavio, der dreht durch.«

»Seit wann läuft das schon?«

»Fast ein Jahr.«

»Und das hat noch keiner mitbekommen?«

»Nee«, sagte sie, »oder hat Flavio schon mal irgendwas gesagt?«

Ich schüttelte den Kopf.

»Wir sehen uns in letzter Zeit aber auch nicht mehr so oft. Schreiben uns ab und zu mal Mails. Das war's aber auch«, antwortete ich, nahm einen Zug und schaute beiseite.

»Der hat auch immer viel zu tun mit dem Bringdienst und allem«, sagte Giulia. »Ist immer total gestresst, sagt mein Papa.«

»Ich hatte ja eigentlich damit gerechnet«, sagte ich, »dass das so ein Job ist, bei dem sein Name nur auf dem Papier auftaucht und er halt die Kohle abgreift.«

Giulia konnte sich ein hämisches Grinsen nicht verkneifen. »Dachte er auch«, sagte sie, »da hatten sein Vater und die Brüder aber keine Lust zu. Der muss richtig Buchhaltung machen. Die helfen ihm zwar ein bisschen, aber du kennst ihn ja. Das ist nicht so seine Welt.« Sie lugte ins Wohnzimmer. »Ich will jetzt auch einen Grappa.« Damit trat sie die Kippe aus, hockte sich neben den Tisch und schenkte sich ein Glas ein.

»Und was machst du sonst so?«, fragte sie.

»Jobbe halt in diesem Hotel.«

»Immer noch? Ich dachte, das war nur vorübergehend. Das hast du doch letztes Jahr schon gemacht.«

»Die zahlen ganz gut.«

Giulia trank den Grappa und verzog das Gesicht, hustete und fragte: »Und was macht die Liebe?«

Ich zuckte mit den Schultern. »Liebe ist schon okay«, nuschelte ich.

»Rico!«, rief Nonna aus der Küche.

»Sì, Signora!«

Kurz darauf stand ich in einer himmelblauen Schürze mit Rüschchen am Tisch und bastelte Käsespieße. Ab und an tobten die Kinder durch die Küche, und Giulia sah ihnen jedes Mal lange hinterher, wenn sie verschwanden, während sie eine SMS nach der anderen tippte.

Ab kurz vor sechs trudelte die Familie ein, Flavios Brüder mit Anhang, weitere Tanten mit ihren Männern, seine Nichten und Neffen, Tommaso und die anderen Cousins und Cousinen.

Schließlich kam Flavios Vater, der mich jedes Jahr begrüßte wie einen im Krieg vermissten Kameraden, mit dessen Heimkehr er nicht mehr gerechnet hatte. Als er mich bemerkte, blieb er stehen, erstarrte, breitete dann die Arme aus und klopfte mir beim Umarmen auf den Rücken. Anschließend drückte er mir und den anderen Männern einen Zigarillo in die Hand, den wir bis nach dem Essen aufheben mussten, um ihn zum Espresso zu rauchen.

Die Küche füllte sich. Es wurde in die Töpfe und den Ofen geguckt, genascht und im Weg gestanden, bis Nonna zu schimpfen anfing und einen nach dem anderen hinausschob. Sie verschwanden ins Wohnzimmer. Ich half weiter bei den Vorbereitungen und genoss es, bei den Frauen zu sein.

Als es wenig später erneut klingelte, zog sich ein Lächeln

über das Gesicht von Flavios Mutter, und sie ging zur Tür, wo sich schon die Kinder drängelten und stritten, wer von ihnen öffnen durfte. Mir die Hände in der Schürze abwischend, sah ich ihr hinterher. Eine Reisetasche wurde in die Wohnung geschoben, und die Kinder sprangen zur Seite. Paula trat ein und gab Flavios Mutter einen flüchtigen Kuss auf die Wange, bevor sie die Treppe rauf in den ersten Stock verschwand. Schließlich kam Flavio hinterher. Vor seine Brust geschnürt trug er seine Tochter Franziska, die von seiner Mutter sofort ein Küsschen aufgedrückt bekam. Flavio nickte nur müde und ohne mich zu bemerken, bevor er Paula folgte.

Eine halbe Stunde später servierten wir das Essen.

Als ich das Tablett mit den dampfenden Suppenschüsseln ins Wohnzimmer balancierte und die Familie sich unter dem Quietschen und Klappern der Stühle ihre Plätze am Tisch suchte, sah Flavio mich überrascht an.

»Hallo«, sagte er. »Wusste gar nicht, dass du kommst.«

»Na, wo soll er denn sonst sein?«, rief seine Mutter.

Paula warf mir einen knappen Blick zu und zog sich ihr Kostümchen zurecht.

»Cool«, sagte Flavio und schaute zu Paula, die seinen Blick nicht erwiderte, sah dann wieder zu mir und deutete mit den Lippen ein *Später* an.

Das Essen zog sich über den ganzen Abend hin. Eine Flasche Wein nach der anderen wurde entkorkt, und zwischendurch wurden kleinere Geschenke verteilt, nur um anschließend genauso maßlos weiterzuessen. Flavios Vater hatte wieder sein Mokka-Karamell-Eis vorbereitet, nach dem ich mir jedes Jahr die Finger leckte, und zum Abschluss, bevor kurz vor Mitternacht die Schnäpse auf den Tisch kamen, gab es Panettone und Espresso. Ich steckte mir den Zigarillo an und gab Flavio Feuer.

»Boah«, stöhnte er nach dem zweiten Zug. »Das Nikotin macht mich total platt.«

Ich zog die Augenbrauen hoch. »Ich rauche seit ein paar Monaten nicht mehr«, erklärte er.

»Ernsthaft?«

Flavio nickte und nahm einen Schluck Espresso. Paula, die den ganzen Abend nahezu stumm auf ihrem Platz gehockt hatte, erhob sich und verließ den Raum.

Flavio sah ihr hinterher. »Ist schon hart«, sagte er, ohne dass ich etwas gefragt hatte. Fast verschwand seine Stimme im allgemeinen Trubel, der im Wohnzimmer herrschte. Etwas leiser fügte er hinzu: »Ist anders.«

Um sein rechtes Handgelenk trug er ein Lederarmband, unter dem die Herzchen-Tätowierung nicht zu erkennen war.

»Ist's gut?«, fragte ich, aber Flavio zögerte.

»Anders«, wiederholte er. »Die Kleine ist toll. Wenn die mich anguckt«, er machte eine Pause und schaute sich um, »da sehe ich meine ganze Familie drin. Vor allem Nonna, wenn sie lacht. Das ist toll. Das ist echt toll. Die Kleine ist so schlau. Die guckt mich an, und ich fühle mich irgendwie so blöd. Die ist echt schlauer als ich, obwohl sie noch nicht ein Wort rausgebracht hat. Irgendwie weiß die mehr als wir.« Er starrte in seine Espresso-Tasse, als würde er im Kaffeesatz lesen. Dann setzte er sich auf und knallte sie auf den Tisch. »Ey, Rick! Wenn die Kleine in fünfzehn Jahren den ersten Kerl mit nach Hause bringt, kricht der zur Begrüßung erst mal dermaßen die Fresse poliert, da machste dir kein Bild von.«

Wir lachten. Ich langte über den Tisch und holte uns zwei Gläser und eine Flasche Grappa. Die Tischdecke war voller Wein- und Soßenflecken. Flavio pulte ein Stück Tomate ab und steckte es sich in den Mund.

»Wenn die so einen wie uns anschleppt, flippe ich aus«, sagte er. »Keine Drogen, keine Tätowierungen und einen anständigen Job muss der haben. Sonst kann der gleich wieder einpacken.«

Einen Moment saßen wir still nebeneinander und starrten in den Grappa. Schließlich ließ Flavio sich schlaff zusammensinken, streckte den Bauch raus und stellte das Glas auf seiner Plauze ab. Er sah mich an.

»Nächstes Jahr dann das Bierfass«, sagte ich. Als Flavio loslachte, kippte der Grappa um und kleckerte über seine Hose auf den Boden.

»Warum mag mich Paula eigentlich nicht?«, hörte ich mich fragen.

Flavio verzog das Gesicht und hob ächzend das Glas auf. »Na ja, sie denkt halt«, sagte er und schenkte sich Grappa ein, »dass du irgendwie kein guter Einfluss für mich bist.«

Ich nickte. »Hat sie heute schlechte Laune, oder was ist los?«, wollte ich wissen, aber Flavio winkte ab, stieß sein Glas gegen meines und sagte: »Die hat immer schlechte Laune«, bevor er den Grappa runterkippte. Nonna huschte an uns vorbei und klaute mir lachend den Zigarillo. »Mal hatse schlechte Laune, weil sie zu fett geworden ist, dann, weil ich zu viel arbeite, dann, weil sie nicht genug rauskommt, weil ich ihr nicht genug verdiene, weil ich mich nicht genug um die Kleine kümmere, weil meine Mutter sie nervt«, er unterbrach sich und schenkte einen weiteren Grappa nach. »Da kannste machen, was du willst.« Wir tranken. Flavio sah sich um, lehnte sich zu mir herüber und flüsterte: »Letzte Woche habe ich so 'ne Neunzehnjährige gevögelt, die seit einem Monat Pizza für mich fährt.« Er boxte mir den Ellenbogen in die Seite und verzog tonlos das Gesicht zu einer lachenden Fratze. »Diese jungen Dinger machen echt alles im Bett. Alles, Alter! Dem Internet sei Dank.«

»Wie lange bist du mit Paula verheiratet?«

»Ich hab die Finger gekreuzt, als die Sache mit *treu bis ins Grab* kam.«

»Hast du?«

»Innerlich.«

Ich lachte und spürte, wie der Schnaps und der Wein in mir arbeiteten.

»Und bei dir? Alles irgendwie schon okay?«, fragte Flavio

schnippisch. »Wir müssen mal wieder zusammen losziehen, oder bist du am Wochenende nicht mehr unterwegs?«

»Doch. Schon. Alles wie gehabt. Irgendwie.«

»Immer noch Tonia?«

»Ab und zu auch Tonia.«

»Ey, Rick, du brauchst mal eine richtige Beziehung. Das kannste doch nicht ewig so durchziehen.«

Nonna wackelte an uns vorbei und gab mir den Zigarillo zurück. Am Kopfende des Tisches saß Giulia mit einem Gläschen Amaretto und tippte eine SMS, während die Kinder sich um den Fernseher versammelt hatten und ein Autorennspiel auf einer Spielkonsole daddelten. Ich musste an die neunzehnjährige Pizzafahrerin denken.

»Ich bleib lieber bei meinen Affären«, sagte ich. »Ab und zu mal zusammen kochen und auf Konzerte gehen. Kein Unterschied zu einer Beziehung. Nur ohne den Trennungsstress.« Flavio schwieg. »Was passiert denn, wenn Paula das mit der Neunzehnjährigen rausbekommt?«, fragte ich.

»Hatse wohl mal wieder schlechte Laune«, sagte er. »Soll ich uns ein Bier holen?«

»Und wenn sie sich scheiden lässt?«, fragte ich. »Und du für die Kleine blechen musst? Und alles, was da mit dranhängt? Hast du da keinen Schiss vor?«

»Pfff«, machte Flavio und lehnte sich mit einer ausladenden Handbewegung zurück, mit der er mir seine Familie präsentierte. »Was soll mir denn passieren, Alter?«

Ich nickte.

Juni 1980

Durch den Perlenvorhang beobachtete ich, wie Mutter mit einer dampfenden Tasse Kaffee in der Hand am geöffneten Küchenfenster stand und vor sich hinsummte. Ganz ruhig und fast wie im Halbschlaf. Für einen Moment schien es, als sei nicht sie es, die summte, sondern als flimmere die Melodie losgelöst von ihr in der morgendlichen Luft. Als Mutter mich bemerkte, lächelte sie. In meiner kurzen Hose schlurfte ich neben sie, stützte mich mit den Ellenbogen aufs Fensterbrett und sah runter auf die Straße, die sich allmählich mit Leben füllte. Der dicke Kurt räumte einen Zeitungsständer vor seinen Kiosk, streckte die Plauze raus und kratzte sich, eine Zigarre schmauchend, am Hintern. Gegenüber ordnete der Grieche sein Gemüse. Neben dem Baum vor unserer Haustür schraubten ein paar Jungs mit ölverschmierten Händen an ihren Mofas herum und quatschten sich ständig gegenseitig rein, wie man es richtig machte. Mutter streichelte meinen Nacken, und ihre Fingerspitzen waren warm von der Tasse.

»Wo fahren wir heute hin?«, fragte ich und drückte meinen Kopf gegen ihre Finger.

»Geheimnis«, antwortete sie. In dem Moment kam Ingrid in einem rot-weiß gepunkteten Sommerkleid in die Küche, blieb im Türrahmen stehen und knabberte an ihrer Unterlippe.

»Ach, das hast du ihr angezogen?«, fragte Mutter. »Das sieht ja niedlich aus. Soll ich dir Zöpfe machen, Kleine?«

Ingrid nickte und kam in ihren Sandalen ungelenk auf uns zugehüpft.

Nachdem Mutter sich an den Küchentisch gesetzt hatte,

packte sie Ingrid am Hintern, zog sie zärtlich zu sich heran und gab ihr einen Schmatzer auf die Stirn. Ingrid lachte und knutschte Mutter auf den Mund. Ich linste in den Rucksack, der auf dem Tisch lag. Darin entdeckte ich eine Papiertüte vom Bäcker, drei Dosen Brause und einen Fotoapparat. Als ich Leberwurst roch, bekam ich Hunger.

»Noch nicht an die Brötchen gehen«, sagte Mutter. »Die essen wir später. Wenn du schon Hunger hast, kannst du einen Apfel haben.«

Auf der Spüle lagen zwei Äpfel, übersät mit braunen Flecken wie Sommersprossen. Dort lagen sie seit knapp einer Woche und waren schon am ersten Tag weich und angeschrumpelt gewesen.

»Hast du die Wäsche aus dem Keller geholt, Richard?« Ich schüttelte den Kopf. Einige Tage zuvor hatte ich im Keller zwei Schatten gesehen, die aus der Waschküche in den Abstellraum der Marquards geflitzt waren. Mutter hatte versucht, mir auszureden, dass es Ratten gewesen waren, und so getan, als hätte sie mir nicht geglaubt; selbst war sie seitdem aber auch nicht wieder unten gewesen.

»Mach das noch kurz, ja? Der Zug fährt erst in zwei Stunden. Und weißt du, wo Ingrids Haargummis sind?«

»Bei uns im Zimmer.«

»Holst du die kurz?«

»Karin?«, drang eine Stimme von der Straße zu uns in den ersten Stock. Ingrid zuckte zusammen und erstarrte mit aufgerissenen Augen. Wir erkannten Franz sofort. Mutter stöhnte und antwortete nicht.

»Ka-rin!«, rief er lauter, und seine Stimme schnappte in die Küche wie der Fangarm eines Kraken. Mutter schob Ingrid beiseite und trat ans Fenster.

»Was denn?«, fragte sie.

»Komm mal runter.«

»Ich kann jetzt nicht. Ich mache doch heute den Ausflug mit den Kindern. Zu diesem Freizeitpark.«

»Hast du Geld im Haus?«, wollte Franz wissen, und es war keine Frage, sondern eine Aufforderung, die Kohle zügig rauszurücken. »Kriste heute Abend wieder. Ist dringend.«

Mutter starrte genervt in die Höhe. »Das Geld, das ich hier habe, brauche ich für den Ausflug.«

»Bring jetzt erst mal runter, was du hast«, kommandierte Franz.

Mutter reagierte nicht, sondern machte dicke Backen und ließ die Luft langsam entweichen.

»Kaa-riin!«, wiederholte Franz, und Mutter verschränkte die Arme vor der Brust, als würde sie eine Rüstung anlegen. »Mach hin.«

Mutter hielt die Luft an. Es schien, als stemme sie sich mit aller Kraft gegen ihren Widerwillen, aber nur wenige Sekunden später wandte sie sich vom Fenster ab und kramte ihr Portemonnaie aus der Seitentasche des Rucksacks.

»Richard, wir müssen das jetzt doch anders machen. Die Wäsche ist egal. Ich bin gleich wieder oben«, sagte sie und verschwand ins Treppenhaus.

Neugierig schlich ich ans Fenster und lugte hinaus. Auf dem Gehsteig klapperte Franz mit seinem Benzinfeuerzeug herum. Als Mutter aus der Haustür kam, gab er ihr einen flüchtigen Kuss auf die Wange und nahm ihr das Portemonnaie aus der Hand, wie man einem Hund ein apportiertes Stöckchen aus dem Maul nimmt.

Sie strich ihm die Haare aus dem Gesicht. »Hallo, Schöner«, sagte sie.

Franz blätterte die Scheine durch. »Wenigstens etwas.«

»Das ist alles, was ich habe«, sagte Mutter, »und ich muss morgen …«

»Jetzt mach mal nicht gleich wieder so 'ne Thermik«, wurde sie von Franz unterbrochen. »Kriste schon zurück, weißte doch.«

»Und dein Zeug muss auch aus der Wohnung. Ich will das nicht länger hier haben«, sagte Mutter leise. Franz lehnte sich direkt unter unserem Fenster gegen die Hauswand, sah sich um und zog Mutter an sich heran.

»Ich habe da jetzt jemanden, der richtig gutes Geld dafür zahlen will«, wisperte er, sodass ich es gerade noch verstehen konnte. »Das mache ich jetzt klar. In ein paar Tagen hat sich das erledigt, aber bis dahin will ich das lieber woanders haben als bei mir zu Hause. Das ist zu gefährlich. Die Bullen haben mich eh gerade auf dem Kieker.«

Der nächste Satz ging unter im Rattern eines Mofas, das einer der Jungen anzuschmeißen versuchte, aber es soff sofort wieder hustend ab. Die Scheine verschwanden in Franz' Hosentasche.

»Alles?«, fragte Mutter. »Nee, ein bisschen musst du mir schon hierlassen.«

»Karin, ich habe gerade Stress«, sagte er, »da kann ich keine Rücksicht drauf nehmen, dass du mit den Lütten irgendwohin fahren willst.«

»Lass mir wenigstens einen Fünfziger hier.«

»Das sind doch gerade mal zweihundert«, lachte er.

»Das geht nicht«, sagte Mutter, aber Franz tätschelte ihr nur den Arm und ging.

»Franz, du musst mir ein bisschen was hierlassen«, rief Mutter ihm mit verschränkten Armen hinterher.

Franz blieb stehen und kam die paar Schritte zu ihr zurück. »Sei mal nicht immer so anstrengend«, sagte er und gab ihr einen Kuss auf die Stirn, der mehr ein Wegschubsen war als ein Zeichen von Zuneigung. »Weißt doch, wie du anständig Kohle machen könntest«, murmelte er. »Hast du 'ne Kippe?«

Die Jungs mit den Mofas hatten das Geschehen verfolgt und schielten zu den beiden herüber.

»Was?«, bölkte Franz, als er ihre Blicke bemerkte. »Soll ich mir die Fluppe von euch holen?« Sofort fachsimpelten sie wieder über ihre Mofas.

»'ne Kippe«, wiederholte Franz, an Mutter gerichtet, und drückte seinen Brustkorb gegen ihre Schultern.

»Richard«, rief sie. »Wirf mal eine Zigarette runter.«

Inzwischen hatte sich Ingrid rittlings auf einen der Küchenstühle gesetzt, und ihre Beine baumelten durch die Streben der Rückenlehne, gegen die sie ihr Kinn presste. Aus der Schachtel auf dem Küchentisch fischte ich eine Zigarette, und als ich zurück ans Fenster kam und Franz mich sah, winkte er mir zu.

»Na, starker Mann? Alles paletti?«

Wortlos warf ich die Zigarette hinunter, und er fing sie in der Luft, ohne sie zu zerknicken.

»Gesehen?«, fragte er. »Das kommt vom Boxen. Reaktionen.«

Ich sagte nichts.

Obwohl Franz ein Feuerzeug dabeihatte, fragte er Mutter: »Hast du ein Licht?«, und sie fummelte ihres umständlich aus der Hosentasche. Nachdem er sich die Kippe angezündet hatte, steckte er es kommentarlos ein und spazierte mit wippendem Gang davon.

»Gib mal der Kleinen einen Kuss von mir«, rief er, bevor er um die Ecke verschwand.

Einige Minuten später saß Mutter am Küchentisch und stützte mit beiden Händen ihren Kopf, als sei er aus Blei. Ingrid stand daneben und zuppelte an Mutters T-Shirt herum.

»Ingrid, jetzt nicht«, sagte Mutter und rieb sich durchs Gesicht. Draußen knatterte und röchelte wieder ein Mofa, und die Jungen fluchten.

»Rick, du hast doch in der Schule Straßenbahnfahren gelernt, oder? Kommst du alleine von hier zum Bahnhof?« Ich nickte. »Pass auf. Wir treffen uns um halb elf vor dem Bahnhof, ja? Da fahrt ihr kurz zusammen hin. Wir treffen uns an der Litfasssäule direkt davor. Du nimmst Ingrid, den Rucksack und die Fahrkarten. Ich komme dann da hin, okay? Schaffst du das?« Bevor ich wieder nickte, zuckte ich mit den Schultern. »Sicher?«

»Ja.«

»Okay«, murmelte Mutter. Dann wandte sie sich Ingrid zu, die, an ihrer Sandale herumfingernd, auf einem Bein balancierte und sich dabei an Mutters Arm abstützte.

»Oh, wie hast du ihr die denn wieder angezogen, Richard?«

»Das hat sie selber gemacht.«

»Da musst du ihr doch kurz bei helfen«, sagte Mutter und hockte sich vor Ingrid auf den Boden. »Stell dich mal richtig hin, Kleine«, sagte sie und fummelte an der Sandale herum. Ingrid hatte die Verschlüsse nicht richtig zubekommen, eine der Schnallen war nach innen verdreht und unter ihren Fuß gerutscht.

»Das ist total verdrabbelt«, nölte Mutter. »Und die sind zu klein, Richard.«

»Sie hat sonst keine anderen Schuhe. Nur die dicken.«

»Und die blauen?«

»Die passen nicht mehr.«

»Stütz dich mal an meinen Schultern ab«, sagte Mutter und versuchte die Schnalle herauszuziehen, während Ingrids Fuß noch in der Sandale steckte. »Nicht so fest auftreten, Kleine.« Ingrid verstand nicht, was Mutter von ihr wollte, sondern ließ stattdessen ihre Schulter los und wackelte unter dem Gezerre hin und her. »Festhalten«, wiederholte Mutter.

Ingrid sah fragend zu mir rüber.

»Zieh ihr die Sandale doch erst mal aus«, sagte ich, aber Mutter sagte: »Das geht auch so.«

Dann zog sie mit einem kräftigen Ruck an der Schnalle und riss dabei die Sandale unter Ingrids Fuß weg. Die atmete einen erschrockenen Laut ein und verlor das Gleichgewicht, wedelte mit den Armen in der Luft herum, bekam Mutters Haare zu fassen und krallte sich in ihnen fest wie in einem Rettungsseil. Ingrid plumpste auf den Hintern und zog Mutter mit sich, die aus der Hocke nach vorne kippte und auf die Knie schlug.

»Ksss«, zischte Mutter. Nachdem mich Ingrid eine Schrecksekunde lang verdattert angeguckt hatte, wollte sie wohl gerade losplärren, aber noch bevor ein Ton herausgekommen war, hatte Mutter ihr schon eine Backpfeife verpasst. Die beiden starrten sich abwartend an, als müssten sie noch einmal in Gedanken durchspielen, was gerade geschehen war. Ingrid schnappte nach Luft, und nachdem Mutter ihr noch eine zweite geklebt hatte, heulte sie umso lauter los.

Mutter erhob sich.

»Richard, ich muss jetzt kurz los und Geld besorgen. Halb elf, ja? Vorm Bahnhof. An der Litfasssäule. Ich bin dann da. Denk an den Rucksack und die Sachen.«

Damit verschwand sie im Schlafzimmer, und ich hörte sie im Schrank in ihren Klamotten kramen, bevor sie mit einer Reisetasche über der Schulter aus der Wohnung huschte.

Gerade erst war die Tür zugefallen und Mutters Schritte bollerten noch im Treppenhaus, da hörte Ingrid von einer Sekunde auf die andere zu weinen auf, saß mit Schmollmund auf dem Boden und zog die Nase hoch. Die Beine von sich gestreckt, knibbelte sie am Saum ihres Kleids herum. In der Ecke brummte der Kühlschrank. Draußen plapperten die Jungs, schimpften, und Metall klingelte auf den Asphalt.

»Hast du Hunger?«, fragte ich, und Ingrid nickte. Außer den Äpfeln hatten wir nur noch eine halbe Tüte Milch, etwas Margarine und die angefangene Packung Leberwurst im Haus.

»Möchtest du einen Apfel?«

Ingrid zog eine Schnute und schüttelte den Kopf. Ich sah mich um, und mein Blick blieb am Unterschrank der Spüle hängen.

»Schoki?«, fragte ich. Ingrid lächelte. Unter der Spüle, hinter einem Haufen Plastiktüten, bunkerte Mutter Süßigkeiten, und vor einigen Tagen hatte dort ich eine halbe Tafel Schokolade entdeckt. Ich kramte sie heraus.

»Für jeden eins«, sagte ich und brach zwei Stücke ab. Mir war klar, dass es Ärger geben würde, sobald Mutter bemerkte, dass wir an die Schokolade gegangen waren. Während Ingrid sich, noch immer mit nur einer Sandale am Fuß, aufgerappelt hatte und an der Schokolade nuckelte, kletterte ich über den Tisch ans Regal mit unseren Gläsern. Einen Moment lang starrte ich sie unentschlossen an. Dann fingerte ich zwei schwarze Murmeln aus meinem Glas. Krümelmonster glotzte mich mit seinen Glubschaugen an. Schließlich nahm ich noch eine dritte und eine vierte Murmel heraus und steckte sie in meine Hosentasche.

Gegen halb elf standen wir vorm Bahnhof an der Litfasssäule. Über den Vorplatz glitt immer wieder der gestreute Schatten eines Taubenschwarms, und vom Parkplatz war das Schlagen von Autotüren und Kofferraumklappen zu hören. Ich hielt Ingrid an der Hand und musste schmunzeln, weil sie ununterbrochen mit ihrem Daumen wackelte und dabei meinen Handrücken kitzelte. Schließlich fragte sie: »Wo ist Mama?« Es waren die ersten Worte, die sie an diesem Morgen überhaupt von sich gab.

»Mama kauft noch Süßigkeiten«, hörte ich mich sagen.

»Was denn?«

»Lollis.«

»Ich will Eis.«

»Eis gibt's später«, antwortete ich. »Was für ein Eis willst du denn?«

Ingrid drehte die Augen zum Himmel, knabberte an ihrer Unterlippe und schaukelte mit durchgedrückten Knien von einem Fuß auf den anderen. »Fanülle.«

»Va-nille«, korrigierte ich sie. »Ich nehme Zitrone.«

»Ich auch.«

»Dann nehme ich doch lieber Fanülle«, sagte ich und knetete ihre Hand.

»Nein!«, rief sie lachend.

»Doch«, antwortete ich, und Ingrid rieb kichernd ihren Kopf an meinem Bauch.

Ich sah mich um, ob ich Mutter irgendwo entdeckte. Neben einem Mülleimer lungerten ein paar Punks herum und waren kaum von ihren Straßenkötern zu unterscheiden, die verschlafen in den Tag blinzelten. Bei den Kofferkulis fegte ein Mann in Latzhose die Steinplatten, und Tauben und Möwen tapsten umher.

Schließlich sah ich Mutter.

In einem roten Minirock und einer tief ausgeschnittenen Bluse stieg sie aus einem Auto, das am Taxistand gehalten hatte. Ich drehte mich so, dass Ingrid sie nicht sehen konnte, und beobachtete, wie ihr der Fahrer des Wagens, aus der Beifahrertür gelehnt, einen Klaps auf den Hintern gab. Zum Abschied winkte sie ihm zu und stöckelte dann in hohen Schuhen und der Reisetasche über der Schulter in Richtung Litfasssäule. Als sie uns sah, zog sie sich die Schuhe aus und kam barfuß auf uns zugetrippelt.

»Hallo, meine Süßen. Hat gerade noch so eben alles geklappt. Jetzt kann's losgehen«, sagte sie, kniete sich zu Ingrid und gab ihr einen Kuss auf die Wange. Mutters Haare waren verwuschelt und ihr Lidschatten verschmiert.

»Du musst dich kämmen«, sagte Ingrid.

»Ich muss mich auch umziehen«, sagte Mutter. »Das mache ich im Bahnhof. Auf dem Klo. Und die Tasche muss ich wegschließen.«

»Wo sind die Lollis?«, fragte Ingrid.

»Lollis? Gibt jetzt keine Lollis, Kleine.«

»Eis?«, hakte Ingrid nach.

»Später. Jetzt müssen wir erst mal ein bisschen schnell machen, ja? Der Zug fährt achtzehn nach elf. Hast du schon geguckt, auf welchem Gleis, Rick?«, fragte Mutter, aber ich schüttelte den Kopf. »Dann los. Hast du die Fahrkarten?« Ich deutete auf den Rucksack. »Die Fahrkarten sind im Rucksack?«, fragte Mutter. »Gut.« Sie wollte sich schon in Bewegung setzen, da bemerkte sie, wie ich sie unsicher ansah. »Richard?«

Aus dem Bahnhof drang die blecherne Stimme der Gleisansage.

»Ich dachte, die Fahrkarten sind im Rucksack«, sagte ich.

Mutter stöhnte. »Das ist jetzt nicht wahr, oder?«, sagte sie stimmlos. »Du hast doch jetzt nicht die Fahrkarten vergessen, Richard? Wofür habe ich die denn dann schon am Montag gekauft? Das wusstest du doch.«

Ich zuckte mit den Schultern, folgte mit dem Blick dem Schatten des Taubenschwarms und sagte: »Ich habe den Rucksack mitgenommen.«

»So, Ingrid.« Mutter verschränkte die Armen. »Wegen deinem tollen Bruder kommen wir da wahrscheinlich nie hin.«

Aber Ingrid hatte gar nicht zugehört, sondern hüpfte schon die ganze Zeit um uns herum wie ein Flummi.

»Richard, ich muss mich umziehen. Du fährst jetzt kurz zu Hause vorbei, und wir nehmen den Zug eine Stunde später. Da fährt bestimmt auch einer. Die Karten liegen auf dem Fernseher. Hier ist der Schlüssel.«

»Du hast doch jetzt Geld«, sagte ich.

»Ich habe die Dinger schon bezahlt!«

»Mama …«, setzte ich an, aber sie unterbrach mich: »Nee, keine Mama jetzt. Los«, sagte sie, nahm Ingrid bei der Hand und zog sie hinter sich her. »Und trödel nicht wieder.«

»Trödel nicht«, plapperte Ingrid nach, während sie hinter Mutter herhoppelte.

Wir fuhren mit dem Zug um kurz nach zwölf und nahmen einen Platz in einem Großraumabteil, in dem außer uns niemand saß. Ingrid und Mutter hockten mir gegenüber, und ich kniete, dem Fenster zugewandt, auf den dunkelroten Gummiüberzügen einer Sitzbank. Meine Stirn gegen die Scheibe gedrückt, spürte ich das Rattern des Zuges, sah Büsche und Masten am Rand der Strecke vorbeirauschen, Schrebergärten und Fußballplätze, sah die Schienen sich über das Schotterbett schlängeln, zu Weichen werden und wieder zusammenlaufen.

Schließlich durchfuhren wir eine Ortschaft, und zwischen roten Backsteinhäuschen ragte ein Hochhaus als riesiger grauer Betonklotz in die Höhe.

»Guck mal«, sagte Mutter, »wer da wohl wohnt.«

»Wohnt mein Papa da?«, fragte Ingrid.

Die Frage schien Mutter in eine Art Schockstarre zu versetzen. Ich presste meinen Kopf gegen die Scheibe und starrte Mutters Spiegelbild aus dem Augenwinkel an. Ihr Blick huschte zu mir herüber, aber als sie bemerkte, dass ich sie ansah, wandte sie sich ab und gaffte stumm aus dem gegenüberliegenden Fenster.

Einige Tage zuvor hatten die Kinder in Ingrids Kindergartengruppe ihre Familien gemalt, und als die anderen den typischen Vater-Mutter-Kind-Quatsch gepinselt hatten, hatte Ingrid auch einen Vater mit auf ihr Bild geschmiert. Auf dem Heimweg, als ich sie vom Kindergarten abgeholt hatte, hatte sie mich mit lauter Fragen gelöchert, auf die ich auch keine Antworten wusste. Dass sie einen anderen Vater hatte als ich, hatte sie wohl verstanden. Zu Hause hatte Mutter das Thema zügig vom Tisch gefegt. Im Laufe der Zeit hatte ich mich damit abgefunden, keine Antworten zu bekommen. Weil Jammern sinnlos war, nahm ich es hin, wie es war, und hielt die Klappe.

Ingrid tippte mit ihren Fingerspitzen gegen die Scheibe. »Wohnt mein Papa da?«, wiederholte sie ihre Frage. Dabei verdrehte sie den Kopf, um dem verschwindenden Hochhaus hinterherschauen zu können.

»Nein, dein Papa wohnt da nicht«, antwortete Mutter und zuppelte an der Schlaufe des Rucksacks auf ihrem Schoß herum.

»Wo wohnt mein Papa?«, wollte Ingrid wissen.

Mutter schlang ihre Arme um den Rucksack und drückte ihn an sich wie eine Wärmflasche. Ihr Kopf klappte in den Nacken, und sie starrte durch das kupferfarbene Gestell der Kofferablage an die Decke.

»Dein Papa …« Mutter stockte, atmete tief durch und kniff die Augen zusammen. Als sie sie öffnete, waren sie wie neu, wie glattpoliert. »Dein Papa kommt vielleicht bald zu uns zurück«, sagte sie lächelnd. Ich schluckte. Unruhig werden ließ mich, dass es klang, als glaubte sie tatsächlich, was sie sagte. Es klang anders als das ständige Gefasel vom Küchestreichen.

»Wann?«, fragte Ingrid.

»Überraschung. Und wenn er kommt, hat er ganz viel Geld, und wir ziehen in ein schönes großes Haus. Weg aus der Stadt.«

»Und Ricks Papa?«, fragte Ingrid, aber Mutter winkte ab.

»Ricks Papa ist ein Schwein«, sagte sie beiläufig. Genauso gut hätte sie mir ins Gesicht spucken können.

»Schwein«, wiederholte Ingrid lachend. Ich schloss die Augen, und der Zug rumpelte über eine Weiche.

Der Freizeitpark lag wie unter einer Käseglocke, die die Gedanken an Väter draußen und das Rattern der Achterbahnen, das Kreischen und Johlen der Leute und den Geruch von Zuckerwatte drinnen hielt. Ich war erschlagen von der Größe, der Lautstärke und der Hektik. Überall wuselten Menschen umher, aus Kitschläden plärrte Kirmesmusik, und der Lageplan war so bunt und unüberschaubar, dass ich nicht wusste, wohin ich zuerst gucken sollte.

Ingrid war noch zu klein für viele der Fahrgeschäfte, und Mutter traute sich in die anständigen Sachen nicht rein, sodass die beiden mit Oldtimern durch Märchenwelten aus Plastik eierten oder Karussell fuhren, während ich die Achterbahn oder die Schiffschaukel alleine ausprobierte. Weil mir die beiden zu langweilig waren, trennten wir uns, verabredeten einen Treffpunkt und Mutter gab mir ihre Uhr und einen Zwanzig-Mark-Schein. Zuerst fuhr ich sieben Runden mit der Loopingbahn. Immer wenn die Wagen nach dem Anstieg in die Tiefe stürzten, legte ich meinen Kopf weit zurück, streckte die Hände in die Luft und spürte den Wind zwischen meinen Fingern. Ich schrie, so laut ich konnte, und wenn wir uns durch den Überschlag und den anschließenden Korkenzieher schraubten, sah ich erst Wolken am Himmel über mir und dann das Gerüst der Achterbahn wie dazwischengeschüttelt, bis es kein Oben und Unten mehr gab, und fühlte mich sicher. Weil die Fahrten nichts kosteten, verkloppte ich Mutters Geld für Süßigkeiten, Pommes mit Mayo und einen schwarzen Cowboyhut samt Colt. Ich entdeckte eine Schießbude, später die Go-Karts und verprasste das restliche Geld an einem Dracula-Flipper, an dem ich den High-Score schaffte. Anschließend wurde ich in der Wildwasserbahn durchgeweicht, schubberte mir die Knie in einer Hüpfburg wund, und zum Abschluss rotzte ich ins Delphinbecken.

Als ich schließlich am Spielplatz ankam, wo wir uns treffen wollten, saß Ingrid barfuß auf einer Schaukel und Mutter gab ihr Anschwung. Eine Weile sah ich den beiden zu. Ingrid lachte. Immer wenn die Schaukel im Aufschwung stoppte und für einen Sekundenbruchteil schwerelos in der Luft stand, bevor sie zurückschwang, schloss ich die Augen. Ich wusste genau, wie es sich anfühlte.

Ich zog mir den Cowboyhut tief ins Gesicht, wie ich es bei einem Schwarz-Weiß-Western gesehen hatte, und stürmte auf die beiden zu.

»Hände hoch!«, rief ich, ballerte mit der Pistole herum. Mutter riss die Hände in die Luft.

»Nicht schießen!«

Ingrid hüpfte von der Schaukel und drehte sich mit ausgebreiteten Armen im Kreis.

»Ein Drehwurm«, rief Mutter. »Achtung! Ein Drehwurm!«

»Dreeeeh-wurm«, lachte Ingrid.

Mutter lächelte.

»Achtung! Achtung!«, brüllte ich, so laut ich konnte, damit die Leute auf dem Spielplatz auf uns aufmerksam wurden und uns lachen sahen. Mutter kniete sich zu mir herunter und tat so, als würde sie sich hinter mir verstecken.

»Pass auf! Da hinten. Indianer!«, sagte sie. Ich verschanzte mich hinter einer Wippe, roch die verkohlten Munitionsstreifen, spürte das Gras an meinen Knien und hörte das Klappern und Quietschen der Fahrgeschäfte, musste rülpsen, schmeckte die Pommes und schoss auf die unsichtbaren Indianer.

Jemand tippte mir auf die Schulter. Es war ein Junge in meinem Alter, ebenfalls mit Cowboyhut und Pistole.

»Darf ich mitspielen?«, fragte er.

»Wie heißt du?«

»Ronny«, sagte er. Weil ich fand, dass das ein super Name war, sagte ich: »Ich auch.« Nachdem er mir einen überraschten Blick zugeworfen hatte, knöpften wir uns unter lautem Gebrüll die Rothäute vor.

Nach einer Weile lief Ronny zu seinen Eltern, die ein Stück entfernt saßen. Seine Mutter hockte auf einer Decke und kramte Tupperschalen und Teller aus einer Tasche, während sein Vater damit beschäftigt war, an einer Grillstelle Kohle zum Glühen zu bringen. Ich setzte mich zu Mutter und Ingrid, die auf einer Bank Brause tranken. Ingrid fielen schon die Augen zu.

»Mama, ich heiße Ronny, ja?«

»Na klar, Ronny«, sagte sie und drückte mir die warme Dose in die Hand.

»Hallo?«, rief Ronnys Vater zu uns herüber. »Wollen Sie mit uns grillen? Wir haben viel zu viel eingepackt.«

Bevor Mutter antworten konnte, klammerte ich mich wie ein Äffchen an ihren Arm und sah sie bettelnd an, obwohl ich noch pappsatt von den Pommes war.

»Gerne«, rief sie zurück.

Wir saßen im Schatten nicht weit von einem künstlich angelegten Teich voller Goldfische, bekamen Bratwürste und Kartoffelsalat und tranken Cola. Während Ingrid zusammengerollt eingedöst war, probierten Ronny und ich aus, wie viel Wurst wir in den Mund bekamen. Die Kohle knackte und knisterte. Ronny kaute knatschend Bratwurst, grinste und sagte: »Guck mal.« Damit riss er seinen mit Ketchup verschmierten Mund auf, sodass ich auf die zermantschte Wurst starrte, die er mit seiner Zunge hin- und herschob. Im Gegenzug rülpste ich ihn an. Wir lachten. Mutter setzte einen Gesichtsausdruck auf, als wolle sie mich ermahnen, bremste sich aber und blieb stumm. Ronnys Vater las in einem Buch und schob sich ein Stück fettiges Bauchfleisch nach dem anderen in den Mund.

»Sie sind alleine mit den Kindern unterwegs?«, fragte Ronnys Mutter.

»Ja«, antwortete Mutter. »Mein Mann musste kurzfristig auf Dienstreise nach Frankfurt.«

»Und Ihr Kleiner heißt auch Ronald?«

»Ja, nach seinem Großvater.«

Mutter und ich sahen uns an. In dem Moment schlossen wir einen Pakt miteinander: Dafür, dass ich Ronny hieß, hatte ich ihr nicht in die Parade zu fahren, was ihre Geschichte betraf.

»Mein Mann ist im Vorstand einer Bank und muss viel hin- und herpendeln«, sagte sie. Ich versuchte wegzuhören, aber es funktionierte nicht. »Hat immer viel zu tun.« Es war, als würde ich einem Artisten bei einem Hochseilakt zuschauen. Zwar wollte ich den Sturz und seine Folgen nicht im Einzelnen mitbekommen, den eigentlichen Moment des Kippens wollte ich aber dennoch nicht verpassen.

»Und ist das nicht schwierig, mit zwei Kindern auf sich alleine gestellt zu sein?«

Mutter seufzte. »Wäre schon schön, wenn er mich mehr unterstützen würde, aber er gibt sich Mühe.«

Mutter erzählte wirres Zeug, aber Ronnys Mutter schien keinen Zweifel an der Wahrheit ihrer Geschichten zu haben. Irgendwann rief Ronny: »Schoschonen!«, sprang auf, schnappte sich seinen Colt und stürmte Richtung Klettergerüst.

»Guck nach Apachen!«, brüllte ich. »Ich will Winnetou abknallen!«, und rannte ihm hinterher.

Als wir schließlich zur Decke zurückkamen, wachte Ingrid gerade auf. Ronnys Vater lag ausgestreckt da, las noch immer, und Mutter faselte von einem Sommerurlaub.

»Dieses Jahr konnten wir uns nicht entscheiden, ob wir nach Spanien oder nach Griechenland wollen«, sagte sie, »und jetzt ist ihm die Arbeit dazwischengekommen. Jetzt fahren wir wohl erst im Winter weg. In die Alpen.«

»Fahren Sie mal in die französischen Alpen«, sagte Ronnys Mutter. »Waren Sie da schon mal?«

Mutter schüttelte den Kopf, kramte den Fotoapparat aus dem Rucksack und drückte ihn mir in die Hand. »Mach doch mal Fotos von uns.«

Ronny hockte sich dazu, und unsere Mütter rückten dicht aneinander. Durch den Sucher betrachtet, sahen sie mit einem Mal aus wie Schwestern. Ich knipste.

»Mach ruhig noch eins«, sagte Mutter und dann, an Ronnys Mutter gerichtet: »Wir können ja Adressen austauschen, und ich schicke Ihnen Abzüge.«

Verschlafen tapste Ingrid ins Bild, rieb sich mit dem Handballen die Augen und lehnte sich an Mutter, die den Arm um sie legte und ihr einen Kuss auf den Mund gab. Ingrid schnurrte, und Ronnys Mutter strich ihr mit den Fingerspitzen über den Rücken.

»Du bist ja 'ne Süße«, sagte sie. »Du freust dich auch, wenn dein Papa wiederkommt, oder?«

»Mein Papa kommt bald mit Geld, und Ricks Papa ist ein Schwein«, sagte Ingrid und deutete mit dem Finger auf mich. »Schwein«, brabbelte sie noch mal.

Mit einem Blick wie im Leerlauf sah uns Ronnys Mutter an. Ihr Mann, der die ganze Zeit über unbeteiligt dagelegen hatte, legte das Buch beiseite und setzte sich auf. Mit spitzen Fingern zupfte sich Mutter Blütenblätter von der Bluse, blinzelte und strich sich die Haare hinters Ohr. Ich klammerte mich an den Fotoapparat und hielt die Luft an. Wortlos erhob sich Mutter, nahm den Rucksack und ging. Ronnys Eltern sahen sich irritiert an.

»Mama«, rief ich. »Ich muss Ingrid erst noch die Sandalen anziehen.«

Aber Mutter reagierte nicht. Ingrid rappelte sich auf, wackelte barfuß hinter ihr her, und als sie auf Höhe des Teiches waren, griff sie nach Mutters Hand. Ohne hinzusehen, schlug Mutter sie beiseite und erwischte Ingrid dabei am Kopf. Schlaftrunken, wie sie war, geriet Ingrid ins Stolpern und kippte platschend in den Teich. Vor Schreck wurde Mutter stocksteif, ballte ihre Hände zu Fäusten und starrte ins Wasser.

»Richard!«, rief sie, und ich ließ den Fotoapparat fallen und lief los.

Sofort sprang auch Ronnys Vater auf. Ingrid strampelte im Wasser, und Mutter stand da, als habe sie sich an sich selbst verschluckt. Ich lief, so schnell ich konnte. Der Hut rutschte mir vom Kopf, und die Pistole fiel aus dem Holster, aber es war egal, denn auf einmal fühlte ich mich tatsächlich wie ein Cowboy, wie ein Held. Fest entschlossen, ihr das Leben zu retten, rief ich: »Ingrid, ich komme!«

Ronnys Vater überholte mich mit nur wenigen Schritten und fischte Ingrid aus dem Wasser.

Einen Moment lang hielt er sie an beiden Armen über dem Teich, um sie abtropfen zu lassen. Das Wasser plätscherte aus ihrem Kleid, das fast durchsichtig an ihrem mageren Körper klebte. Es war, als würde Ingrid selbst aus dem Kleid triefen. Kraftlos über dem Wasser baumelnd, sah sie Mutter an, vergaß vor Schreck zu weinen, sondern hustete nur vor sich hin. Schließlich setzte Ronnys Vater sie ab, kniete sich vor sie und klopfte ihr auf den Rücken. Dabei warf er Mutter einen verständnislosen Blick zu, die mit verschränkten Armen ein Stück entfernt stand und am Geschehen vorbeischielte. Ingrid lief nicht zu ihr.

»Haben Sie ein Handtuch dabei?«, fragte Ronnys Vater, aber Mutter reagierte nicht.

»Nein«, antwortete ich.

»Moni?«, rief er seiner Frau zu. »Haben wir Handtücher?«

Sie nickte.

»Wir müssen jetzt los«, sagte Mutter überraschend resolut. »Unser Zug fährt.« Gerade setzte sie zum Blick auf ihre Armbanduhr an, als sie bemerkte, dass ich sie noch immer trug.

»Wir sehen jetzt erst mal zu, dass das Kind trocken wird«, sagte Ronnys Vater kopfschüttelnd und rieb Ingrid über die Arme. »Alles in Ordnung?«, fragte er sie. Ingrid knabberte an ihrer Unterlippe und nickte stumm. »Trocknen wir dich erst mal ab, ne?«

Ingrid sah mich an, und ich blinzelte.

»Hier«, rief Ronnys Mutter und wedelte mit einem Handtuch.

Während Mutter zurückblieb, gingen wir wieder zur Decke. Ronnys Mutter zog Ingrid das Kleid aus und trocknete sie ab.

»Du brauchst neue Klamotten, oder?«, fragte sie. Als Ingrid nicht antwortete, rubbelte sie ihr kräftig mit dem Handtuch über die Brust und sagte lächelnd: »Ja. Brauchst du.« Dann konnte ich auch ein schüchternes Lächeln in Ingrids Gesicht sehen. »Gerrit, schenken wir ihr das grüne T-Shirt?«, fragte sie ihren Mann, und er nickte. »Kannst du das schon alleine anziehen, oder soll ich dir helfen?«

»Helfen«, antwortete Ingrid.

Ronny stand mit einem Gesichtsausdruck, der zwischen Grinsen und Unverständnis pendelte, daneben. Weil ich nicht tatenlos zusehen wollte, hob ich den Fotoapparat auf. Um Ingrid abzulenken, sagte ich: »Lach mal.«

»Die sieht doof aus«, sagte Ronny und zeigte mit dem Finger auf Ingrid, die mir ärgerlich die Zunge rausstreckte. Ich knipste.

»Das Handtuch geben wir denen auch noch mit, ja?«, sagte

Ronnys Mutter, wieder an ihren Mann gerichtet. Der zuckte nur mit den Schultern und sah mich mit einem hilflosen Blick an.

Anschließend beobachteten mich Ronnys Eltern dabei, wie ich Ingrid die Sandalen anzog. Dabei schienen sie die ganze Zeit über etwas sagen zu wollen, atmeten aber, was auch immer es war, mit einigen flachen Atemzügen in sich hinein.

»Danke schön«, sagte ich schließlich, ohne sie anzusehen, und zog Ingrid hinter mir her.

»Danke schön«, sagte auch Ingrid.

Ronnys Eltern sahen uns hinterher, als gingen wir zum Galgen.

»Tschüss, Ronny«, rief Ronny.

Mutter marschierte los, und Ingrid hatte Schwierigkeiten, mit ihrem Tempo mitzuhalten. Nach einigen Minuten Fußweg – der Ausgang des Parks war in Sichtweite – blieb Mutter stehen und kam uns entgegen, musterte uns und fand schließlich etwas, das es zu beanstanden gab.

»Richard, du hast Ketchup im Gesicht«, sagte sie. »Wie sieht das denn wieder aus?« Sie kniete sich hin, holte ein Taschentuch aus dem Rucksack, und nachdem sie es angeleckt hatte, wischte sie mir grob den Ketchup vom Mund.

»Mama«, nölte ich und drückte ihre Hand weg.

»Das sieht unmöglich aus«, sagte Mutter und rieb fester. Dann besah sie sich mein Gesicht, als habe sie einen Silberlöffel poliert, steckte das Taschentuch in meine Hosentasche, hielt inne, tastete, griff tiefer hinein und zog schließlich vier schwarze Murmeln heraus.

Sie lagen auf ihrer Handfläche wie Miniaturunwetter.

Ingrid knabberte an ihrer Unterlippe.

»Was ist das?«, fragte Mutter. Aber ich antwortete nicht und bekam prompt eine Backpfeife. Ich starrte auf meine Füße, und Mutter scheuerte mir gleich noch eine. »Woher kommen die, Richard?«

»Aus der Küche«, sagte Ingrid, und Mutter verzog ärgerlich das Gesicht.

»Richard, ich kann dir nicht immer alles durchgehen lassen. Ich bin deine Mutter!«, sagte sie, und ich kassierte die nächste Ohrfeige. »Dein Glas war sowieso schon voll. Das setzt heute noch was.« Damit erhob sie sich und ging. »Das setzt aber richtig was«, murmelte sie, ohne sich nach uns umzudrehen.

Ich rückte mir den Cowboyhut zurecht.

Anstatt loszuheulen und Mutter hinterherzulaufen, um nach ihrer Hand zu greifen, schlurfte Ingrid neben mich, bis sich unsere Arme berührten. Es kribbelte. Zusammen sahen wir Mutter hinterher, wie sie allmählich verschwand.

»Kommt Mama wieder?«, fragte Ingrid.

»Ich glaube nicht.«

Schließlich nahm Ingrid meine Hand, und ich massierte ihre Finger. Wir ließen uns nicht los, bis wir zu Hause waren.

Dezember 2007

Mit einem Lächeln versicherte uns der Arzt, dass er sofort zurück wäre, schob den Pieper in die Tasche seines Kittels und ließ die Tür hinter sich zufallen. Ingrid und ich blieben im Linoleumgeruch des Krankenhauszimmers zurück. Das grünliche Licht ließ den Raum schimmern wie ein Aquarium, und das Fiepen der Geräte wirkte wie ein Echolot. Der Moment drückte uns unter Wasser. Wir hielten die Luft an.

Insgesamt gab es vier Betten, von denen aber nur zwei belegt waren. In ihnen lagen regungslos Frauen, denen über Beatmungsgeräte, Schläuche und Ernährungsbeutel Leben in ihre Körper gepumpt wurde. Nach und nach schwoll das Summen und Keuchen der Geräte an, konnte aber nicht die einschläfernde Stille übertönen, die im Raum herrschte.

Schließlich wagte Ingrid es, zu atmen, und fragte flüsternd: »Welche ist denn Mama?« Ich zuckte mit den Schultern und ging einige vorsichtige Schritte in den Raum, als würde ich über einen zugefrorenen See laufen. Beide Frauen waren im etwa gleichen Alter, und ihre Gesichter verschwanden hinter Atemmasken, um die herum sich ein wunder Rand zog. Die Haare klebten an ihren Schläfen, über die sich, genau wie über die Stirn, ein dünner Schweißfilm zog. Angstschweiß, dachte ich. Der Körper weiß, dass er stirbt, und sendet diese Information ununterbrochen ans Hirn, ohne eine Rückmeldung zu bekommen, während die Maschinen ihm Leben vorgaukeln. Irgendwo hinter einer Mauer aus Schmerzmitteln haust der Rest eines Menschen und darf nicht gehen.

Mein Blick wanderte von einem Bett zum anderen. »Keine Ahnung«, sagte ich und verzog ratlos den Mund.

Ingrid starrte schnaufend ins Nichts. Mit einem Mal spürte ich ihre Müdigkeit auch in mir. Der Tag auf der Autobahn steckte mir in den Knochen, und das Dröhnen des Motors hallte noch immer in meinen Ohren nach. Wenn ich die Augen schloss, sah ich Bäume oder vollgeschmierte Lärmschutzwände vorbeirauschen.

Lange hatte der Umweg nicht gedauert, den wir gemacht hatten. Ich hatte lediglich geklingelt und jemandem, der aussah, als sei er Mitglied im Schweizer Schwiegersohn-Verein, den Rucksack in die Hand gedrückt. Ingrid und ich waren weitergefahren, ohne über die Sache zu reden.

Ingrid stand am Fußende eines der Betten und betrachtete prüfend die Frau darin. Dann kramte sie in ihrer Handtasche und holte ein Foto heraus. Ich stellte mich hinter sie und linste über ihre Schulter. Auf dem Foto zu sehen war Ingrid als kleines Mädchen, wie sie mit klatschnassen Haaren und freiem Oberkörper auf einer Decke saß, ärgerlich in die Kamera guckte und die Zunge rausstreckte. Vor ihr hockte eine Frau, die ihr ein T-Shirt hinhielt. Am rechten Rand des Fotos sah man den ausgestreckten Arm eines Kindes ins Bild ragen.

»Das hier ist sie«, sagte Ingrid, und ihr Blick wanderte vom Foto zur Frau im Bett und zurück. »Die Nase, guck mal.« An ihrer Unterlippe knabbernd, musterte sie die Frau. »Früher hat Mama vollere Haare gehabt«, murmelte sie und sah zu der Frau im anderen Bett, deren Haare noch dünner waren. Ingrid setzte sich auf den Rand des Bettes, vor dem wir standen, und wedelte mit dem Foto.

»Da war ich so sauer auf dich«, sagte sie.

»Auf mich?«

»Weil du mich ins Wasser geschubst hast.«

Ich nahm ihr das Foto aus der Hand und setzte mich auf die andere Seite des Bettes.

»Wo hast du das denn her?«, wollte ich wissen.

»Das hat mir Mutter aus dem Gefängnis geschickt«, antwortete Ingrid und streichelte Mutter mit den Fingerspitzen über den Arm.

»Gefängnis?«, fragte ich.

»Ja«, antwortete Ingrid beiläufig. Als sie meinen fragenden Blick bemerkte, sagte sie: »Haben die dir das im Heim etwa gar nicht erzählt? Mama war doch im Gefängnis, weil sie mit diesem Franz Drogen geschmuggelt hat oder so was.«

Ich nickte nur. »Woher weißt du das denn?«

»Meine Pflegeeltern haben mir das erzählt. Die waren immer ganz offen mit solchen Sachen. Mama war erst im Gefängnis, und weil sie ihr das Sorgerecht entzogen haben und sie halt sowieso überfordert war, hat sie sich anschließend nicht mehr getraut, sich bei mir zu melden. Sie hat wohl nur noch einmal mit meinen Pflegeeltern telefoniert, um ihnen zu sagen, dass *sie* jetzt meine richtigen Eltern sind.« Ein leises Schlürfen war aus einem der Schläuche zu hören, und ich starrte auf das Foto, das an den Rändern ausgefranst und abgegrabbelt war wie ein altes Gebetsbüchlein. »Haben die mit dir gar nicht über so was geredet?«, fragte Ingrid.

Ich schüttelte den Kopf und gab ihr das Foto zurück. »Das musst du mal laminieren lassen. Sonst ist das bald hinüber.«

Ingrid schnaufte zustimmend.

»Auf dem Foto, ist das mein Arm am Bildrand?«, fragte ich.

»Ja, klar. Du hast dich doch total über mich lustig gemacht«, sagte sie.

»Und wer hat das Foto gemacht?«

Ihr war anzusehen, dass sie sich diese Frage noch nie gestellt hatte.

»Ich weiß nicht«, sagte sie schließlich, legte den Kopf schief und sank in das Bild. Ich musste an Frau Marquard denken. Ehrlichkeit ist wichtig, ging es mir durch den Kopf, und ich spürte wieder die kühle Scheibe der Raststätte an meiner Stirn.

»Das war mein Freund Baader«, hörte ich mich sagen. »Erinnerst du dich? Christian Baader. Der hat das Foto gemacht.«

Konzentriert starrte Ingrid auf das Foto, kippte es gegen das Licht, und die Runzeln verschwanden von ihrer Stirn und tauchten als Lachfalten an ihren Augen wieder auf.

»Mit Cowbyoyhut und so?«, fragte sie.

»Ja«, murmelte ich und starrte meine Stiefel an. »Ja, genau. Der hat sich immer für einen Cowboy gehalten. Der hat mich angestachelt, dass ich dich in den Teich schubse. War blöd. Jungs halt.«

Mit einer Mischung aus Staunen und Zufriedenheit sah Ingrid mich an, wie man von Bettlern angesehen wird, wenn man ihnen nicht die üblichen paar Cent, sondern einen Schnaps oder eine Zigarette in die Hand drückt.

»Zum Glück hatte Mutter Wechselwäsche dabei«, sagte ich.

Ingrid lächelte und griff nach Mutters Hand.

Die Tür des Zimmers wurde aufgestoßen. Der Arzt kam schwungvoll in den Raum, erstarrte aber mit wehendem Kittel, als er uns auf dem Rand des Bettes bemerkte.

»Entschuldigen Sie«, sagte er unschlüssig, und mir war sofort klar, wie der Satz enden würde, »aber das da drüben ist Ihre Mutter.«

Als wäre es ein glühendes Brikett, ließ Ingrid die Hand der Frau los, erhob sich und wandte sich ab, stoppte aber in der Bewegung, als habe sie etwas vergessen, und betrachtete sie erneut. Dann sah sie zu Mutters Bett und strich anschließend der Frau, deren Hand sie eben noch gehalten hatte, eine Haarsträhne hinters Ohr.

Der Arzt blätterte in seinen Papieren und klickerte dabei mit dem Kuli.

»So«, sagte er und erklärte die bevorstehenden medizinischen und juristischen Schritte, als ginge es darum, einen Mietvertrag zu unterzeichnen. Einen Moment lang versuchte ich, ihm zuzuhören, aber schon nach wenigen Sätzen war seine Stimme nicht mehr als Geräuschkulisse. Vom Fußende des Bettes aus betrachtete ich die ausgemergelte Frau darin. Sie war genauso wenig meine Mutter wie die Frau im Bett gegenüber. Ingrid drückte sich mit beiden Händen das Foto gegen die Brust und rieb es, als sei es ein Talisman.

Anstatt sich zu Mutter zu setzen und ihre Hand zu halten, schlurfte Ingrid neben mich, und unsere Arme berührten sich. Es kribbelte.

»Ich muss überhaupt nicht weinen«, flüsterte Ingrid.

Wir sahen die sterbende Frau an.

Schließlich nahm ich Ingrids Hand und massierte ihre Finger.

Danksagung

Gruß und Kuss an Marianne Glaßer, Matthias Göke, Georg Simader, Gerrit Potz, Jan »Egge« Sedelies, Silvana Klein, Dorian Krusche, Kai Lüftner, Henning Chadde, Kersten Flenter, Stefan Heuer, Isabelle Hannemann, Annemarie Buchwitz, Henrikje Stanze, Maya Birken, Jennifer Kurbjuweit, Monika Floetenmeyer, Esther Quadflieg, Melania Anastasiadou, Dr. Harald Hermes, Volker Mehs, Anton Withagen, Elmer & Shawn Gerlock sowie die üblichen Vergessenen.

Vielen Dank für eure Unterstützung bei der Entstehung des Romans oder der Buchtrailer, euer konstruktives Feedback und eure Zeit.